GHETTO EBRAICO
FERROVIA SANTA LUCIA
PIAZZALE ROMA
CANNAREGIO
S. CROCE
DORSODURO
Canal Grande
Tre Archi
Pal. Surian
Corte d. Vitelli
campo Ghetto Nuovo
Tempio Israelitico
Pal. Nani
Pal. Savorgnan
S. Giobbe
Pal. Vendramin
S. Geremia
Pal. da Mosto
Pal. Emo
Pal. Querini
Pal. Gritti
Fond. d. Turchi
Pal. Zeno
Gli Scalzi
Pal. Flangini
41-42
51-52
1-82
riva di Biasio
Pal. Gritti
Pal. Donabalbi
S. Zan Degola
Pal. Calbo Crotta
P.te degli scalzi
Ferrovia
Pal. Foscari
Lista dei Bari
S. Simeon Piccolo
Stazione F.S. S. Lucia
1-41-42
51-52-82
Pal. Granedigo
S. Giacomo d'Orio
ruga Bella
S. Chiara
Giardino ex Papadopoli
c.te Case Nuove
Scuola di S. Giovanni
Pal. Condulmer
S. Nicolò da Tolentino
S. Rocco
S. Maria dei Frari
fond. Minotto
Casa Torres
Pal. Surian
S. Pantalon
Pal. Persico
S. Tomà
Pal. Civran Grimani
Pal. Balbi
Pal. Contarini d. Fig.
Ca' Foscari
Pal. Foscarini
campo S. Margherita
Pal. Rezzonico
Pal. Grassi
Carmini
Pal. Cicogna
Collegio Armeno
S. Barnaba
Pal. Stern
Pal. Moro
fond. Barbarigo
c.le Lunga S. Barnaba

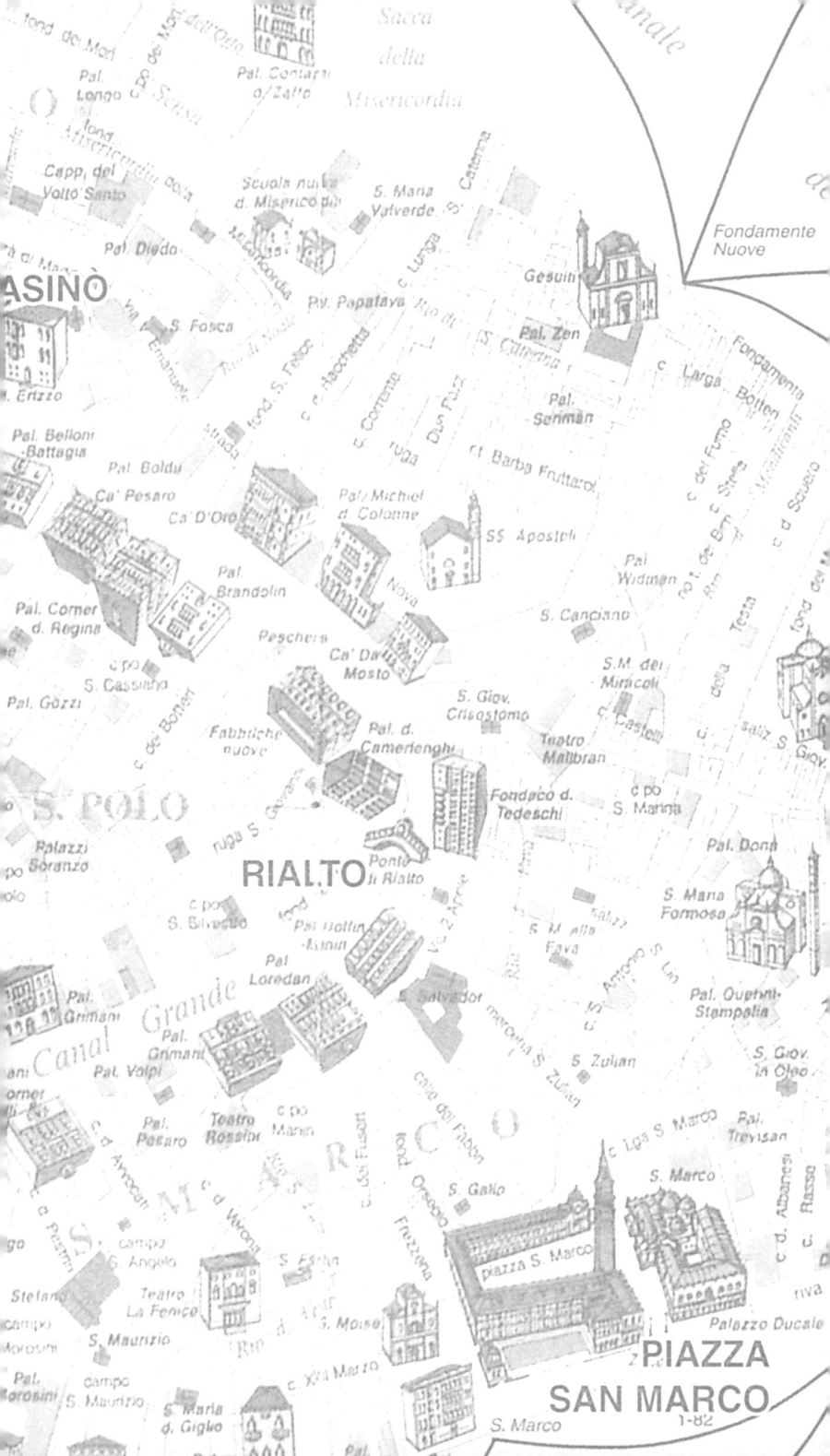

꿈도둑

이 도서의 국립중앙도서관 출판시도서목록(CIP)은
e-CIP 홈페이지(http://www.nl.go.kr/cip.php)에서 이용하실 수 있습니다.
(CIP제어번호:CIP2009000737)

Le Voleur de Songes
By Michel Jouvet

# 꿈도둑

미셸 주베 장편소설 | 이세욱 옮김

아침이슬

일러두기

1. 프랑스어 원문에 나오는 외국어(이탈리아어, 영어, 라틴어, 독일어, 러시아어, 일본어)는 작가의 이국취향을 존중하여 그 소리를 한글로 표기하고 우리말 번역을 괄호 안에 넣었습니다. 다만 주인공이 쓴 영문 편지처럼 외국어 문장이 너무 긴 경우에는 음차를 하는 대신 그것이 외국어로 된 것임을 밝히고 바로 우리말로 옮기는 방식을 선택했습니다.

2. 각주는 모두 옮긴이의 주석입니다.

# 차례

# 테오도리크 호텔

"교수님, 다른 짐은 없으신가요?"

"없소. 나머지는 소포나 팩스로 올 거요."

도어맨은 말귀를 알아들은 듯한 표정을 지으며 택시 안에서 작은 검정 가방을 꺼내 들었다. 나는 리옹에서 기차를 타고 파도바의 에우가네오 온천 역에서 내렸고, 오후 세 시쯤 역 앞에서 택시를 탔다. 이 역은 파도바 남쪽에 있는 아바노 온천이나 몬테그로토 온천으로 가는 여행자들이 내리는 곳이다.

역에서 호텔까지 15분 동안 바퀴 달린 가방을 끌면서 걸어올 수도 있었을 것이다. 하지만 호텔의 정원을 가로질러 가자면, 독일이나 오스트리아나 스위스에서 온천요법을 받으러 온 귀족적인 요양객들과 마주칠 염려가 있었다. 목련과 종려나무, 네로 황제 시대나 동고트왕국의 테오도리크 왕 시대에 세워진 대리석 기둥들 사이에서 쉬고 있는 그들 앞으로 지나가고 싶지가 않았다. 나는 짐도 간단하고 옷차림도 수수해서 사람들의 눈길을 끌지 않고 호텔에 들어설 수 있으리라 기대했다. 그런데 불운하게도 같은 시각에 '메르세데스 600' 한 대가 도착해서 모든 온천욕 손님들의 관심을 일깨우고 말았다. 그 리무진에서 내린 사람들은 60대의 부부였다. 그들에게는 아주 커다란 가죽 가방이 네 개나 있었다. 도어맨은 서너 명의 벨보이들에게 지시를 내린 다음에야 나를 맞아 주었다. 그는 나를 알아보고 객실로 안내했다. 3층에 있는 이 방에서는 정원과 에우가네오 언덕이 내다보였다. 바로 내가 작년에 묵었던 방이다.

내가 몬테그로토 온천장에 머무는 것은 이번으로 다섯 번째다. 여기에서 진흙목욕을 하고 가면 등허리의 통증이 몇 달 동안 누그러진다. 기차로 한 시간밖에 안 걸리는 거리에 베네치아가 있다는 사실도 온천욕이 치유 효과를 내는 데 크게 한몫을 하지 않나 싶다.

나는 9월을 선택해서 이곳에 왔다. 날씨가 거의 언제나 좋기 때문이다. 언덕의 빛깔은 초록에 노랑이 더해지면서 한결 다채로워진다. 낮에는 쾌청한 여름날의 찬란한 광채가 아직 베네치아를 가득 채우고 있지만, 해가 지고 나면 북부 이탈리아의 여느 도시에서와 마찬가지로 안개의 장막 때문에 화려하고 웅장한 건

물들이 흐릿해지고, 희뿌연 안개 속에서 곤돌라들이 마치 유령처럼 슬몃슬몃 나타난다.

올해에는 온천에 머무는 동안 일기를 자세하게 써 나갈 생각이다. 그러다 보면 낮에 겪은 일들이 조금씩 꿈에 다시 나타나는 것을 확인하게 될 것이다. 아울러 긴 논문도 한 편 써야 한다. K교수가 영국 학술원 회보 〈필로소피컬 트랜스액션〉에 싣기 위해 청탁한 논문이다.

나는 호텔의 회랑을 따라 돌아다녔다. 낯익은 느낌이 든다. 소나무, 종려나무, 유카, 목련, 남양삼나무 따위가 그늘을 드리우고 있는 호텔 주위의 정원으로 산책을 하러 갈 때마다 지나다녔던 길이기 때문이다. 수영장에 들어가기엔 너무 늦은 시각이다. 이 호텔에는 올림픽 규격의 수영장이 두 개나 있다. 물의 온도는 각각 28도와 32도에 달한다. 이렇게 온도가 높은 것은 돌로미티 산맥에서 흘러내린 물이 에우가네오 언덕의 옛 화산지대 밑을 지나는 동안 데워지기 때문이다. 테오도리크 호텔은 온천요법에 쓰이는 '방사능' 진흙을 직접 배합하는 시설을 갖추고 있다. 정원 가장자리에 늘어서 있는 시멘트 탱크가 바로 그 시설이다. 거기에서 김이 소용돌이를 그리며 새어 나온다. 이 진흙은 밤새 기다란 수레에 실려 온천욕실로 조용히 운반되는 동안 알맞은 온도로 식는다. 이맘때는 온천요법을 받으러 오는 손님들이 아주 많기 때문에 팡기<sup>fanghi</sup>, 즉 진흙목욕이 새벽 세 시에 시작되어 아홉 시에 끝난다. 나는 '건강의 샘'으로 미지근한 생수를 마시러 간다. 이 샘의 표지판에는 이런 말이 적혀 있다. "넬란노 500, 레테오도리코 프로클라마바 퀘스타쿠아 디비노 리메디오(500년에 테오도리크 왕은 이 물을 일컬어 신약神藥이라 하였다)."

호텔 주차장에는 여느 해처럼 백 대쯤 되는 자동차가 세워져 있다. 독일에서 온 차들이 대다수이고, 오스트리아 차들도 여러 대 보인다. 그 밖에는 스위스 차와 벨기에 차가 각각 두 세대, 밀라노와 파도바에서 온 이탈리아 차들이 몇 대 있을 뿐이다. 프랑스 번호판을 단 자동차는 한 대도 보이지 않는다. 나는 산보를 끝내면서 작년에 사귀었던 호텔의 암고양이를 찾아보았지만, 아무 소득이 없었다.

베네토 지방의 아름다운 해거름이다. 불그스름한 해가 언덕 너머로 뉘엿거리고, 한풀 꺾인 열기와 희부연 안개가 공기에 서려 있다. 보아하니 내일은 날씨가 맑고 더울 듯하다.

호텔로 돌아오니 프런트 오피스 매니저가 나에게 인사를 보낸다. 그 역시 나를 알아보았다.

"죄송합니다, 주베 교수님. 손님이 많아요. 게다가 오신다는 것을 너무 늦게 알려주셔서, 교수님의 진흙목욕 시간을 새벽 세 시로 잡을 수밖에 없었어요. 그래도 진흙목욕이 끝나면 안마를 받으실 때까지 다시 주무실 수 있을 거예요. 안마 시간은 아홉 시거든요. 의사가 왕진을 와 있으니까, 잊지 말고 진찰을 받으세요."

새벽 세 시라니! 거 참, 퍽이나 이른 시각이로군. 나는 그렇게 생각하면서 페루키오 박사를 만나러 갔다. 그는 아주 훌륭한 연구자인데, 이 지역의 불미스런 정치적 사건 때문에 파도바 대학의 조교 자리에서 물러나야만 했다. 그 뒤로 그는 몬테그로토 온천과 아바노 온천의 큰 호텔에서 저녁마다 요양객들을 진찰한다. 이 일 덕분에 시간을 별로 많이 쓰지 않고도 생계비를 벌면서 연구를 계속해 나갈 수 있는 것이다. 그는 온천수와 진흙의 치료효과가 생겨나는 원리를 연구하고 있다.

나와 페루키오 박사는 오래전부터 아는 사이다. 그러니까 그냥 인사를 하기 위해서라도 그를 만나러 가야 하는 것이다.

"또다시 오셨군요, 교수님. 그러니까 작년에 온천요법을 받고 차도가 있으셨다는 얘긴가요? 아니면 아무 효험도 보지 못해서 올해는 결과가 좋기를 바라고 다시 오신 건가요?"

그는 빙그레 웃으면서 덧붙였다.

"어쨌거나 제가 혈압을 재 볼 테니 침대에 누우세요. 자아, 어서요. 아주 좋아요. 130에 90, 작년하고 비슷해요. 그러니까 진흙목욕을 하실 때는 처음 며칠 동안은 10분씩, 그다음에는 12분씩, 마지막 며칠 동안은 15분씩 하세요. 베네치아에 가시는 건 좋지만, 과로는 하지 마세요. 그럼 다음에 뵙겠습니다."

나는 객실로 돌아와서 앞으로 하루하루를 어떻게 보낼 것인지 계획을 짰다. 새벽과 아침에는 진흙목욕을 한 다음 잠을 자고 나서(잠이 잘 왔으면 좋겠다), 안마를 받을 것이다. 이어서 〈르 몽드〉를 읽고 수영을 한다. 오후 세 시에서 여섯 시 사이에는 논문을 쓴다. 끝으로, 밤 아홉 시에서 자정까지는 내 작업에 필요한 논문들과 책들을 읽는다. 나는 만성적인 불면증 환자이므로 새벽 두 시가 되기 전에는 잠들지 못할 것이다. 아주 지루해 보이는 두꺼운 책들을 읽다가 더 일찍 잠드는 경우를 제외하면 말이다.

저녁 일곱 시 반에 계단을 내려오다 보니, 요양객들이 식당에 들어가기에 앞서 현관홀에 빽빽하게 모여 있었다. 나는 남들의 눈에 띄지 않는 높은 곳에 있는 틈을 타서 그들을 관찰했다. 나는 요양객들을 두 부류로 쉽게 구분할 수 있다. 한 부류는 오늘 새로 온 사람들이다. 그들은 아직 점잖은 옷차림을 하고 있다. 남자들은 정장에 넥타이를 맨 차림이고, 여자들은 기다란 드레스를 입고 있다. 그들의 얼굴은 창백하다. 그들은 이전에 요양하러 왔을 때 만났던 친구들을 다시 만날 수 있을까 해서 조심스럽게 주위를 살핀다. 다른 부류는 한두 주일 전에 온 요양객들이다. 그들의 옷차림은 간소하다. 그들은 바이에른의 독일인들, 작센의 독일인들, 오스트리아인들 하는 식으로 지연에 따라 무리를 짓고 있거나, 아니면 다발관절통, 요통, 배통, 무릎 관절통 등 같은 병을 앓는 사람들끼리 모여 있는 것처럼 보인다.

그들 속에 섞이지 않고 혼자 떨어져 있는 투숙객이 눈에 띈다. 작년에 사귄 친구, 빈에서 온 루트비히 만 교수다. 우리는 다정하게 인사를 나눈다. 만 교수는 키가 크고 머리가 보기 좋게 벗어진 노인이다. 게다가 하얀 콧수염을 기르고 안경을 쓰고 있어서, 지그문트 프로이트의 제자였다가 반대자가 된 카를 구스타프 융의 모습과 무척 비슷하다. 나와 마찬가지로 그는 재킷도 입지 않았고 넥타이도 매지 않았다. 그저 캐시미어로 된 풀오버를 입고 있을 뿐이다. 그는 국제적인 명성을 지닌 노년학의 대가이다. 그는 노화에 맞서 싸우는 방법을 나에게 아낌없이 조언해 주었다. 나는 그의 조언을 기억하고 있다. 매일 두 시간씩, 그리고 일요일마다 적어도 여섯 시간씩 걸을 것. 되도록 자주 성행위를 할 것. 나는 등허리가 아파서 그의 권고를 반밖에 따르지 못했다.

루트비히 만은 프랑스어와 영어와 이탈리아어를 완벽하게 구사한다. 그는 나비와 거북과 앵무새, 또는 정치인과 교황과 성인들 등의 수명에 관한 이야기를 아주 재미있게 들려주기도 했다. 내가 알기로, 그는 아프리카 사람들의 노년학에 관한 책을 쓰고 있었다. 그에 주장에 따르면, '아프리카 사람들의 노년은 북미 사람들은 물론이고 유럽인들의 노년보다도 행복하다'고 한다. 우리는 이내 마음이 통했다. 나와 마찬가지로 루트비히 만은 호텔의 분위기를 싫어했다. 우리는 호텔에서 주관하는 오락 행사, 즉 촛불을 켜 놓고 식사하면서 벌이는 무도 만찬, 갖가지 사교 놀이, 관광버스를 타고 언덕으로 소풍을 나가 이 지방 포도주를 곁들여 향토 요리를 맛보는 행사 따위에 일절 참여하지 않았다.

작년에 우리는 호텔 식당에서 서로 떨어져 앉다가 나중에는 같은 식탁을 배정받기에 이르렀다. 그런데 올해에는 호텔 지배인이 만 교수의 식탁에서 아주 멀리 떨어진 자리를 내게 배정했다. 나로서는 매우 놀랍고 당황스런 일이 아닐 수 없었다. 나는 혼자서 식당에 들어가거나 이미 사람들이 들어차 있는 식당을 가로질러 가는 것을 싫어한다.

　노련한 임상의사인 루트비히 만은 나의 그런 태도를 두고 이렇게 진단했다.

　"그건 자네에게 사회적 공포증이 있음을 보여 주는 주된 증상 가운데 하나일세. 뿐만 아니라 자네는 휴대전화를 혐오하고 가게에 혼자 들어가는 것도 싫어하지."

　"그래도 다행히 청중 앞에서 말하는 것은 두려워하지 않는다네. 학생들에게 강의하는 것 말고도 이미 5백 차례 넘게 강연을 했으니까 말일세."

　"자네가 등허리에 통증을 느끼는 이유가 아마 거기에 있을 걸세. 청중 앞에 서는 것에 대한 공포를 다스리는 데는 성공했지만, 그 결과로 몸에 탈이 난 것인지도 모르지."

　그는 육체적 질병을 정신적 원인과 연결 짓는 정신신체의학자이고 나는 생리학자이다. 그는 끝내 나를 설득시키지 못했다.

　나는 마침내 아주 넓은 식당의 구석자리에 다다랐다. 식당은 베네치아의 무라노 섬에서 만든 호사스런 천장 등과 벨벳 커튼으로 장식되어 있었다.

　내 식탁의 왼쪽에는 나와 같은 시각에 도착했던 뮌헨의 노부부가 앉아 있었다. 노신사는 블레이저코트 차림에 스카프와 장식 손수건으로 멋을 내고 금시계를 차고 있었으며, 부인은 이브닝드레스에 네 줄짜리 진주 목걸이를 걸고 커다란 금팔찌와 '카르티에' 시계를 찬 차림이었다. 나는 독일의 유명한 기업인 가문의 이름을 따서 그들을 '크루프 씨 내외'라 부르기로 하고, 보일 듯 말 듯 정중한 인사를 보냈다.

오른쪽 식탁의 상황은 그보다 나았다. 금발에 초록색 눈을 한 예쁜 여자가 앉아 있었으니 말이다. 여자는 마흔 살쯤 되어 보였고, 독일 배우 마를렌 디트리히를 조금 닮은 모습이었다. 흰 블라우스에 검은 치마, 소박한 장신구. 나는 고개를 숙여 인사를 건네다가 막판에 아직 기억에 남아 있는 독일어 낱말들을 떠올리며 말했다.

"구텐 아벤트!"

'마를렌'은 미소를 지으면서 대답했다.

"안녕하세요."

나는 구리로 된 열쇠고리 막대에 새겨진 그녀의 객실 번호를 슬그머니 알아냈다. 215호실이었다. 나는 217호실에 묵고 있었다.

"보아하니 우리는 서로 이웃한 방에 묵고 있군요."

내가 그렇게 말하자, 그녀는 다시 소리 없는 미소를 길게 지어 보였다. 세상에, 이 호텔에서 저렇게 젊은 여자를 만나다니. 이건 여간 드문 일이 아냐. 혹시 관절통에 걸린 남편을 기다리고 있는 게 아닐까?

"박사님, 작년처럼 백포도주를 올릴까요?"

포도주 담당 종업원이 물었다. 나는 몬테피아스코네산※ 백포도주를 골랐다.

"생수도 드실 거죠? 어떤 걸로 드릴까요?"

"스위스 산 '카이저바서'로 주세요."

그다음에는 전식을 선택해야 했다. 나는 스파게티나 칸넬로니[1]나 라자냐나 갖가지 파스타 대신, 옆 테이블의 여자를 따라서 고기수프를 시켰다.

그녀가 내게 물었다.

"여기는 처음이신가요?"

"아뇨, 다섯 번째예요. 그쪽은요?"

"저는 처음이에요. 일주일 전에 왔어요."

수프를 먹고 나서 그녀가 다시 말했다.

"당연한 얘기지만, 파도바나 베네치아에 자주 가세요. 여기 몬테그로토에서는 오후에 할 일이 별로 없어요."

"애석하게도 등허리의 통증 때문에 오래 걸을 수가 없어요. 그래도 베네치아에는 갈 겁니다. 파도바는 여러 번 가 봐서 잘 아는 곳이에요. 베네치아는 분명 세계에서 가장 아름다운 도시죠. 게다가 배를 타고 두루 돌아다닐 수 있는 도시예요. 암스테르담도 그런 도시이긴 하지만, 나는 베네치아를 더 좋아하죠."

내가 로마식 송아지고기 요리를 먹기 시작했을 때 그녀가 물었다.

---

1) 만두피처럼 얇게 편 밀가루 반죽에 리코타 치즈와 시금치와 쇠고기 등으로 된 소를 넣고 김밥처럼 둘둘 만 다음 오븐에 넣고 구워서 토마토소스를 쳐서 먹는 이탈리아 요리. 소렌토에 있는 유명한 레스토랑 〈라 파보리타(일명 '오 파루키아노')〉의 명요리사 살라토레 콜레타가 1907년에 개발한 것.

"내일 베네치아에 가실 거예요?"

"물론이죠. 날씨만 좋다면요. 그다음에는 호텔에 머물면서 일을 할 거예요. 베네치아에 가시게요?"

"아뇨. 저는 아바노에나 다녀오려고요. 어쩌면 파도바에도 갈지 모르겠어요. 한 가지 권해 드리고 싶은 게 있는데요, 베네치아에 가시면 41번 바포레토[2]를 타세요. 베네치아 섬을 일주하는 수상버스죠. 그걸 타면 주데카 섬을 제대로 구경할 수 있고, 무라노 섬까지 갈 수도 있어요. 그렇게 한 바퀴 돌아오는 데 세 시간 반쯤 걸려요. 날씨만 좋다면 두고두고 잊지 못할 소풍이죠."

아주 멋진 생각이었다. 내가 성치 않은 몸을 이끌고 어디를 갈 수 있겠는가? 관광객들이 넘쳐나는 대운하로 갈 수는 없다. 게토 구역이나 차테레 기슭 쪽이나 어시장 쪽에서 거니는 것은 내가 가장 좋아하는 산책이지만, 이제는 그것도 금물이다. 41번 바포레토, 한번 타 볼 만하지 않은가? 마를렌은 41을 이탈리아어로 말하면서 〈r〉를 심하게 굴려 '쿠아르르란투노'라고 했다. 어디에서 온 여자일까? 나는 물어볼 엄두가 나지 않았다.

나는 디저트를 먹기 위해 식탁에서 일어섰다. 치즈와 과일과 디저트는 식당의 양쪽에 놓인 기다란 테이블에 가서 손수 차려 먹는 게 이 호텔의 관행이었다. 나는 오래된 단골손님답게 여기

---

2) 원래는 '작은 증기선'이라는 뜻이지만, 오늘날에는 호수나 석호 등에서 대중교통수단으로 운행되는 작은 모터보트, 특히 베네치아의 수상버스를 가리킨다.

저기 산만하게 늘어서 있는 줄들을 피해 가며 디저트를 챙겨 먹었다. 그러다가 루트비히 만을 다시 만났다.

"아무래도 지배인이 자네를 배려한 모양일세. 옆 테이블에 앉았던 그 매력적인 금발 여인은 누구지?"

"낸들 알겠나? 내가 아는 것이라곤 그녀가 우리처럼 노년학의 영역에 속하지 않는다는 사실뿐일세."

그는 한쪽 눈을 찡긋하면서 대답했다.

"글쎄, 과연 그럴까? 온천을 찾는 요양객이라면 피장파장 아니겠나?"

2주일에 한 번씩 일요일의 저녁식사가 끝난 뒤에 무도회가 열린다. 루트비히와 나는 그런 모임에 참석해 본 적이 없었다. 춤을 추지 않는 사람들은 카드놀이를 하거나 시시풍덩한 주사위 놀이를 한다. 춤추는 사람들은 뻣뻣한 몸들끼리 짝을 지어 미광 속에서 천천히 미끄러지듯 움직인다.

작년에 루트비히는 그런 광경을 보고 홀바인의 판화 '죽음의 무도'가 떠오른다고 말했다.

나는 새벽 두 시까지 의식에 관한 두꺼운 책을 읽었다. 참으로 따분한 책이었다. 깨어 있을 때의 의식만 있는 것이 아니라 '꿈꿀 때의 의식'이라는 것도 있는데, 그 문제를 다루는 대목은 어디에도 없었다.

나는 불을 끄고 베네토 지방의 밤공기를 마시기 위해 객실의 작은 테라스로 나갔다. 하현달이 떠 있었지만, 정원의 나무나 언덕의 윤곽이 뚜렷하게 보이지는 않았다.

마를렌의 방에는 아직 불이 켜져 있고, 덧창도 열려 있었다. 마음만 먹으면 그녀의 테라스와 방으로 쉽게 건너갈 수 있을 듯했다. 아니, 이놈의 빌어먹을 다리 때문에 그다지 쉽지는 않을 거야, 하고 나는 생각했다. 그러고는 다시 들어와 잠자리에 누웠다.

# 41번 노선

"진흙목욕이요, 진흙목욕."

종업원이 전화를 걸어 나를 깨웠다. 잠깐 잠이 들었던 모양이다. 꿈을 꿀 새도 없었다. 새벽 세 시. 나는 두건이 달린 하얀 실내복을 입고 천장이 둥근 1층 복도로 내려간다. 진흙목욕은 이복도를 따라서 늘어선 칸막이 욕실 안에서 하도록 되어 있다. 짙푸른 조명 때문에 마치 바다 속에 들어와 있는 듯한 기분이 든다. 수증기 분출하는 소리와 물소리가 들리고, 그 사이로 손수레 바퀴가 굴러가면서 내는 둔중한 소리가 이따금 섞여든다. 김이 모락거리는 뜨거운 진흙을 실어오거나, 축축 늘어진 담요에 싸인 미지근하게 식은 진흙을 실어나가는 손수레들이 내는 소리다.

60대 노인 몇 사람이 실내복에 목을 파묻은 채 팔걸이의자에 앉아서 차례를 기다리고 있다.

"여기로 들어가시죠."

줄리오가 오른손을 들어 칸막이 욕실 하나를 가리키면서 내게 말했다.

그의 왼손은 벌써 검은 진흙으로 범벅이 되어 있다. 나는 욕실로 들어간다. 서른 살쯤 된 파란 눈의 금발머리 종업원 줄리오는 기다란 의자에 나를 앉히고 진흙으로 내 등을 문지른다. 진흙의 온도가 너무 뜨거워서 등이 타는 듯하다. 나는 이탈리아 말로 볼멘소리를 내지른다.

"트로포 프레도!(너무 차가워)"

"그게 아니라 트로포 칼도(너무 뜨거워)라고 하셔야죠."

줄리오는 웃으면서 내 말을 바로잡아 주었다.

"자아, 누우세요!"

나는 진흙 속에 눕는다. 줄리오는 내 발에서 목에 이르기까지 진흙을 바른 다음, 그 위에 커다란 담요를 세 겹으로 덮는다. 내 코만 담요 밖으로 나와 있다. 5분쯤 지나자 땀이 흐르기 시작한다.

지루하다. 너무나 지루하다. 나는 시간을 보내려고 애쓴다. 진흙은 뜨겁다. 하지만 조금 전처럼 불타듯이 뜨겁지는 않다. 나는 진흙과 내 말초신경을 머릿속에 그린다.

"우리는 아직 통각의 수용체에 관해서 제대로 알지 못한다."

내가 학생들을 가르치면서 숱하게 했던 말이다. 통각은 수용체를 거쳐서 C신경섬유[3]를 따라 전도된다.

"C섬유는 지름이 작고 미엘린이라는 물질로 싸여 있지 않아서 전도 속도가 느리다. 미엘린 피막, 즉 수초가 축색을 싸고 있지 않은 무수섬유인 것이다. 이 섬유를 따라 전달된 통각 자극은 척수 속에 있는 롤란도의 교양질[4]에 다다른다."

진흙과 척수의 회색질! 세상에…….

"괜찮으세요?"

줄리오가 5분마다 내 얼굴을 닦아 주면서 묻는다.

그가 이토록 주의 깊게 내 상태를 살피는 것을 보면, 혈압이 높은 70대 노인은 심근경색이나 뇌경색의 희생자가 될 수도 있는 모양이다. 하지만 이런 훌륭한 호텔에서 사람이 죽어 나갈 리는 없다. 죽어 가는 사람들은 몰래 구급차에 태워 파도바의 병원으로 보낼 테니까 말이다.

나는 진흙의 포로가 되어 있다. 세상에, 시간이 왜 이렇게 긴 거야. 10분이 지났는지 12분이 지났는지, 벽에 시계가 없어서 알 길이 없다. 회색질. 게이트 이론.[5] 통증이 뇌에 전달되면 P물질

---

3) 신경섬유는 굵기와 신경흥분의 전달 속도에 따라 A, B, C로 나뉘는데, A섬유가 가장 굵고 활동전위를 가장 빨리 전달하며, 수초(미엘린 피막)가 없는 C섬유가 가장 가늘고 활동전위의 전달 속도도 가장 느리다.

4) 척수의 회색질에 있는 신경세포 층의 하나로 렉시드 제2층판이라고도 한다. 이탈리아의 신경해부학자 루이지 롤란도(1773~1831)가 처음으로 밝혀냈으며, 통각 전달을 조절하는 것으로 알려져 있다.

5) 신경 자극이 일정한 역치를 넘으면 갑자기 반응이 나타난다는 이론

이 분비된다. 하지만 다행히도 내 몸은 P물질의 효과를 차단하기 위해 진통 효과를 지닌 엔도르핀을 만들어 내고 있다. 선*시냅스성이든 후*시냅스성이든 그런 건 아무래도 상관없다……

드디어 줄리오가 말했다.

"자아, 일어나세요."

그는 담요들을 걷어 내고 나를 부축하기 위해 한 손을 내민다. 진흙이 묻어서 손이 미끈거린다. 나는 그 손을 잡고 일어나 앉으려다가 죽 미끄러진다. 빌어먹을! 이런 실수를 범하다니. 가엾은 내 등허리! 나는 진흙탕에서 빠져나온다. 줄리오는 비틀거리는 나를 욕실의 반대쪽으로 데려간다. 그러고는 목덜미며 등이며 엉덩이며 겨드랑이에 미지근한 물을 쏘아 보낸다. 물이 기분 좋게 뿜어져 나온다.

"자아, 이번엔 반대쪽이요."

분출하는 물이 가슴과 배와 움츠러든 성기와 손을 씻어 준다.

"이리 오세요."

나는 그가 이끄는 대로 커다란 오존 거품이 부글거리고 있는 욕조로 들어간다. 34도의 미지근한 물에 15분 동안 잠겨 있는 것, 이건 더없이 행복한 일이다.

루트비히 만과 주고받았던 대화가 생각난다. 그는 이 목욕을 두고 '태아의 양수 목욕'이라면서 이렇게 말했다.

"태아 단계로 돌아가는 것, 이것이 우리 병을 낫게 하는 걸세. 태아에게는 등허리의 통증이 없지."

"그게 아니라 엔도르핀이 분비되어서 통증을 잊게 하는 것은 아닐까?"

"엔도르핀은 이런 목욕을 할 때보다 여섯 시간 동안 걸을 때 더 많이 분비된다네."

"성행위를 할 때도 그 정도의 엔도르핀이 분비된다던데?"

"물론일세. 하지만 우리 나이엔 선택을 해야지."

"분명 똑같은 엔도르핀은 아닐 거야."

"온천욕이 한낱 플라세보이든 아니든, 사람들은 2천 년 전부터 고통을 치유하기 위해 여기에 왔네. 네로 황제도 왔고 테오도리크 왕도 다녀갔지."

"요법을 받고 차도가 있을 수는 있지만, 치유가 되는 것은 아니지."

"그들에게는 차도가 있는 것만으로 충분했어. 그들은 우리만큼 오래 살지 않았기 때문에, 아프지 않은 몸으로 죽을 수 있었네."

목욕 시간이 끝났음을 알리는 벨소리가 울려 내 상념을 중단시켰다.

"아 도마니, 그라치에(내일 보세, 고맙네), 줄리오!"

나는 세 시 반쯤에 다시 객실로 올라가서 진흙목욕 뒤끝에 흘리는 땀에 흠뻑 젖은 채 깊은 잠에 빠져들었다. 왜 이렇게 주체할 수 없을 만큼 잠이 쏟아지는 것일까? 주위 온도가 높으면 수면에 방해가 된다고 나는 학생들에게 가르쳤다. 그건 맞는 말이다. 하지만 열기에 맞서 싸우다 보면 시상하부의 자율신경계가 작동한다. 이 자율신경계는 수면을 관장하는 신경계와 거의 같은 부위에 위치해 있다. 요컨대 더위에 맞서 싸울 때 분비되는 엔도르핀 때문에 잠이 오는 것이다.

나는 안마사 루이지의 전화를 받고 여덟 시에 깨어났다. 꿈을 꾸었다는 생각이 든다. 나는 그 꿈을 어렵사리 기억해 낸다. 내가 흔히 꾸는 시시한 꿈이다. 우리 집의 두 마리 개가 달빛이 환한 밤에 계속 짖어대고 있었다.

루이지는 경험이 많은 안마사다. 그는 내 허리에 근육경축이 있고 흉터가 나 있음을 즉시 알아차렸다. 디스크를 잃으신 적이 있군요. 재발했나요? 이렇게 하면 나을 수 있을까? 그럼요, 시간은 걸리지만 나을 수 있어요. 착한 루이지.

안마가 끝나자 나는 수온이 28도인 수영장으로 들어간다. 내가 수영을 하는 동안, 독일에서 온 요양객들은 32도 쪽의 수영장에 서서 타잔을 닮은 이탈리아 남자의 '아인, 츠바이, 드라이(하나, 둘, 셋)' 하는 구령에 따라 팔과 어깨를 들어 올린다.

해가 안개에서 빠져나왔다. 열기의 부추김을 받아 나는 수영장 가장자리에서 다시 잠을 잤다.

오후 두 시에 나는 가까스로 베네치아행 열차에 올라탔다. 열차는 베네토 지방의 운치 없는 초록색 평원을 가로질러 메스트레 역에 다다랐다. 이 흉물스런 역은 베네치아에 들어갈 자격을 얻기 위해 어쩔 수 없이 거쳐 가야 하는 연옥들 가운데 하나다(자동차 여행자들이 거쳐야 하는 로마 광장의 주차장, 비행기 승객들이 통과해야 하는 마르코 폴로 공항과 마찬가지로).

나는 일부러 열차 객실의 왼쪽 자리에 앉았다. 기중기와 매연과 메스트레에서 베네치아로 이어지는 스산한 변두리 공장지대를 보지 않기 위해서였다. 잿빛과 파란색이 뒤섞인 바다 위로 파란색과 분홍색이 어우러진 무라노 섬의 윤곽이 펼쳐지고, 그곳의 등대와 산 미켈레 섬의 공동묘지를 에워싼 흰색 담이 눈에 들어온다.

산타 루치아 역 앞에 41번 바포레토가 멈춰 서자 대부분의 승객이 내린다. 나는 배에 올라타서 햇볕이 드는 뒷갑판으로 간다. 바포레토가 정류장에 멈출 때마다 스크루의 연동장치에서 나는 요란한 소리가 규칙적으로 들려온다. 산타 키아라 운하의 오른쪽 부두에 세계에서 가장 큰 유람선 가운데 하나인 '바다의 전설'이 정박했다. 부수적인 굴뚝들이 하나로 합쳐지는 기이하게 생긴 높다란 굴뚝에서 약간의 연기가 피어오른다. 갑판이 일곱 갠가 여덟 개인 이 괴물은 성조기를 펄럭이면서 부두의 선거를 독차지하고 있다. 이 유람선에서 쏟아져 나온 수천 명의 미국 관광객들이 베네치아의 한복판으로 쳐들어갔을 게 분명하다.

41번 바포레토는 왼쪽으로 돌아 주데카 운하로 들어간다. 운하의 물이 햇빛을 받아 부서진 유리처럼 반짝거린다. 좌현 너머로 그리스의 페리보트 '페드로스'가 보인다. 아테네의 피레아스 항구로 가는 그리스 트럭들을 싣고 있다. 우현 너머로는 아드리아 해의 금빛 구름에 덮인 창백한 하늘 아래로 주데카 섬과 그곳의 창고들, 그리고 레덴토레 성당의 팔라디오[6]풍 윤곽이 보인다. 더 멀리 왼쪽으로는 차테레 기슭이 펼쳐져 있다. 전에 몇 차례 베네치아를 여행했을 때는 그곳을 자주 거닐었다. 오랫동안 산책을 하면서 골동품 가게와 가면 가게를 둘러보고 고양이들과 이야기를 나누는 것이 무척 좋았다.

41번 바포레토는 산 마르코 광장 옆의 산 차카리아 정류장에서 관광객들을 가득 태우고, 베네치아 섬을 우회하여 무라노 섬을 향해 나아가다가 먼저 산 미켈레 섬에서 멈춰 선다.

나는 관광객 무리에서 벗어나기 위해 산 미켈레 섬의 공동묘지 정류장에서 내렸다. 작년에는 바닷물이 산 미켈레 성당의 두 번째 계단까지 올라와서, 공동묘지에 들어가기 위해서는 발을 적셔야만 했다. 올해는 다행히도 수위가 낮아졌다.

사이프러스 그늘 아래에서 바람을 맞고 있으니 찬 기운이 느껴졌다. 나는 다시 몸을 덥히기 위해 볕이 드는 성당 계단으로 올라갔다. 갈매기들이 나무 말뚝에 올라앉아 휴식을 취하면서, 아네모네 빛깔이나 나비 빛깔의 라틴 돛을 단 낚싯배들을 한눈으로 살피고 있었다.

6) 파도바에서 태어난 이탈리아 후기 르네상스 시대의 건축가 팔라디오(1508~1580)는 우리 주인공이 여행하고 있는 베네토 지방과 긴밀한 관련을 맺고 있다. 비첸차에 있는 올림피코 극장과 바실리카, 팔라디오 거리의 저택들, 그리고 베네치아에 있는 레덴토레 성당과 산 조르조 마조레 성당 등이 그의 대표작이다.

41번 바포레토가 무라노 섬에서 승객들을 가득 채우고 돌아왔다. 나는 승객들 한복판에 앉았다. 오른쪽에서 예쁘게 생긴 베네치아 여자 세 명이 이야기를 주고받으며 깔깔거렸다. 내 앞에는 젊은이 하나가 버티고 서서 다른 승객들을 가리고 있었다. 단정하게 빗은 금발이 목덜미에서 치렁거리고, 하늘색 스웨터가 회색 바지의 윗부분을 덮고 있었다. 나는 그의 한쪽 귓불에서 보석이 반짝이는 것을 보았다. 젊은이가 오른쪽으로 몸을 돌렸다. 그러자 스웨터 밑으로 아주 예쁜 젖가슴의 윤곽이 드러났다. 남자로 보였던 그 젊은이는 열여덟 살이나 열아홉 살쯤 되었음직한 아가씨였다. 그녀가 몸을 돌렸다. 잿빛이 도는 파란 눈, 광대뼈가 조금 불거진 계란형 얼굴. 사람을 홀릴 만한 모습이었다. 우리의 눈길이 마주쳤다. 나는 미소를 지어 보였다. 그녀는 마치 나를 보지 못한 것처럼 고개를 돌려 버렸다. 바포레토가 폰다멘타 누오베 정류장에 멈췄다. 다시 베네치아 섬에 도착한 것이다. 예쁘게 생긴 베네치아 여자 세 명이 내렸다. 유리 공예의 명소 무라노 섬에서 온 여자들이므로 나는 그녀들을 '유리공장 아가씨들'이라 부르기로 했다. 나는 그녀들의 자리를 차지하고 앉아 내 호기심을 자극하는 예의 젊은 여자를 찬찬히 살펴보았다. 관광객일까? 아니면 베네치아 여자일까? 십중팔구는 관광객일 거야. 어쩌면 예술가일지도 모르지. 나는 그렇게 생각하면서 그녀에게 '무라넬라'라는 이름을 붙였다.

　그때 41번 바포레토가 마돈나 델 오르토 성당 앞의 정류장에 도착했다. 이 성당은 베네치아에서 가장 아름다우면서도 잘 알려지지 않은 성당 가운데 하나다. 무라넬라는 이 정류장에서 내렸다. 나는 그녀가 성당 오른쪽으로 난 소운하를 따라서 성큼성큼 멀어져 가는 것을 보았다.

그러고 나서 바포레토는 베네치아 섬 안으로 들어가 세 개의 아치 모양을 이루고 있는 트레 아르키 다리 근처의 정류장에 멈췄다. 그때 바포레토 옆으로 천천히 스쳐 가던 바지선이 내 눈길을 끌었다. 바지선에는 울긋불긋한 나무 조각상들이 실려 있었다. 17세기 또는 18세기의 작품들이 아닌가 싶었다. 서로 나란하게 뉘어 놓은 이 조각상들의 키는 사람보다 조금 큰 듯했다. 모두가 눈을 감은 모습이었고, 일부는 미소를 짓고 있었다. 사람들이 나란히 누워서 잠을 자거나 꿈을 꾸고 있는 것만 같았다. 그런데 죽은 사람을 본떠서 만든 조각상에서 볼 수 있는 것과는 달리, 이 조각상들은 두 손을 한데 모으고 있지 않았다. 석상이 많은 베네치아에서 목상을 만나는 것은 드문 일이다. 저것들은 어디에서 와서 어디로 가는 것일까? 어느 미술관이나 저택으로 옮겨지는 것일까? 바포레토의 스크루가 내는 소음 때문에 바지선을 모는 사람에게 물어볼 수가 없었다.

다음 정류장인 게토에서 나는 조금 전에 사라졌던 무라넬라가 다시 나타난 것을 보고 깜짝 놀랐다. 그녀는 바포레토에서 내려 게토 소운하의 둑길로 들어서더니 이내 군중 속으로 자취를 감췄다. 내가 잠자는 모습의 조각상들이 실린 바지선에 정신을 팔고 있는 동안 트레 아르키 정류장에서 다시 승선했던 모양이다. 그렇다면 왜 다음 정류장에서 바로 내려 버린 것일까? '이건 한 바탕의 꿈이야. 울긋불긋한 조각상들의 꿈이 현실로 나타난 거야' 하고 나는 엉뚱한 생각을 하며 피식 웃었다. 나는 그 생각을 곱씹었다. 다음 며칠 밤의 꿈에서 그 장면을 다시 보기 위한 시도였다. 하지만 꿈의 소재가 되는 것은 주로 우리가 거의 주목하지 않고 넘겨 버린 사건들이라고 하지 않는가. 어쨌거나 무라넬라가 바지선에 실린 꿈꾸는 조각상들의 피조물이라는 생각은 볼로냐행 열차를 타고 가다가 몬테그로토에서 내릴 때까지 내 머릿속에서 떠나지 않았다.

"날씨가 아주 좋던데, 베네치아에 다녀오셨어요? 멋진 여행이었나요?"

호텔 식당에서 마를렌을 만났더니 대뜸 그렇게 물었다. 그녀의 오른쪽에는 가죽으로 장정된 수첩과 커다란 만년필이 놓여 있었다. 글 쓰는 여잔가?

"배와 갈매기와 베네치아 여자들로 가득 찬 멋진 추억으로 남을 거예요. 멋진 여행을 권해 주셔서 고맙습니다."

식당을 나서던 길로 나는 루트비히를 만나기 위해 바의 어두운 구석으로 갔다. 그는 내가 오는 것을 보면서 오스트리아 맥주 두 잔을 주문했다.

"그래, 베네치아 여행은 괜찮았는가? 햇볕을 많이 쬔 모양이야. 얼굴이 온통 벌겋게 된 걸 보니……."

"자네는 어디에 다녀왔어?"

"자전거를 타고 언덕으로 가서 한참 돌아다녔지. 자네는 언제 같이 갈 거야?"

"올해는 안 되겠어. 아직 겁이 나서 말이야."

긴 침묵 끝에 루트비히가 머리를 앞으로 기울이고 안경 너머로 나를 바라보면서 물었다.

"연구는 잘되어 가나? 작년에 보니까, 새롭게 나온 연구 결과 때문에 무척 고무되어 있는 것처럼 보이던데. 어디까지 진척되었어?"

"한 가지 문제를 해결하기 위해 여전히 애쓰고 있네. 내가 보기에는 아주 중요한 문제일세. 태어난 뒤로 줄곧 다른 환경에서 자란 쌍둥이들을 놓고 심리검사를 해보면, 그 결과가 아주 비슷하게 나온다네. 똑같은 환경에서 함께 자란 쌍둥이들보다 심리적인 특성이 더 비슷한 경우도 있어. 그 이유가 뭘까? 미네소타 대학의 토머스 부처드 교수가 보여 주었듯이, 우리의 심리적 특성, 우리의 개성, 우리 개인들의 분화에 관여하는 유전적인 요인들이 존재하는 것일세. 하지만 우리의 뇌는 사람들이 이따금 말하는 것처럼 '가소성이 있는 물질'로 이루어진 기관이라서 유연성과 융통성이 아주 좋아. 그래서 깨어 있는 동안에는 외부 환경과 학습의 영향을 받지. 이렇게 영향을 받으면서도 우리의 개인적인 특성이 유지되는 이유를 설명하자면, 개성화의 과정을 확고하게 해 주는 어떤 시스템을 상정해야 하네. 내가 보기엔 꿈이 바로 그런 시스템일세. 개성화의 과정, 즉 심리학적인 유전을 유지하는 일은 주기적으로 이루어져야 해. 그래야 매일 일어나는 사건들의 흔적을 강화하거나 지워 버릴 수 있을 테니까. 만약 그런 작업이 주기적으로 행해지지 않는다면, 일상적인 사건들이 영향을 미쳐 개인의 유전적인 프로그램에 수정이 가해질 수도 있겠지."

루트비히가 내 말을 잘랐다.

"내가 제대로 이해한 것이라면, 어떤 시스템이 작동해서 꿈꾸는 동안에 개성화의 과정을 확고하게 하고, 반면에 낮 동안에는 우리가 겪는 사건들이 다시 그 과정을 교란할 수 있다 이런 얘기로군. 균형추가 이쪽저쪽으로 계속 움직이는 것과 같은 건가?"

"그래, 그것과 비슷하네. 한편, 한 개인의 심리적 특성을 프로그램화하는 것은 당연히 뇌 속의 특정한 운동신경계를 활성화하거나 자극하는 것으로 귀착되지. 그럼으로써 우리는 저마다 남들과 구별되는 특유의 반응을 보이게 되는 걸세. 자네가 안경을 썼다 벗었다 하는 버릇도 그런 반응의 한 예라고 할 수 있네. 그런데 이렇게 프로그램을 짜는 일은 우리가 깨어 있는 동안에는 일어나지 않는 편이 좋겠지. 깨어 있을 때 프로그래밍이 진행되면, 우리의 의지와 무관한 행동이나 부적응 행동이 야기될 염려가 있으니까 말이야. 하지만 잠을 잘 때는 사정이 다르지. 특히 역설수면[7] 단계에서는 척수에서 운동신경의 활동전위가 완전히 차단되기 때문에 프로그래밍이 아주 용이하게 진행될 수 있네.

이 점에서 내 이론은 심리학에서 말하는 무의식이라는 개념과 연결되지. 꿈꿀 때 작용하는 무의식과 말일세. 내가 다른 사람들과 구별되는 하나의 인격으로 존재하는 것은 역설수면 덕분이야. 나는 꿈을 꾼다, 고로 존재한다! 아니 더 정확하게 말하면, '꿈이 나를 만든다, 고로 나는 존재한다.' 그런 얘기일세."[8]

"무슨 말인지 알 것 같아. 그런데 자네 이론을 원용하면, 예컨대 쌍둥이들을 상대로 그들이 꾸게 될 꿈의 내용을 예상하는 것이 가능한가?"

"이보게 친구, 나는 그런 쪽에는 별로 관심이 없네. 다만, 깨어

---

7) 수면 주기의 마지막 단계. 이전의 네 단계에서와 달리, 뇌와 안구의 전기 활동은 매우 왕성한 반면 근육은 거의 완전하게 이완되어 있다(바로 이 점 때문에 '역설'이라는 말이 붙은 것이다). 영어로는 안구 운동이 빠르게 일어난다 해서 REM(rapid eye movement) 수면이라고 부른다. 전체 수면 시간의 20~25%를 차지하는 이 단계에서는 꿈을 많이 꾸며, 골반 기관들의 확장이나 음경의 발기가 동반되기도 한다. 이 소설의 작가 미셸 주베는 역설수면이라는 용어를 처음으로 사용하고 수면에 관한 다양한 연구와 저술로 세계적인 명성을 얻은 신경생리학자이다.

8) 역설수면 중에 꾸는 꿈을 통해 인간의 타고난 성격이 유지된다는 미셸 주베의 이 독창적인 이론은 두 가지 중요한 과학적 사실을 바탕으로 삼고 있다. 첫째, 역설수면은 포유류나 조류 같은 온혈동물의 고유한 특성으로서 유전적인 프로그램에 따라 중추신경계의 형성이 완성되는 단계(인간의 경우 생후 2~3개월경)가 되어야 나타난다. 둘째, 냉혈동물의 경우에는 그와 반대로 신경세포의 분열이 전 생애에 걸쳐서 계속되기 때문에, 신경세포들의 유전적인 정보가 확실하게 유지된다. 이런 사실들에서 출발하여 미셸 주베는 역설수면이 온혈동물의 신경발생을 대체하는 기능을 가지고 있다는 가설을 세웠다. 유전인자의 프로그래밍이 계속되기 위해서는 무언가가 필요하고, 꿈이 바로 그 역할을 맡고 있다는 것이다.

있는 동안에 겪은 사건들이 얼마 동안의 반응 잠재기를 거쳐 꿈에 나타나는지를 알기 위해서 내가 꾼 꿈들의 기록을 면밀하게 연구하고 있긴 하지. 내 이론을 가지고는 꿈의 내용을 예상할 수 없네. 동일한 개인, 또는 두 명의 쌍둥이가 꾼 수천 가지의 꿈을 연구해 보면, 분명 일련의 동일한 꿈들이 나타나겠지만 말이야……."

나는 빙그레 웃으면서 그렇게 덧붙였다. 루트비히가 말했다.

"나, 맥주 한 잔 더 마시고 싶은데, 자네는 어때?"

"나도. 오스트리아 맥주로……."


그 시각에는 호텔 스탠드바가 한산했다. 종업원은 스탠드에 엎드려 자고 있었다. 루트비히 만은 호기심 어린 얼굴로 나를 바라보았다. 내 이야기에 흥미를 느낀 기색이었다. 작년보다 관심이 한결 더했다.

"자네가 별로 졸리지 않다면, 그 프로그래밍의 메커니즘에 관한 내 가설들을 설명해 보겠네. 듣다가 따분하다 싶으면 그만하라고 하게. 사람이 아니라 생쥐에 관한 이야기라서 따분할 수도 있거든."

"그렇다면 나는 생쥐들을 노리는 고양이의 심정으로 듣겠네."

"작년에 내가 역설수면, 즉 렘수면이 무엇인지 설명했던 것으로 아는데."

"내 기억이 맞는다면, 역설수면이란 빠른 안구 운동이 나타나는 수면의 한 단계지. 뇌의 전기 활동이 깨어 있을 때처럼 활발해. 그런 점에서 느린 뇌파가 기록되는 '정*수면'과는 아주 다르지. 이 수면에는 발기가 동반되기도 해. 지속 시간은 20분쯤 되고 90분을 주기로 하여 되풀이되지. 그런데 우리 같은 사람들에게는 애석한 일이지만, 나이가 들면 이 수면이 줄어든다고 들었네."

"기억력이 대단하구먼. 두 가지 다른 특성만 빼고는 다 기억하고 있는 셈일세. 역설수면 동안에는 근육 긴장이 완전히 사라지네. 그야말로 온몸에서 힘이 빠져 버리는 것이지. 또 다른 특성은 잠자고 있는 사람을 역설수면 중에 깨워서 물어보면 꿈을 꾸었다고 대답한다는 것일세. 대개는 자기가 꾼 꿈을 아주 자세하게 이야기하지. 색깔이 있는 꿈들을 이야기하는 경우도 많다네."

"그 수면 단계의 기능을 밝혀냈나?"

"아직은 아닐세. 그 기능을 밝혀내기 위해서, 혹은 여러 기능 가운데 하나를 알아내기 위해서, 우리는 생쥐를 상대로 실험을 실시했네. 생쥐의 역설수면에도 사람의 경우와 똑같은 징후가 나타난다는 것을 기억하게. 이를테면 빠른 안구 운동과 30헤르츠 정도의 활발한 뇌 활동이 일어난다는 것일세. 특히 생쥐의 경우에는 유전적인 프로그래밍과 관련이 있는 것으로 보이는 또다른 전기 활동을 쉽게 기록할 수 있네. 그것은 대뇌피질 아래의 변연계에서 나오는 세타파일세. 이 변연계에는 히포캄푸스라 불리는 구조가 있네."

"해마海馬 말인가?"

"그래. 옛날의 해부학자들은 상상력이 아주 풍부했어. 사실 뇌 단면도를 보면 이 해마는 곧게 선 채로 헤엄을 치는 바닷물고기 해마와 비슷하게 생겼지. 이 구조는 세타파의 뇌 활동과 관련이 있네. 세타파는 쥐나 고양이를 상대로 해서도 기록할 수 있지."

"사람의 경우에는 어때?"

"사람의 경우에는, 아주 강력한 컴퓨터가 없다면 두피에 전극을 부착하는 방법으로는 세타파를 기록할 수 없지. 하지만 우리는 세타파가 존재한다는 것을 알고 있네. 간질을 치료하기 위한 신경외과 수술 중에 그것을 기록했으니까 말일세. 그런 수술을 할 때는 전극을 해마에 직접 부착할 수가 있지.

생쥐의 경우에는 역설수면의 지속 시간이 아주 짧다네. 1분에서 2분 정도밖에 안 되지. 그리고 이 수면 단계는 잠자는 동안 평균 10분 간격으로 나타나네. 몇 해 전에 우리는 역설수면 동안 유전인자의 프로그래밍이 이루어진다는 가설을 확인하기 위한 실험을 했네. 실험 대상으로 삼은 것은 유전적으로 서로 다른 혈통에서 나온 생쥐들이었네. 예를 들어, A 혈통의 생쥐들은 모두 쌍둥이처럼 비슷하고 그들 각자는 B 혈통의 생쥐와 다르며, 그 역도 마찬가지일세. A 혈통의 생쥐들을 새로운 우리 속에 넣으면, 그들은 약 한 시간에 걸쳐서 저희의 환경을 자세하게 탐색하네. 반면, B 혈통에 속하는 생쥐들의 탐색 행동은 그보다 훨씬 간단해. 그저 5분에서 10분이면 끝나지. 우리는 A 혈통과 B 혈통 사이의 교배를 통해서 두 혈통 간에 나타나는 탐색 행동의 수

준 차이가 사실상 유전에 기인한다는 사실을 증명할 수 있었네. 만약 역설수면을 박탈하여 우리가 가정하고 있는 유전적인 프로그래밍을 제거하면 A 혈통과 B 혈통의 생쥐들이 보이는 행동을 변화시킬 수 있을까? 우리는 그 점을 알고 싶었네. 아닌 게 아니라, 6일에서 8일 동안 역설수면을 제거하고 나서 관찰해 보니, A 혈통에 속하는 호기심 많은 생쥐들의 탐색 활동이 15분에서 20분 정도로 짧아지더군. 그와 반대로 B 혈통에 속하는 생쥐들의 경우에는 탐색 활동이 20분에서 25분으로 더 길어졌네. 그럼으로써 두 혈통 간의 차이가 의미를 잃게 된 것일세."

"자네의 프로그래밍 이론을 뒷받침해 주는 결과가 나온 거로군."

"그래. 하지만 우리의 실험 결과는 비판의 여지가 있었고, 비판을 받기도 했네. 사실 역설수면을 제거하는 우리의 방법이 전적으로 엄격했던 것은 아닐세."

"그래서?"

"마지막으로 맥주 한 잔 더 마실 텐가?"

"이게 정말 마지막일세. 늦은 시각이라서……."

"그래서 우리는 다른 실마리를 좇았네. 역설수면 동안에 작용하는 뇌의 프로그램 편성자를 찾아내자는 것이었지. 숱한 실험 끝에 우리는 해마, 즉 세타파의 '공장'이 역설수면 동안 가장 활발하게 움직이는 부위라는 것을 확인했네. 이 해마는 느린 파동의 수면 때보다는 물론이고 깨어 있을 때보다도 훨씬 활동적이었어. 그 사실을 증명하기 위해 우리는 분자생물학의 방법들을 사용해야만 했네. 그것에 관한 자세한 얘기는 생략하기로 하세."

"데오 그라티아스!(하느님에게 감사를!) 그래서 어떻게 됐지?"

"우리는 프로그램을 짜는 기계 장치가 바로 해마의 세타파라는 가설을 세웠고, 그것이 옳은 것으로 드러난 셈이지. 그래서 우리는 역설수면 중에 세타파의 주파수와 진폭에 변화를 주어 보았네. 그 방법은 말하고 싶지 않으니 이해하게. 그 시도를 통해서 우리가 알아낸 것은 이런 것일세. 세타파의 주파수를 8헤르츠에서 4헤르츠로 낮추고 진폭을 100퍼센트 증대시키면, 역설수면의 다른 징후들은 달라지지 않는데 세타파 활동의 '프로그래밍 메시지'가 제거된다는 것이지. 그럼으로써 우리는 프로그래밍 과정을 선택적으로 '교란'할 수 있었네. 그 방법의 효과는 우리를 무척 놀라게 했네. 단 이틀 만에 생쥐들의 탐색 활동을 변화시킬 수 있었거든. 내가 조금 전에 말했듯이, 이전의 방법을 사용할 때는 6일에서 8일 동안 역설수면을 완전히 제거해야 했었는데 말이야. 왜 그렇게 효과가 빠른 것일까? 그건 아직 알 수가 없네. 아마도 새로운 세타파가 대뇌피질에서 전과 다른 의미로 작용하기 때문이 아닐까? 그것이 바로 뇌의 법칙 가운데 하나일세. 메시지를 교란시키는 것이 그것을 완전히 제거하는 것보다 더 중대한 효과를 야기할 수 있다네."

루트비히는 흥분된 기색을 보이며 내 말을 끊었다.

"전자전과 비슷하구먼. 적군의 메시지를 모두 방해하는 것보다 일부만 교란시키는 것이 더 효과적이지. 그래야 암호해독이 더 어려워지거든. 자네 가설을 입증하기 위해 사람을 상대로 그런 실험들을 실시하는 것은 매우 어려운 일이겠는걸. 그러니까 이론적으로 말해서, 자네의 방법으로 세타파를 변조하면 2, 3일 만에 한 개인의 인격을 변화시킬 수 있다 이런 얘기로군. 자네가 개발한 방법은 새로운 분자와 관련된 것인가?"

나는 거짓말을 했다.

"아닐세. 그런 분자는 없어……. 만약 언젠가 그런 분자를 찾아낸다면, 그것을 사용해서 인격을 변화시킬 수 있을 것이고, 어쩌면 꿈의 내용을 변화시키는 것도 가능하게 되겠지. 하지만 이건 해마와 세타파와 개성화의 프로그래밍과 꿈꿀 때의 의식 사이에 어떤 관련이 있다는 것을 전제할 때나 가능한 이야기일세."

"아주 흥미진진하면서도 퍽이나 꺼림칙한 이야기로구먼. 하지만 밤이 이슥해서 그만 들어야겠어. 자네가 원한다면, 내일은 내가 노년학의 실험들에 관한 이야기를 들려주겠네. 이 분야 역시 미래의 우리 삶을 좌우할 수 있다는 것을 알게 될 걸세."

새벽 한 시가 넘은 듯했다. 호텔 스탠드바에는 한참 전부터 우리밖에 없었다. 루트비히는 여덟 시까지 잘 수 있겠지만, 나는 조금밖에 못 잘 것이었다.

저 고약한 노년학자는 전자전의 계략을 어떻게 알고 있는 것일까? 그는 왜 '새로운 분자'를 입에 올렸을까? 나는 객실로 돌아가면서 그런 궁금증에 휩싸였다.

### 1999년 9월 7일 화요일
## 무라넬라

새벽 세 시. 잠든 지 한 시간도 되지 않았는데, 줄리오가 전화를 걸어 나를 깨웠다. 나는 꿈의 끝자락을 움켜쥐었다. 파란 물과 햇살이 가득한 소리 없는 장면이었다. 나는 진흙목욕을 하면서 내 꿈속에서 펼쳐진 영화의 앞부분을 재구성해 보려고 애썼다. 하지만 그건 당연히 불가능했다. 물이 보인 그 꿈은 어제의 여행과 관련된 낮의 잔재인 게 분명하다. 나는 세 시간 넘게 바포레토를 타고 돌아다니면서 운하에 비친 베네치아의 그림자들을 보았다. 아니면 수영장의 온천수에서 목욕을 했기 때문에 그 기억이 꿈속에서 되살아난 것일 수도 있다. 햇살을 받고 있는 그 물빛이 창공처럼 푸르렀으니까 말이다.

아홉 시. 안마사의 전화를 받고 진흙목욕 뒤끝의 깊은 잠에서 어렵사리 깨어났다. 깨어 있는 상태에서 꿈을 꾸고 난 것 같은 이상한 기분이 든다. 분명 깨어 있기는 한데 정신이 멍하다. 나에게 이미지도 소리도 가져다주지 않는 뇌의 한 부위(또는 꿈속 무의식이나 내 자아의 일부)만 깨어 있는 듯하다. 마치 뇌의 내부에서 소리 나지 않는 음반이 계속 돌아가고 있는 것과 같은 정체불명의 흥분이 느껴질 뿐이다.

　발기한 상태로 잠에서 깨어나 이런 기분을 느끼는 것은 전에 없던 일이 아닌가 싶다. 그래서 이 기분을 묘사하기가 쉽지 않은 것이다. 진흙목욕의 효과일까? 하지만 이전에 네 차례 머무는 동안에는 이와 비슷한 일을 겪은 적이 없었다. 나는 이상한 현상을 한 가지 더 알아차렸다. 내 두피가 더 민감해져 있었다. 특히 양쪽 귀의 위쪽과 후두부 쪽이 그러했다.

　열 시. 여기에 오기 전에 소포로 부쳤던 책들과 잡지의 별쇄 논문들이 내 비서가 보낸 팩스와 동시에 도착했다. 오늘은 영국 학술원 회보의 편집 담당자에게 편지를 써서, 내 원고의 제목과 송고 날짜를 알려주어야 한다. 보름 만에 그 논문을 쓸 수 있을까? 어떻게 되겠지! 우선 팩스를 보내자. 배수진을 치고 한번 해보는 거야.

　나는 영어로 이렇게 썼다.


　친애하는 편집 담당자에게,

내 논문의 제목은 '깨어 있음과 꿈꾸기. 서로 다른 메커니즘에서 생겨나는 의식의 두 흐름'입니다. 원고 분량은 타자지로 25쪽 정도 될 것입니다. 참고문헌 2쪽과 5, 6쪽의 도해를 포함해서 그렇습니다. 9월 말쯤 원고를 보낼 수 있으리라 예상하고 있습니다. K 교수님께 안부 전해 주십시오.

미셸 주베 드림.


이로써 나는 마감 날짜의 포로가 되었다. 조금 뒤, 별쇄 논문들을 정돈하고 있는데, 책갈피에 끼여 있던 종이 한 장이 내 발치에 떨어졌다. 두 달 전에 팩스로 받은 초대장이다. 수면 심리학 학술대회. 장소는 베네치아, 날짜는 9월 10일 금요일.

세상에, 사흘 뒤잖아! 이 초대에 내가 답장을 보냈는지 기억이 나지 않는다. 다만 내 비서의 이런 메모가 적혀 있다.

'팩스로 답장, 조건부 수락.'

내가 어떤 조건을 달았을까? 아마도 논문을 쓰지 않아도 되면 가겠다고 했을 것이다. 최선의 길은 모른 체하는 것이다. 수면 심리학자들, 특히 로마 학파의 심리학자들과 쓸데없는 논쟁을 하면서 하루를 허비하고 싶은 생각이 없기 때문이다.

나는 논문의 초안을 다시 읽어 보았다. 몇몇 장*은 이미 써 놓았다. 하지만 약간의 수정이 필요하고, 문단과 문단이 따로 놀지 않도록 논지를 세련되게 전개해야 한다.

## Ⅰ. 서론

절대로 의식이라는 개념을 새로 정의하지 말 것. 영미의 동시대 저자들이 제시한 서로 대립되는 정의들을 대여섯 개 언급하는 것으로 그칠 것.

## Ⅱ. 간략한 역사적 검토

▶ 가장 뛰어난 저자들조차 의식이라는 주제를 다루면서 꿈의 문제를 완전히 도외시하고 있음을 개탄할 것(재치 있게). 내 협력자 한 사람이 인터넷 검색을 통해 작성한 통계 자료를 바탕으로 의식과 관련된 인용문들을 7백 개 이상 검토해 보았지만, 그 가운데 '꿈꿀 때의 의식'을 언급한 것은 7개밖에 없었다.

▶ 너무나 많은 '과학자'들이 의식의 영역에서 갈팡질팡하고 있음을 암시할 것. 고생물학자부터 동물학자, 수의사, 언어학자, 구조주의자, 철학자, 정신분석학자, 인지학자, 뇌과학자, 신경학자, 정신과의사, 심리학자, 융 심리학자, 분자생물학자, 심지어는 수학자, 천체물리학자 등등에 이르기까지…….

## Ⅲ. 의식의 다양한 측면을 보여 주는 몇 가지 예

a) 깨어 있는 동안에 작용하는 '반성적'인 의식

이 대목을 읽고 이해하는 독자의 의식이 바로 그런 것이다.

b) 꿈꾸는 동안에 작용하는 반성적인 의식

해블록 엘리스[9]의 다음과 같은 말을 인용할 것. "꿈은 그것이 전개되는 동안에는 현실이다. 우리는 깨어 있을 때의 우리 삶보다 꿈에 대해서 더 많은 것을 말할 수도 있지 않을까?" 이것으로는 꿈꾸는 동안에도 반성적인 의식이 작용한다는 사실을 증명하기에 충분치 않다. 하지만 반성적인 의식은 날아다니는 꿈을 꾸는 동안 종종 나타난다. 말하자면 이런 식이다. '나는 날고 있다. 이건 쉬운 일이다. 하지만 나는 내가 깨어 있으며 이게 꿈이 아니라는 것을 알고 있다. 나는 내가 깨어 있다는 것을 증명하기 위해 암산을 할 수 있다.' 나의 개인적인 꿈을 기록한 것들 중에서 한두 가지를 인용할 것. 이런 반성적인 의식은 역설수면 단계에서 나타난다. 그런 꿈들을 꾸고 나면 내가 언제나 발기 상태에 있었으니까 말이다.

ⓒ 꿈꾸는 동안에 나타나는 습관적인 의식

예를 들어 나는 이런 꿈을 꾼 적이 있다. '나는 어떤 심포지엄에 가야 한다. 그런데 논문을 발표할 때 사용해야 할 슬라이드를 깜빡 잊고 안 가져왔다.' 이런 꿈을 꾸는 동안에는 자기가 꿈을 꾸고 있는지 아니면 깨어 있는지를 문제 삼지 않는다. 하지만 꿈에서 깨어나면, 자기가 꿈을 꾸었다는 사실을 깨닫는다. 이런 유형의 의식이 작용하는 꿈들의 대부분은 역설수면 단계에서 나타나지

9) 영국의 심리학자, 성의학자, 꿈 연구가(1859~1939). 잘 알려진 저술로는 7권짜리 대작 『성의 심리학 연구』와 프로이트의 『꿈의 해석』에 여러 차례 인용된 「꿈의 소재」(1899년 4월 Appleton's Popular Science Monthly에 발표된 논문), 『꿈의 세계』(1911) 등이 있다.

만, 더러는 느린 파동 수면(또는 정수면)의 2단계에서 나타날 수도 있다.

d) 자각적인 꿈을 꿀 때 나타나는 반성적인 의식

꿈을 꾸되 자기가 꿈꾸고 있다는 것을 알고 있는 경우이다. 꿈꾸고 있다는 것은 알지만, 꿈속의 광경이 전개되는 것을 변화시킬 수는 없다. 이런 꿈들의 뇌파 기록은 매우 드물다. 그 기록들은 언제나 역설수면, 즉 렘수면 단계에서 이루어졌다.

e) 전개에 영향을 미칠 수 있는 자각적인 꿈에 나타나는 반성적인 의식

에르베 드 생드니[10]를 인용할 것. '나는 꿈꾸고 있다는 것을 안다. 뿐만 아니라, 나는 꿈의 흐름을 내 마음대로 변화시킬 수 있다.' 역설수면의 뚜렷한 증가가 수반되는 나르콜렙시[11]에 걸린 내 환자의 사례를 소개할 것. 이 환자는 낮잠을 잘 때 비슷한 꿈들을 자주 꾸었다. 그는 침대에 배를 대고 엎드려 있는 '자기의 육신에서 벗어나는 것'이 가능했다. 그렇게 육신을 벗어난 뒤에는 날아서 자기 여자친구들의 집을 찾아가 창문을 통해 그녀

---

10) 프랑스의 작가이자 중국학자이자 꿈에 관한 연구의 개척자(1822~1892). 13세부터 꿈 일기를 썼으며, 1867년에는 『꿈과 꿈을 다스리는 방법』이라는 익명의 저서를 출간했다. 프로이트는 『꿈의 해석』에서 에르베 드 생드니의 저서를 구하려고 백방으로 애를 썼으나 구하지 못했다고 말하면서, 바쉬드나 모리 등의 저서에 나오는 에르베 후작의 말을 여러 차례 재인용하고 있다.

11) 낮에는 몇 분에서 수십 분 동안 잠에 빠지고, 밤에는 잠을 못 자는 병. 졸리지도 않은데 갑자기 잠이 들거나, 잠에서 깨어났어도 몸을 움직이지 못하고 돌연 근육의 긴장이 풀어져 쓰러지는 따위의 증세를 보인다.

들을 만나러 들어갔다고 한다. 그가 이런 꿈들을 꾸는 동안 나는 뇌파를 기록했다. 이 뇌파들은 역설수면과 '근육의 긴장이 이완된 채 깨어 있는 상태'가 혼합되어 있는 양상을 보여 준다. 다시 말하면 감마파(40헤르츠)와 알파파(9헤르츠)가 뒤섞인 채로 나타났다는 것이다.

## IV. 깨어 있을 때의 의식과 꿈꿀 때의 의식 사이에서 이루어지는 상호작용

깨어 있을 때의 경험이 꿈에 영향을 미치는 경우: 낮의 잔재와 어린 시절의 추억이 꿈에 얼마나 자주 나타나는가 하는 문제를 둘러싼 논의. 프로이트 등을 참조.

꿈이 깨어 있는 상태에 영향을 미치는 경우: '꿈의 잔재'가 깨어 있을 때의 의식에 어떻게 작용하는지를 보여 줄 것. 이 문단은 꿈의 기능을 논하는 6장과 연결된다.

## V. 메커니즘

깨어 있음, 관심, 반성적인 '의식'에 관한 신경생리학적 문헌의 정보들을 요약할 것.

역설수면이 꿈의 신경생리학적 토대가 되고 있음을 인정할 것. 그리고 역설수면 중에 어떤 부위와 신경전달물질이 대뇌피질의 전기 활동을 활성화하는 데 관여하는지를 밝혀낸 실험들을 요약할 것. 이 실험들이 증명한 바에 따르면, 역설수면 때에 작용하는 신경전달물질과 깨어 있을 때에 작용하는 신경전달물질은 서로 다르다. 따라서 꿈꿀 때의 의식과 깨어 있을 때의 의식은 서로 다른 시스템에 의존하고 있다.

## VI. 기능

당연한 얘기지만, 꿈의 기능을 다루는 것으로 그칠 것. 꿈이 기억(명시적인 기억이든 암시적인 기억이든)이나 망각에 필수적이라는 가설에 반대하는 다수의 논거들을 인용할 것. 꿈을 꾸는 동안 유전적인 프로그래밍이 되풀이되고, 그럼으로써 인간의 개성이 유지된다는 가설을 되도록 명쾌하게 요약할 것.

## VII. 결론

이 장에서는 인용이나 요약에 기대지 않고 전적으로 나만의 이야기를 해야 한다. 프로그래밍의 메커니즘을 조작할 수 있을 때, 그러니까 인격을 빠르게 변화시키는 것이 가능해질 때 어떤 위험이 나타날 수 있는지를 암시해야 할 듯하다. 헉슬리의 '멋진 신세계'나 오웰 식의 이야기를 하지 않도록 조심할 것. 그런 것은 이 학회지의 취향이 아니다.

무엇보다 약간 따분한 글이 되게 할 것(이 명망 높은 회지에 실리는 논문들의 대부분이 그러하듯이……).

나는 이 초안의 여백이 바포레토와 갈매기와 유리공장 아가씨들의 그림으로 차츰차츰 뒤덮여 가고 있음을 알아차렸다. 젖무덤이 봉긋한 무라넬라는 발기한 채 꿈을 꾸고 있는 사람들로 가득 찬 바지선 위쪽을 날고 있다!

햇살이 아침 안개를 뚫고 퍼져 나간다. 오늘도 날씨가 참 좋을 것이다. 마를렌이 장담하기를, 내일부터 비가 내릴 거라고 한다. 이런 날 오후 내내 호텔에 처박혀 글을 쓰겠다니. 그건 애석한 정도가 아니라 어리석은 짓이리라.

기차를 놓치지 않을까 걱정했는데, 다행히도 연착이 되었다. 나는 맨 앞쪽의 차량에 올라탔다. 베네치아의 산타 루치아 역에 닿았을 때 조금이라도 더 빨리 나가기 위해서였다. 이 차량에는 승무원실이 마련되어 있는데, 예쁜 여승무원이 그 칸을 차지하고 있었다. 나는 국영철도 제복의 올리브색을 칭찬하면서(사실 그것은 흉하고 괴이한 빛깔이라서 제복의 맵시를 떨어뜨리고 있었다), 그녀에게 말을 걸었다.

"여기서 무슨 일을 하는 건가요?"

"열차가 역을 통과할 때마다 도착 시간과 출발 시간을 커다란 장부에 기록하죠."

"페르케(왜요)?"

"페르 니엔테(그냥이요)."

나는 기차에서 내려 곧바로 41번 바포레토에 올라탔다. 이번에는 무라노 섬까지 가서 환상적인 동물들을 형상화한 유리 공예품들을 몇 점 사고 싶었다. 운이 좋으면 '유리공장 아가씨들'이나 무라넬라를 다시 만날 수 있지 않을까 하는 생각도 들었다.

베네치아의 빛깔은 어제와 달랐다. 안개가 어제보다 짙어서 갈색과 황토색과 파란색이 어우러진 차테레 기슭의 저택들과 해관과 산타 마리아 델라 살루테 성당이 보이지 않았다.

산 마르코 광장 옆의 산 차카리아 정류장에서 주로 일본인들과 미국인들로 이루어진 한 무리의 시끄러운 관광객들이 바포레토로 몰려들었다. 미키마우스 가면을 쓰고 와자하게 떠들어 대는 미국 아이들이 내 앞으로 쳐들어왔다. 나는 햇빛이 드는 내 자리를 지키며 버티다가 결국 아이들에게 밀려 포기해야만 했다. 바포레토의 내부로 들어가고 있는데, 누가 내 어깨를 툭 쳤다.

"주베 교수님. 잇 이스 소 나이스 투 미츄 히어(여기서 만나니 무척 반갑네요)!"

해마 생리학의 '대가들' 가운데 하나인 캐나다의 짐 맥 M. 교수였다. 60대 노인이지만 머리를 검게 염색하고 살갗은 구릿빛으로 그을린 채 폴로셔츠에 청바지를 입은 차림이었다. 그는 몬트리올에 있는 맥길 대학에 재직하고 있었다. 그는 도로시라는 여자를 내게 소개했다. 스물다섯에서 서른 살쯤 된 예쁜 적갈색머리 여자였는데, 탈색한 진으로 된 핫팬츠를 입고 있어서 통통한 엉덩이의 아랫부분이 드러나 보였다. 박사학위 취득 후의 연구 과정을 밟고 있는 학생일까? 장차 그의 두 번째 아내가 될 여자일까? 사실 나는 여러 학술대회에서 그의 풍만한 아내와 아이들을 만난 적이 있었다.

"짐, 베네치아에는 무슨 일로 오셨어요?"

"나폴리에서 열린 기억에 관한 세미나에 참석하고 오는 길이에요. 이어서 해마에 관한 드레스덴 학술대회에 참석하기로 되어 있는데, 그 전에 당연히 베네치아를 구경해야죠. 교수님도 드레스덴에 가실 건가요?"

"아뇨. 저는 그냥 베네치아에 있을 겁니다."

앞으로 한동안은 짐을 다시 만나지 못하리라는 생각이 들었다. 어쩌면 다시는 못 만날 수도 있었다. 그런데 그는 내가 몇 달 전부터 궁금해하고 있는 문제에 대답해 줄 수 있는 유일한 연구자였다.

우리는 바포레토에서 가장 덜 시끄러운 뱃머리 쪽 자리에 가서 앉았다. 그동안 도로시는 캠코더로 사방팔방을 찍어 대고 있었다.

"짐, 전문 분야에 관한 질문 하나 해도 될까요?"

"물론이죠. 제가 대답할 수 있는 거라면, 기쁜 마음으로 하겠습니다."

"그 문제에 관해서 나에게 가르쳐 줄 수 있는 사람은 당신밖에 없어요. 당신은 해마의 '대가'이니까요. 내가 알고 싶은 것은 이런 거예요. 당신이 입증한 대로, 해마는 대뇌피질과 정보를 교환할 수 있고, 그럼으로써 기억에서 어떤 역할을 할 수 있어요. 내가 당신의 탁월한 논문을 제대로 이해한 거라면, 해마가 그런 역할을 하는 것은 세타파 덕분입니다. 그리고 이 세타파는 렘수면 중에도 나타나고 깨어 있을 때도 나타납니다."

"아주 정확합니다. 그런데 우리는 정보가 옮겨지는 메커니즘의 비밀을 아직 알아내지 못했어요."

"좋습니다. 그럼 이 점을 어떻게 생각하십니까? 만약 세타파의 진폭을 100퍼센트 정도 증대시키고 그 주파수를 9헤르츠에서 5헤르츠 정도로 감소시킬 수 있다면, 해마와 대뇌피질 사이의 전이 현상이 여전히 정상적으로 일어날까요?"

"그건 어려운 문제예요. 그런 조작을 어떻게 하시겠다는 거죠?"

"해마에 직접 영향을 미치는 뇌의 한 부위를 전기적으로 자극하는 방법으로요."

"아, 알겠어요. 그렇게 해보셨나요?"

"딱 한 번, 우연히요."

물론 그것은 거짓말이었다. 나는 내 비밀을 그에게 알려주고 싶지 않았다.

"제가 보기엔 그런 조작을 가하면 십중팔구 전이 현상에 중대한 변화가 생길 겁니다. 세타파는 주파수와 진폭이 조금만 달라져도 아주 다른 효과를 내는 특성이 있으니까요. 어쩌면 그런 방법을 통해 아주 사소한 것까지 낱낱이 기억하게 하는 엄청난 기억증진 증상이나 그 반대 증상을 야기할 수 있을지도 모르죠. 쥐들도 꿈을 꾸는지 모르겠습니다만, 그것들의 꿈을 변화시키는 것도 가능할 거예요. 잇 이스 유어 프러블럼, 프로페서(그건 당신의 문제입니다, 교수님)."

짐은 생각에 골몰해 있는 듯한 표정으로 한참 침묵을 지키다가 말을 이었다.

"저는 최근에 해마의 시냅스 구성에 깊은 관심을 갖고 연구했어요. 물론 생체를 상대로 한 연구는 아니었지요."

"당연히 그렇겠죠."

이 짐이라는 작자는 이제 뇌의 단면도 따위나 보면서 연구를 하고 있다. 그게 유행이고, 더 쉬운 길이지, 하고 나는 생각했다.

"해마는 매력적인 구조예요. 우리는 거기에서 GABA(감마아미노부르티산)를 지닌 새로운 수용체를 발견했어요. A 수용체도 아니고 B 수용체도 아닌, 이제껏 알려지지 않은 것이죠."

"굉장하군요. 진심으로 축하합니다!"

"원하신다면, 그 주제에 관한 우리의 최근 논문을 보내 드릴게요. 우리는 이미 웹사이트(www.hippocampus.mac.m.com)에 간단한 연구기록을 올린 적이 있어요. 그런데 얼마 전 우리 논문이 미국 국립과학원 회보(PNAS)에 실렸지요. 아직 안 읽어 보셨습니까?"

"네, 아직요."

당연히 안 읽었지, 하고 나는 생각했다.

이 짐이라는 작자는 미국 국립과학원 회보를 들먹이면서 자기가 여전히 신경생물학계의 거물에 속한다는 것을 과시한 셈이었다. 그 회보에 논문을 발표하는 것은 쉬운 일이 아니다. 그것은 뛰어난 연구 성과를 낸다고 해서 되는 일이 아니라, 편집위원회 내부에 좋은 친구들이 있어야만 가능한 일이다. 어쨌거나 그의 논문을 읽어 볼 생각이다. 세타파가 GABA 수용체의 메커니즘에 좌우된다는 것을 확인해 주었으니 말이다.

짐이 영어로 물었다.

"여전히 그 문제를 연구하고 있나요?"

"아뇨. 반쯤 은퇴한 상태예요. 하지만 강의는 아직 하고 있어요. 학생들은 그 주제에 관심이 많죠. 그들에게 당신의 논문을 요약해 줄 생각이에요. 그건 그렇고, 도로시하고 어디를 가는 거죠? 아주 매력적이고 사랑스런 여자로군요."

"고맙습니다. 우리는 무라노에 갑니다. 도로시가 샹들리에를 하나 사고 싶어 하거든요. 아 참, 우리가 샹들리에라고 하면 프랑스 사람들은 촛대라고 생각한다지요? 그것을 프랑스어로는 뭐라고 하나요?"

"뤼스트르[12]요."

"맞아요, 뤼스트르. 그걸 하나 사서 집에 달아 놓으려고요."


집에 달아 놓겠다고? 가엾은 짐. 자네는 스스로 무덤을 팠어. 자네를 기다리는 건 이혼과 쥐꼬리만 한 연금이야! 젊은 여자를

---

12) 샹들리에는 원래 '촛대'를 뜻하는 프랑스어인데, 영어나 우리말에 들어와서는 '천장에 매달아 드리우게 되어 있는 호화로운 장식등'을 뜻하는 말이 되었다.

데리고 살자면 죽는 날까지 책깨나 써 대야 할걸. 그런데 해마에 관한 책은 북미에서도 그리 잘 팔리지 않아. 결국 자네에게 남은 길은 기억에 관한 대중적인 책들을 쓰는 것뿐이지……

바포레토는 베네치아 병원 앞의 정류장을 거쳐 운하를 가로지른 다음 산 미켈레 섬과 무라노 섬을 향해 나아갔다. 짐은 도로시의 허리를 감싸 안은 채, 무라노 섬의 첫 정류장에서 내렸다.

나는 허리와 엉덩이를 흔들며 멀어져 가는 그녀를 보면서, 어쨌거나 몸매는 잘빠졌군 하고 생각했다. 나는 승객들이 빠져나간 바포레토에 남아서 무라노 섬 한복판에 있는 종점까지 갔다. 유리 공예품 가게들이 양쪽에 늘어선 좁다란 길들을 이리저리 돌아다녔지만, 내가 원하는 작품들을 찾아낼 수 없었다. 상상의 동물들도, 작년에 내 마음을 사로잡았던 유명한 공예가 체사레 토폴로[13]의 인형들도 눈에 띄지 않았다.

돌아오는 길에 무라노 섬의 등대 정류장에서 예의 '유리공장 아가씨들' 세 명이 보름쯤 수염을 깎지 않은 듯한 멋쟁이 이탈리아 남자와 함께 올라탔다. 조금 뒤에 나는 마침내 무라넬라를 보았다. 아마도 관광객들 틈에 끼여서 승선하는 바람에 내 눈에 띄지 않은 모양이었다. 나는 관광객들을 헤치며 조금씩 그녀에게

---

13) 1961년 베네치아의 무라노 섬에서 태어나 어려서부터 자기 가문의 달인들을 사사한 뒤에 세계적인 명성을 얻은 유리 공예가. 미국과 일본에서 유리 공예를 가르쳤고, 1997년 무라노에 비영리 문화재단 Centro Studio Vetro를 설립하여 유리 공예의 보급에 힘쓰고 있다.

다가갔다. 그러자 그녀의 향기가 느껴지고, 아주 복잡한 그녀의 화장이 눈에 들어왔다. 내가 어제 추정한 것과는 달리, 스물두 살에서 스물네 살쯤 된 모습이었다. 기이하게 초롱초롱한 청회색 눈동자가 눈 가장자리를 따라 그린 파란 아이 라인 때문에 더욱 두드러져 보였다. 그녀의 눈길이 잠깐 나에게 쏠렸지만, 나를 알아보는 것 같지는 않았다. 오늘 무라넬라는 파란 잠바에 청바지 차림이었다. 바지의 오른쪽 뒷주머니가 불룩했다. 휴대전화가 들어 있는 것을 알 수 있었다.

'유리공장 아가씨들'은 폰다멘타 정류장에서 내렸고, 무라넬라는 어제처럼 마돈나 델 오르토 성당 정류장에서 내렸다. 그러고 나서 41번 바포레토는 왼쪽으로 비스듬하게 돌아 칸나레조 운하를 통해 베네치아 섬의 내부로 들어간 다음, 곧 트레 아르키 다리 앞에 멈췄다.

그때 아주 놀라운 일이 눈앞에 벌어졌다. 무라넬라가 선착장에서 바포레토를 기다리고 있었던 것이다! 4,5분 전에 마돈나 델 오르토에서 내린 그녀가 어떻게 여기에 와 있을까? 나는 베네치아의 지도를 보면서 계산해 보았다. 마돈나 델 오르토 성당에서 트레 아르키 다리 사이에 있는 크고 작은 운하들의 미로를 걸어서 헤쳐 나오자면, 줄잡아도 15분에서 20분은 걸릴 것이었다. 그렇다면 이게 대체 어찌된 일일까?

저 여자가 몇 분 전에 바포레토에서 내린 바로 그 무라넬라일까? 얼굴 생김새, 오른쪽 귓불의 보석, 희미한 미소, 분명 무라넬라였다. 조금 뒤 바포레토가 칸나레조 운하 정류장에 닿자, 무라넬라는 배에서 내려 게토 베키오 소운하의 둑길을 따라 빠르게 걸어갔다. 그러고는 어제처럼 군중 속으로 사라졌다.

나는 기차를 타고 돌아오면서 무라넬라의 그 이중 출현이 어떻게 가능했는지를 설명해 보려고 애썼다. 하지만 아무 소득이 없었다. 그 수수께끼에 골몰해 있다가 하마터면 기차가 잠깐밖에 머물지 않는 에우가네오 온천 역을 그냥 지나칠 뻔했다.

나는 호텔 식당 문이 열리기를 기다리며 로비에서 우편엽서를 샀다. 프런트 옆에 있는 전화박스 앞을 지나는데, 유리문 너머에서 활기찬 말소리가 들려왔다. 어떤 여자가 외국어로 떠드는데, 어느 나라 말인지 짐작하기가 쉽지 않았다. 이탈리아어나 스페인어도 아니고, 영어나 독일어도 아니었다. 조금 더 귀를 기울이니, 귀에 익은 단어들이 들려왔다. 다(예). 니예트(아뇨). 도 스비다냐(안녕히 계십시오). 스파시버(고맙습니다). 러시아어였다. 나는 로비의 건너편에 있는 커다란 가죽 의자에 가서 앉았다. 5분쯤 지나서 나는 마를렌이 전화박스에서 나오는 것을 보았다. 마를렌이 러시아 여자인가?

내가 식당의 내 자리에 가서 앉자 그녀가 물었다.

"오늘도 베네치아에 가셨어요? 날씨도 어제처럼 좋던걸요. 날씨 좋을 때 많이 다니세요. 곧 비가 올 테니까요……."

식사를 끝내고 한 손에 디저트 접시를 든 채 식탁으로 돌아왔더니, 자기 식탁에 그대로 머물러 있던 마를렌이 내 쪽으로 몸을 기울였다.

"선생님 식탁에 생수가 떨어졌더군요. 마침 지배인이 왔기에 '카이저바서' 한 병을 새로 시켰어요. 그리고 실례가 될지 모르지만, 제가 한 잔 가득 따라 놓았어요."

그녀는 자기 생수 잔을 들어 올리면서 덧붙였다.

"선생님의 건강을 위하여."

나는 생수를 마시면서 대답했다.

"포도주를 가지고 건배를 할 걸 그랬나 봐요."

"정말이에요. 하지만 아까 그 생각을 하고 선생님 식탁을 보니까 포도주가 떨어졌더라고요. 그래서 새로 한 병을 시킬까 하다가 그만뒀죠."

이 여자가 왜 나 대신 주문을 하는 걸까?


디저트를 먹고 나서, 루트비히 만 교수를 만나러 스탠드바로 갔다. 그는 우리가 좋아하는 구석 자리에 벌써 맥주잔을 앞에 놓고 앉아 있다가, 내가 오는 것을 보고 한 잔을 더 주문했다.

그가 먼저 말문을 열었다.

"어젯밤에 자네가 설명한 것을 두고 곰곰이 생각해 봤네. 그런 실험들은 위험한 결과를 가져올 수 있어. 안 그런가? 한 개인의 인격을 그가 알아차리지 못하는 사이에 변화시킬 수 있으니 말이야! 실험 결과를 발표한 적이 있나?"

"아니, 아직 없네. 세타파와 관련된 실험 결과는 발표하지 않았네."

"그건 비밀로 남겨 두는 게 좋지 않을까? 그러면 자네와 자네 팀에 문제가 생길까? 다른 연구자들에게 선수를 빼앗길까 봐 두려운가?"

"당연히 그런 일이 벌어질 걸세. 세타파와 해마와 기억을 연구하는 사람들이 많거든."

"세타파에 작용할 수 있는 분자를 찾아내는 것이 가능할까?"

"가능하지. 그러자면 해마의 수용체와 여러 가지 신경전달물질을 분리해 내야 할 걸세. 그건 많은 시간과 돈을 필요로 하는 엄청난 작업일세. 우리 연구소의 재원으로는 도저히 할 수 없는 일이지. 그건 그렇고, 이제 자네 얘기를 들어 보세. 어젯밤에 자네가 넌지시 말한 대로라면, 노년학 분야에서 혁명이 진행되고 있는 모양인데……."

"좋아, 맥주 한 잔 더 마시면서 얘기하세. 생쥐의 수명이 얼마나 되는지 자네는 당연히 알 걸세. 생쥐의 수면을 연구하고 있으니까 말이야."

"약 3년으로 알고 있네."

"그럼 같은 몸무게의 박쥐는 몇 년이나 살까?"

"훨씬 더 오래 살지. 10년?"

"아닐세. 30년. 생쥐보다 열 배나 오래 살지. 우리 분야의 기초 연구자들은 주로 초파리와 예쁜꼬마선충이라는 아주 작은 벌레를 상대로 연구를 하네. 그 벌레의 학명은 말해줘도 금방 잊어버리 테지만, Coenorabditis elegans일세. 이 연구를 바탕으로 분자생물학자들은 수명을 단축시키는 이른바 '집행' 단백질과 수명을 연장시키는 '보호' 단백질을 분리해 내기에 이르렀네. 수명을 연장시키는 단백질들 가운데 하나는 '므두셀라'[14] 단백질일세. 이름 잘 짓지 않았나? 일부 연구자들은 그런 데이터들을 사람에게 확대 적용할 수 있으리라 상상하고 있네. 사람의 최대 수명을 보자면, 여자의 경우는 120세이고, 남자의 경우는 대략 100세일세. 만약 생쥐와 박쥐의 수명에 차이가 나는 이유를 알게 된다면, 이론적으로는 사람의 수명이 1000세에 도달하게 될지도 모르네. 어느 쪽이 더 환상적인가를 놓고 말하자면, 보다시피 노년학이 꿈 연구보다 월등히 앞서 있지 않은가!"

"6, 7백 살 먹은 노인들이 주도하는 초고령화 사회, 그런 사회가 오리라고 생각하나?"

"오지 말란 법도 없지!"

"이 가엾은 지구의 기온은 벌써 오래전부터 너무 높아지고 있네. 이대로 가다간 지구에 생명이 남아 있지 않게 될 거야. 어쨌거나 우리는 과학자들의 책임이 점점 막중해질 시대에 살고 있네. 다행히도 유럽에는 윤리위원회들이 있어서……."

"유럽의 경계를 어디에 두느냐에 따라 얘기가 달라질 수 있

14) 구약 성경 창세기 5장27절에 나오는 인물. 969세까지 살았다고 한다.

네."

루트비히는 마치 뭔가 중요한 이야기를 할 것처럼 나를 바라보고 있었다. 그러더니 어깨를 으쓱 추켜올리고 입을 다물어 버렸다. 졸음이 오는 모양이었다.

나는 자리에서 일어나며 말했다.

"구테 나흐트, 헤르 프로페소르(잘 주무시게, 교수 양반). 자네는 운이 좋은 거야. 진흙목욕 시간이 여덟 시라서 잠을 푹 잘 수 있으니 말이야."

"그래. 자네도 짧은 시간이나마 잘 자게. 내일도 베네치아에 가나?"

"아니, 내일은 일을 하려네. 비가 올 테니까 더더욱 그래야지!"

"글쎄, 내 통증으로 봐서는 비가 올 것 같지 않은걸."

"키 로 사(그걸 누가 알겠나)?"

나는 객실로 올라갔다. 논문을 써야 했다. 적어도 두 장*은 끝내 놓아야 하는 상황이었다. 무라넬라의 이중 출현이 자꾸 내 생각에 섞여들었다.

내일은 어떠한 일이 있어도 호텔에 머물러야 한다. 그러지 않으면 논문을 끝내지 못할 것이다.

### 1999년 9월 8일 수요일
## 순양함 '오로라'호

　그날 밤 나는 새벽 두 시 반까지 거의 쉬지 않고 몽중夢中 의식의 메커니즘에 관한 10쪽 정도의 글을 썼다. 그러고 나서 세 시에 진흙목욕을 하러 내려갔다. 줄리오가 모닝콜을 생각하기도 전이었다. 진흙욕실 안에 들어가자, 옛날의 기억이 과도하게 선명해지는 기이한 자동반응이 일어났다. 전날 밤과 전전날 밤에 내 친구 루트비히에게 솔직히 털어놓지 않았던 사건들이 자동적으로 몰려와 내 머릿속을 떠나지 않았다.

　약 1년 반 전에 리옹에서 있었던 일이다. 나는 해마의 여러 수용체를 분리해 낼 수 있거나 그런 일을 하려는 의지가 있는 실험실을 프랑스나 유럽의 다른 나라에서 찾아내려고 애썼다. 해마의 수용체처럼 작용할 수 있는 분자를 개발하기 위해서였다. 하지만 나는 번번이 정중한 거절에 부딪혔다. 거절의 요지는 이러했다. 그런 분자가 무엇에 도움이 되느냐? 짧은 기간에 걸쳐 상업적으로 개발하는 것이 가능하냐? 그런 종류의 연구는 우리의 전략에 부합하지 않는다. 만약 그 분자가 수면과 연관된 것이 아니라면, 충분한 시장을 기대할 수 없다. 우리는 현재 '수면을 유발하는' 거의 완벽한 분자들을 가지고 있다. 그것들을 개발하기 위해 수천만 달러를 들였는데, 무엇 때문에 다른 분자들을 찾겠느냐? 등등.

그러던 어느 날, 나는 장 S.라는 교수의 방문을 받았다(눈을 감으면 마치 깨어 있는 상태에서 꿈을 꾸는 것처럼 그 장면이 다시 보인다). 그는 이제 막 자기 회사를 설립한 젊고 똑똑한 약학자였다. 그는 내 실험실을 둘러보고 나서 점심을 같이 먹자고 하더니, 그 시간을 이용해서 방문 목적을 자세하게 설명했다. 그는 GABA에 의한 정보 전달에 관심이 많았다. GABA는 억제 기능을 가진 신경 전달물질의 하나로서 간질과 수면의 통제에서 중요한 역할을 하기 때문이다. 그는 어떤 정황에서 그게 가능했는지는 말하지 않았지만, 중국해에 서식하는 어떤 물고기의 독소에서 독특한 분자를 분리해 냈다고 털어놓았다. 생체 밖에서 실험한 결과이긴 하지만, 그 분자는 GABA에 민감한 아직 알려지지 않은 수용체에 영향을 미치는 모양이었다. 그는 스스로 'GB169'라고 명명한 그 분자의 3차원 구조를 보여 주지 않았다. 내가 구조생화학에 관해서는 까막눈이라는 것을 알기 때문이었다. GB169는 독성이 없었고, 극소량으로 GABA 수용체에 영향을 미칠 수 있었다. 그것을 생체에 투여하는 방법도 여러 가지였다. 뇌 속에 직접 투여할 수도 있고, 근육이나 피부를 통해 주입할 수도 있으며, 경구적인 투여도 가능했다.

"선생님 실험실의 쥐들이나 생쥐들을 상대로 GB169가 수면에 어떤 영향을 미치는지 시험할 수 있을까요?"

장 S. 교수는 그러면서 노란색의 작은 유리병 하나를 내밀었다. 병 안에는 하얀 가루 형태로 된 몇 그램의 GB169가 담겨 있었다.

"두세 가지 동물을 상대로 이것을 시험해 보시고, 그 결과를 저에게 알려주세요. 만약 흥미로운 결과가 나타나면, 사업계획을 더 면밀하게 수립하고 계약서를 작성하기로 하죠. 선생님의 실험실에서는 여전히 쥐와 생쥐들의 수면을 기록하고 있습니다. 유럽에서 단 하나뿐인 실험실이죠."

그리하여 나는 7월 방학 동안에 GB169를 시험하게 되었다. 밤이 되면 실험실에 나 혼자밖에 남아 있지 않던 때였다.

나는 어느 날 밤 여덟 시에 그 물질의 극소량을 생쥐 두 마리에게 주입했다. 생쥐들의 대뇌피질과 해마에는 전극이 부착되어 있었다. 이 실험은 아이슬란드에서 새로 들여온 아주 복잡한 컴퓨터의 성능을 시험하는 기회이기도 했다. 이 컴퓨터는 뇌의 전기 활동을 기록하면서 동시에 대뇌피질과 해마의 주파수와 진폭을 분석할 수 있게 해 주었다.

자정이 되도록 해마의 세타파는 매번의 역설수면에서 8헤르츠로 일정하게 나타났다. 그러다가 점진적인 변화를 보이더니, 새벽 세 시에서 일곱 시 사이에는 세타파의 진폭이 약 80퍼센트 정도 증대했고, 주파수는 8헤르츠에서 4헤르츠로 감소했다. 하지만 역설수면의 다른 특징들(대뇌피질의 빠른 활동, 근육 이완)은 유의미한 변화를 보이지 않았다. 예닐곱 시간이 걸릴 만큼 반응 잠재기가 길고 반응이 네 시간 넘게 지속된다는 사실은 GB169와 GABA 수용체의 결합이 복잡하다는 것을 입증하는 것이었다.

나에게 큰 행운이 찾아온 셈이었다. GB169는 정말 역설수면 중에 해마를 중심으로 일어나는 유전적 프로그래밍의 메커니즘을 제거할 수 있는 물질인 듯했다.

이제 남은 일은 GB169가 A 혈통과 B 혈통에 속하는 생쥐들의 탐색 행동에 어떤 영향을 미치는지 시험하면서 뇌의 전기 활동을 기록하는 것뿐이었다. 나는 내 실험을 비밀에 부치고 싶었다. 그래서 실험노트의 해당 페이지와 뇌파 기록과 종이에 기록된 파워 스펙트럼을 모두 없애버렸다. 하지만 그 모든 것이 컴퓨터의 하드 디스크에 저장되었다는 사실을 잊고 말았다. 그러고는 몇 달이 지나서야 하드 디스크에 저장된 것을 누가 훔쳐 갔다는 사실을 알아차렸다.

"프레고, 에 피니토 일 팡고(자아, 진흙목욕이 끝났어요)!"

줄리오가 그렇게 알려 왔다.

"프레고, 줄리오, 오지, 벤티 미누티(부탁일세, 줄리오, 오늘은 20분 동안 하겠어)!

"바 베네, 프로페소레(좋아요, 교수님).

나는 찜질 효과를 내는 진흙의 열기 속에서, 깨어 있는 채로 꾸던 꿈을 이어 나갔다. 옛날 일들이 너무나 선명하게 떠오른다는 사실이 놀라웠다.

나는 리옹에서 밤마다 실험을 계속했다. 컴퓨터의 적색 램프와 초록색 램프들이 깜빡거리며 빛을 비추던 실험실은 늘 적막에 휩싸여 있었다.

나는 각 혈통에서 두 마리씩 골라낸 생쥐들을 상대로 다음과 같은 사실을 확인했다. 수면 초기, 즉 밤 여덟 시쯤에 GB169를 주입하면, 탐색 행동에 예상된 변화가 나타났다. 사흘에 걸쳐서 내리 주입을 했더니 그 효과가 한결 분명했다. 반면, 생쥐들이 잠에서 깨어나는 새벽에 다른 생쥐들에게 주입했을 때는 효과가 없었다. 네 번 잇달아 주입한 뒤에 나타난 효과는 놀랍게도 거의 한 달 동안 지속되었다. GB169는 해마에 있는 아직 알려지지 않은 수용체와 불가역적인 방식으로 결합하는 게 아닌가 싶었다. 만약 GB169를 더 많이 주입한다면, 몇 달 아니 몇 해 동안 지속되는 효과를 얻을 수도 있지 않을까? 생쥐의 수명을 생각한다면 평생에 걸쳐 효과가 지속되게 할 수도 있다는 얘기가 아닌가?

어느 날 밤 자정 무렵, 내가 기록 장치와 컴퓨터 옆을 떠난 지 30분쯤 되었을 때, 대학의 야간 경비원이 여느 때처럼 순찰을 돌다가 내 사무실로 들어왔다.

"교수님 혼자 계세요?"

"물론이죠."

그 시간에 나 말고 다른 사람이 있을 리 없었다. 나는 비밀리에 실험을 하고 싶었기 때문에, 매일 밤 그랬듯이 실험실을 한 바퀴 둘러보고 나서야 GB169를 생쥐들에게 주입했던 것이다.

경비원이 말했다.

"그것 참 이상하네요. 5분 전에 어떤 사람을 봤는데, 교수님 실험실을 빠져나와 비상계단으로 내려가던걸요. 그러고는 정문으로 해서 걸어 나갔어요. 교수님이 자동차를 타고 나가실 수 있도록 제가 정문을 열어 놓았거든요. 남자였던 것 같아요. 제가 그 사람을 부르긴 했는데, 서지 않고 그냥 가 버리는 바람에……."

누가 내 실험실에 몰래 왔을까? 당연히 이곳 사정을 잘 아는 사람일 것이다. 출입문을 열자면 비밀번호를 알아야 하고, 이 비밀번호는 매달 16일에 바뀌고 있었으니 말이다. 연구자들과 기술자들을 합치면 30명인데, 그들 가운데 하나일까? 하지만 그들은 저마다 연구 프로그램을 가지고 있었고, 그 프로그램들은 대개 내 것과는 아주 달랐다. 외국에서 온 어떤 연수생일까? 당시 우리 연구소에는 연수생이 열 명 있었다. 일본인 세 명에 미국인 두 명, 이탈리아인 두 명, 러시아인 한 명, 스웨덴인 한 명, 그리고 칠레인 한 명이었다. 그들 가운데 하나가 내 연구의 주제가 무엇인지 알고 있었던 것일까? 새로 들여온 생쥐들의 해마에 전극이 심어져 있다는 것을 눈치 챘을까? 아이슬란드에서 들여온 새 컴퓨터의 자리가 종종 바뀌고 있다는 것을 알아차린 것일까? 학위논문 발표가 끝난 뒤에 열리는 '술을 곁들인' 뒤풀이 자리에서, 나는 각각의 연구자와 이야기를 나누었다. 그때 백포도주와 샴페인을 마시고 술김에 내 이론에 관해서 몇 마디 농담을 했을지도 모를 일이다. 그 말을 들은 어떤 연구자들이 내 이론의 토대를 무너뜨리려고 했던 것일까? 그 자리에서 우리가 해마의 세타파에 관해 이야기했을 가능성은 있다. 하지만 내가 GB169의 존재를 언급하지 않은 것은 분명하다. 설령 프랑스나 외국의 어떤 연구자가 내 야간 연구의 목적을 알아내려고 했다 한들, 그가 무엇을 찾아낼 수 있었겠는가? 나는 GB169가 담긴 유리병을 언제나 몸에 지니고 있었고, 매번의 실험을 끝낸 뒤에는 뇌전도와 컴퓨터의 스펙트럼 사진과 실험 기록을 집으로 가져갔다.

"프레고, 프로페소레, 피니토 일 팡고, 수비토(자아, 교수님, 진흙목욕이 끝났어요, 어서요)!"

세 시 반쯤에 줄리오가 나를 상념에서 빠져나오게 했다. 그러고 보니 옛일을 회상하는 데 골몰하여 무라넬라 생각은 조금도 하지 않았다. 이번 꿈에서는 그녀를 다시 보게 되지 않을까? 나는 네 시쯤 다시 잠자리에 들면서 그렇게 생각했다.

나는 7월의 우윳빛 백야가 드리운 상트페테르부르크의 피고로프 부두에서 러시아 해군 장교들을 바라보고 있다. 그들은 순양함 '오로라'호[15]의 이물 쪽 갑판에서 근무를 서는 중이다. 병사들이 대포를 쏜다…….

누가 내 방문을 점점 더 세게 두드린다. 나는 잠에서 깨어난다. 아홉 시, 안마사다. 내가 꿈속을 헤매느라 모닝콜에 대답하지 않자, 직접 깨우러 올라온 것이다. 그가 느꼈을 불안감과 그 뒤의 안도감을 짐작할 수 있다. 요양객들이 진흙목욕을 한 뒤에 아주 '잠들어' 버리는 경우가 더러 있으니 말이다.

마사지를 끝내고 객실에 돌아오자 그 꿈에 담긴 의미가 궁금해진다. 나는 그것을 되도록 최근의 사건들과 연결시켜 보려고 애쓴다. 내가 꿈속에서 순양함 '오로라'호의 대포 소리를 들은 것은 안마사의 노크 소리 때문인 게 분명하다. 이건 알프레드 모리의 '단두대' 꿈과 유사한 꿈일 수도 있다. 19세기 말에 콜레주 드 프랑스의 교수를 지낸 모리는 잠과 꿈에 관한 연구에 평생을 바

---

15) 1897년에서 1900년 사이에 건조되어 러일전쟁에 참가하고, 러시아 10월 혁명 당시에는 볼셰비키 혁명군의 동궁*攻 진격 신호탄을 쏘아 올린 역사적인 군함. 현재는 상트페테르부르크의 네바 강에 영구 정박하여 박물관으로 사용되고 있다.

쳤다. 어느 날 밤, 무언가를 걸기 위해 침대 위쪽에 설치해 놓았던 화살 모양의 막대가 그의 머리에 떨어졌다. 이 충격은 단두대에 관한 꿈을 유발했다. 잠에서 깨어난 뒤에 그는 이런 꿈을 기억해 냈다. 때는 프랑스 혁명기의 공포정치 시대이다. 그는 혁명법정에 출두하여 사형 선고를 받는다. 그런 다음 호송 마차에 실려 처형장으로 이송된다. 마침내 그는 단두대에 올라서고, 칼날이 떨어져 그의 목을 자른다. 이렇듯 아주 간단한 사건의 영향으로 꿈속에서는 가상적인 지속 시간이 몇 시간이나 되는 긴 장면이 펼쳐질 수 있는 것이다. 이 꿈은 아주 유명하다(알프레드 모리는 꿈을 꾸고 나서 10년 이상의 세월이 흐른 뒤인 1860년에 이 꿈을 묘사했다).[16] 이 꿈은 외부 세계의 자극들이 어떻게 꿈에 나타날 수 있는지를 보여 준다. 또한 외부의 자극이 어떻게 꿈속에서 '시간의 흐름을 거슬러' 재구성되는가 하는 문제를 제기한다. 꿈을 깨어 있는 상태의 연속으로 보는 학자들은 이런 유형의 꿈들을 자주 인용한다. 그들의 주장에 따르면, 도파민과 같은 신경전달물질들은 깨어 있는 동안 전두엽의 피질에 순간적으로 작용하여 꿈을 '만들어' 낸다.

　노크 소리가 꿈속에서 대포 소리로 바뀌었다는 것을 인정한다

---

16) 역사학, 민족학, 심리학, 정신의학, 상징과 언어 등 다양한 분야에 관심을 갖고 연구했던 프랑스 학자 알프레드 모리(1817~1892)는 30년에 걸쳐 자신의 꿈을 연구한 뒤에 『잠과 꿈』이라는 저서를 출간했다. '단두대' 꿈은 바로 이 책의 6장에 나온다. 프로이트는 『꿈의 해석』에서 이 꿈을 네 차례나 인용하고 있다.

해도 의문은 여전히 남는다. 노크 소리가 왜 러시아의 추억으로 연결되었을까? 낮의 잔재들 가운데 어떤 것이 문제가 되었을까? 아마도 어제 저녁 호텔의 전화박스에서 마를렌이 러시아어로 말하는 것을 들었기 때문일 것이다. 게다가 불과 몇 시간 전에 진흙 목욕을 하면서, 나는 내 실험실의 외국 연구자들 중에 러시아인이 한 사람 있었음을 떠올렸다. 그 연구자 이름이 뭐였더라? 세르게이 뭐였는데…… 로프로 끝난다는 것 말고는 더 기억나지 않는다. 그는 신호 처리 전문가였고, 헝가리 출신의 미국 억만장자 조지 소로스가 구소련의 학자들에게 제공하던 장학금을 받아 우리 연구소에 2년 동안 머물렀다.

이렇듯 나는 낮의 잔재로 꿈에 편입된 두 가지 요소를 찾아냈다. 하지만 백야와 순양함 '오로라' 호는 왜 나타났을까?

내가 꿈에서 본 상트페테르부르크의 여름밤은 반투명한 우윳빛이었다. 어제 베네치아에서 본 태양 때문에 이런 빛깔이 꿈에 나타났을 리는 없다. 그렇다면 나는 2년 전 상트페테르부르크에 머물던 때의 추억으로 거슬러 올라간 게 분명하다. 말하자면 러시아와 관련된 낮의 잔재들이 24개월 전에 러시아에서 겪은 일들을 다시 나타나게 한 셈이다……. 당시에 나는 피고로프 부두에 있는 '오로라' 호텔에 묵고 있었고, 내 객실에서는 순양함 '오로라' 호가 보였다. 나는 밤마다 그 순양함을 바라보았다. 더 멀리로 네바 강을 내려오는 배들을 통과시키기 위해 열리는 다리들도 볼 수 있었다. 매일 오전 일곱 시와 오후 다섯 시에는 국기에 대한 경례에 수반되는 대포 소리가 울렸다.

나는 진흙목욕을 할 때처럼 옛날의 기억이 갑자기 또렷해지는 것을 느끼며 러시아에 머물 때 겪은 일들을 차례로 떠올렸다. 나는 1997년 7월, 제33차 국제 심리학 학술대회에 참석하기 위해 상트페테르부르크에 갔다. 대회 준비는 약간 허술했다. 회의장은 러시아 국군 보건 학교 옆에 있는 명망 높은 파블로프 연구소였다. 하지만 건물들은 황폐했고, 마룻바닥에는 군데군데 널빤지가 빠져 있었으며, 신참 의무병들이 연병장에서 구보를 할 때면 벽의 석고가 하얀 먼지구름을 일으키며 부서져 내렸다.

나는 파블로프 연구소에서 가까운 '오로라' 호텔을 숙소로 정했다. 그래서 도심의 고급 호텔에 묵은 사람들처럼 택시를 잡느라고 이리저리 뛰어다닐 필요가 없었다. 게다가 이 호텔에서는 순양함 '오로라' 호와 네바 강의 다리들과 페트로파블로프스크 요새를 내다볼 수 있었다. 비록 호텔의 서비스가 형편없고 무더운 여름 날씨를 에어컨 없이 견뎌야 하긴 했지만, 그런 멋진 전망이 단점들을 보상해 주었다.

대회 준비위원회는 나에게 한 가지 임무를 맡겼다. 러시아 동료인 M 교수와 함께 수면에 관한 토론회를 개최하라는 것이었다. 이 토론회는 파블로프 연구소의 한 강당에서 열렸다. 슬라이드 환등기는 갑자기 고장이 났고, 마이크들은 귀에 거슬리는 잡음을 냈다. 하지만 전체적으로 볼 때, 주제발표와 토론은 대체로 흥미롭고 참신했으며, 학문적인 수준도 '서방' 과학계의 귀족층

이 산타 모니카, 푸에르토리코, 바하마, 마우이 섬, 코파카파나 등지의 성소에서 개최하는 학술대회의 수준과 비슷하거나 더 높았다.

토론회와 의례적인 치하가 끝났을 때, 우리 연구소에서 2년을 보냈던 모스크바의 연구자 세르게이 코마로프(그의 이름이 갑자기 생각났다)가 나에게 말을 걸어왔다. 그는 한스 L.이라는 키다리 독일인을 내게 소개했다. 라이프치히 근처의 할레에서 온 그는 아주 독창적인 연구 성과를 낸 바 있었다. 그의 실험 결과를 보면, 느린 뇌파가 나타나는 정수면 동안에 뇌는 시각신호나 청각신호를 받아들이지 않고 단지 내부 기관들의 신호만을 받아들이는 듯했다. 위나 창자를 자극함으로써 시각 영역의 뉴런들이 활성화하는 것을 확인할 수 있었다니 말이다. 한스 L.은 그런 혁명적인 뇌파 기록을 실현하기 위해 복잡한 시스템을 개발해 냈다. 전극의 역할과 신호를 디지털 방식으로 처리하는 기능을 겸하는 그 장치는 아스피린 반 알 크기밖에 안 될 만큼 작았다(그는 그것을 칩이라 부르고 있었다). 칩의 내부에 저장된 정보들은 컴퓨터로 옮겨서 신호들과 그것들의 파워 스펙트럼 등을 재처리하는 것이 가능했다.

우리는 강당을 떠나 국군 보건 학교의 구내식당으로 맥주를 마시러 갔다. 다른 참가자들과 방청객들도 우리와 동행했다. 그 중 한 사람이 내가 옛날에 했던 강연을 화제에 올렸다. 러시아 사람이었는지 그루지야 사람이었는지 이제는 기억나지 않지만, 그는 내가 1974년 파블로프 연구소에서 행한 강연을 들었다고 했다. 그때 나는 레닌의 커다란 초상화 앞에서 행동의 유전적 프로그래밍에 관한 내 이론의 기본 내용을 발표했다. 내 이론은 당연히 물의를 일으켰다. 유전적인 요인이 후천적인 학습이나 사회적 환경보다 중요할 수 있다는 생각은 아직 교조적인 마르크스주의가 지배하고 있던 당시의 러시아에서는 이단으로 받아들여졌다. 그런 사정 때문에 강연 다음 날 나온 '리테라투르나야 가제타(문학 신문)'에는 나를 비판하는 기사가 실렸다. 그 기사에 따르면, 나는 프티부르주아적인 주관주의를 드러냈으며 미 제국주의를 지키는 위험한 개였다!

우리는 자연스럽게 프로그래밍이라는 주제를 놓고 이야기를 나누게 되었다. 세르게이 코마로프는 내 이론을 비판하지 않고, 사람의 경우에 역설수면이라는 '기계 장치'는 잠잘 때뿐만 아니라 깨어 있을 때도 90분마다 주기적으로 작동한다고 주장했다. 그것은 고인이 된 내 동료이자 친구이며 렘수면의 발견자 가운데 하나인 미국 학자 너새니얼 클라이트먼[17]의 가설이었다.

"주베 교수님, 만약 제 가설이 옳다면, 잠잘 때뿐만 아니라 깨어 있을 때도 작동하는 프로그래밍 시스템이 훨씬 더 효율적이

17) 시카고 대학 교수를 지낸 미국의 생리학자(1895~1999). 미국에서는 '수면 연구의 아버지'라 불리며, 렘수면을 최초로 발견하고 그것이 꿈이며 뇌 활동과 관련되어 있다는 것을 입증했다. 대표적인 저서로는 『잠과 깨어 있음 *Sleep and Wakefulness*』(1939)이 있다.

라는 점을 인정하실 수밖에 없을 겁니다."

나는 세르게이에게 대답했다.

"그야 그렇지. 하지만 역설수면이라는 '기계 장치'가 깨어 있는 동안에도 은밀하게 작동하고 있다는 증거는 아직 없네."

클라이트먼의 BRAC, 즉 휴식-활동의 기본 주기[18]는 미국과 유럽의 많은 실험실에서 연구되었지만, 결과는 거의 언제나 부정적이었다. 나 역시 GB169가 깨어 있는 동안에는 효과가 없다는 것을 잘 알고 있었다. 혹시 세르게이는 진실을 알기 위해서 거짓 주장을 하는 것이 아니었을까?

한스 L.이 세르게이를 보며 말했다.

"프로그래밍 말인데요, 그게 어떤 식으로 이루어질까요? 어떤 뇌파가 작용하는 것일까요? 제가 보기엔 변연계, 특히 해마에서 발생하는 세타파의 작용으로 이루어지는 겁니다. 만약 어떤 자극이나 마약을 이용해서 세타파를 변화시킬 수 있다면, 그 가설이 옳다는 것을 확인할 수 있지 않을까 싶어요. 교수님의 가설 말입니다."

그렇게 덧붙이면서 그는 내 쪽으로 몸을 돌렸다.

그 한스 L.이라는 작자는 보통내기가 아니었다. 그는 세타파가 중요하다는 것을 어떻게 알았을까?

---

18) Basic rest-activity cycle. 약 90분을 주기로 하여 왕성한 활동과 쇠퇴가 갈마드는 생체 리듬. 이 주기는 생체 시계의 통제를 받으며, 렘수면과 느린 파동의 수면이 갈마드는 수면 사이클에서 가장 분명하게 확인할 수 있다.

나는 그에게 말했다.

"이보시오, 한스. 쥐를 상대로 해서 확인할 수 있다는 것은 나도 인정해요. 하지만 사람을 상대로 세타파를 기록한다는 것은 여간 어려운 일이 아니오. 전극을 뇌 속에 심을 수 있다면 모르지만, 그건 윤리적으로 불가능해요. 안 그렇소?"

세르게이가 대신 대답했다.

"한스는 아주 영리한 과학자예요."

그러자 한스는 자기 서류가방에서 무언가를 꺼냈다. 그건 어떤 사람을 상대로 세타파의 스펙트럼을 기록한 것이었다. 밤중에 각각의 역설수면 단계에서 나타난 세타파의 뾰족뾰족한 파동이 아주 분명하게 나타나 있었다.

나는 그에게 물었다.

"이 스펙트럼을 어떻게 기록한 거요? 어떤 환자, 십중팔구는 해마 속에 전극이 부착되어 있는 간질병 환자의 뇌파를 기록한 게 아닌가 싶은데."

"아니에요. 자발적으로 나선 어떤 학생을 상대로 기록한 거예요. 그저 이 작은 칩들을 사용해서 말입니다."

그러면서 그는 아스피린 반 알 정도의 지름과 두께를 지닌 두 개의 전극을 보여 주었다.

"이것들을 두피의 적당한 부위에 고정시키고, 적당한 컴퓨터 프로그램으로 신호를 처리하기만 하면 되는 거죠."

"그 칩들을 어디에 부착하는 거요?"

그는 빙그레 웃으며 대답했다.

"그건 비밀입니다. 일급비밀이죠."

그 칩들은 최근에 우크라이나에서 제작된 것이라고 했다. 미사일용 초소형 회로를 만들던 몇몇 공장들이 나노테크놀로지로 업종을 바꾼 모양이었다. 그 업체들은 일본이나 미국의 최고 기업들을 능가하는 경쟁력을 지니고 있었다.

나는 그에게 물었다.

"이건 아주 놀라운 결과요. 왜 이것을 학술대회에서 소개하지 않았소?"

"제 실험은 아직 비밀에 부쳐져 있습니다. 게다가 이제껏 실제로 이루어 낸 뇌파 기록은 하나밖에 없어요. 그것을 교수님께 보여 드리려고 여기에 가져온 것이죠."

나에게도 그런 칩들이 있었으면 좋겠다는 생각이 들었다. 하지만 그것들을 어떻게 얻어 낸단 말인가?

나는 한스에게 물었다.

"리옹에 있는 내 실험실에 와서 연구하는 건 어떻소? 세르게이처럼 소로스 장학금을 받으면 될 텐데."

그는 빙그레 웃었다.

"이제 저는 소로스 장학금을 받을 수 없어요. 저는 이제 동독 사람이 아니라 통일된 독일의 국민이거든요."

"그렇다면 내가 다른 장학금을 주선해 줄 수도 있는데……."

한스는 대답하지 않았다. 벌써 조금 취한 모양이었다. 그는 세르게이 쪽으로 돌아서서 정치 문제를 논하기 시작했다. 나는 세르게이의 정치적 견해를 잘 알고 있었다. 그는 러시아 제국의 해체를 통탄해 마지않는 국가주의 신봉자였다. 그는 소련이 강대국이었던 시대를 그리워하고 있었다. 그렇다고 해서 자기 가족에게 고초를 안겨 준 공산주의 체제의 혹독함을 잊어버린 것은 아니었다.

한스가 세르게이에게 말했다.

"장차 프로그래밍 과정에 영향을 미치는 물질을 발견한다고 가정해 봐요. 그러면 당신들은 그 물질을 중요한 인물들에게 몰래 투여해서 그들의 인격을 변화시킬 수도 있어요. 예컨대 환경 문제에 더 민감하고 국민을 설득하기 위해 더 신경을 쓰는 인물들이 되게 할 수 있다는 거죠. 크렘린에서 열린 칵테일파티에서 그 물질을 미디어와 마피아의 거물들에게 투여한다고 생각해 봐요. 옐친에게 투여한다는 것도 생각해 볼 수 있겠네요. 그러면 당신들은 총리를 당신들이 원하는 대로 갈아 치울 수 있을 거예요."

"그러면 블라디미르 블라디미로비치의 건강을 위해 건배합시다!"

세르게이가 맥주잔을 들어 올리면서 말하자, 한스는 자기 잔을 비우면서 대답했다.

"블라디미르 블라디미로비치를 위하여!"

나는 그들에게 물었다.

"블라디미르 블라디미로비치가 누구요?"

"두고 보면 아시게 될 겁니다. 몇 해 지나면 대러시아 연방의 차르가 되어 있을 테니까요."

세르게이와 한스는 나를 불안하게 만들기 시작했다. 그들은 많은 것을 알고 있었다. 비밀에 부친 내 연구 결과에 대해서는 무엇을 알아냈을까? 세타파의 중요성을 알아챘을까? 한스는 왜 인간의 세타파를 기록하는 장치를 개발했을까? 내가 확신하는 것은 단 하나, 그가 GB169의 존재를 모르고 있다는 사실이었다. 그 분자가 러시아에서 합성되었을 가능성은 거의 없었다. 설령 합성되었다 하더라도, 그 분자를 세타파나 프로그래밍 현상과 연결 지었을 리는 없었다. 어떻게 그런 우연의 일치가 작용할 수 있단 말인가?

긴 침묵이 흐르는 가운데 우리는 다시 맥주 몇 잔을 비웠다.

나는 다시 말문을 열었다.

"내가 보기에 그런 기적의 물질은 존재하지 않아요. 설령 그런 것이 존재한다 하더라도, 내 이론이 반드시 유효하다고 말할 수는 없소."

구내식당 안이 무척 소란스러워졌다. 의무장교들이 차지하고 있는 옆쪽 테이블에서 노랫소리가 일고 있었다. 옛날의 일이 이토록 선명하게 떠오른다는 사실이 놀랐다. 나는 여기 몬테그로토의 온천장에 누워서 눈을 감은 채 그때의 장면을 다시 보고 있다. 내 오른편에는 세르게이가 있고, 맞은편에는 한스가 있다. 그리고 왼쪽에는 방금 우리 자리에 와서 맥주를 벌컥벌컥 들이키는 호주의 동료가 있다. 그는 반쯤 취한 모습으로 우리의 대화를 전혀 이해하지 못한 채, 딸꾹질을 하면서 "블라디미르 블라… 디 … 미… 로… 비치"를 되뇐다. 우리에게 맥주를 가져다주던 여종업원들도 생각난다. 그녀들은 늘씬하고 우아한 금발머리 아가씨들이었고, 모두가 똑같은 회색 옷을 입고 있었다. 어떤 대행사에서 선발한 여자들인 모양이었다. 세르게이는 그녀들이 핀란드인이라고 말했다. 학술대회 준비를 핀란드 사람들이 맡았기 때문에 진행이 원활하지 않았다는 말도 빼놓지 않았다.

내가 알기로 그건 사실이 아니었다. 학술대회 예산의 일부를 러시아 마피아가 '횡령' 했으니까 말이다.

나는 러시아어로 계속 이야기를 나누고 있는 세르게이와 한스를 남겨 두고 자리에서 일어섰다. 이튿날 우리는 다시 만나기로 되어 있었다. 나는 페트로파블로프스크 요새 뒤로 넘어가는 태양을 바라보다가 네바 강 기슭을 한참 거닐었다. 그런 다음 벤치에 앉아서 오고가는 사람들을 바라보았다. 상트페테르부르크의 젊은 여자들은 키가 크고 대개 예뻤다. 아주 짧은 원피스들을 입고 있어서 날씬한 다리와 긴 넓적다리가 드러나 보였다. 버스가 자주 다니지 않기 때문에 나무 밑창을 댄 하이힐을 신고 하루에 몇 시간씩 걸어 다니는 게 분명했다. 무라넬라도 청바지를 벗고 짧은 치마를 입는다면, 다리와 넓적다리가 그녀들과 비슷해 보일 거야. 나는 그렇게 생각하며 러시아의 추억에서 벗어나 바포레토의 수수께끼로 다시 빠져들었다. 오늘은 기어코 그 수수께끼를 풀어야 해!

먼저 내가 베네치아에 가야 할 이유가 있는지 생각해 봐야 한다. 여기는 아직 안개가 많이 끼어 있지만, 베네치아에는 벌써 햇살이 빛나고 있을 것이다. 그렇다면 베네치아에 가서 무엇을 할 것인가? 무라넬라를 다시 만날 가능성이 있을까? 만약 그녀가 무라노 섬에서 일한다면, 예컨대 유리공장에서 램프의 새로운 모델을 디자인하는 사람이라면, 매일 거의 같은 시각에 퇴근할 것이다. 그런데 매일 오후 네 시와 다섯 시 사이에는 두 척의 바포레토가 무라노 섬을 출발한다. 따라서 내가 그녀를 만날 가능성은 반반이다. 만약 그녀를 만난다면, 이번에는 그 이중 출현의 수수께끼를 풀기 위해 그녀에게 말을 걸거나 메시지를 남길 것이다. 그러니까 나는 다시 베네치아에 가야 한다.

이로써 나는 세 번째로 41번 바포레토에 몸을 실었다. 나는 무라넬라와 만나게 될 것을 예고하는 전조들을 찾아내려고 애썼다. 첫날에는 주데카 운하에서 그리스의 페리보트 '페드로스'호를 보았는데, 이번에는 그 자리에 '아프로디테'호가 정박해 있었다. '이건 좋은 징조야.' 하고 나는 생각했다. 주데카 섬의 산테우페미아 정류장에서, 나는 부두 뒤에 있는 약국이 여전히 닫혀 있는 것을 보았다. 약국 위층에 있는 두 개의 동그란 창문이 마치 휘둥그렇게 뜬 눈처럼 나를 바라보고 있었다. 유리창 너머로 무라넬라의 얼굴이 보이는 듯한 느낌이 들었다. 하지만 그건 커다란 검은 고래처럼 느릿느릿 나아가는 바지선의 불룩한 몸체에 부딪힌 물결의 그림자가 유리창에 어른거린 것이 아니었을까?

41번 바포레토가 병원 앞에 멈춰 섰다. 병원은 퍽이나 스산하고 볼썽사나운 건물이었다. 검은 제모를 쓴 장의사 직원 두 사람이 아주 무거워 보이는 관을 어깨에 메고 나타났다. 그들은 관을 세워서 검은 곤돌라에 실었다.[19] 작업이 쉽지 않아 보였다. 관이 갑자기 미끄러졌다. 굵은 밧줄로 받치고 있었기에 망정이지 그러지 않았다면 물에 빠지고 말았을 것이다. 내 옆에 있던 여자는 성호를 그었다. '이건 나쁜 징조다. 그래도 토마스 만의 소설이나 비스콘티의 영화[20]에서처럼 거리 곳곳에 시체가 널려 있는 게 아니라서 다행이야!' 하고 나는 생각했다. 운하를 가로질러 가면

---

19) 베네치아의 곤돌라와 관을 연결시키는 이 장면은 토마스 만의 중편소설 「베네치아에서의 죽음」에 나오는 유명한 구절을 생각나게 한다.

"베네치아의 곤돌라를 처음 타보거나 오랜만에 다시 타보는 경우 일시적인 전율, 은밀한 두려움과 당혹감을 느끼지 않을 만큼 담대한 사람이 누가 있을까? 담시가 유행하던 시절부터 하나도 변치 않고 그대로 전해 내려온 이 이상한 배는 다른 물건들하고 있으면 그냥 관처럼 보일 정도로 색깔이 너무도 특이하게 까맣다. 그것은 물이 찰싹거리는 밤에 소리 없이 저질러지는 범죄적인 모험을 생각나게 할 뿐더러, 더욱이 죽음 그 자체, 관대(棺臺)와 음울한 장례식, 말없이 떠나는 마지막 여행을 생각나게 해준다."(홍성광 역)

20) 바로 앞에서 말한 토마스 만의 중편소설 「베네치아에서의 죽음」(1912)과 그것을 비스콘티 감독이 각색한 동명의 영화(1971)를 가리킴.

서 보니까, 말뚝마다 갈매기들이 앉아 있는데 병원 앞에 있는 두 말뚝에는 갈매기들이 없었다. 내가 보기에 이건 관 때문에 생긴 당연한 일이었다.

나는 이것을 좋은 징조로 판단했다.

무라노 섬에 잠깐 내렸다가, 나는 돌아가기 위해 같은 바포레토를 다시 탔다. 무라넬라를 다시 만날 가능성은 반반이지만, 다음 바포레토를 기다리는 것보다 그 편이 나을 듯했다. 그때 나와 함께 돌아가는 한 관광객이 내 눈길을 끌었다. 아까 장의사 직원들이 곤돌라에 관을 실을 때 그 장면을 캠코더로 찍던 남자였다. 나는 어제도 그를 41번 바포레토에서 본 적이 있었다. 그는 휴대전화로 통화를 하고 있었다. 조금 뒤, 무라노 섬의 등대 정류장에서 무라넬라가 승선했다. 바포레토를 놓치지 않으려고 달음박질을 친 듯했다. '유리공장 아가씨들' 세 명도 뒤늦게 달려왔지만, 올라탈 수가 없었다. 나는 그녀들에게 우정의 손짓을 보냈다. 그러자 셋 중에서 가장 후리후리한 아가씨가 작별의 손짓으로 화답했다. 나는 무라넬라의 뒤로 다가갔다. 그런 다음 그녀의 귀에 대고 영어로 속삭였다.

"어디에서 왔어요? 베네치아에 머물고 있나요? 다시 만나고 싶은데요."

그녀는 내 말을 알아듣지 못한 눈치였다. 다만 눈썹을 조금 찡그린 것 같기는 했다. 바포레토가 베네치아 섬에 도착하면서 흔들리는 바람에 우리는 서로를 밀치고 말았다. 그녀는 쓰러지지 않기 위해 잠시 내 허리를 잡고 매달려야 했고, 나는 하마터면 두 팔로 그녀를 감싸 안을 뻔했다. 마돈나 델 오르토 성당 정류장에서 그녀는 눈길 한 번 주지 않고 내 곁을 떠났다. 그리고 몇 분 뒤, 트레 아르키 다리 정류장에서 나는 그녀를 다시 보았다. 그녀 또는 그녀의 분신은 나를 향해 희미한 미소를 지어 보였다. 그녀는 분명 알고 있었다. 내가 자기의 출현을 기대하고 있었다는 사실을 말이다. 나는 그녀에게 바싹 다가갔다. 그래서 이번에는 그녀의 오른쪽 손등에 살짝 긁힌 상처가 나 있는 것을 보았다. 마치 고양이가 할퀴어 놓은 듯한 상처였다. 아까 그녀가 바포레토에서 내리기 전에는 그것을 알아차리지 못했다. 게토 정류장에 다다르기 전에 나는 그녀의 잠바 주머니에 종이쪽지 하나를 밀어 넣었다. 거기에는 영어로 이런 말이 씌어 있었다.

'몬테그로토의 다음 전화번호로 연락 주세요. 04 9 891 1616. 내 이름은 미셸 주베 교수입니다. 아가씨와 할 이야기가 있습니다. 아주 중요한 일입니다.'

"아리베데르치, 아 도마니(또 만나요, 내일 봅시다)."

나를 돌아보지 않고 부두에 올라서는 그녀에게 나는 그렇게 말했다.

내 목소리가 너무 컸던지 승객들이 내 쪽으로 몸을 돌렸다. 기차를 타고 돌아오면서 나는 스스로에게 물었다. 나는 왜 무라넬라의 몸짓과 행동에 이토록 신경을 쓰는가? 그녀가 대꾸도 하지 않고 미소도 짓지 않는다고 해서 왜 고통스런 기분이 드는 걸까?

바로 그때 나는 조금씩 기시감(旣視感)에 사로잡혔다. 나는 베네치아에서 파도바 사이에 있는 기차역들이며 차창 너머로 스쳐 가는 다리와 고속도로의 이름들을 표지판이 눈에 띄기 직전에 이미 알고 있었다. 이 현상은 나에게 불안감과 '뭍에서 하는 뱃멀미' 같은 매우 불쾌한 기분을 안겨 주었다. 내가 가져온 '의식'에 관한 책들에서 최근에 읽은 것이 생각났다. 기시감은 측두부 발작에 걸린 간질병 환자들의 경우에 해마의 세타파가 변화하는 것을 그 이유로 생각할 수 있다. 신경심리학자들의 견해에 따르면, 후두부의 대뇌피질은 시각적인 정보를 받으면 그것을 '의식적으로' 처리하기 전에 해마 쪽으로 보낸다. 해마는 이 정보를 저장하고 기억시킨다. 그런데 세타파의 기능에 장애가 생기면, 대뇌피질이 정보를 처리하기도 전에 해마를 통해 기억된 것이 먼저 의식에 도달하는 경우가 더러 있다. 그래서 처음 보는 상황이나 장면이 언제, 어디선가 이미 경험한 것처럼 느껴지는 것이다.

나는 전에도 그런 기시감을 느껴본 적이 있었다. 그 일을 어찌 잊을 수 있으랴! 3, 40년 전에 홍콩의 카오룽에서 있었던 일이다. 어느 날 밤, 나는 산책을 하러 나갔다. 거리는 늘 그렇듯이 축제라도 벌어진 것처럼 와자지껄했다. 폭죽 터지는 소리가 여기저기에서 일었고, 광둥식 요리의 냄새가 진동했다. 중국인 약재상 하나가 좌판을 벌여 놓고 어떤 기적적인 음료의 효능을 떠벌리고 있었다. 한번 드셔 보세요. 건강에 좋고 정력에도 그만입니다! 나는 쌉싸래한 초록색 물약을 두 잔 거푸 마셨다. 플라세보

효과든 아니든, 내 정력이 좋아지는 효험이 나타났다. 그런데 이튿날 일어나자마자, 나는 네댓 시간 동안 기시감에 사로잡혔다. 동시에 엄청난 불안감까지 엄습해서, 마카오 가는 배를 타야 하는데도 호텔을 나설 엄두가 나지 않았다. 호텔 도어맨에게 내가 겪은 일을 얘기했더니, 그는 내가 그 기적의 음료를 두 잔 마신 것이 잘못이라고 했다. 한 잔이면 충분하다는 것이었다. 그 음료를 뭐로 만드느냐고 물었더니, 약초 달인 물과 중국해에서 나는 어떤 물고기의 쓸개즙으로 만드는 것이라고 했다. 한마디로 독을 마신 것이었다!

하지만 이번에는 기시감의 원인을 알 수가 없었다. 그래서 나는 그 느낌이 사라지고, 해방감과 행복감이 밀려오기를 참을성 있게 기다렸다. 그러다가 호텔에 도착할 때가 되어서야 조금씩 내 감각과 사고에 대한 통제력을 되찾았다.


"베네치아에서 한꺼번에 겪은 몇 가지 일들 때문에 마음이 꺼림칙해. 그 일들에 관한 자네 의견을 듣고 싶네."

저녁식사를 끝내고 루트비히 만을 만나자, 나는 그렇게 부탁했다.

스탠드바의 우리가 좋아하는 구석자리에서, 나는 오스트리아 맥주 두 잔을 앞에 놓고, 무라넬라의 출현과 내가 느낀 기시감에 관해서 이야기했다. 하지만 무라넬라의 잠바 주머니에 종이쪽지를 살짝 밀어 넣은 사실은 말하지 않았다.

루트비히 만이 물었다.

"오늘 새벽에 진흙목욕을 몇 분 동안 했지?"

"20분. 예외적으로 길었네."

"너무 길었구먼! 자네 혈압은 어때?"

"130에 90. 정상일세."

"지금은 물론 정상이겠지. 하지만 이보게, 진흙목욕을 하는 동안 저혈압 상태가 되었을 수도 있어. 시간이 너무 길었잖아! 아마도 그 때문에 기시감이 들었을 걸세."

그는 안경알을 닦고 내 눈을 똑바로 바라보면서 사뭇 드레진 태도로 말을 이었다.

"어쩌면 자네가 은퇴라고 하는 인생의 한 고비에 다다른 것일 수도 있어. 이 단계에서는 세계가 부조리하게 느껴지기 쉽지. 인생의 업적을 되돌아보는 것이 연구자에게는 그다지 신나는 일이 아닐세. 자신의 업적이 이제는 자기 것처럼 느껴지지 않기 때문일세. 그가 밝혀낸 몇 가지 진리는 너무나 범상한 것이 되어 버렸기 때문에 오래전부터 누구나 알고 있었던 것처럼 보이지. 그리고 나머지 것들은 모두 과오 속에 묻혀 버렸어. 자네는 자네 존재가 그저 우발적인 사건이라고 느끼는 걸세. 하이데거가 '불안'이라고 불렀고, 사르트르가 '구토'라고 명명했던 감정을 느끼는 것이지. '뭍에서 하는 뱃멀미' 같은 느낌이라는 게 바로 그것일세."

"하지만 무라넬라의 출현은 어떻게 된 거지?"

"무라넬라가 베네치아의 쭈글쭈글한 노파나 검은 수단을 입은 사제라 해도, 그 사람의 출현에 그토록 민감할 수 있겠나? 그런 사람 때문에 베네치아에 다시 가겠느냐고?"

"아마 안 가겠지. 어쨌거나 그게 수수께끼인 것은 분명하지 않은가? 모름지기 연구자는 수수께끼 푸는 것을 의무로 삼아야 하네."

"자네한테는 수수께끼일지 모르지만, 나한테는 아닐세. 자네는 무슨 핑계를 대서라도 논문을 쓰지 않으려고 하는 거야. 내가 왜 자네 마음을 모르겠나? 그런 종류의 논문을 쓰는 것은 정말 따분한 일이지. 다른 한편으로, 마돈나 델 오르토 성당 뒤에는 스웨덴이나 덴마크에서 온 금발머리 아가씨들의 집단 거주지가 있을 걸세. 자네는 그 여자들을 혼동하는 거야. 한 아가씨를 다른 아가씨로 잘못 보고 있다는 얘기지. 안타까운 일이지만, 자네는 우리 호텔의 60대 노인들에게 너무 익숙해져서, 젊은 사람들을 잘 구분하지 못해. 게다가 만약 매일 같은 시각에 바포레토를 탄다면, 똑같은 사람들을 만나는 것은 당연한 일일세. 그들은 관광객들이 아니야. 자네가 말하는 젊은 여자들은 무라노 섬에서 일하고 매일 같은 시각에 베네치아로 돌아가는 게 분명해. 이보게, 일을 하게. 아니면 나랑 언덕에 가서 산보를 하든지. 만약 거기에 가서도 무라넬라를 만난다면, 나도 그 기적을 믿겠네."

내가 루트비히라 해도 그런 식으로 말할 수밖에 없었을 것이다. 그는 나의 불안을 짐작했고, 그래서 무엇보다 나를 안심시켜야만 했다. 내가 거의 진찰에 가까운 조언을 부탁했으므로, 그는 우위에 서서 조언자 노릇을 한 것이다. 게다가 나는 오늘 아침에 겪은 기억이상증진 현상에 대해서도 말할 엄두를 내지 못했다. 따라서 그로서는 내 증상을 제대로 진단할 수가 없었을 것이다. 그렇다 하더라도, 나의 기시감에 대해서 루트비히가 생각해 낸 설명은 타당하지 않았다. 뜨거운 진흙 속에 너무 오래 있은 탓에 저혈압이 오고 그런 상태가 이후로도 몇 분간 지속될 수는 있다. 하지만 진흙목욕을 끝낸 지 15시간도 더 지나서 그런 저혈압이 기시감을 야기한다는 불가능한 일이었다.

나는 객실로 돌아와서 지난밤에 써 놓은 원고를 보았다. 내가 어떻게 꿈꿀 때의 의식에 관해서 이토록 장황한 글을 쓸 수 있었을까? 이 많은 논거를 나열한 게 정말 나였을까? 오늘밤 다시 보니, 그 논거들이 아주 허술하고 이론의 여지가 많은 것처럼 보였다. 더 쓰고 싶은 생각이 들지 않았다.

"신기루, 동어 반복, 트리소탱[21]의 현학術學!"

나는 마지막 페이지에 그렇게 덧붙였다. 이제 잠 속으로 도피할 시간이었다. 잠이 올지는 알 수 없었지만 말이다.

21) 트리소탱은 몰리에르의 5막 희극 〈여학자들〉(1672)에 나오는 인물. 문학과 학문에 조예가 깊다고 스스로 허풍을 치지만, 그저 꼴답잖은 시구를 지어 어수룩한 여자들이나 속이려 드는 현학자일 뿐이다.

### 1999년 9월 9일 목요일
## 고리가 달려 있는 벽

나는 줄잡아 세 시간을 내리 자고, 두 시 반쯤에 깨어났다. 깨기 직전에 '흔한' 꿈을 꾸었다. 우리 집에서 키우는 개 두 마리가 집 앞의 공원에서 서로 사납게 싸우는 꿈이었다. 이 꿈은 시각적일 뿐만 아니라 청각적이기도 했다. 나는 개들이 서로 다른 소리로 짖는 것을 분명히 구별할 수 있었다. 레온베르거 종인 이아트로스는 저음으로, 버니즈 마운틴독인 오니로스는 날카로운 고음으로 짖어댔다. 이 꿈은 분명 내가 몬테그로토에 오기 2, 3주 전에 벌어진 사건들과 관련이 있었다. 날짜를 정확하게 말하기는 쉽지 않다. 우리 집 개들은 8월 말이면 밤중에 돌아다니는 노루와 멧돼지 때문에 흥분하기가 일쑤였기 때문이다. 그러고 보니 내가 여기에 온 뒤로 꿈에서 개를 보는 것은 이번이 두 번째다. 이건 예사로운 일이 아니다.

줄리오를 만나자, 나는 진흙목욕 시간을 줄여야 한다고 말했다.

"줄리오, 오지, 솔타노 도디치 미누티, 프레고(줄리오, 오늘은 12분만 하세, 부탁하네)."

그는 내가 무어라 하든 놀라는 기색을 보이는 법이 없다.

"바 베네, 프로페소레(좋습니다, 교수님)."

진흙목욕을 끝내고 다시 잠이 들긴 했지만, 잠깐씩 깨어나는 일이 자꾸 되풀이되었다. 꿈인지 생시인지 모르지만, 한 번은 옆방의 마를렌이 내 침대로 몸을 숙이고 있는 것을 본 듯했다. 그녀의 파자마가 조금 벌어져서 아주 매력적인 하얀 젖가슴이 보였다. 그렇게 비몽사몽의 경지를 헤매면서도 나는 발기가 수반된 마지막 꿈을 기억해 냈고, 깨어나자마자 그것을 일기에 적었다.

'검푸른 물이 넘실대는 기슭에서 나는 거뭇한 빛깔의 높다란 벽을 따라 걷는다. 벽에는 일정한 간격으로 타원형 벽감이 뚫려 있다. 각각의 벽감에는 수직으로 놓인 관이 하나씩 들어 있는데, 관 뚜껑이 열려 있어서 해골이 보인다. 머리뼈들의 눈구멍은 보석으로 채워져 있고, 이 보석들은 해가 비치지 않는데도 반짝반짝 빛난다. 나는 물기슭을 따라 계속 나아가다가 벽으로 둘러싸인 직사각형의 땅에 다다른다. 마주보이는 벽에는 돌로 된 커다란 고리가 고정되어 있다. 그 고리를 보자 마야 문명 유적지인 유카탄 반도의 치첸이사에 있는 울라마[22] 경기장에 와 있다는 생각이 든다. 처음 보는 어떤 사람이 나에게 생고무 또는 아주 단단한 합성고무로 된 커다란 공을 내게 준다. 나는 농구를 하듯이 그 공을 던져 벽에 달려 있는 고리를 통과하게 해야 한다. 나는 그것이 나에게 불가능하다는 것을 지레짐작한다. 그리고 내가 그것을 하지 못하면 목이 잘리거나 심장이 뽑히리라는 것도 알아차린다. 나는 걸음아 날 살려라 하고 달아나다가 가슴을 두근거리며 깨어난다.'

나는 안마를 받은 뒤 침대에 누워 쉬면서 이 꿈에 담긴 의미가 무엇인지 곰곰이 생각해 보았다. 검푸른 물과 관들은 분명히 어제 나에게 강한 인상을 주었던 장면, 즉 장의사 직원들이 관을 세워서 곤돌라에 싣던 일과 연관되어 있다. 낮의 잔재 또는 흔적이 또다시 꿈에 나타난 것이다. 이와 같은 낮의 잔재는 내 꿈의 약 25퍼센트에서 나타난다. 대략적인 인상을 놓고 보면, 이 꿈은 잠재된 불안과 참수의 위협과 도주를 나타낸다. 그런데 유카탄 반도의 마야 문명 유적지는 내가 3, 4년 전에 마지막으로 갔던 곳인데, 왜 느닷없이 그곳의 추억이 되살아났을까? 울라마 경기나 벽에 고정된 고리의 의미는 무엇일까? 고리가 달린 벽? 프랑스어로 벽은 '뮈르'이고 고리는 '아노'다. 뮈르-아노…… 뮈라

---

22) 마야인들이 종교 의식의 한 형태로 행하던 공놀이. 선과 악, 빛과 어둠, 삶과 죽음을 대표하는 두 편으로 나뉘어, 벽에 달린 고리에 공을 넣는 것으로 승부를 겨룬다. 손을 사용하는 것은 반칙이며 허벅다리와 엉덩이로만 공을 쳐야 한다.

노! 두말할 것도 없이 이건 무라노 섬을 뜻한다. 참으로 신기한 꿈이다!

이 꿈이 어떤 징조를 보여 주는 것이라고 잘라 말하기는 어렵다. 하지만 그림이나 기호를 보고 낱말을 알아맞히는 놀이와 비슷한 이 꿈에는 내가 보기에 아주 이상한 구석이 있다. 내 무의식, 또는 카를 융식으로 말해서 내 '자아'가 낱말 퍼즐을 이용해서 무라노 섬 여행이 위험하다고 경고하는 것일까? 순양함 '오로라'호의 꿈과 어떤 관련이 있는 것은 아닐까? 개들은 어떤 위험을 알리기 위해서 짖는다. 그렇다면 어떤 위험을 알리는 것일까?

위험을 알려 주는 것은 꿈 말고도 다른 것들이 있을 수 있다는 생각이 불현듯 들었다. 예언이나 점을 통해 임박한 미래를 미리 알거나 짐작할 수도 있지 않을까 싶었다. 별자리 운세를 한번 볼까? 나는 즉시 로비로 내려가서 화보 주간지 한 부를 샀다. 평소에는 이발소에서조차 절대로 들춰 보지 않는 잡지였다. 나는 오늘의 별자리 운세를 주의 깊게 읽기 시작했다. 무척 놀라웠다.

### 〈전갈자리〉

사생활 당신의 별자리에서 화성이 조금 멀어져 가는 때이다. 현재로서는 그 화성이 당신의 기분을 불안하게 한다. 주말까지 기분을 잘 다스리도록 노력할 것. 그러면 달이 와서 흐트러진 것을 바로잡아 주리라……

직업운 당신은 주위 사람들을 의심하면서 너무 많은 시간을 허비하고 있다. (그래, 사실이야, 나는 마를렌과 무라넬라, 심지어는 루트비히까지 의심하기 시작했잖아!)

건강운 일시적으로 근육 긴장도나 혈압이 낮아지는 것을 가볍게 생각해서는 안 된다.

나는 이 별자리 점의 예언이 너무나 정확해서 깜짝 놀랐다. 여기에는 나의 기시감까지 예고되어 있었다. 일시적으로 근육 긴장도나 혈압이 낮아진다고 하지 않는가! 유념할 일이다.

나는 객실 탁자 위에서 내 손길을 기다리고 있는 논문 원고를 바라보며 어깨를 으쓱 추켜올린다. 내가 어떻게 이런 가설들을 생각해 냈을까? 그저 객관적인 사실들을 제시하는 것으로 그쳤어야 했다. 이제 어떻게 하지? 영국 학술원 회보의 편집 담당자에게 팩스를 보내 이달 말까지 논문을 쓰기가 불가능하다는 사실을 알려야 한다. 그런데 무슨 핑계를 대지? 내 꿈에 해골과 고리 달린 벽이 나타났기 때문이라고? 아니면 별자리 운세가 좋지 않기 때문이라고 할까? 그걸 진지하게 받아들일 사람은 아무도 없을 것이다. 서두를 이유는 없다. 먼저 무라넬라의 수수께끼를 풀어야 한다.

열한 시. 나는 침대에 누운 채 한 시간 전부터 전화를 기다리고 있다. 초조함을 달래려고 애쓰면서 프랑스 학자 피에르 셰몰의 저서 『꿈의 제국』을 다시 읽는다. 이 책은 꿈 연구가들의 진정한 동반자라 할 만하다. 다른 저자들이 소홀히 다룬 참고문헌들의 인용이 풍부하다. 만약 무라넬라가 나에게 전화를 한다면, 아마도 오늘 아침에 무라노 섬에 가면서 할 것이다.

정오. 여전히 무소식! 나는 수영장에 가면서 도어맨에게 일러둔다. 아주 중요한 전화를 기다리고 있으니, 전화가 오면 수영장에 와서 알려 달라고. 나는 수온 28도 쪽 풀의 가장자리로 가서 정오의 햇살이 비치는 곳에 자리를 잡는다. 그러고는 만성적인 야간수면 결핍을 보충하기 위해 이내 선잠에 빠져든다.

나는 개 두 마리가 호텔의 암고양이를 쫓으며 짖어대는 꿈을 꾸다가 퍼뜩 깨어났다. 또 개들이 짖는 꿈이다!

그때 갑자기 섬광처럼 그 일이 떠오른다.

2년쯤 전에 동브[Dombes] 지방 가장자리의 외딴 숲 속에 있는 우리 집에서 있었던 일이다. 12월의 어느 날이었을 것이다. 나는 개들이 짖는 소리 때문에 새벽 두 시쯤 잠에서 깨어났다. 나는 꿈을 꾸었다고 생각했다. 그래서 비몽사몽 중에 꿈을 기록하면서, '순전히 청각적인' 그 꿈에 시각적인 이미지나 발기가 동반되지 않았다고 적었다. '아주 흥미롭고도 희귀한 꿈,' 나는 꿈 일기장에 야광 만년필로 그렇게 끼적거려 놓고 다시 잠이 들었다. 조금 뒤, 나는 개들이 사납게 짖어대는 소리 때문에 반쯤 잠에서 깨어났다. 우리 개들은 언제나 1층 현관에서 자는데, 소리는 집 주위의 공원에서 들려오고 있었다. 하지만 나는 그 이상한 상황을 불안하게 여기지 않고 다시 잠에 빠져들었다.

이튿날 나는 비행기를 타기로 되어 있었다. 그래서 아주 일찍 새벽 네 시쯤 일어나야만 했다. 나는 서재에 들어서면서, 책상 위에 놓인 빈 지갑을 보았다. 3천 프랑이 없어진 뒤였다. 서재 옆의 거실에서는 아주 아름다운 청동 조각상과 우리 집안에서 대를 물려 전해 온 19세기 초의 벽시계가 사라졌다. 이 집에서 처음으로 도둑을 맞은 것이었다. 경찰관들은 사건의 전말을 쉽사리 재구성했다. 발자국으로 보아 도둑은 두 명이었다. 그들은 곁쇠질을 해서 손쉽게 현관문을 땄고, 현관에서 자고 있던 개들은 왕왕거리면서 밖으로 달려 나갔다. 그러자 도둑들은 집 안으로 들어가서 개들을 밖에 둔 채 문을 잠가 버렸다. 그들은 도난품을 들고 나오면서 개들을 떼어 내기 위해 비어 있는 샴페인 병으로 때렸다. 그 바람에 개들은 상당히 심각한 타박상을 입었다.

한 경찰관이 내게 말했다.

"내려오지 않으시길 잘하셨어요. 놈들은 선생님까지 구타했을 거예요. 다른 도난품은 없나요?"

나는 재빨리 서재를 살펴보았다. GB169를 가지고 실시한 실험들의 기록 가운데 일부가 원래 있던 자리에 놓여 있지 않은 듯했다. GB169는 여전히 내 재킷 호주머니에 들어 있었다. 물론 가루로 된 GB169의 일부를 빼내고 그 대신 아무 가루나 넣어 놓는 것은 쉬운 일이었을 것이다.

경찰관들은 우리 집 사정을 잘 아는 노련한 전문가들의 소행이라고 단정했다. 조각상과 시계는 이미 이탈리아로 운반되어 시장에서 새 임자를 기다리고 있으리라는 것이었다.

"소 잃고 외양간 고치는 격이겠지만, 이 도난 사건을 교훈으로 삼으시기 바랍니다."

경찰관은 그렇게 결론을 지었다.

수영장 가장자리에 누워 그 사건들을 돌이켜 생각하면서, 나는 개들이 꿈에 나타나는 것 역시 하나의 경고가 아닐까 하고 생각했다. 그렇다면 그 경고는 상당량의 GB169를 도난당했을지도 모른다는 우려와 관련되어 있을 것이다. 만약 정말로 GB169를 도둑맞았다면, 조각상과 시계를 훔쳐 감으로써 평범한 침입절도 사건으로 위장한 그 일은 누가 지시했을까?

세르게이 코마로프일까? 그럴 가능성이 가장 높다. 그는 우리 집에 여러 번 왔었다. 내가 실험실의 다른 연구자들과 함께 그를 초대할 때마다 고급 보드카를 한 병씩 가져왔다. 따라서 내 서재의 상황을 알아내고 조각상과 시계를 점찍어 놓은 뒤에 침입절도를 준비했을 수도 있다. 이 가정은 내가 어제 생각했던 퍼즐에 조각 하나를 보태고 있었다.

실험실에서 벌인 정탐 행위, 하드 디스크 절도, 상트페테르부르크에서 세타파를 놓고 세르게이와 한스 사이에 오고간 대화, 어떤 물질의 존재 가능성에 대한 언급. 하지만 이 사건에서 무라녤라는 무슨 역할을 하는 것일까? 그리고 마를렌은? 세르게이 뒤에는 누가 있을까? 설령 러시아인 몇 명이 GB169를 사용하고 있다 할지라도, 나는 그들에게 어디 한번 잘 해보라고 말할 것이다. 인간은 쥐가 아니다. 나는 이제 나 자신이 주장한 프로그래밍 이론을 믿지 않는다.

경찰관은 그 도난 사건을 교훈으로 삼으라고 했지만, 사실 이제껏 내가 이끌어 낸 교훈은 우리 집을 최신 도난방지 장치를 갖춘 벙커로 변화시킨 것—그럼으로써 우리 집 고양이들이 밤마을을 나갈 때마다 도난방지 장치의 오작동으로 잠을 설치게 된 것—을 제외하면, 단 하나밖에 없다. 그 교훈은 꿈에 관한 나의 연구와 관련된 것이다. 나는 얼마간 진지하게, 꿈 연구 덕택에 내가 목숨을 건졌다고 생각했다. 그날 나는 잠자리에서 일어나지 않았다. 우리 집 개들이 사납게 짖어대는 것을 꿈이라고 생각했기 때문이다. 나는 그것을 발기가 수반되지 않는 예외적인 청각몽이라고 해석했고, 몽중 의식에 관한 내 이론에 포함시킬 수 있을 만큼 아주 흥미로운 꿈으로 여겼다. 어쨌거나 나는 꿈의 중요한 기능 하나를 발견한 셈이다. '가짜 꿈은 생명을 구할 수 있다!' 나는 이따금 그런 생각을 하면서 속으로 웃었다.

점심시간이 되도록 무라넬라는 내게 전화를 하지 않았다. 이제 어떻게 한다?

호텔에 머물면서 논문을 끝내고 싶은 생각이 싹 가셨다. 그 장황한 글을 쓴 사람은 내가 아니라 다른 어떤 사람이라는 느낌이

들었다. 거의 확신에 가까운 느낌이었다. 왜 이따위 가설들을 믿는 것일까? 꿈이란 금세 사라져 버리는 참으로 덧없는 현상이다. 이런 것을 신경생물학적인 용어로 해석할 수 있을까? 뇌의 전기 활동을 해마와 같은 몇몇 구조와 연결시키려 하는 것은 미친 짓이다! 최근의 한 학술대회에서 수면을 연구하는 유명한 인공두뇌학 전문가 한 사람이 나에게 시사하기를, 세타파는 인공의 파동이라고 했다. 나는 진실로 세타파를 믿는가? 아마도 그의 말이 옳지 않을까? 나는 왜 아직도 프로그래밍 이론을 옹호하는가? 내 이론은 이제껏 많은 비판을 받아 왔다. 예전에 나는 그 비판들을 무시하거나 외면하거나 잊어버리는 경향이 있었다. 그런데 갑자기 그것들이 민감하게 다가왔다. 내 이론을 비판한 연구자들 중에는 나와 친분이 아주 두터운 사람들도 더러 있었다. 그들 중에서 디디에 장 뱅밀 같은 사람은 나를 '인종주의자'로 몰기까지 했다. 그 친구 말대로, 아직도 선천적인 것과 후천적인 것의 관계를 따지고 드는 것은 무모할 뿐만 아니라 우스꽝스럽고 순진한 것이다. 그것은 완전히 한물간 문제 제기다. 유전적인 프로그래밍이라니! 그건 낡아 빠진 이론이다. 이보게, 분자유전학을 배우게나. 다른 개념들을 원용하는 게 어때? 피아제식의 '동화'라는 개념은 어때? 그건 약간 구닥다리야. 그럼 프리고진이 말하는 '혼돈으로부터의 질서'는? 그건 아무도 이해를 못하지만 더 멋지기는 하군. 그런 건 다 그렇다 치고, 자네는 왜 꿈이 기억이나 망각에 작용한다는 가설을 거부하는 거야? 그 이론은 명망 높은 노벨상 수

상자의 지지를 받았어. 한마디로 신빙성이 있다는 얘기지. 그리고 자네는 왜 꿈이나 역설수면의 기능을 연구하는 거야? 그건 순진하고 어리석은 짓이야. 어떤 사람들은 목적론이나 종말론의 냄새가 난다고 말하기도 하지. 그냥 징후들을 서술하기만 하면 되는 거야. 현상학에서 벗어나지 말게. 메커니즘을 엄밀하게 서술하되, 그것에서 더 나아가지 마. '어떻게'를 찾아야지, 절대로 '왜'를 추구해서는 안 되는 거야. 그러는 동안 분자생물학자들이 초파리에서 수면과 꿈의 유전자를 찾아낼 것이고, 그러면 모든 게 끝나는 걸세. 그건 시간문제야. 길어 봤자 2년이라고!

논문을 상당 부분 수정하면서 단지 송고 날짜만 늦춰야 할까? 아니면 포기해야 할까? 나는 팩스 보내는 것을 다시 이튿날로 미뤘다.

식당으로 들어가다가 루트비히를 만났다. 그는 호기심 어린 얼굴로 나를 바라보고 있었다. 내가 이틀 전부터 면도를 안 했기 때문일까? 아니면 귀 위쪽에 생긴 작은 반점을 보았을까?

"이보게, 오늘 새벽엔 진흙목욕 시간을 줄였나?"

"물론이지. 이젠 모든 게 괜찮아. 오늘도 베네치아에 갈까 하네. 하지만 무라노 섬에는 가지 않을 걸세."

나는 내 별자리 운세에 관해서는 말할 엄두가 나지 않았다.

나는 드디어 결정을 내렸다. 무라넬라가 전화를 하지 않았으니, 그녀를 따라가거나 41번 바포레토에서 다시 그녀를 성가시게 하는 것은 쓸데없는 짓이었다. 그녀가 모든 승객이 보는 앞에서 내 따귀를 때리고 성희롱 혐의로 나를 고소한다 해도 나로서는 할 말이 없을 것이었다. 반면에, 그녀 또는 그녀의 분신이 사흘 전부터 매일 가는 곳인 듯한 게토 누오보 광장에서 그녀를 기다리는 것은 문제가 없을 듯했다. 거기에서 죽치고 있다 보면, 그녀가 어디로 가는지 또는 그녀가 어디에 사는지 알아낼 수 있지 않을까 싶었다. 어쩌면 그녀와 단 둘이 있는 곳에서 마침내 그녀에게 말을 걸고, 이중 출현의 수수께끼를 설명해 달라고 요구할 수 있을지도 모를 일이었다.

그래서 나는 산타 루치아 역에서 게토 누오보 광장까지 곧장 걸어가기로 결심했다. 그 도정에는 잠깐씩 쉬면서 아픈 다리를 추스를 수 있는 카페와 식당이 꽤 많았다.

그리하여 나는 오후 네 시쯤 게토 누오보 광장에 도착해서 미세리코르디아 소운하에 걸쳐 있는 다리 위에 앉았다. 이것은 내가 베네치아에서 가장 좋아하는 다리다. 비스콘티가 〈애증〉이라는 영화를 만들 때 내가 젊은 시절에 좋아하던 여배우 알리다 발리를 여기에서 찍은 뒤로 좋아하게 되었다. 그녀는 1850년 오스트리아가 베네치아를 점령하고 있던 시절에 자기 애인인 오스트리아 장교의 집으로 가기 위해 검은 외투 차림으로 이 다리를 건너간다.

설핏하게 기운 해가 운하를 둘로 나누어 한쪽에 그늘을 만들고 있었다. 건물들의 창문에는 빨래가 걸려 있었고, 곡면 거울 같은 수면에는 주위의 풍광이 거꾸로 비치고 있었다. 내가 앉아 있는 자리에서는 광장이 한눈에 들어왔다. 이 광장은 베네치아에서 가장 높은 5, 6층짜리 낡은 건물들에 둘러싸여 있다. 박물관과 작은 유대교 회당 입구에 방문객 몇 명이 모여 있었다. 만약 무라넬라가 온다면, 행인들 속에 섞여 게토 누오보 소운하를 따라 걸어올 것이었다. 하지만 눈길 닿는 데까지 아무리 살펴봐도 그녀의 모습은 보이지 않았다.

나는 여섯 시까지 기다렸다. 무라넬라는 오지 않았다.

어쩌면 그녀가 퇴근하면서 또는 마돈나 델 오르토 성당 앞에 도착해서 테오도리크 호텔로 전화를 걸었을지도 모른다는 생각이 문득 들었다. 그녀는 바포레토에서 나를 다시 만날 수 있으리라 생각하지 않았을까? 결국 내가 그녀를 실망시킨 것은 아닐까? 만약 무라넬라가 두 사람이라면, 그들끼리 서로 내 이야기를 하지 않았을까?

그때 나는 처음으로 휴대전화가 없는 것을 아쉬워했다. 그따위 물건을 지니고 다니는 것에 대해 이제껏 혐오감을 보여 왔던 내가 말이다!

나는 헛되이 공중전화 박스를 찾아 헤매다가 광장을 빠져나왔다. 작은 카페들에 들어가서 전화를 거는 것도 여의치 않았다. 결국 아픈 다리를 질질 끌며 기차역까지 천천히 돌아가야만 했다. 나는 역에서 전화카드를 산 다음, 테오도리크 호텔에 전화를 걸었다.

"네, 네, 교수님. 어떤 여자 분한테서 여섯 시쯤 전화가 왔어요. 베네치아에 있는데, 교수님하고 통화를 하고 싶다고 했어요. 아주 급한 일이랍니다. 그 여자 분 전화번호 불러 드릴게요."

그건 휴대전화 번호였다. 고마운 무라넬라! 그녀의 진짜 이름은 무엇일까? 프런트 직원은 그것을 말해 주지 않았다. 아마 10분 후면 그녀를 만나게 될 것이다. 그러면 내가 그토록 궁금해하던 수수께끼의 열쇠를 쥐게 되리라.

"프론토, 프론토(여보세요). 프로페서 주베 콜링(주베 교수입니다). 아 엠 소 글래드 투 토크 투 유(통화를 하게 되어서 기쁩니다)……."

"주베 교수님. 소식이 없어서 무척 걱정했어요."

어떤 여자가 이탈리아어식 억양의 프랑스어로 대답했다.

세상에, 이런 줄 알았으면 그녀에게 프랑스어로 말을 걸고 글을 써도 되는 건데 그랬군.

나는 그녀에게 물었다.

"어디에 있어요? 우리 지금 만날 수 있을까요? 아직 41번 바포레토에 있나요?"

"41번 바포레토라뇨? 저는 학술대회에 와 있어요. 차테레 기슭 근처예요."

"무슨 학술대회요?"

"수면심리학 학술대회요. 주베 교수님, 저 기억하세요?"

"저어, 41번 바포레토에서 만난 분 아닌가요? 그분이 아니면 그분의 자매인가요?

"아니에요. 저에겐 자매가 없어요. 저는 토리노에서 온 비앙카 F. 교수예요. 작년에 리옹의 교수님 실험실에 갔었어요. 산테 데 상크티스[23])에 관한 학위논문 때문에요. 기억하세요, 교수님?"

나는 내가 알고 있는 모든 언어의 욕설을 소리 없이 잇달아 중얼거렸다.

"제 말 듣고 계세요, 교수님?"

"네. 기억나요. 나를 어떻게 찾아냈죠?"

"교수님 비서한테 물었더니, 베네치아 근처에 계시다면서 호텔 이름을 가르쳐 줬어요. 저희가 두 달 전에 교수님께 팩스로 연락을 드렸고, 교수님은 학술대회에 오시겠다고 답장을 보내셨어요. 지금 어디 계세요?"

"산타 루치아 역에요. 몬테그로토로 돌아가는 길이에요."

"교수님, 저희가 보내드린 팩스에 나온 대로, 교수님이 내일 오셔서 강연을 해 주시면 참석자들 모두에게 큰 영광이 될 거예요. 강연 주제는 작년에 카프리에서 하신 것과 똑같아요. 기억하시죠?"

원, 세상에! 애고애고, 카프리라니!

사실 나는 이탈리아 수면 연구회의 초청을 받아 거기에 간 적

---

23) 이탈리아의 의사이자 심리학자(1862~1935). 이탈리아 심리학과 아동 신경정신병학의 선구자이며, 프로이트나 융에 앞서 꿈을 연구하고, 『히스테리와 간질 환자의 꿈과 잠』(1899), 『꿈: 한 정신과의사의 임상적 심리학적 연구』(1899) 등과 같은 저서를 출간했다.

이 있었다. 내가 무슨 애기를 했더라? 말할 것도 없이 역설수면 중이나 꿈을 꾸는 동안 이루어지는 유전적 프로그래밍에 관해서 이야기했다. 그럼으로써 나와 심리학자들, 특히 로마 학파의 패거리들 사이에 고약한 말싸움이 벌어지지 않았던가…….

"카프리, 그래요, 기억나요. 하지만 나는 슬라이드를 가져오지 않았어요."

"그건 상관없어요, 교수님. 로마 팀이 와 있어요. 모두가 교수님을 기다리고 있죠. 아주 멋진 만남이 될 거예요."

"몇 시죠?"

나는 무슨 핑계를 대서든 가지 말까 하는 생각도 했다. 하지만 거기에 가면 기분이 좀 달라지지 않을까 싶었다. 무라넬라는 이제 끝난 이야기였다.

"교수님, 저희가 내일 산타 루치아 역으로 마중을 나갈게요. 열 시 십 분에 도착하는 기차를 타고 오세요. 교수님 강연은 정오에 시작하는 것으로 되어 있어요. 30분 동안 말씀하시면 돼요. 아셨죠? 내일 오후에 시간 있으세요?"

"아직 모르겠어요. 내일 열 시 십 분에 보죠. 아리베데르치."

빌어먹을 비앙카! 기차를 타고 돌아오면서 나는 그녀에 관한 기억을 더듬었다. 비앙카는 세르게이와 동시에 리옹의 우리 연구소에 왔다. 초록색 눈의 예쁜 갈색머리 여자였는데, 몸이 유연하고 언제 보아도 우아했으며, 조금 신중한 편이었다. 그녀는 산테 데 상크티스에 관한 심리학 박사학위 논문을 쓰고 있었다. 산테 데 상크티스는 이탈리아 꿈 연구의 개척자로서 프로이트의 『꿈의 해석』에 인용되는 영예를 누렸다. 그는 낮의 잔재나 흔적이 꿈에 나타나는 빈도를 연구한 최초의 연구자들 가운데 하나다. 그가 산정한 비율은 20퍼센트이다. 이 비율은 내 통계(25퍼센트)와 비슷하다. 하지만 프로이트의 비율에는 훨씬 못 미친다. 프로이트는 낮에 깨어 있을 때 겪은 일의 흔적이 '언제나' 존재한다고 생각했다. 나는 내 자료를 비앙카에게 빌려 주었고, 그녀는 한동안 매우 전문적인 통계적 계산에 몰두했다. 우리 연구소에 머물고 있는 동안, 비앙카는 자기 전공인 '마이크로 정신분석학'[24]의 초보적인 지식들을 내게 가르쳐 주었다. 내가 보기에 이 분야는 과학적인 토대가 결여되어 있는 듯했다. 나는 수면 다원검사를 이용해 수면과 꿈을 객관적으로 연구하는 분야로 전공을 바꾸도록 비앙카를 설득해 보았다. 그러면 장차 토리노에서 수면 연

24) 유럽 여러 나라와 미국 등지에서 폭넓은 활동을 전개했던 이탈리아 국적의 정신과의사이자 정신분석학자인 실비오 판티(1919~1997)가 창시한 정신분석의 한 유파. 분석가와 환자의 면담 시간을 길고 빈번하게(1회에 평균 서너 시간씩 매일같이 또는 일주일에 적어도 다섯 차례) 잡음으로써 환자의 연상에 의한 언어 표출을 돕고 저항의 극복을 용이하게 하는 것, 그리고 환자의 내밀한 삶과 관련된 자료들(스스로 작성한 가족의 혈통관계 도표, 환자 자신과 가족의 사진, 사사로운 편지와 일기, 아동기와 청소년기에 쓴 글)을 환자 자신이 세세하게 연구하는 것, 분석가와 환자가 실생활에서 인간적으로 서로 친해지기 위해서 함께 식사를 하는 등 면담과 별도로 만남의 시간을 갖는 것 등을 주요한 특징으로 삼고 있다. 스위스 로잔에는 국제 마이크로 정신분석학 협회가 있고, 토리노에는 이탈리아 마이크로 정신분석학 연구소가 있다.

구소를 차릴 수도 있으리라는 얘기도 했다. 비앙카는 두 달 동안 병원에 나와서, 수면의 비밀을 해독하는 데 필요한 기초 지식을 빠르게 습득했다. 리옹을 떠난 뒤로 그녀는 어떻게 되었을까?

세상에, 내가 심리학 학술대회에 나가서 무슨 말을 하지? 그것도 마이크로 정신분석학자들 앞에서 말이야.

나는 늦게 호텔에 도착했다. 내가 식탁에 다다르자, 마틀렌이 의심 어린 눈길을 내게 던졌다.

"교수님, 베네치아 여자들을 조심하세요!"

포도주 담당 종업원이 와서 물었다.

"어제처럼 백포도주를 올릴까요?"

"그래요, 어제처럼 늘 마시던 대로. 아니, 최고급 적포도주로 마시겠소."

나는 포도주 차림표를 보았다. 가장 비싼 것은 키안티 클라시코[25]의 하나인 '산테 다메'로서 한 병에 3만 리라였다.

"이것을 실내온도에 잘 맞춰서 주시오."

키안티가 오자 내 왼쪽의 '크루프 내외'가 나에게 호의적인 시선을 보냈다. 나는 그들과 마틀렌의 건강을 기원하며 건배했다. 프로시트, 상테, 살루드, 간빠이.[26] 마틀렌은 미소를 지었다.

---

25) 키안티는 이탈리아 중부 토스카나 주의 키안티 구릉지대에서 나는 포도주인데, 그 생산지가 일곱 개의 소구역으로 나뉘어 있다. 키안티 클라시코는 그 가운데 가장 역사가 깊고 면적이 좁은 소구역에서 생산되는 적포도주로서 병목에 있는 검은 수탉의 로고로 금방 식별할 수 있다.

그녀가 물었다.

"교수님, 돌아오실 때 바포레토 타셨어요?"

아니, 내가 교수라는 것을 어떻게 알았지? 지배인한테 들었나?

"아뇨. 이제 다시는 그것을 타지 않을 거예요. 내일은 베네치아에서 열리는 학술대회에 가야 해요."

나는 이제 내 이론을 믿지 않는다. 그러면서 그것을 로마의 심리학자들 앞에서 다시 소개해 달라는 제안을 받아들였다. 이 얼마나 어리석은 짓인가! 나는 그런 생각을 하면서 키안티를 맛보았다. 맛이 아주 좋았다. 나는 한 병을 다 마셔 버렸다.

식사를 끝내고, 나는 루트비히를 피해 정원으로 빙 돌아갔다. 무라넬라를 찾는 일이 헛수고가 되었다는 것을 그에게 이야기하고 싶지 않았다. 객실에 돌아오자, 나는 재빨리 내 논문과 관련된 모든 책과 자료들을 정돈했다. 그런 다음 커다란 백지 한 장을 꺼내어 이렇게 적었다.


1) 리옹

꿈에 관한 이론. 세르게이 코마로프(하드 디스크 절취? 해마의 세타파? 가택침입 절도? GB169를 훔쳐 갔을 가능성?).


26) 모두 건배할 때 하는 말. 각각 이탈리아어, 프랑스어, 스페인어, 일본어.

2) 상트페테르부르크

세르게이와 한스 L.(1990년까지 동독에 속해 있었던 할레 출신).
사람의 세타파를 기록할 수 있는 칩. 새로운 물질에 대한 가
설. 크렘린? 블라디미르 블라디미로비치, 그는 누구일까?

3) 몬테그로토

무라넬라 또는 두 사람의 무라넬라. 진흙목욕과 기시감 증상.
기억 이상증진. 마를렌? 루트비히? 내일 수면에 관한 학술대
회. 비앙카.


내 머릿속에서 착종하는 이름들은 세 부류로 나눌 수 있었다.
하나는 리옹과 관련되어 있었고, 다른 하나는 러시아, 나머지 하
나는 몬테그로토와 베네치아를 중심으로 모여 있었다. 하지만
리옹과 러시아와 이탈리아 사이에 무슨 관련이 있는지 알 수가
없었다. 어쨌거나 베일에 싸인 인물들에 대해서는 그들이 어떤
사람들인지 확인할 필요가 있었다.

루트비히는 누구인가? 그는 1년 전에 사귄 사람이다. 그는 정
말 노년학 전문가일까? 사람이 천 살까지 살 수 있다는 그의 이
야기는 공상과학소설에 가깝다. 하지만 그는 분명 의사이자 정
신의학자이며, 허리 관절통을 치료하기 위해 여기에 오는 것이
다. 세르게이와 무라넬라 사이를 점철하는 의문의 인물들과는
아무 상관이 없을 것이다.

마를렌은? 그녀는 러시아어를 한다. 러시아 사람인가? 아직

그녀와 대화다운 대화를 나눠 본 적이 없다. 그녀가 나를 피하는 것처럼 보이기 때문이다. 그녀는 낮 동안에 무엇을 하는 걸까? 소설가이거나 기자가 아닌가 싶다. 이따금 식탁에서 커다란 만년필로 글을 쓰는 것으로 보아서 그러하다. 그녀는 피아트 승용차를 몰고 다닌다. 파도바 번호판이 붙은 렌터카다. 어느 날 밤, 나는 그녀가 내 방에 있는 것을 보았다고 생각했다. 하지만 그건 분명 꿈이었다. 주위 사람들을 의심하지 말라고 별자리 운세에 나와 있지 않았는가.

무라넬라는? 그녀가 이 모든 사건의 매듭이다. 루트비히가 암시한 것처럼, 그녀는 그저 내 마음이 지어낸 존재일까? 아니다. 나는 분명 그녀를 보았고, 서로 아주 멀리 떨어진 두 장소에 거의 동시에 나타나는 것을 세 차례나 확인했다.

까닭은 알 수 없었지만, 나는 오늘 오후에 무라넬라를 만나지 못한 것과 유전적 프로그래밍에 관한 내 이론의 실패가 서로 연결되어 있다고 느꼈다. 무라넬라의 수수께끼가 풀리지 않은 채 사라짐으로써 꿈에 관한 내 가설도 자취를 감춘 것만 같았다.

그 빌어먹을 학술대회에 가서 그 고약한 심리학자들과 망할 놈의 마이크로 정신분석학자들을 앞에 두고 무슨 말을 해야 할까? 그것에 대해서는 내일 생각해도 될 것이다. 마이크로 몽학夢學이나 한번 창안해 볼까? 어쨌거나 오늘 밤엔 키안티를 마신 탓에 생각을 정확하고 조리 있게 할 수가 없어.

거울을 들여다보고 있노라니, 진흙목욕을 너무 오래 한 그날

부터 내가 딴사람으로 변했다는 생각이 들었다. 귀 위쪽에 생긴 작은 반점은 갈수록 발개지면서 작은 혹이나 구진丘疹이 되어 버렸다. 나는 이틀 전부터 면도를 하지 않았다. 이참에 수염을 기르고 싶었다. 너무 덥수룩하게 기르지는 말고, 보름 동안 깎지 않은 정도의 길이를 유지하는 게 좋을 듯했다. 반면에 머리털은 빡빡밀어 버리고 싶었다. 변화를 주기 위해서, 아니 그보다는 예전의 나를 버리기 위해서! 어쨌거나 나 자신을 판단하기 위해서는 나로부터 벗어날 필요가 있었다. 예전과 달라 보이는 객체로서의 자아와 그 타아他我를 고찰하고 심판하는 주체로서의 자아, 나의 진정한 자아는 이 둘 사이의 어디쯤에 있는가? 둘 중에 누가 변한 것일까? 이런, 내 안을 들여다보기 시작하니까, 내가 누구인지 잘 모르겠다. 내가 변했다는 것을 어떻게 알지? 자아가 타아를 고찰하고 심판하니까? 하지만 내 이론에 따르면, 지금의 나는 꿈속에서 만들어진 나이다. 망할 놈의 진흙목욕이 내 꿈에 영향을 미친 것일까? 하지만 한 번 영향을 미쳤다고 내가 달라질 수 있는가? 나는 계속 꿈을 꾸지 않는가…….

**1999년 9월 10일 금요일**

## 베네치아 학술대회

새벽 세 시의 모닝콜이 두려워지기 시작한다. 꿈을 꾸지 않는 깊은 잠에서 억지로 빠져나와야 하기 때문이다. 진흙목욕은 내 통증을 완화시키지 않았다.

"그게 정상입니다. 오히려 통증이 심해지는 경우도 있는걸요. 한두 달 기다리셔야 해요."

요양객들에게 늘 커다란 위안을 주는 프런트 오피스 매니저는 그렇게 말한다. 익히 들어 온 소리다.

안마 시간을 앞두고 일곱 시 반에 저절로 잠에서 깨어났을 때, 나는 기분 좋은 놀라움을 경험했다. '청년처럼' 음경이 꼿꼿해진 채 관능적인 꿈을 꾸다가 깨어났기 때문이다. 나는 젊고 어여쁜 여자 옆에 누워 있었다. 여자는 알몸이었고, 마치 온몸이 백연이나 석고로 뒤덮인 것처럼 하앴다. 입술 역시 아주 창백했지만, 분명 살아 있는 여자였다. 나는 그녀의 불두덩을 쓰다듬다가 깜짝 놀랐다. 불두덩에서 새끼 풍뎅이처럼 작고 통통한 것들이 빠져나오는 것을 보았던 것이다. 그들은 두 뒷다리로 걷고 있었다. 더 가까이 다가들어 살펴보니, 그것들은 호문쿨루스27)였다. 그들은 수염을 기르고 있었는데, 그 수염 때문에 모두가 지그문트 프로이트의 축소판처럼 보였다. 그들은 여자의 겨드랑이 털 사이에서도 빠져나왔다. 그런 다음 한데 모여 행렬을 지었다. 불두덩에서 나온 행렬은 배로 올라가고, 겨드랑이에서 나온 행렬은 젖가슴 한복판으로 내려갔다. 마침내 하나가 된 행렬은 배꼽 주위를 시계 방향으로 돈 다음 침대 건너편으로 사라졌다. 이 환상적인 꿈은 나에게 큰 쾌감을 안겨 주었다.

나중에 안마를 받고 기차를 타러 내려가면서, 나는 오늘의 별자리 운세를 잠깐 보았다. 이제껏 점성술 또는 점성학이라는 것을 전혀 모르고 살았는데, 보아하니 놀라운 예지 능력을 지닌 듯했다.

---

27) 라틴어로 '작은 사람'이라는 뜻. 중세에 일부 연금술사들이 창조하려고 했다는 초소형 인간.

## 〈전갈자리〉

다른 사람들에게 이용당하고 있는 것 같아서 불쾌한 기분이 드는 날이다. 처녀자리에 든 태양과 사수자리에 든 명왕성이 90도 관계를 이루고 있다. 이 스퀘어가 당신과 당신 친구들의 관계를 제대로 보게 해 줄 것이다. (이런, 이런, 비앙카를 두고 하는 말인가?)

당신은 고도의 긴장 상태에 있다. 일에서 벗어나 관심을 딴 데로 돌리는 것이 바람직하다. (맞는 말이야! 오후에는 미술관에 가서 그림을 보고, 저녁에는 고급 레스토랑에 가서 식사를 해야겠어.)

당신은 폭발 직전이다. 스스로를 다스리고 당신의 스트레스를 다른 방향으로 유도하도록 노력해야 한다. (완전히 족집게로군! 내일은 파도바에 가서 페루키오 박사에게 진찰을 받아야겠어.)


나는 아홉 시쯤 몬테그로토를 떠났다.

"점심과 저녁 모두 밖에서 먹고 올 겁니다."

나는 프런트에 가서 그렇게 알려 주었다. 어쩌면 아주 떠나는 거라고 말하고 싶었는지도 모르겠다.

비앙카는 왜 나를 이 수면심리학 학술대회에 초청했을까? 기차를 타고 가면서 나는 그렇게 자문했다. 별자리 운세에 나온 것처럼 나를 이용하려고 함정을 판 것일까? 그건 아닐 것이다. 작년에 카프리에서 열린 학술대회에서 그녀는 심리학자들의 공격에 맞서 나를 지지했던 듯하다. 내가 보기에 비앙카는 나를 배신할 사람이 아니다. 그녀는 로마 학파의 기고만장한 태도에 맞서

기 위해서, 그리고 어쩌면 마이크로 정신분석학과 대결하기 위해서 이번에도 신경생리학자가 필요하다고 생각했을 것이다.

비앙카는 리옹에서 마이크로 정신분석학의 주요한 방법들을 나에게 설명해 주었다. 마이크로 정신분석가들은 환자가 쓴 글이며 가족사진(부모와 조부모 사진, 집과 정원 사진 등을 포함해서)을 면밀하게 분석한다. 그리고 분석가와 환자의 면담은 매일 대여섯 시간씩 지속되어야 한다(세상에!).

어쨌거나 베네치아에서 그녀를 다시 만난다는 것은 기쁜 일이다. 리옹에 있을 때 그녀는 우리 연구소에 오는 이탈리아 여자들이 대개 그렇듯이 언제나 아주 우아했다. 그녀는 종종 하얀 비단 스카프를 두르고 다녔다. 내 여자 동료들 중에는 그녀를 '백설공주'라고 부르는 이들이 더러 있었다. 아마도 조금은 샘이 나서 그랬을 것이다. '백설공주 비앙카.'

그때 나는 문득 깨달았다. 백묵처럼 하얀 여자와 나란히 누워 있던 꿈은 그녀와 관련되어 있는 게 분명하다. 그리고 그녀의 몸 위에서 돌아다니다가 사라진 그 작은 프로이트들이 의미하는 것은 말할 것도 없이 마이크로 정신분석학이다! 나는 비앙카를 원하고 있다. 그녀가 마이크로 정신분석학을 버렸거나 마이크로 정신분석학이 그녀를 버렸기에 더욱 그러하다. 리옹을 떠난 뒤로 그녀는 정말 어떻게 되었을까? 나는 그 물음을 다시 던지면서 생각했다. 내 꿈을 그녀에게 이야기하는 것은 감히 엄두도 못 낼 일이라고……

몬테그로토에 온 뒤로 그런 수수께끼 같은 꿈을 꾼 것은 이번이 세 번째다. 예전에는 그런 꿈이 드물었다. 내 '꿈을 만드는 기계 장치'에 무언가 달라진 게 있는 모양이다. 그 꿈들은 언제나 역설수면 중에 찾아왔다. 내가 매번 발기된 상태로 깨어났다는 사실이 그걸 말해 준다.

오늘은 메시지가 분명하다. 나는 비앙카를 성적으로 원하고 있거나 원하게 될 것이다. 베네치아에 다다를 즈음, 나는 기차를 타고 오는 동안 무라넬라와 그녀의 수수께끼를 단 한 번도 생각하지 않았다는 사실을 깨달았다. 그녀 대신 비앙카가 내 마음을 차지했다. '꿈의 여운'이 내 생각을 지배한 셈이다.

비앙카는 산타 루치아 역에서 나를 기다리고 있었다. 하얀 깃이 달린 빨간 드레스 차림이었다. 그녀는 심리학자 두 사람을 내게 소개했다. 둘 다 수염을 기르고 말수가 적었는데, 로마에 있는 C교수의 제자들이라고 했다. 우리는 회의장으로 가기 위해 모터보트를 탔다. 회의장은 차테레 기슭 뒤의 아보가리아 광장 옆에 있었다.

학술대회의 사회자는 나폴리에서 활동하는 내 '동료이자 친구'인 아우구스토 N. 교수였다. 그는 신경생리학자이자 정신분석가였다. 그렇게 '겸업'을 하다 보니, 꿈에 관한 객관적이면서도 주관적인 연구의 전문가가 되었다. 그는 정말이지 마술사 같은 연구자였다. 꿈에 관한 현대 신경생물학의 발견들을 프로이트 정신분석의 깊디깊은 모자 속으로 사라지게 하는 재주를 부리고 있으니 말이다. 그는 아주 따뜻하게 나를 맞아 주었다.

"경애하는 동료이자 벗님, 와 주셔서 고맙습니다. 저희가 교수님을 에우가네오 온천장의 환락과 진흙목욕탕에서 끌어내어 뇌의 지하실로 내려오시게 했군요. 하지만 이 지하실 역시 진흙으로 가득 차 있습니다. 무의식이라는 진흙으로 말입니다. 지그문트 프로이트가 이 지하실을 최초로 탐사한 사람이지요."

강연장은 만원이었다. 청중이 백 명은 될 듯했다. 시청각 기자재는 꽤나 노후했다. 하지만 슬라이드도 가져오지 않은 마당에 그게 무슨 상관이랴?

나는 비앙카 옆에 가서 앉았다. 그러는 동안 로마에서 온 C교수의 강연이 시작되었다. 그는 영어로 말하고 있었다. 그래서 나는 아주 작은 뉘앙스까지 이해할 수 있었다.

그는 먼저 몬테그로토를 떠나 베네치아에 온 나에게 감사한다고 말했다. 그러면서 몬테그로토는 라틴어로 몬스 아이그로토룸, 즉 '병자들의 산'이고, 베네치아는 바다와 뭍, 몽상과 과학에 아울러 속해 있는 도시라고 덧붙였다. 그렇게 얄궂은 농담으로 허두를 뗀 뒤에 그는 자기 강연의 주제를 소개했다.

"렘수면(또는 역설수면)이 꿈의 등가물이라는 주장은 객관적인 사실이 아닙니다. 그건 한낱 꿈입니다."

그는 처음부터 대차게 나오고 있었다. 하지만 이상하게도 나는 1년 전 카프리 학술대회 때와는 달리 그것이 나와 상관된다고 느끼지 않았다. 그는 로마 학파의 우두머리답게 댓바람에 신경생리학자들을 공격하고 나섰다. 그의 주장에 따르면, 신경생리학자들은 현재 권위와 명성과 오만한 태도와 가짜 교의를 가지고 과학계를 지배하고 있다. 그들은 렘수면이 꿈의 동의어라고 말하지만, 그것은 모든 연구의 진보를 가로막는 것으로 귀착된다는 것이었다.

"고양이 같은 동물이 꿈을 꿀 수 있다고 주장하는 것 역시 사실이 아닙니다. 이렇듯 심리학의 가장 흥미로운 문제들 가운데 하나가 지나치게 단순하고 낡아빠진 가짜 모델 때문에 희생당하고 있는 것입니다."

그런 다음 C교수는 렘수면과 꿈을 동일시하는 가설을 약화시키는 반대 사실들을 검토하기 시작했다. 그는 1960년대와 70년대의 낡은 통계를 다시 들먹였다. 이 통계에 따르면, 잠자는 사람들을 비＊렘수면(즉, 느린 뇌파가 나타나는 정수면) 중에 깨워서 물어보면 30퍼센트의 사람들이 꿈을 꾸었다고 대답한다.

"저희 실험실에서 산정한 바로는 그 비율이 54퍼센트입니다. 그런 식으로 계속 커진다면 대충 계산해 볼 때 2020년에는 100퍼센트에 도달할 것입니다. 왜 이렇게 자꾸 비율이 커질까요? 그건 꿈이란 무엇인가를 놓고 합의가 이루어지지 않기 때문입니다."

그러고 나서 그는 '스캐닝' 가설을 공격했다. 이 가설에 따르면, 렘수면 중에 나타나는 빠른 안구 운동은 꿈속의 이미지들을 계속 좇고 있음을 나타내는 것이다. 이 가설은 공격당하기가 쉽다. 사실 우리 실험실 역시 1965년부터 이 가설을 약화시키는 데 한몫을 했다.

이어서 그는 렘수면의 지속시간과 꿈의 주관적인 지속시간(잠에서 깨어난 뒤에 꿈을 꾼 사람이 발설하는 단어들의 수로 측정된다) 사이에 아무런 상관관계가 없음을 입증하는 최근의 연구 성과들을 소개했다.

끝으로 C교수는 한창 유행하고 있는 유파인 인지주의를 소개했다. 이 유파의 주장에 따르면, 역설수면 동안에는 뇌의 전기적 활동이 빠르고 정수면 동안에는 느리지만, 그런 양상에 상관없이 수면 시간 전체에 걸쳐서 동일한 인지 체계가 작용한다. 이 인지 체계는 깨어 있는 동안에도, 예컨대 환상에 빠지거나 몽상에 잠겨 있을 때도 동일하게 기능한다. 이 로마 학파 심리학자의 결론은 신경생물학자들이 '진정으로' 꿈을 연구하고자 한다면 자기들의 낡은 가설을 포기해야 한다는 것이었다. 불행하게도 그는 항상적인 인지 체계가 존재한다는 것 말고는 달리 제안할 것이 없었다. 강연을 끝내면서 내가 받아들일 수 있을 만한 가설 하나를 암시하긴 했지만, 그건 백 년 전부터 심리학 책들 속에서 잠자고 있는 가설일 뿐이었다. 우리가 잠에서 깬 뒤에 기억해 내는 꿈들은 깨어나는 과정에서 '만들어진' 것들이라는 가설 말이다.

C교수가 발표를 끝내자 우레와 같은 박수갈채가 일었다.

나는 비앙카에게 물었다.

"이봐요, 비앙카, 내가 무엇 하러 여기에 온 거죠? 몬테그로토의 수영장 옆에서 편하게 쉴 걸 그랬나 봐요."

"스스로를 옹호하세요, 교수님. 보시다시피, 저 양반에게는 모델이 없어요. 비록 교수님의 이론이 완전하게 입증된 것은 아니지만, 새로운 실험들에 길을 열어 줄 수는 있잖아요."

그때 사회자가 말했다. 내 강연이 끝난 뒤에 전체 토론이 있으리라는 것이었다. 무슨 말을 하지? 발표 내용을 강조하고 예증하는 데 필요한 슬라이드가 없을 때면, 나는 대개 막판에 가서 하늘의 색깔이나 강연장의 분위기, 참석자들의 수, 특히 앞선 연사의 강연 내용과 어조를 감안하여 내가 할 이야기를 결정한다. 이번에는 내 정신이 매우 명징하다는 느낌이 들었다. 마치 내면의 '악마'가 나를 이끌고 있는 듯한 기분이었다.

나는 베르길리우스를 인용하는 것으로 내 강연을 시작했다.

"순트 게미나이 솜니 포르타이(잠의 문은 두 개가 있습니다).[28] 하나는 뿔로 된 문이고 다른 하나는 상아로 된 문입니다. 상아의 문은 그것을 너무나 일찍 넘어간 신경생물학자들을 가두어 둔 채 도로 닫힌 게 아닌가 싶습니다. 반면에 뿔의 문은 인지주의라는 찬란한 길로 활짝 열려 있습니다."

나는 강연을 라틴어로 시작함으로써 프랑스 신경생물학자에 대한 이탈리아 심리학자들의 잠재적인 적개심을 누그러뜨리고자 했다. 말하자면 유럽 문명의 어머니인 그리스·로마 문명에 경의를 표한 것이었다. 사실 이런 자리에서 어떻게 갈리아 지방의 언어로 연설을 시작할 수 있겠는가? 다른 한편으로, 꿈의 기능에 관한 내 가설은 이틀 전에 말 그대로 날아가 버린 터였다. 그래서 나는 내 반대자들의 생각을 아무런 어려움 없이 거의 자동적으로 받아들이기 시작했다.

"저희 신경생물학자들은 분명 저희 방법을 과도하게 신뢰한 나머지 과오를 범했습니다. 그 점을 상기시켜 주신 C교수님께 감사드립니다. 우리는 전기생리학이 뇌의 문을 열었다고 생각했습니다. 그리고 제 동료들은 뇌파도로 나타나는 뇌의 전기 활동과 의식 상태를 동일한 것으로 간주하는 가설을 오랫동안 지지했습니다. 그건 저 자신도 마찬가지입니다. 대뇌피질의 빠른 활

---

28) 고대 로마 시인 베르길리우스의 대서사시 〈아이네이스〉 6권에 이런 대목이 나온다(893~896행).

Sunt geminae Somni portae, quarum altera fertur
cornea, qua veris facilis datur exitus umbris;
altera candenti perfecta nitens elephanto,
sed falsa ad caelum mittunt insomnia Manes.
(잠의 문은 두 개가 있으니, 하나는 뿔로 만들어져
참된 그림자들에게 길을 활짝 열어 주며,
다른 하나는 윤기 나는 상아로 되어 번쩍거리지만,
저승 영혼들은 이 문을 통해 거짓된 꿈을 이승에 보낸다.)

이 대목은 호메로스의 〈오디세이아〉 19권 562~569행에 나오는 페넬로페의 말("그림자 같은 꿈이 나오는 문은 두 개가 있으니, 하나는 뿔로 만들어져 있고, 다른 하나는 상아로 만들어져 있어요. 상아를 베어 만든 문으로 나오는 꿈들은 이루어지지 않는 소식을 전해 주면서 우리를 속이지요. 그러나 반들반들하게 닦은 뿔의 문으로 나오는 꿈들은 누가 그것들을 보든 간에 꼭 실현되지요")을 차용한 것이다.

동이 없으면, 다시 말해서 감마파(30 내지 40헤르츠)가 나타나지 않으면 의식이 없는 것이다, 이렇게 생각했지요. 이 개념은 점차 하나의 도그마가 되었습니다. 그러니까 깨어 있을 때의 의식과 꿈꿀 때의 의식에는 반드시 이 감마파가 수반되어야 했고, 두 과정 모두 동일한 신경생물학적 토대를 가져야만 했습니다. 그런데 안타깝게도 사정이 전혀 그러하지 않다는 것을 여러분이 증명하셨습니다. 여러분은 느린 뇌파인 델타파가 나타나는 수면 단계에서도 꿈을 꾼다는 사실을 알아냄으로써 다른 연구자들이 이미 내놓은 결과를 확증하셨습니다(이건 내 나름의 얄궂은 농담이었다). 따라서 저는 이제 뇌의 전기 활동과 의식 상태를 동일시하는 개념을 포기할 준비가 되어 있습니다. 저는 여러분과 마찬가지로, 정신은 전기생리학이나 신경화학을 통해 설명되거나 드러날 수 없다는 사실을 받아들입니다. 뇌기능의 창발적인 차원은 현재 신경생물학에서 사용하고 있는 어떤 방법으로도 분석될 수 없습니다. 오로지 심리학만이, 의식의 다양한 주관적 상태를 정확하게 묘사하는 학문만이 우리를 도울 수 있습니다. 여러분이 인지주의라 부르는 것이 바로 그것입니다."

세상에, 이런 말을 하는 사람이 정말 나일까? 나는 거의 50년 전부터 나를 이끌어 왔던 방법론적인 또는 철학적인 토대를 짓밟으면서 가학적인 쾌감마저 느끼고 있었다.

"자신의 과오를 인정하는 것, 그것은 연구를 진척시킵니다. 실례를 무릅쓰고 다소 거칠게 말하자면, 이제껏 아무도 예지적인 꿈들을 정확하게 설명하지 못했습니다. 하지만 앞일을 예지하는 꿈은 존재합니다. 우리는 그것을 알고 있습니다. 다만 알고 있다는 사실을 받아들이지 않을 따름이죠."

나는 나폴리에서 온 내 친구 아우구스토 N. 교수가 아연한 기색으로 나를 바라보고 있음을 알아차렸다. 나는 아랑곳하지 않고 말을 이었다.

"진실을 정면으로 바라봅시다. 예지적인 꿈이 존재한다면, 시간의 화살이 거꾸로 날아갈 수 있다는 것, 나아가서는 뇌와 정신(창발적인 시스템으로서의 정신)의 흐름이 역전될 수 있다는 것을 받아들여야 합니다. 아니면, 다른 동물에게는 몰라도 인간에게는 시간 밖에서 존재할 수 있는 비물질적인 실체, 즉, 영혼이 있다는 것을 인정해야 합니다. 이 실체는 물론 뇌파 검사로는 절대로 기록되지 않을 것입니다."

내가 영혼을 들먹이자 청중은 그야말로 아연실색했다. 나는 내친 김에 점성학을 논하고 내 별자리 운세에 관해서도 짧게 언급하려던 참이었다. 그때 강당 뒤쪽에서 어떤 사람이 손을 들더니, 독일인의 억양이 섞인 큰 목소리로 물었다.

"그렇게 영혼 얘기를 꺼내서 저희보고 어쩌라는 겁니까? 차라리 렘수면의 기능에 관해서 말씀해 주시죠!"

청중 사이에서 약간의 웃음이 일었다. 나는 비앙카를 바라보았다. 그녀는 당황하고 화가 난 것처럼 보였다.

사회자가 나섰다.

"아직 시간이 남았으니까 그 질문에 대답하시지요."

그러면서 그는 두 손으로 머리를 괴었다. 마치 내 대답이 자기 머리를 무겁게 할 만큼 심각한 결과를 낳으리라 생각하는 듯했다. 나는 대답했다.

"좋습니다. 꿈의 기능에 관해서 얘기하겠습니다. 잠의 기능에 관한 얘기도 못할 게 없죠. 그쪽으로 말하자면, 저는 일체의 환상을 버렸습니다. 여러분이 괜찮으시다면, 현상학적인 차원에서 개인적인 추억 하나를 말씀드릴까 합니다. 작년에 운 좋게도 어떤 기관의 초청을 받아 남인도양의 프랑스령 섬들에 있는 과학 기지들을 방문한 적이 있습니다. 크로제 군도와 케르구엘렌 군도와 암스테르담 섬에 있는 과학 기지들 말입니다. 크로제 군도에는 50만 마리에 달하는 펭귄들이 군집을 이루고 있습니다. 이 섬의 탁월한 연구자들은 키가 1미터 이상 되는 커다란 펭귄, 즉 황제 펭귄에 관한 연구를 아주 훌륭하게 해냈습니다. 덕분에 이 펭귄들이 깨어 있을 때와 잠잘 때의 행동이 잘 알려지게 되었지요.

황제펭귄 암컷은 알을 낳으면 알 품기를 수컷에게 맡기고 바다로 떠납니다. 그러면 수컷은 한 자리에 가만히 선 채로 2개월 동안 알을 품습니다. 군집 속에서 이 수컷이 차지하는 생활공간은 겨우 1제곱미터밖에 되지 않습니다. 수컷은 부리와 지느러미 같은 날개를 무기로 삼아 밤낮으로 자기 영역을 지켜야 합니다. 연구자들은 적외선 비디오 시스템을 이용하여 밤낮으로 관찰을 계속한 결과, 수컷의 수면 시간이 포란 기간의 0.1퍼센트도 되지 않는다는 사실을 확인했습니다(참고로, 보통 때는 펭귄의 수면 시간이 일주기$^{日週期}$ 리듬의 40퍼센트를 차지합니다). 새끼가 부화하고 암컷이 돌아오면, 수컷은 두 달 동안 거의 한숨도 자지 않은 몸을 이끌고 바다로 나갑니다. 그러고는 자신과 새끼의 먹이가 될 물고기들을 찾아서 수백 킬로미터를 돌아다니죠. 그러다가 한 달이 지나서야 돌아옵니다. 이렇듯 어떤 펭귄은 무려 3개월 동안 잠을 자지 않습니다. 그러니까 당연히 꿈도 꾸지 않겠죠. 이 사실에서 우리는 어떤 결론을 내릴 수 있을까요? 그렇게 세 달 동안 잠을 자지 않는 조건에서는 역설수면도 정수면도 우리가 필수적이라고 생각하는 어떤 기능을 수행하지 않습니다. 수면이 아무런 기능을 수행하지 않아도 육지와 바다에서 정상적으로 사회생활을 하는 것이 가능하다는 것이죠."

독일인의 억양을 지닌 그 낯선 남자가 다시 말했다.

"남극의 펭귄들에 대해서는 그 말이 맞습니다. 하지만 펭귄 따위는 중요하지 않습니다. 그보다는 교수님께서 여전히 유전적 프로그래밍 이론을 옹호하시는지 말씀해 주십시오."

"그 주제를 간단하게 요약하기는 어렵습니다. 이론이란 태어나서 자라고, 때가 되면 사라집니다. 저는 제 이론이 사라졌다고 생각합니다. 이젠 그것이 어디에 가 있는지 알 수 없습니다. 어쩌면 남극에 가 있을지도 모르죠."

그 말에 청중의 웃음소리가 터져 나왔다. 나는 말을 이었다.

"솔직히 말씀드리면, 나는 그것에 마음을 쓰지 않습니다. 그건 하나의 이론이었을 뿐입니다. 뇌의 전기 활동과 의식 상태를 동일시하는 가설과 마찬가지로 죽음을 맞은 거죠."

드디어 강연을 끝낼 때가 되었다. 나를 바라보는 비앙카의 표정에는 어쩔 줄 몰라 하는 기색이 갈수록 더해 갔다. 그녀는 나에게 그만하라는 신호를 보냈다. '내가 타고 있는 신경생물학의 배가 침몰하고 있다. 이왕 침몰할 바에는 깃발을 높이 세우고 당당하게 침몰해야지!' 하고 나는 생각했다.

"우리 신경생물학자들은 우리가 꿈의 신비 앞에서 오도 가도 못하고 있다는 것을 인정합니다. 심리학자 여러분, 이제 여러분이 나설 차례입니다. 잠의 문들 가운데 뿔로 된 문이 여러분 앞에 열려 있으니……."

나는 말을 멈췄다. 긴 침묵이 흘렀다. 모두가 내 말이 더 이어지기를 기다리고 있는 것만 같았다. C교수가 다가오더니 내 손을 잡았다. 산발적으로 박수갈채가 터져나왔다. 내 결론에 대한 박수일까, 아니면 악수 때문에 치는 박수일까?

사회자가 일어서면서 말했다.

"우리는 방금 두 토피카(일반적인 원칙)의 역사적인 화해를 목격했습니다. 신경생리학의 토피카와 심리학, 아니 메타심리학의 토피카 사이에 화해가 이루어진 것입니다."

자못 악의적인 평이었다. 그가 덧붙였다.

"죄송합니다. 이런 강연을 들은 뒤에는 궁금한 게 많으실 줄 알지만, 이젠 시간이 없습니다. 곧 간단한 점심식사가 제공될 예정이오니, 질문을 하고 싶으신 분들은 식사 시간을 이용해 주시기 바랍니다."

비앙카는 몹시 화가 나서, 빵과 여러 가지 샌드위치가 차려져 있는 뷔페에서 멀리 떨어진 곳으로 나를 이끌었다. 우리는 내 전향의 이유를 알고 싶어 하는 모든 청중을 버려두고 차테레 기슭 쪽으로 갔다. C교수와 사회를 본 내 친구 아우구스토마저 따돌리고, 크고 작은 운하들의 미로로 들어가 마침내 작은 식당으로 숨어들었다. 식당의 창문 너머로는 햇살에 반짝이는 주데카 운하가 보였다.

비앙카가 물었다.

"햄이나 모데나의 참포네[29] 드실래요?"

"참포네 좋죠. 맥주하고요."

"교수님, 어디 편찮으세요? 카프리에서 말씀하신 것이며 수많은 논문에서 쓰신 것을 어쩌면 그리도 까맣게 잊으실 수가 있죠? 이건 위험해요. 많은 참석자가 교수님의 강연을 녹음했어요. 국립연구센터가 우리에게 주는 연구비가 있어요. 수면에 관한 연구를 하라고 주는 거죠. 이제 얼마 되지 않는 그 돈마저 심리학자들과 정신분석가들 쪽으로 가게 생겼어요. 코골이를 치료하는 호흡기 전문의에게도 가겠죠! 교수님, 도대체 어떻게 되신 거예요?"

---

29) 돼지 앞다리의 속을 비우고 다진 고기와 양념으로 채운 다음 푹 삶아서 썰어 먹는 이탈리아 요리.

"비앙카, 분명히 말하지만, 나는 내가 완전히 정상이라고 느끼고 있어요. 그저 내 과오를 깨달았을 뿐이에요. 내가 아직도 학자라고 할 수 있을지 모르지만, 학자의 위대함은 자신의 과오를 인정하는 데에 있어요. 그래야 다른 연구자들이 똑같은 길에서 헤매지 않는 겁니다."

"하지만 교수님에겐 이제 이론이고 뭐고 아무것도 없어요. 연구자들은 이제 자다가 깨어난 사람들이 기억해 내는 꿈들에 관한 통계나 만들고, 그들이 발설하는 단어의 수나 헤아리게 생겼다고요. 나중에는 음절의 수를 세는 연구자들도 나오지 않겠어요? 교수님은 잠에서 깨어난 사람이 입에서 나오는 대로 웅얼거리는 말 따위를 연구하자는 분이 아니었어요. 꿈꾸는 동안 작용하는 반성적 의식을 논하던 분이 아니신가요? 게다가 외람된 말씀이지만, 교수님의 강연은 너무 혼란스러웠어요. 펭귄 얘기는 왜 하신 거죠?"

"비앙카, 정신을 뇌처럼 해부할 수는 없어요!"

"교수님은 이제 신경생리학의 연구들을 믿지 않으시나요? 대뇌피질의 기능, 다섯 군데의 시각영역 등에 관한 연구가 다 쓸데없다고 생각하세요?"

"그건 감각이에요, 비앙카. 지각이 아니라고요. 내가 당신을 알아보고 당신이 매력적이라고 생각할 때 내 뇌가 어떻게 기능하는지, 그건 아무도 모르는 일이에요."

"그럼 이 참포네를 맛볼 때는요?"

"그때도 마찬가지예요."

"하지만 외국어 학습과 관련된 실험 결과들을 읽어 보셨을 거예요. 자기공명영상이나 양전자 방출 단층촬영 장치를 이용하여 대뇌피질의 일부 영역에서 활동성이 증가하는 것을 분명히 확인할 수 있잖아요!"

"이봐요 비앙카, 그거 다 쓸데없는 짓이에요. 원ᵇ데이터의 통계 처리에 변화를 주면 우리가 원하는 것을 구할 수 있어요. 게다가 그건 새로운 것도 아니에요! 이미 1831년에 프랑스 의사 브루세는 아주 성능 좋은 두개 측정기로 자신의 머리통을 쟀어요. 인문사회과학 아카데미 회원으로 선출되기 4년 전, 그리고 4년 후에 말이에요. 그 8년 동안에 브루세는 지적인 활동을 엄청나게 많이 했답니다. 두 차례의 측정치를 비교해 보니 한 가지 차이가 생겼어요. 독일 의사 갈의 골상학에서 말하는 '형이상학적 돌기'가 3밀리미터 정도 커졌더랍니다!"

"교수님은 관념론자가 되셨어요. 창발적인 정신과 영혼이라니요! 그건 50년 전으로 퇴보하는 거예요!"

"50년요! 그게 바로 내가 꿈의 중추를 찾다가 허비한 시간이죠. 내가 얻은 결과는 단 하나, 꿈의 중추는 없다는 것입니다. 아, 토피카(일반적인 원칙)가 없다는 이 슬픈 토픽!"

나는 사회자 아우구스토의 결론을 떠올리면서 그렇게 덧붙였다. 비앙카는 나의 언어유희를 이해하지 못했다.

"물론 중추는 없어요. 하지만 조직망은 있죠."

"조직망이란 중추라는 개념을 감추기 위한 팬티나 브래지어 같은 개념이에요. 중추는 배꼽만큼이나 외설한 개념이죠[30]."

문득 내 꿈 얘기를 그녀에게 들려주고 싶은 욕구가 들었다. 프로이트를 닮은 호문쿨루스들이 그녀의 배꼽 주위에서 돌던 꿈. 하지만 나는 엄두를 내지 못했다.

"교수님은 프로그래밍이라는 개념을 버렸어요. 이제 교수님에게는 아무것도 남지 않았어요."

"그 개념이 나를 버린 거죠. 지금 나는 베네치아에 있어요. 당신처럼 어여쁜 토리노 여자와 더불어 베네치아 남자처럼 살고 싶어요! 로마의 심리학자들과 다시 토론을 벌이느니 전시회를 보러 가는 게 낫겠다 싶어요. 비앙카, 지금 그라시 궁으로 그림을 보러 갈까요?"

"오늘 저녁에는 몰라도, 지금은 대회장으로 돌아가야 해요. 토리노의 유명한 마이크로 정신분석학자가 아주 중요한 강연을 하거든요. 들으러 가겠다고 약속했어요. 교수님도 같이 가시면, 그가 아주 좋아할 거라고 확신해요."

"무엇에 관한 강연인데요?"

"지진수면[31]이요. 마이크로 정신분석학에서 일대 유행이 된 개념이죠."

"좋아요, 가서 들어 볼게요. 대신 강연 끝나면 나랑 같이 전시

---

30) '배꼽'을 뜻하는 프랑스어 nombril은 '중심'이라는 뜻으로 쓰이기도 한다.

회에 가요. 약속한 거예요. 과학이나 사이비과학에 관한 얘기는 접어 두고 그저 예술이나 논해 봅시다, 좋죠? 그건 그렇고, 오전 일을 마무리하는 뜻으로 하는 얘긴데, 내 이론에 관해 질문을 던졌던 그 남자는 누구죠? 이탈리아 사람은 아닌 것 같던데. 말에 독일인의 억양이 있는 것처럼 보였어요. 강연이 끝난 뒤에는 어디로 갔는지 보이지 않더군요."

"모르겠어요. 이름표도 달지 않았고 등록이 되어 있지도 않았어요. 로마 팀의 일원이 아닌 것은 분명해요. 그를 아는 사람이 아무도 없어요. 카를 구스타프 융을 많이 닮은 어떤 사람과 함께 온 것 같더군요. 둘이서 독일어로 말하는 걸 들었죠."

비앙카는 나를 대회장으로 데려갔다. 나는 남모르게 빠져나갈 수 있도록 맨 뒷줄에 앉았다. 그래도 강연 내용이 궁금하기는 했다. 지진수면은 거의 40년 전에 우리 실험실에서 발견되었다. 마이크로 정신분석학자들이 그것을 받아들이고 주무르고 소화한 뒤에 어떤 식으로 변했는지 알고 싶었다.

'마이크로 정신분석학과 수면'이라는 제목을 내건 오후 행사에는 참석자들이 많지 않았다. 로마 학파의 심리학자들은 오전에 사회를 보았던 내 친구를 포함해서 거의 모두가 가버렸다. 프로이트를 추종하는 정신분석학과 마이크로 정신분석학 사이에

---

31) 사람의 태아. 또는 고양이나 쥐의 갓 낳은 새끼들에게서 확인할 수 있는 수면 상태. 근육의 떨림과 안구 운동이 나타난다. 조산아들의 뇌파 검사를 통해서 역설수면 때와 다른 뇌파가 발생된다는 것이 확인되었다.

약간의 갈등이 있는 게 분명했다. 강연을 맡은 사람은 토리노에서 온 유명한 마이크로 정신분석학자 피에트로 P. 교수였다. 그는 키가 2미터나 되는 거인이었다. 수염을 기른 데다 긴 머리를 등 뒤로 한데 모아 황금 버클로 고정시켰고, 진회색 정장에 검은 넥타이를 맨 차림이었다. 그는 이탈리아어로 발표를 했다. 하지만 영어 자막이 들어간 슬라이드를 많이 보여 주었기 때문에 나도 내용을 거의 이해할 수 있었다. 그의 강연은 한마디로 이상한 개념들의 집합이었다.

그는 먼저 마이크로 정신분석학을 받쳐 주는 삼각대를 상기시켰다.

"첫째는 진공입니다. 우리를 구성하는 생물학적 진공은 우주적인 진공의 한 구성요소입니다. 진공은 생명의 원천입니다. 자신의 진공을 경험하지 못하면, 분석을 받는 환자는 학식이 있는 사람이든 없는 사람이든 자기가 하는 말의 의미를 이해하지 못합니다."

그는 약간 공격적인 태도로 청중을 바라보면서 확신에 찬 어조로 말했다.

"둘째, 진공의 에너지 구조가 존재합니다. 진공의 중성적인 힘이 있다는 것이지요. 이 힘은 에너지 알갱이들 속에 들어 있습니다. 셋째, 이 알갱이들은 버블링을 통해 활성화됩니다."

나는 버블링이라는 말을 듣는 순간 거품을 떠올리고, 젖먹이처럼 입술 사이로 침을 불어 내어 거품을 만들기 시작했다. 비앙카는 기겁을 하며 나를 진정시키려고 애썼다. P교수가 말을 이었다.

"다시 말하지만, '이드'라 불리는 진공의 에너지 구조가 존재합니다. 이 모든 것은……."

그는 두 주먹으로 연탁을 쳐서 졸던 사람들을 깜짝 놀라게 한 다음, 낱말 하나하나에 힘을 주어 말했다.

"이 모든 것은 마이크로 정신분석학의 다음과 같은 경구로 요약됩니다. '나는 진공의 힘으로 존재하며, 이드를 통해 스스로를 명확히 드러낸다.' 누구나 인정하는 이토록 단순한 관념들을 상기시켜 드린 것에 대해 여러분의 양해를 구합니다."

이어서 거인은 지진수면의 문제로 넘어갔다. 그것에 대한 그의 생물학적 설명은 정확했다. 즉, 지진수면은 태아에게서 온몸의 근육이 떨리는 것으로 나타나며, 개체발생(즉, 신생아의 발달) 기간 중에 이것이 역설수면으로 바뀐다는 주장에 대해서는 아직 이론이 분분하다는 것이었다. 그런데 이상하게도 그는 지진수면을 리옹과 파리의 여성 연구자들이 발견했다는 사실을 유난히 강조했다. 그러면서 여성이 그것을 발견한 것은 당연한 일이라고 했다. 마이크로 정신분석학에 따르면, 여성은 진공에 대해 심리적인 친화력을 가지고 있기 때문이라는 것이었다. 한발 더 나아가, 그는 여성의 오르가슴과 진공의 관계에 대한 마이크로 정신분석학의 고전적인 연구를 인용하기까지 했다.

나는 입으로 샴페인 병 따는 소리를 내기 시작했다. 비앙카는 책상 밑으로 나에게 발길질을 했다.

저명한 P교수는 마침내 지진수면을 마이크로 정신분석학에서 어떻게 해석하고 있는지 알려 주었다.

"지진수면은 신경계가 작용하지 않는 태아의 활동입니다. 우리가 알고 있는 어떤 신경중추에도 의존하지 않고(이것은 아마도 사실일 것이다), 신경계의 형성에 앞서 존재하기 때문입니다(이것은 입증하기가 불가능하다). 그것은 기능을 가지지 않은 중성적이고 우연적인 세포 활동입니다. 말하자면, 어떤 자율적인 에너지의 세포적인 반향입니다. 지진수면은 충동 체계에 의해서 형성된 이드적인 에너지가 온몸으로 울려 퍼지는 것입니다."

장발의 거인은 말을 멈추고 물을 한 잔 들이켰다. 나는 비앙카에게 말했다.

"저 양반이 물 잔을 비우고 있군요. 진공 만세! 목말라요, 비앙카. 나는 갈게요."

"제발요, 교수님. 끝까지 남아 계세요. 거의 다 끝났어요."

갈증을 채운 거인의 말이 이어졌다.

"저는 이렇게 단언할 수 있습니다. 지진수면은 개체발생의 초기부터 존재합니다. 정자와 난자조차도 이것을 통해 활력을 얻습니다. 지진수면은 전 생애에 걸쳐 모든 세포의 한복판에 영향을 미칩니다. 잠자는 동안에는 물론이고 깨어 있는 동안에도 계속 작용합니다."

텁석부리 교수는 결론에 다다르자, 두 손을 폈다 오므렸다 하면서 낱말을 하나하나 끊어서 말했다.

"지진수면은 이드적인 욕망과 꿈의 온상입니다. 그리고 우리의 모든 세포가 지진수면의 영향을 받고 있으므로, 우리는 온몸으로 꿈을 꾼다고 말할 수 있습니다!"

끝으로, P교수는 청중을 향해 몸을 숙이며 말했다.

"경청해 주셔서 감사합니다."

몇 사람이 정중하게 박수를 보내고, 많은 사람의 손이 올라갔다. 진공에 관한 토론이 벌어질 모양이었다. 사람들이 내 의견을 물어보기 전에 비앙카와 함께 슬그머니 사라질 때가 된 것이었다. 무엇보다 나는 기시감의 전조를 느끼기 시작한 터였다.

조금 뒤, 나는 아카데미아 다리를 건너면서 비앙카에게 말했다.

"피에트로 P. 교수의 강연은 아주 이상한 개념들의 범벅이었어요. 아니라고 말하진 않겠죠? 그래도 흥미롭긴 하더군요."

"만약 교수님이 계속 오늘 오전처럼 말씀하시면, 교수님도 마찬가지가 되실 거예요. 죄송해요. 하지만 신경생리학적인 지표를 상실했을 때 꿈에 관한 연구가 어디로 가는지 선생님도 보셨잖아요."

입을 다무는 게 상책이었다. 나는 그라시 궁까지 묵묵히 걸어갔다. 전시회의 주제는 티치아노 시대의 베네치아 르네상스 회화였다. 게다가 베네치아 화파에 영향을 준 뒤러나 크라나흐 같은 북방 르네상스의 화가들도 함께 전시되어 있었다. 이 화가들은 유화 기법을 사용함으로써 베네치아에 새로운 빛을 가져다주었다.

"비앙카, 우리는 몇 점만 보기로 해요. 내 다리가 아파서 그래요. 나는 '서서 보는 그림'을 더 좋아해요. 하지만 그런 그림이 관람하기는 더 피곤하죠. '앉아서 보는 그림'보다 말이에요."

"교수님, 또 무슨 말씀을 하시는 거죠? 정말 어디 편찮으신 거 아니에요?"

"서서 보는 그림이란 가까이 다가가서 봐야만 디테일 하나하나와 투명기법과 화가가 감춰 놓은 비밀 따위를 제대로 감상할 수 있는 그림이죠. 멀리서는 그런 것들이 눈에 띄지 않아요. 앉아서 보는 그림은 그와 반대입니다. 거리를 두고 의자에 느긋하게 앉아서 보는 그림이죠. 인상파와 야수파의 그림, 몬드리안이나 폴록의 액션 페인팅 같은 현대의 거의 모든 회화가 해당됩니다. 저기 저 매혹적인 알몸의 여자를 보세요. 작은 젖가슴 사이가 벌어져 있는 적갈색 머리 여자 말이에요."

여자의 희고 늘씬한 알몸이 석류석 빛깔과 황토색의 배경 때문에 더욱 두드러져 보였다. 전시회 프로그램을 보니, 15세기에 독일 라인란트 지방의 무명 화가가 그린 '사랑의 마법'이라는 작품이었다. 내가 꿈에서 본 여자가 바로 저 여자일까? 나는 그림에 다가갔다. 곤충처럼 작은 호문쿨루스들이 그녀의 배 위로 돌아다닌 흔적은 전혀 없었다. 나는 어깨를 으쓱 추켜올렸다. 앞일을 미리 알려주는 꿈이 있다지만, 15세기의 그림과 현미경적인 지그문트 프로이트를 예고하는 꿈이라니! 그건 불가능해! 하지만 무의식에는 논리가 없지 않은가!

"뭘 보고 계세요?"

비앙카가 물었다. 나는 그 우연의 일치를 이야기할 엄두가 나지 않았다. 그 그림에 나오는 여자처럼 희고 아름다운 여자를 꿈에서 보았노라고 말할 수가 없었다. 대신 나는 이렇게 대답했다.

"보세요, 허벅지 위로 드리운 베일의 투명함이 경이롭지 않나요? 오로지 유화만이 저런 광채와 저토록 섬세한 디테일을 만들어 낼 수 있죠. 또 그림의 배경을 보세요. 창문으로 희미한 빛이 들어오고, 열린 문을 등진 한 남자의 실루엣이 뚜렷이 나타나 있어요. 남자는 타이츠 같은 이상한 검은 옷을 입고 있어요. 흰 살결의 젊은 미녀와 검은 옷을 입은 남자 사이의 대비가 매우 관능적이라고 생각하지 않아요?"

"두 사람 다 발가벗고 있어도 관능적이지 않을까요?"

"글쎄요, 그건 종교적인 테마가 아닐까요? 배꼽이 있기도 하고 없기도 한 아담과 이브를 그린 그림들처럼 말이에요."

아까 마이크로 정신분석학자의 강연이 끝날 즈음에 기시감 발작을 예고하는 불안 증세가 나타났었는데, 크라나흐의 나체화와 뒤러의 데생과 티치아노의 걸작 '플로라'를 보자 그 증세가 조금씩 사라지기 시작했다. 오늘의 별자리 운세에 나온 대로였다. 일에서 벗어나 관심을 딴 데로 돌리는 것이 바람직하다고 하지 않았는가. 이제 베네치아에서 가장 좋은 레스토랑에 갈 차례였다.

"비앙카, 시간 있어요? 치프리아니 호텔 레스토랑에 가서 저녁 먹읍시다. 산 마르코 광장 앞에서 모터보트를 타야 해요. 예약을 해 놓은 건 아니지만, 당신이 사람을 잘 설득하니까 우리 자리를 얻어 낼 수 있을 거라고 확신해요."

비앙카는 잠시 망설이다가, 전화기를 꺼내 들었다. 그러고는 누군가와 통화를 하고 나서 말했다.

"위대한 학자에게는 언제나 자리가 있기 마련이죠. 깜박 잊고 예약을 하지 못했다 하더라도 말이에요."

주데카 섬에 있는 치프리아니 호텔 레스토랑의 유리창들은 남쪽으로 열려 있었다. 그래서 우리는 베네치아 석호를 물들이는 낙조의 미묘한 변화들을 낱낱이 감상할 수 있었다. 이런 데서는 호텔 지배인의 제안을 따르는 것이 상책이었다. 치프리아니 소스를 친 카르파초는 아주 유명한 요리였다. 이 요리에 화가 카르파초의 이름이 붙은 것은 극도로 얇게 저민 고기의 빛깔 때문이 아닌가 싶었다.[32] 그 다음으로 지배인이 권한 것은 가지와 염소 치즈로 만든 파이였다. 바 베네(좋습니다). 이 모든 요리에는 포도주 담당 종업원의 제안에 따라 브루넬로 디 몬탈치노[33]가 곁들여졌다. 석양의 잔광에 물들어 가는 석호, 촛불, 그리고 무엇보다

---

32) 카르파초는 쇠고기(안심이나 등심)를 얇게 저며서 접시에 편 다음 올리브기름과 그라나 치즈 등으로 양념을 하고 날로 먹는 요리. 베네치아의 유명한 레스토랑 '해리의 바Harry's Bar'를 세운 주세페 치프리아니가 1963년 열린 화가 비토레 카르파초(1465~1526)의 전시회 기간 중에 개발했다 해서 그 이름이 붙었다고 한다.
33) 토스카나 주 몬탈치노에서 재배되는 브루넬로 종의 포도로 만드는 이탈리아 특급 포도주.

포도주가 우리의 마음을 가라앉혀 주었다. 비앙카는 상냥하게 미소 짓는 여자로 돌아와 있었다.

"지금 토리노에서 무얼 하고 있어요? 지난번 카프리에 갔을 때는 물어볼 시간이 없었어요."

비앙카는 입술을 실룩이고 나서 자신의 상황을 설명했다. 리옹에서 돌아온 뒤에 그녀는 마이크로 정신분석학을 포기했다. 정신분석가가 되려면 자기가 먼저 분석을 받아야 하는데, 자신의 시간을 거의 다 바쳐야 하는 그 일을 끝낼 수가 없었기 때문이었다. 대신에 그녀는 한 수면 연구소에서 반일 근무를 하는 일자리를 구했다.

"오늘 오전에 교수님이 하신 강연 때문에 이제부턴 영혼을 기록하기 위해 애써야 할 판이에요."

그녀가 샐쭉 웃으며 그렇게 말하자, 나는 약간의 죄책감을 느꼈다. 그녀에게 수면을 '객관적으로' 연구하도록 권한 사람은 바로 나였다.

"비앙카, 알다시피 나는 몬테그로토에 머문 뒤로 달라졌어요. 겨우 사나흘 전부터 말이에요. 아마도 진흙목욕의 효과일 거예요. 그런데 나는 이런 게 더 좋다는 느낌이 들어요. 진리를 찾아냈다 싶어요."

나는 슬그머니 음식값을 치렀다. 엄청난 금액이었다. 모터보트는 어둠 속에서 자개를 박은 흑단처럼 번들거리는 운하 위를 미끄러지듯이 달려 산타 루치아 역에 다다랐다. 비앙카는 수요일까지 로마에 가기로 되어 있었다. 그러니까 우리는 한 차례 더 만날 시간이 있는 셈이었다. 나는 그녀의 휴대전화 번호를 가지고 있었다(무라넬라의 전화번호라고 생각했던 그 번호 말이다). 나는 그녀와 헤어지면서 말했다.

"비앙카, 오늘 오전은 끔찍했지만 저녁 시간은 경이로웠어요. 이 추억을 오래오래 간직할게요. 아리베데르치."

작별인사로 그녀에게 입을 맞출 엄두가 나지 않았다. 그녀의 눈에 물기가 어려 있지 않았나 싶다.

### 1999년 9월 11일 토요일
## 파도바에서 받은 진찰

오전 아홉 시. 토요일과 일요일에는 진흙목욕이 없었다. 나는 새벽 두 시쯤에 조르주 심농의 『누렁이』를 끝낼 수 있었다. 베네치아 학술대회의 씁쓸한 뒷맛이 남아 있던 터에 이 추리소설을 읽다 보니 그런 대로 기분 전환이 되었다. 내 강연이 끝난 뒤에 로마 학파의 심리학자들은 은근한 연민이 섞인 의기양양한 미소를 지었다. 그 미소가 머릿속을 떠나지 않는다. 신경생리학자 겸 정신분석학자이지만 어제는 정신분석학자로 행세했던 사회자의 눈길도 잘 잊히지 않는다. 내가 비앙카를 배신했다는 느낌도 지울 수 없다. 그녀로 하여금 마이크로 정신분석학을 버리고 토리노에서 수면에 관한 신경생리학적 연구에 뛰어들게 만든 사람이 바로 내가 아니던가. 그녀에게는 내 도움이 필요했을 것이다. 어제 저녁 치프리아니 호텔 레스토랑에서 나눈 이야기로 짐작하건대, 비앙카는 예전과 똑같은 어려움을 아직도 겪고 있는 게 분명하다. 그녀는 양쪽 전선에서 공격을 당했다. 마이크로 정신분석학자들 쪽에서는 그녀가 변절자이기 때문에 공격했고, 신경학자들 쪽에서는 마이크로 정신분석학자였던 그녀가 자기네 영역을 침범한다는 이유로 공격했다. 그들이 보기에 수면 다원검사는 그녀의 영역이 아니었다. 그것은 신경학자들과 수면무호흡증을 치료하는 호흡기 전문의들의 전용 사냥터였다.

내 수면은 여전히 평온하지 않다. 간밤에는 꿈을 꾸지 않았다. 다만 아주 짧은 꿈을 한 차례 꾸었던 것 같기는 하다. 옆 객실의 마를렌이 창문을 통해 내 방에서 빠져나가는 꿈(!)이었다.

그런 식으로 마를렌이 꿈에 잠깐씩 나타나는 것 역시 위험의 전조일지도 모른다. 어쨌거나 그녀에 대해서 더 자세하게 알아봐야 하지 않을까 싶다.

하지만 오늘 아침, 무엇보다 중요한 것은 '뭍에서 느끼는 뱃멀미' 증상이 다시 나타나면서 기시감을 예고하고 있다는 사실이다. 파도바에 가서 이 호텔의 왕진의인 페루키오 박사를 만나야겠다. 그는 진흙목욕이 불러일으키는 불안 증세를 많이 다뤄 보았을 테니까 말이다.

아침을 먹고 다시 객실로 올라오면서, 나는 먼저 논문 문제를 해결하기로 결심했다. 송고를 연기할까, 아니면 아예 기고를 포기할까? 기한을 늦춘다 해도 논문을 쓸 수 있을 것 같지가 않다. 만약 논문을 쓴다면, 이제껏 써 놓은 것을 다 폐기하고 전혀 다른 관점에서 새롭게 써야 한다. 뇌의 전기 활동과 의식 상태가 일치한다는 가정을 버리고, 그 대신 앞일을 미리 알려주는 꿈들에 대한 믿음을 옹호해야 할 것이다. 또한 뇌와 정신을 넘어서서 영혼이 존재할 수밖에 없다는 생각을 다시 피력해야 하리라. 그런 가설은 내가 10년 전에 사귀었던 유명한 신경생리학자 존 에클리스[34] 경의 넋을 기쁘게 할 것이다. 나는 겨우 나흘 전인 화요일에 쓴 것을 다시 읽어 보았다. 마지막 세 장*, 특히 역설수면 중의 유전적 프로그래밍에 관한 가설을 다룬 장을 완전히 없애 버리고, 그저 현상학의 영역에 머물러야 할 듯하다. 굳이 논문을 쓰겠다면 그냥 현상을 묘사하는 것으로 그쳐야 한다. 뇌의 전기 활동과 의식 상태를 동일시할 수 없으니 메커니즘을 말할 수 없고 '어떻게'를 논할 수 없다. '왜'를 논하는 건 더더욱 불가능하다. 가설을 인정하지 말아야 한다. 뉴튼처럼!

그런 원고를 보냈을 때, 영국 학술원 회보의 편집자들이 어떤 반응을 보일지 짐작이 간다. 좋아할 사람도 더러 있겠지만, 나머지 사람들은 나에게 비판하는 편지를 보낼 것이다. 그들은 갖가지 외교적인 언사를 동원하여 이건 자기들이 기대하던 논문이

---

34) 호주의 신경생리학자(1903~1997). 시냅스에 관한 연구로 1963년 노벨 생리학상 수상.

아니라고 나를 설득할 것이다. 일이 끝나기는커녕 더 복잡해질지도 모른다. 게다가 무라넬라가 사라지고 나니 다시 원고에 몰두할 마음이 싹 가시고 말았다. 가장 좋은 방법은 무기한 연기하는 것이다. 내가 알기로, 영국 학술원 회보에 기고하는 영광을 마다할 사람은 아무도 없다. 그러니 구구한 변명은 필요가 없다. 이런 편지는 그저 짧을수록 좋은 것이다.

친애하는 편집 담당자에게,
여기에 온 뒤로 건강이 상당히 악화되었습니다. 신경과 병원에 입원해야 하고, 어쩌면 수술을 받아야 할지도 모르겠습니다. 사정이 이러하여 11월 말까지는 귀지를 위한 논문을 쓰기가 불가능할 것입니다. 다시 일을 할 수 있게 되는 대로 팩스를 보내겠습니다.
심심한 존경의 마음을 담아,
미셸 주베 드림.

주사위는 던져졌다. 써 놓고 보니 내 영어가 형편없다! 편집 담당자는 내가 몬테그로토에서 미치광이가 되어 곧 정신병원에 입원하는 것으로 생각할 것이다. 그러거나 말거나 나는 프런트에서 팩스를 보내는 순간 엄청난 안도감을 느꼈다. 이제 방학숙제는 없다! 오늘 저녁에 축하주를 마셔야겠다! 나는 프런트를 떠나면서 오늘의 별자리 운세를 훑어보았다.

## 〈전갈자리〉

사생활 당신의 파트너는 당신 행동의 모순을 이해하고 있습니다. (비앙카 말인가? 물론 그녀는 내가 모순에 빠져 있다고 생각하지.)

직업운 당신은 당신의 일을 다른 각도에서 보기 시작했습니다. 이것은 황소자리에 든 목성이 당신에게 제공해 준 것입니다. (놀라운 예언이로군. 주피터에게 감사의 제물을 바쳐야겠어.)

건강운 마음의 긴장을 풀어야 합니다. 그러지 않으면 그것이 피부 발진이나 경련 등과 같은 신체적인 증상으로 나타날 것입니다. 무엇이든 당신을 쇠약하게 만드는 빌미가 될 수 있습니다. (세상에, 내 귀 위쪽에 붉은 반점이 생길 것을 알아맞히다니!)

나는 별자리 점의 신통함을 마주하고 생각에 잠겼다. 이번에도 그 예언이 내 몸과 마음의 상태와 정확하게 일치한다. 이것을 단지 우연의 일치라고 말할 수 있을까? 나는 왜 그토록 오랫동안 점성학을 경멸해 왔을까? 그 망할 놈의 쥐들과 생쥐들의 뇌파를 기록하느라고 너무 많은 세월을 허비한 거야!

나는 파도바에 있는 페루키오 박사에게 전화를 걸었다. 네, 집에 있을 겁니다. 아뇨, 일부러 오시게 할 수는 없고, 제가 가야죠. 좋아요, 그럼 오후 두 시 반에 오세요. 아리베데르치, 그라치에. 아직 세 시간 정도 여유가 있어서, 나는 수영장으로 갔다. 안개가 아직 걷히지 않았다. 베네치아에는 벌써 햇살이 빛나고 있을 게 분명하다. 하지만 베네치아는 이제 끝났다!

페루키오 박사는 파도바 대학에서 멀지 않은 로마 거리에 살고 있었다. 그의 집은 조금 황폐한 느낌을 주는 오래된 건물이었다. 집 안으로 들어서자, 그가 말했다.

"그래 어떠신가요, 교수님? 온천요법 때문에 문제가 생겼다고요? 현기증이 나고 숨이 차고 심장 앞부분이 뻐근한가요? 아니면 진흙목욕을 하는 동안 불안감이 들거나 복사뼈 주위에 부종이 생겼나요? 혈압은 정상인 것 같은데요."

"130에 90입니다."

나는 내가 겪고 있는 문제를 빠르게 설명했다.

"기시감이 들고, 다행히 금방 사라지기는 하지만 내 사고를 전혀 통제할 수 없는 기분이 들 때도 있습니다. 그리고 이런 것까지 말씀드리기는 뭣하지만, 여기 관자놀이와 후두부에 생긴 작은 '반점들'을 보세요. 저로서는 이런 이상한 증상들이 생기는 이유를 진흙목욕 탓으로 돌릴 수밖에 없습니다."

그는 위엄 있는 어조로 대답했다.

"교수님, 진흙목욕을 하는 동안이나 한두 시간쯤 지나서 무슨 일이 생기는 경우에 한해서 그것을 진흙목욕 탓으로 돌릴 수 있습니다. 예외적으로 심근경색이나 뇌경색 같은 심장혈관계의 문제가 생길 수 있지만, 그건 아주 드문 일입니다. 20년에 한 번 생길까 말까 한 일이죠. 진흙목욕을 하는 동안 불안 증세가 나타나는 것은 그보다 자주 있는 일입니다. 복사뼈 주위의 부종은 훨씬 더 흔하죠. 하지만 교수님의 증상은 특히 저녁에 나타나는 것으로 보아 진흙목욕과는 아무 상관이 없어요. 활동을 하지 않고 별다른 오락거리도 없이 혼자 지내시기 때문에 교수님 내부에 있던 문제들이 표면으로 떠오른 모양입니다. 병은 선생님의 내면에 있습니다. 진흙목욕을 탓하지 마세요. 다만 앞으로 진흙목욕을 하실 때는 십 분을 넘기시지 않는 게 좋겠네요."

어쩌면 그의 생각이 옳을 수도 있었다. 하지만 그는 진흙목욕이 '신경증' 형태의 불안 증상을 일으킬 수 있다고 했을 뿐, 어떻게 그런 일이 생기는가에 대해서는 설명하지 못했다.

"교수님이 안심하실 수 있도록 혈압을 다시 재 보겠습니다. 역시 130에 90이에요. 합격, 현역복무 적합!"

그러면서 그는 마치 징병검사관처럼 내 등을 툭 쳤다.

"이제 그 작은 반점들을 볼까요? 이건 진흙목욕과는 전혀 상관이 없어요. 별것 아니에요. 요오드팅크를 바르세요. 나머지 증상에 대해서는 저녁에 안정제를 드세요. 가장 좋은 건 술입니다. 하지만 과음은 금물이에요! 베네치아에서 연애 좀 안 하세요? 하긴 연세가 있으시니까……."

나는 서재의 세 벽면을 덮고 있는 거대한 서가를 경탄 어린 눈길로 바라보고 있었다. 책들이 천 권쯤 꽂혀 있는 듯했다. 나는 그 방면에는 전문가가 되어 있었다.

"훌륭한 책들이 아주 많군요. 천 권 가까이 되겠어요."

"여기에 있는 것은 정확하게 965권입니다. 눈대중이 대단하시네요. 다른 책들은 옆방에 있죠. 주로 진흙과 온천수에 관한 책들인데, 다 합하면 3천 권 가까이 됩니다. 자아, 고서들을 좋아하실 테니까, 제가 이 책을 보여 드리겠습니다."

그는 갈색 송아지가죽으로 장정된 4절판 고서 한 권을 꺼냈다.

"샤를 파탱[35]이라는 프랑스 사람이 쓴 책입니다. 1663년 판 『토탄 개론』, 희귀본이죠. 파탱은 금서들을 자기네 집 서재에 들여놓았다는 이유로 1668년에 종신 징역형을 선고받았어요. 당연히 그는 외국으로 도망쳤죠. 파도바 대학에서는 그를 의학교수로 임명했어요. 당시에 파도바 대학은 독창적인 학자들을 지켜주었습니다. 애석하게도 오늘날에는 딴판이지만 말입니다. 시간이 있으시다면, 제가 수집한 진흙들을 보여 드리겠습니다!"

그의 얼굴에는 자랑스러워하는 기색이 역력했다. 수집품은 위층에 있었다. 그는 방 네 개를 새로 꾸미면서 약용 진흙을 전시하기 위한 공간으로 바꿔 놓았다. 각각의 진흙은 유리 용기에 담겨 있었고, 용기에는 산지와 수집 연도가 적혀 있었다. 예를 들면, 이탈리아 아바노 1967, 프랑스 사부아 지방 엑스 레 뱅 1970, 일본 하코네, 일본 홋카이도 섬 노보리베츠, 뉴질랜드 로투루아, 미국 옐로우스톤, 아이슬란드 하는 식이었다.

"저는 특히 식물성 진흙에 관심이 많습니다. 온천수의 경우에는 80 내지 90도의 온도로 솟아나는 물이 흥미롭습니다. 이런 온

---

35) 프랑스의 의사이자 고화폐 전문가(1633~1693). 루이14세의 재상 콜베르의 탄압을 피해 독일을 거쳐 이탈리아로 이주했으며, 파도바 대학에서 의학을 가르쳤다.

천수는 지표에서든 땅속 깊은 곳에서든 화산 활동의 영향으로 뜨거워진 것이죠."

"몬테그로토 온천은 관절통에 효험이 있는 것으로 알려져 있습니다. 그것과 관련해서 만족할 만한 설명을 찾아내셨나요?"

"그렇다고 생각합니다."

"물 때문인가요?"

"그보다는 물에 들어 있다가 진흙 속에서 성장하는 어떤 것 때문이죠."

"방사능인가요?"

"천만에요! 그 온천수는 방사능이 아주 적어요. 그 수식어를 아예 떼어 버리는 게 나을 겁니다."

"온도 때문인가요?"

"40도의 순수한 물과 진흙이 만나면 통증에 전혀 효험이 없어요."

"그럼 온천수의 화학 성분 때문인가요? 그 온천수는 백운석으로 된 돌로미티 산맥에서 내려오니까, 물과 진흙이 칼슘을 주는 대신 피부의 암모늄을 가져갈 수도 있지 않을까요?

"아니에요! 그게 널리 퍼져 있는 가설이긴 하지만, 우리가 똑같은 화학 성분을 가진 인공수를 40도로 데워서 실험을 해봤어요. 결과는 부정적이에요."

"온도나 방사능 때문도 아니고 화학 성분 때문도 아니라면, 남은 건 하나뿐인데…… 혹시 80도나 되는 온천수와 뜨거운 진흙에 어떤 생물이 들어 있다는 건가요?"

"그래요. 90도의 온천수에도 있죠. 우리는 그 물에서 원시박테리아를 분리해 냈습니다. 이 박테리아는 해저 화산의 검은 분출물이나 미국 옐로우스톤의 간헐온천 같은 극단적인 조건에서도 살아갈 수 있어요."

"도대체 무얼 먹고 살죠?"

"그건 우리도 아직 모릅니다. 아마도 유황을 먹는 게 아닌가 싶어요. 우리 온천수에는 유황이 조금밖에 들어 있지 않지만 말입니다."

"그런데 바다에서는 원시박테리아가 거대한 지렁이와 공존하는 것을 볼 수 있다고 하던데요."

"여기에서도 마찬가지예요. 이리 와서 보세요."

페루키오는 나를 마지막 방으로 데려갔다. 원통형 유리 용기들이 보관되어 있는 방이었다.

"이거 보세요. 뭔지 아시겠어요?"

"지렁이군요."

"지렁이가 진흙 속에서 무슨 역할을 하는지 잘 아실 겁니다. 물론 일부 진흙을 두고 하는 얘기입니다만."

"사실 다윈의 책을 읽어서 알고 있습니다."

"그런데 이것은 희귀한 종입니다. 80도 진흙 주위에 퍼져 있는 40도 진흙 속에서 이렇게 커다랗고 흰 지렁이를 찾아볼 수 있습니다."

그는 길이 30센티미터에 지름이 2센티미터나 되는 흰 지렁이를 보여 주었다.

"새로운 종인가요?"

"네, 에우가네오 온천지대의 유황을 먹는 원시박테리아와 이 거대한 지렁이는 중요한 발견이죠. 학명은 각각 Archaebacteriae desulfurococcus eugenee와 Lombricus gigantus eugenee 입니다. 둘 다 제가 발견했습니다."

"그것을 어디에다 발표하셨죠?"

"국립 린체이 학술원[36]에 보고했는데 받아들여지지 않았습니다. 제 동료들은 샘이 너무 많아요. 원시박테리아의 경우에는 게놈의 염기서열을 밝혀내라고 했는데, 제가 그것을 하지 못했습니다."

"지렁이의 경우에는요?"

"아무래도 40도의 진흙 속에서 살아 움직이는 지렁이를 보여 주었어야 하는 건데 그랬나 봅니다. 어쨌거나 제 연구 결과를 파도바의 지방 과학지에 발표하기는 했습니다."

"진흙의 치료 효과가 그 원시박테리아에 기인하는 것이라고 보십니까?"

36) 이탈리아 학술원. 1603년 과학자 페데리코 체시가 로마에서 창립하고 갈릴레이 등이 회원으로 참가했던 린체이 아카데미아의 전통을 계승한 학술기관. 린체이는 스라소니(린체)처럼 예리한 시각을 지닌 사람, 즉 통찰력이 뛰어난 과학자들을 가리킨다. 이 기관은 하얀 스라소니를 상징으로 삼고 있다.

"물론이죠. 식물성 진흙 속에는 원시박테리아에서 커다란 지렁이에 이르기까지 무수히 많은 유기체가 들어 있습니다. 이 현미경으로나 볼 수 있는 동물이나 식물들이 어떤 '인자'들을 분비하고 그것을 피부가 흡수하는 게 분명합니다. 특히 진흙의 온도가 35 내지 40도일 때 혈관이 확장되면서 흡수가 잘되죠."

"어떤 인자들이 분비된다는 것이죠?"

"그 점에 대해서는 저도 아는 바가 없습니다. 저는 혼자서 연구를 하는데다 생화학자가 아니거든요. 대학의 연구자들에게 도움을 청하는 방법이 있지만, 이런 주제로 그들의 관심을 끈다는 것은 불가능한 일이지요. 그들에겐 이것이 대단해 보이지 않을 겁니다. 게다가 저는 이제 대학에 몸담고 있지 않아서……."

페루키오는 진지한 표정을 짓고 있었다. 혹시 진흙 속에 들어 있는 어떤 인자가 내 뇌에 작용한 것은 아닐까? 그것 때문에 엔도르핀이 분비되어 기시감을 느끼는 것일 수도 있지 않은가? 그것이 가장 그럴 법한 가정이었다. 하지만 전에는 안 그랬는데, 왜 유독 올해에만 이런 증상이 나타나는 것일까? 게다가 다른 요양객들은 멀쩡한데 왜 나한테만 나타나지? 나는 잠시 그런 생각에 빠졌다.

우리는 다시 서재로 내려갔다. 페루키오에게 진찰료가 얼마인지 물어볼 엄두가 나지 않았다. 문득 그에게 없는 캄차카 반도의 진흙을 선물하자는 생각이 들었다. 그 망할 놈의 세르게이에게 부탁하면 될 듯했다. 아마도 그가 훔쳐 갔을 하드 디스크나

GB169의 대가라고 생각하면 될 것이었다. 만약 세르게이가 그것을 구해 줄 수 없다면, 모스크바에 있는 친구 M에게 부탁하면 될 일이었다. 그는 캄차카 반도에 종종 가니까 기꺼이 구해다 줄 것이었다.

페루키오가 나를 문까지 바래다주면서 말했다.

"저기요, 교수님. 집중 장애, 심리적인 자동반응, 이런 것은 교수님이 주무시는 동안에 꾸는 혼란스러운 꿈들과 연관이 있을지도 모릅니다. 위대한 꿈 전문가 앞에서 이런 말씀 드리기는 뭣하지만, 의사가 자기 자신을 치료하지 못한다는 것은 아주 잘 알려진 사실이죠. 글로리아 체민스키 박사를 찾아가 보시는 게 좋겠어요. 섹스를 연구하는 꿈 전문가예요. 아니 꿈을 연구하는 성의학자라고 해야 할지도 모르겠네요. 두세 달 전에 그녀의 강연을 들었는데, 아주 진지해 보이더군요. 그녀에게 진찰을 받아 보세요."

"마다할 이유가 없죠."

"여기서 멀지 않은 산타 루치아 거리에 살아요. 오늘 교수님을 봐드릴 수 있는지 제가 전화를 걸어서 알아볼게요. 체민스키 박사는 선생님 성함을 알고 있을 거예요."

'온 세계의 꿈 연구가들이여, 단결하라!' 하고 속으로 혼잣말을 하면서 나는 웃었다.

그는 전화를 걸고 이내 돌아왔다.

"운이 좋으시네요. 두 시간 뒤에 선생님을 봐드릴 수 있답니다. 걸어가셔도 되는 거리예요. 아직 시간이 있으니까 페드로키 카페에 가서 카푸치노 한 잔 할까요?"

꿈을 연구하는 성의학자를 만난다고 생각하니 호기심이 들었다. 마이크로 정신분석학에 대해서는 텁석부리 거인의 강연을 들은 뒤로 이제 어느 정도의 이론적인 지식을 갖게 되었는데, 그것에 이어 꿈 연구의 또 다른 분야를 경험하게 될 참이었다. 이탈리아에서는 이 분야에서도 많은 연구가 진행되고 있는 모양이었다. 체민스키 박사는 호사스런 건물에 진료실을 차려 놓고 있었다. 나는 건물 입구에서 금박 글씨로 된 작은 명패를 찾아냈다. 아주 짧은 치마를 입은 젊은 여자가 나와서 문을 열어 주었다. 화장이 짙고 섹시한 여자였다.

"일 도토레 비 리체베라 수비토(박사님이 곧 맞아들이실 거예요)."

체민스키 박사는 어떻게 생겼을까? 아마도 내가 알고 있는 몇몇 정신분석가와 마찬가지로 장신구를 주렁주렁 단 50대의 근엄한 여자겠지? 대기실은 세련되고 학구적인 느낌을 주었다. 벽에는 남근을 알 듯 말 듯 하게 묘사한 초현실주의적인 그림 한 점이 걸려 있었고, 꿈과 섹스에 관한 유사과학적인 잡지들이 탁자에 놓여 있었다.

"부오나 세라, 프로페소레. 일 그란데 프로페소레 델 소뇨 데이 가티(안녕하세요, 교수님. 고양이들의 꿈을 연구하시는 위대한 교수님)!"

그녀가 대기실에 들어서면서 말했다. 마흔 살쯤 되어 보이는 예쁜 갈색머리 여자였다. 몸에 착 달라붙는 보라색 드레스의 목 깃이 꽤나 깊이 파여서 풍만한 젖가슴이 살짝 드러나 보였다. 입술에는 립스틱을 짙게 바르고, 검은 눈의 속눈썹에는 마스카라를 칠한 모습이었다.

우리는 진료실로 들어갔다. 정신분석가의 진료실에서 흔히 볼 수 있는 긴 의자 대신 침대가 방 한복판에 놓여 있었다. 벽에는 텔레비전 화면 몇 개가 튀어나와 있었다. 발기불능 환자들에게 포르노 비디오를 보여 주기 위한 것일까?

그녀는 안경을 낀 다음 책상 앞에 가서 앉으며 말했다.

"자아, 교수님 얘기를 들려주세요."

나는 진흙목욕 때문에 생겨난 것으로 보이는 내 문제들, 아니 내 '신경증'을 되도록 간단하게 설명하려고 애썼다. 내 이야기는 그녀를 지루하게 만들 공산이 컸다. 그녀는 엄밀히 말해서 의사가 아닐 수도 있었다. 그녀에게는 꿈과 섹스가 핵심이었고, 모든 문제는 그것으로 귀착되어야 하는 것이었다.

"꿈을 꾸시죠? 그리고 꾸신 꿈들을 기억해 내시죠?"

"물론입니다. 꿈꾼 것을 잊지 않도록 꿈 일기를 쓰고 있는걸요."

"꿈을 꾸다가 깨어나면 발기가 되어 있나요?"

"네, 거의 언제나 그래요."

"그렇군요. 최근에 꾸신 꿈들 중에서 4원소와 관련된 것들을 한두 가지 얘기해 주시겠어요?"

"4원소라면 물, 불, 흙, 공기 말인가요?"

"물론입니다."

그녀는 어깨를 으쓱 추켜올리며 대답했다.

나는 파란 물을 보았던 꿈을 이야기했다. 그 꿈은 베네치아에 다녀와서 꾼 것으로 보아 낮에 겪은 일의 여운인 게 분명했다.

"그게 베네치아의 물이라고 확신하세요? 수영장의 물일 수도 있지 않나요?"

"그게 중요한가요?"

"아주 중요하죠. 바닷물 꿈은 흔해요. 하지만 온천수 꿈, 다시 말해서 유황이 들어 있는 민물에 관한 꿈은 물과 불의 결합을 나타냅니다."

"그러고 보니 정말 수영장 물인 것 같기도 하군요."

"틀림없이 수영장 물이에요. 물과 관련된 다른 꿈을 꾸신 적은 없나요?"

"아뇨, 없는 것 같습니다."

한참 침묵을 지키다가, 나는 검푸른 물과 해골을 보았던 꿈을 기억해 내고, 그 얘기를 해 주었다.

"그건 분명 죽음에 관한 꿈이에요. 교수님은 물과 불의 결합에 관한 꿈을 꾸고 계세요. 이런 꿈은 여성적인 요소와 남성적인 요소가 성적으로 결합되는 것을 나타내죠. 물은 여성적인 요소이고, 불은 남성을 상징하는 전형적인 요소입니다. 이 결합은 오래오래 지속됩니다. 그 따뜻한 습기는 창조의 토대가 됩니다. 양면

성을 지닌 창조, 그것은 바로 교수님이 하시는 일과 일치하는 것이죠."

"그럼 죽음에 관한 꿈은 뭔가요?"

"그건 교수님이 해 오시던 창조적인 활동의 죽음을 뜻합니다. 교수님은 스스로 세운 개념들을 의심하고 있는 게 분명합니다. 이 죽음은 하나의 실패를 예고하죠. 그 실패는 교수님이 의식하시지 못하는 어떤 것일 수도 있습니다. 그 때문에 교수님의 신경증이 생기는 것이죠. 논문을 쓰기가 어렵다고 하셨죠?"

"계속 써 나갈 수가 없다고 했습니다."

"보세요, 바로 그거예요! 이틀 또는 사흘 간격으로 물과 불이 결합하는 꿈과 죽음의 꿈을 꾼다는 것, 이건 심리적인 억제의 전형적인 경우예요."

한참 침묵이 흐른 뒤에, 그녀가 미소를 지으면서 말했다.

"교수님, 제가 낫게 해 드릴 수 있어요."

그러고는 나보고 옆방으로 들어가라고 했다. 그 방은 사치스런 스파를 갖춘 욕실이었다.

"옷을 벗으시고 이 욕조에 들어가셔서 5분 동안 심신의 긴장을 푸세요. 그런 다음 유카타식으로 된 이 무명 홑옷만 입고 다시 진료실로 오세요."

세상에, 목욕물은 열의 중화 상태라고 할 수 있는 34도에 맞춰져 있었다. 누가 목욕물을 내렸을까? 처음에 나를 맞아 주었던 젊은 여자가 한 거라면, 박사는 어떤 신호를 보내 목욕물을 준비하게 했을까?

진료실로 돌아오자, 체민스키 박사는 나보고 침대에 누우라고 하더니, 내 쪽으로 다가왔다. 유카타 자락이 침대 양옆으로 흘러내렸기 때문에 나는 알몸이 거의 드러나 있었다.

"아까 들려주신 꿈 얘기를 다시 해보세요. 하지만 이번에는 그와 동시에 발기를 하셔야 해요. 꿈을 꾸는 동안 그랬던 것처럼 말이에요. 발기는 치료의 자명한 요건이죠. 일찍이 어떤 정신분석가도 미처 그 생각을 못했어요. 무지한 사람들이죠. 발기가 되시도록 제가 도와드릴게요. 눈을 감으세요."

그녀는 장난기 어린 미소를 지으며 그렇게 말하고는, 내 허벅다리 안쪽을 쓰다듬었다.

나는 첫 번째 꿈을 이야기하기 시작했다. 그녀가 내 음경을 잡고 가만가만 용두질을 하기 시작하자 나는 완벽한 발기 상태가 되었다.

"이제 다른 꿈을 얘기해 보세요."

나는 알아듣기 어려운 소리로 웅얼거리다가 눈을 떴다. 그녀는 용두질을 계속했다. 그녀의 젖가슴이 드레스 밖으로 나와 있었다. 우리의 눈길이 마주쳤다. 나는 이내 사정을 했다. 그러자 그녀는 아주 능숙한 손놀림으로 내 정액을 작은 유리 시험관에 받아냈다.

"아직 아주 정정하시네요. 자아, 이제 이걸 살펴볼까요?"

그녀는 옷깃을 여미고 유리 용기 네 개를 가져왔다. 용기 안에는 각각 검정, 회색, 빨강, 파랑의 액체가 들어 있었다. 그녀는 주사기로 정액을 조금씩 빨아올려 각각의 용기에 주입했다.

검정과 파랑과 회색의 액체에 주사한 정액은 표면에 떠 있었다. 그런데 빨간 액체에 주사한 정액은 용기의 바닥으로 가라앉았다.

"이게 바로 교수님 신경증의 원인입니다. 저의 정액 이론에 따르면, 교수님의 꿈들은 정액 때문에 생기는 겁니다. 첫 번째 꿈을 꾸었을 때는, 정액이 물과 불의 결합에 기인한 유쾌한 이미지들을 만드는 데 관여했습니다. 두 번째 경우에는, 정액이 죽음에 관한 몹시 불쾌한 꿈을 꾸게 했습니다. 이렇듯 모순이 있습니다. 그래서 이 빨간 액체에서는 정액이 표면에 떠 있지 않고 가라앉는 것이죠. 보시다시피, 교수님이 겪으신 문제들의 원인은 정액에 있었습니다. 하지만 꿈들을 이야기함과 동시에 원인이 제거되었습니다. 이제 다 나으신 거예요!"

"그런데 이 네 가지 액체는 서로 어떻게 다른 건가요?"

"이 용기들은 4원소를 담고 있습니다. 검은 액체는 흙에 해당하고, 회색은 물, 파랑은 공기, 가장 가벼운 빨강은 불에 해당하죠. 이제 옷을 다시 입으셔도 돼요, 교수님……."

내 기분이 한결 나아진 것은 분명했다.

이 여자는 대체 누굴까? 심리학자일까, 아니면 고급 창녀일까? 이 여자는 자기가 하는 말이 정말 옳다고 생각할까? 아마도 대다수 정신분석가들 만큼이나 자신의 말을 믿고 있을 것이다.

그녀의 치료 방법은 다른 정신분석가들의 방법보다 더 유쾌하고 더 신속했다. 한번 다녀간 환자들은 대개 다시 찾아올 것이 분명했다.

에페소스의 아르테미도로스[37] 이래로 무수한 참 예언자와 거짓 예언자들이 꿈의 세계를 하나의 섭리로 생각해 왔다. 그런데 너는 어떠했는가? 하고 나는 스스로에게 물었다. 너는 동료들과 네 책을 읽는 대중의 경신輕信을 남용했다고 생각하지 않는가? 꿈과 해마의 뉴런, 그리고 세타파, 너는 진정 이런 것들이 어떻게 작용하는지 알고 있는가? '과학적'이라는 수식어가 붙은 내 이론이 꿈을 연구하는 이 성의학자의 이론보다 덜 어리석었다고 할 수 있을까?

"교수님, 다 나으시긴 했지만, 그래도 다시 저를 보러 오세요. 학자에게 도움을 드릴 수 있어서 기뻐요."

그녀는 집게손가락을 들어 올리면서 덧붙였다.

"비록 그 학자가 생쥐들과 고양이들을 상대로 못된 짓을 하고 있다고 할지라도 말이에요."

그녀는 자기 손목시계를 들여다보았다. 꿈과 섹스를 결합하는

---

37) 2세기의 그리스 작가이자 해몽과 점몽의 대가. 어머니의 고향 이름을 따서 '달디스의 아르테미도로스'라 불리기도 한다. 해몽과 점몽에 관한 고대의 지식을 총망라한 5권짜리 저서 『오니로크리티콘(해몽서)』은 수세기 동안 이 분야의 대표적인 참고문헌이 되어 왔고, 현대에 들어와 프로이트와 미셸 푸코 등에 의해 재발견되었다.

그녀의 연구 분야에 관해서 자세하게 알고 싶었지만, 그런 것을 물어볼 계제가 아니었다.

"프랑화로 지불하셔도 돼요. 1천 8백 프랑이에요……."

나는 저녁시간에 맞춰 호텔 식당에 다다랐다. 천장 등들이 꺼져 있는 대신, 일렁거리는 촛불들이 식탁을 밝히고 있었다. 한 달에 두 번 있는 일요 소풍의 전야제가 열리고 있는 것이었다. 마를렌은 검은 드레스에 밝은 색의 호박琥珀 목걸이를 두르고 있는 모습이 무척 매력적으로 보였다. 내 왼쪽의 크루프 여사는 다이아몬드를 잔뜩 매단 채 번쩍번쩍 빛을 발하고 있었다. 저 다이아몬드들은 진짜일까 가짜일까? 내가 자리에 앉자마자 호텔 지배인이 쪼르르 달려왔다.

"교수님, 내일 소풍 가실 건가요?"

갈까? 간다면 누구랑 가지? 루트비히 만은 보나 마나 가고 싶어 하지 않을 테고.

나는 마를렌 쪽을 돌아보았다.

"소풍 가실 거예요?"

"교수님이 가신다면 저도 갈게요."

그러면서 마를렌은 배시시 웃었다. 나는 지배인에게 대답했다.

"우리 두 사람을 명단에 올려 주세요."

저녁식사가 끝난 뒤에 나는 마를렌을 스탠드바로 초대했다. 우리는 되도록 피아노에서 멀리 떨어진 자리에 앉았다. 곧 관절통에 걸린 노인들의 슬픈 원무가 시작될 터이므로 플로어에서도 멀찌감치 떨어졌다. 나는 그녀에게 물었다.

"빌리아민[38]이나 나무딸기 술 한 잔 하실래요? 둘 다 아주 맛있어요."

"빌리아민 마실게요."

마를렌은 말이 없었다. 수줍음이 많고 신중하고 소극적인 여자가 아닐까? 아무튼 비밀이 무척이나 많아 보이는 여자였다.

"진흙목욕장이나 수영장에 잘 안 가시죠?"

내가 그렇게 묻자, 그녀는 미소를 지으며 대답했다.

"네. 저는 요양객이 아니거든요. 그래도 가끔 수영을 즐기기는 해요. 교수님이 베네치아에 가시는 오후 시간에 말이에요. 저는 제 활동 범위를 고려해서 그것의 한복판에 있는 이 호텔을 선택했어요. 우리가 아직 그런 얘기를 나누지 못했군요. 저를 소개할게요. 제 이름은 나타샤 부레소바예요. 상트페테르부르크 옆에 있는 페트로프스크에서 태어났어요. 하지만 국제결혼을 해서 체코인이 되었죠. 그건 오래전 얘기예요. 저는 당신이 누구인지 알아요, 주베 교수님. 호텔 지배인이 얘기해 주더군요. 저는 기자예요. 흔히 하는 말로 프리랜서죠. 주로 관광에 관한 기사를 쓰고, 때로는 여행 안내서나 여행 잡지에 관한 서평을 쓰기도 해요. 지금은 베네토 지방에 관한 장문의 기사를 쓰는 중이에요. 베네치

---

38) 배술을 증류하여 만드는 스위스산* 브랜디.

아뿐만 아니라 관광객들이 가지 않는 주변지역도 다루고 있죠. 보통의 관광객은 베네치아밖에 모르지만, 저는 파도바와 비첸차의 풍요로움, 팔라디오가 세운 저택들 같은 것을 소개하려고 해요. 온천장의 호텔들에 대해서도 제 의견을 피력해야 하는데……이 호텔은 아바노와 몬테그로토에 있는 모든 호텔 가운데 최고예요."

"하지만 여기에 체코 요양객은 없지 않나요?"

"체코 사람들은 보헤미아 지방에 있는 카를로비 바리로 가죠. 하지만 베네치아에 있는 싸구려 호텔에는 체코인들이 많아요. 이제는 프라하와 베네치아를 직접 연결하는 기차들이 있거든요."

"그럼 러시아인들은 어떤가요? 러시아어에 능통하시니까 러시아 여행사들과 함께 일하실 수도 있을 텐데, 그런 건 왜 안 하시죠?"

"현재로서는 베네치아가 러시아에서 팔리지 않아요. 러시아 사람들을 끌어들이는 것은 무엇보다 태양과 카지노예요. 그들은 이탈리아의 리구리아 해안이나 프랑스의 지중해 연안으로 가죠."

"매력적인 직업에 종사하시는군요. 여기에 오래 머무실 건가요?"

"아뇨, 다음 주말에 프라하로 돌아가야 해요. 교수님 덕분에 에우가네오 언덕을 구경하러 가게 되어서 기뻐요. 오스트리아에서 오신 교수님과 친하신 것 같던데, 그분도 가실까요?"

"루트비히 만 교수요? 틀림없이 안 갈 겁니다. 그 양반은 단체

소풍 같은 행사를 좋아하지 않아요. 자기 세대의 독일인들이나 오스트리아인들과 어울리는 것을 싫어하죠."

우리는 한동안 그냥 말없이 앉아 있었다. 나 혼자 마를렌이라고 불렀던 나타샤가 침묵으로 나를 멋쩍게 만들고 있었다. 그녀를 꿈에서 보았다는 얘기를 하는 것은 언감생심이었다. 그녀가 젖가슴을 드러낸 채 내 쪽으로 몸을 숙이고 있더라는 얘기를 어떻게 하겠는가? 플로어에서는 몇몇 사람이 피아노 선율에 맞춰 미끄러지듯 춤을 추고 있었다. 침묵을 먼저 깨뜨린 것은 나타샤였다.

"수면 전문가이시라고 들었어요."

"네. 여기에 와서 꿈의 메커니즘에 관한 중요한 논문을 쓰려고 했죠. 그런데 무슨 까닭인지 알 수 없지만, 사흘 전부터 글을 쓸 수 없게 되어 버렸어요. 흥미가 싹 가시고 말았죠."

"요즘엔 꿈을 안 꾸시나요?"

"웬걸요. 꾸죠. 예전보다 적게 꾸는지는 몰라도 다양한 꿈을 꿔요. 그림이나 기호를 보고 낱말을 알아맞히는 게임과 비슷한 아주 신기한 꿈도 꾸죠. 나는 지금 베네치아의 미술관들에 관심이 많아요. 라벤나에 다시 가보고 싶은 생각도 들고요. 그림, 음악, 이런 것들이 내 마음을 사로잡고 있어요. 과학책을 몇 권 가져왔는데, 이젠 도통 읽히지가 않아요. 학문적인 이론들이 그야말로 괴물이나 어릿광대로 보일 뿐이에요. 내 저서를 다시 읽는 것도 더는 못하겠어요. 조만간 모든 것을 찢어 버리거나 태워 버릴 것만 같아요······. 베네치아에 있는 어느 고급 호텔에서 내 여행을 마무리하고 싶어요. 어제 저녁을 먹으러 갔던 주데카 섬의 치프리아니 호텔 같은 곳에서 말이에요. 햇볕 바른 곳에 앉아서 바포레토와 커다란 배들과 작은 고깃배들을 바라보고 싶어요."

"하지만 치프리아니는 베네치아에서 가장 비싼 호텔에 속해요. 게다가 몇 달 전에 예약을 해야 하는걸요!"

"짐작하고 있습니다. 뿐만 아니라 베네치아에 있는 고급 호텔에 가려면 옷차림을 바꿔야 한다는 것도 알고 있어요. 나와 내 친구 루트비히는 지식인의 제복을 우리 복장으로 삼았습니다. 노타이, 노재킷에 벨벳 바지가 요즘의 옷차림이고, 얼마 안 있으면 청바지 차림에 운동화를 신고 다닐 겁니다. 나는 정말이지 멋진 이탈리아 정장을 사러 가고 싶어요. 베네치아로 갈까요, 아니면 아바노로 갈까요? 어디가 좋겠어요?"

"당연히 아바노죠. 옷이며 신발이며 보석을 파는 가게들이 같은 거리에 모여 있거든요. 베네치아에 가시면 많이 걸어 다니셔야 할 거예요."

"다음 주에 꼭 아바노에 갈 겁니다. 가게에 들어가서 가격을 비교하고 옷감을 만져 보는 일을 해보고 싶어요. 아주 세련된 정장 한 벌과 셔츠 몇 벌과 구두를 살 것이고, 어쩌면 캐시미어 외투도 사지 않을까 싶어요. 특히 지팡이는 꼭 있어야 해요. 이탈리아에서는 아주 멋진 지팡이를 살 수 있죠. 아바노에도 지팡이 가게가 있을까요?"

"물론이죠. 아바노는 지팡이를 필요로 하는 부자들의 밀도가 세계에서 가장 높은 곳 가운데 하나이니까요. 어떤 지팡이를 사고 싶으신데요?"

"비밀장치가 있는 지팡이요. 아주 단단하고 속에 유리병을 감출 수 있는 지팡이죠. 그런 것을 가지고 다니면, 학술대회에서 따분함을 느낄 때마다 몰래 술을 마실 수 있지 않을까 해서……. 끝으로 아름다운 손목시계를 갖고 싶어요. 내 옆자리의 노신사처럼 롤렉스 금시계를 한번 차 볼까 해요. 예전에 멋진 손목시계들이 있었는데, 우리 아이들이 다 '빌려가' 버렸죠."

나타샤는 생긋 웃으며 자기 손목시계를 들여다보았다.

"벌써 시간이 이렇게 됐네요. 저는 이만 객실로 올라가겠습니다. 빌리아민 잘 마셨어요. 고맙습니다."

"조금 더 있다 가세요. 아직 초저녁인걸요. 새벽 한 시에 테라스에 나가 보니까, 나타샤 씨 방에는 여전히 밝혀져 있던데요."

"네, 저는 밤늦은 시각에 일해요. 그때는 호텔이 조용하죠."

나는 나타샤에게 러시아에 관해서 물어보지 않을 수 없었다.

"러시아에 자주 가세요? 상트페테르부르크에 다시 가 보셨어요? 아주 아름다운 도시이더군요."

그녀는 도로 질문을 던져 내 이야기를 이끌어 냈다.

"상트페테르부르크에 가 보셨어요?"

"아직 레닌그란드라고 불리던 1974년에도 가 봤고, 상트페테르부르크로 이름이 바뀐 뒤에도 두 번 갔었죠. 2년 전 학술대회

참석차 간 것이 마지막이에요. 나타샤 씨의 고향이라는 페트로 프스크에도 가 봤어요. 나타샤 씨는요?"

"저는 1980년대 초에 레닌그라드를 떠난 뒤로 다시는 러시아에 돌아가지 않았어요. 저는 프라하와 파리와 런던과 이탈리아를 오가며 살았어요. 그러면서 여러 외국어를 배웠고요……."

나타샤는 다시 손목시계를 들여다보았다.

"이제 객실로 올라가야겠어요. 외람된 말씀이지만 회개한 학자분과 이야기를 나눠 보니까 아주 재미있군요. 관광버스는 내일 오후 세 시에 출발하니까, 그때 다시 뵙겠습니다."

우리는 함께 올라갔다. 엘리베이터가 비좁아서 나는 구석으로 물러나 있는 그녀에게 바싹 붙어 서지 않으면 안 되었다. 어떤 비밀이 나와 그녀를 갈라놓고 있었다. 하지만 어제 별자리 운세는 나를 이용하려는 친구들이 있으니까 조심하라고 일러주었다. 설마 나타샤를 두고 하는 말은 아니겠지…….

### 1999년 9월 12일 일요일

## 라데츠키 행진곡

오늘도 진흙목욕이 없는 날이다. 나는 세 시에서 아홉 시까지 다소 뒤숭숭하긴 했지만 그런 대로 깊은 잠을 잤다. 꿈을 꾸지 않았나 싶은데, 전혀 기억이 나지 않는다.

나는 프런트로 내려가서 오늘의 별자리 운세를 보았다.

### 〈전갈자리〉

사생활 앞으로 나아가기 위해서는 당신의 앞길에 가로놓인 장애를 제거하는 것이 불가피하다. (이건 분명히 어제 내가 나타샤와 함께한 일을 두고 하는 말이야.)

직업운 기연가미연가할 때는 가만히 있는 게 상책이다! 어쨌거나 당신은 평화를 얻고 싶어 한다. (그래서 언덕으로 소풍을 가려는 것 아니겠는가.)

건강운 당신의 신경과민과 불편한 심기가 저희 나름의 방식으로 표출된다. 그것들이 신체적 증상으로 나타나지 않도록 주의할 것. (세상에, 완전히 족집게로군!)

나는 다시 객실로 올라왔다. 갑자기 탁자에 어수선하게 쌓여 있는 논문 별쇄본들이 끔찍하게 느껴졌다. 이제 아무런 흥미도 불러일으키지 않는 저 문헌들을 치워 버려야겠어. 나는 호텔 종업원에게 부탁해서 그것들을 치우게 했다. 그다음에는 의식에 관한 네 권의 두꺼운 책들을 가지고 나가서 호텔 도서실에 기증했다. 대니얼 데닛, 제럴드 에델만, 안토니우 다마지우, 프랜시스 크릭의 저서들이었다.[39]

저런 책들을 읽을 만큼 호기심이 많은 사람이 누가 있겠는가? 이제 탁자 위는 텅 비어 있다. 논문 쓰는 것을 포기했다고 나를 비난하려 드는 것은 아무것도 없다. 머지않아 영국 학술원 회보

39) 대니얼 데닛(1942~ )은 인지과학과 과학철학 분야에서 세계적인 명성을 얻은 미국의 철학자, 제럴드 에델만(1929~ )은 면역체계에 관한 연구로 1972년 노벨 생리 · 의학상을 수상한 뒤에 뇌 과학 쪽으로 연구영역을 확장하여 의식과 기억에 관한 저서를 낸 미국 생물학자, 안토니우 다마지우(1944~ )는 미국에서 활동하는 포르투갈 출신의 신경학자, 프랜시스 크릭(1916~2004)은 제임스 왓슨과 함께 DNA의 이중나선 구조를 밝혀내 노벨 생리 · 의학상을 수상했고 말년에는 의식에 관한 연구에 전념했던 영국의 생물학자.

로부터 팩스가 날아들 것이다. 프랑스에 돌아가면 K교수에게 장문의 편지를 보내 그간의 사정을 설명해야 하리라. 하지만 뭐라고 말하지? 깨어 있을 때의 의식이든 꿈꿀 때의 의식이든 의식에 관한 신경생물학적 접근방식을 믿지 않게 되었노라고? 그러면 그는 자기네 회보에 맞는 아주 훌륭한 주제라면서 내 논문을 실은 뒤에 반대의 주장을 담은 다른 논문을 청탁하겠다고 대답할 것이다. 그 논문의 필자로 선택될 사람은 아마도 하버드 대학의 내 동료들 가운데 하나일 것이고, 그는 한 대목 한 대목을 면밀하게 따지면서 나의 모든 논거를 박살내리라. 그러건 말건 나는 이제 아무 관심이 없다는 사실을 K교수에게 어떻게 설명하지? 어쩔 수 없이 무언가를 써야 한다면, 예술 특히 회화와 꿈의 관계를 다룬 논문을 쓸 수는 있을 것이다. 꿈을 꾸면서 신이나 악마의 메시지를 받는 사람들을 그린 회화 작품들을 논문의 주제로 삼아볼 수 있을 것이다.

작년에 파도바의 스크로베니 예배당에 있는 조토의 프레스코화를 다시 보면서, 내가 관심을 갖게 된 주제가 하나 있다. 화가나 판화가가 신성한 꿈의 메시지를 받는 사람을 표현하고자 할때, 다시 말해서 꿈을 꾸는 사람과 그에게 메시지를 주는 하느님이나 천사, 또는 어쩌다 악마를 동시에 그리고자 할 때, 공간을 어떻게 구성하는가 하는 것이 바로 그것이다. 조토가 1304년에 그린 '요하킴의 꿈'은 이런 현상의 좋은 본보기다. 이 그림을 보면, 요하킴은 보라색 외투 차림으로 한쪽 무릎을 세우고 그 위에 머리를 얹은 채 자고 있다. 그는 화면의 오른쪽 아랫부분을 차지한다. 화면의 왼쪽 윗부분에서는 보랏빛 날개가 달린 천사가 그를 향해 날아오고 있다. 그 뒤로 1년 동안 나는 미술관들을 찾아다니거나 미술 도서들을 뒤지면서, 동일한 주제를 담은 그림들을 더 찾아보았다. 그렇게 해서 모은 20개의 사례 중 16개에서 나는 '요하힘의 꿈'과 동일한 구성을 다시 만났다. 마드리드 프라도 미술관에 있는 루카 조르다노의 그림 '솔로몬의 꿈'을 보면, 왼쪽 윗부분에 있는 야훼의 눈에서 나온 빛줄기가 화면을 거의 완벽한 대각선으로 양분하면서 오른쪽 아랫부분에 있는 솔로몬의 얼굴로 내려온다. 내가 하이델베르크의 민족학 박물관에서 꼼꼼하게 살펴본 중국의 한 다색 목판화에서도 그런 화면구성을 찾아볼 수 있다. 1793년에 창작된 이 판화는 석가모니의 아버지 슈도다나[정반왕]의 꿈을 형상화한 것이다. 화면의 오른쪽 아랫부분에는 자기 집에서 자고 있는 슈도다나 왕이 그려져 있고, 왼쪽 윗부분은 위에서 아래로 층을 이룬 일곱 가지 꿈(인도의 왕, 흰 코끼리 등등)으로 가득 채워져 있다. 디트로이트 미술관에 있는 헨리 푸셀리의 유명한 그림 '악몽'(1871년 작)을 보면, 꿈꾸는 여자가 좌우로 길게 누운 채 머리를 오른쪽 아랫부분으로 기울이고 있고, 무시무시한 말의 머리가 침대를 둘러싼 검은 장막에서 빠져나와 눈을 번득이고 있다. 이 말의 머리는 정확하게 왼쪽 윗부분의 한복판에 있다.

나는 이런 규칙에서 벗어난 작품들도 네 점 찾아냈다. 그중에서 특히 유명한 것은 다음의 두 작품이다. 첫째는 베네치아 아카데미아 미술관에 있는 카르파초의 1495년 작품 '성녀 우르술라의 꿈'이다. 이 그림에서는 꿈꾸는 여자의 머리가 왼쪽 아랫부분에 놓여 있고, 천사는 오른쪽 아랫부분에서 여자를 바라보고 있다. 두 번째 작품은 파리 오르세 미술관에서 볼 수 있는 퓌비 드 샤반의 '꿈'이다. 한 여행자가 화면의 왼쪽 아랫부분에 잠들어 있고, 사랑과 영예와 부를 주관하는 세 여신이 오른쪽 윗부분에서 그를 향해 날아오고 있다. 카르파초와 퓌비 드 샤반은 왼손잡이였을까? 바로 이런 제목으로 논문을 써서 K교수에게 제출할 수도 있을 것이다. 내 가설에 따르면, 대뇌피질의 여러 시각영역에는 '신이나 악마와 관련된' 뉴런들이 있다. 이 뉴런들은 꿈의 메시지를 알아보고 해독하는 역할을 한다. 환각 문제의 대가인 K교수는 당연히 내 논문을 한낱 속임수라고 생각할 것이다. 그 정도는 아니더라도, 백여 점의 그림을 가지고 내 가설을 뒷받침하라고 요구할 것이 뻔하다. 그 요구를 따르자면 몇 달 동안 오로지 그 일에만 매달려야 할 공산이 크다. 2, 3일 전부터 밤이건 낮이건 내 시야의 왼쪽 윗부분을 문득문득 바라볼 때가 있다. 이것 역시 어떤 천사나 악마를 발견하기 위한 시도라고 주장해야 되지 않을까? 그런 이야기를 하면 K교수는 내 정신 건강을 의심할 것이다. 그건 우려스러운 일이다. 결국 최선의 길은 내 몸에 문제가 생겼다고 하면서 사과의 편지를 쓰는 것이다. 몸이 너무 아픈데 어떻게 논문을 쓸 수 있겠는가?

정오 무렵이 되자, 에우가네오 언덕으로 가는 소풍 때문에 요양객들과 호텔 종업원들이 조금씩 들썩거리기 시작했다. 점심을 먹고 있는데, 호텔 지배인이 와서 소풍지에서는 식탁이 어떻게 배정되는지 조곤조곤 설명해 주었다. 처음에 그가 생각했던 것은 참가자들의 국적에 따라 식탁을 배정하고, 식탁에 국기를 꽂아 각 그룹이 앉을 자리를 표시하는 것이었다. 그런데 유일한 프랑스 사람인 내가 문제였다. 한 식탁에서 나 혼자 저녁을 먹게 하는 것은 예의가 아니었다. 그래서 호텔 경영진은 참가자들의 모든 국적을 아우르는 국기 다발로 각각의 식탁을 장식하기로 결정했다는 것이다.

오후 세 시쯤에 요양객들의 대다수가 정해진 자리에 모여 두 대의 메르세데스 버스에 올라탔다. 나는 막판까지 루트비히 만이 우리와 함께 가 주기를 기대했다. 여행길에 오르는 나를 보고 그는 이렇게 외쳤다.

"이보게 친구, 작년하고 비교할 때 자네는 영판 다른 사람이 되어 버렸어. 앞서 베네치아에서는 젊은 여자의 클론을 보았다며 환각 증상을 보이더니, 이제는 이상한 군집 본능에 사로잡힌 모양이야! 그 많은 요양객들 틈에 끼어 버스를 타고 돌아다니겠다고? 그런 식으로 에우가네오 언덕을 이해하거나 감상할 수 있을 것 같은가? 걷거나 자전거를 타고 천천히 돌아다니는 게 제멋일세. 골짜기를 타고 올라오는 성당 종소리를 음악처럼 들으면서, 느긋하게 해넘이를 구경하는 맛이 있어야지. 나는 그런 행사에 참가하지 않은 지 아주 오래됐네. 중고생들이나 퇴역군인들이라면 좋아하겠지만, 나 원…… 아무튼 잘 다녀오게나. 그리고 내일 자네 로맨스 얘기나 들려주게. 저 젊은 금발의 여인과 잘 해보라고. 체코 여자인지 러시아 여자인지 모르지만……. 아우프 비더제엔(안녕)!"

나타샤는 자기 옆에 내 자리를 잡아 놓았다. 버스가 구불구불한 길을 달리고 있는데도 기시감 발작을 예고하는 '멀미' 같은 불쾌한 느낌이 다시 찾아오지 않았다. 여간 다행스러운 일이 아니었다. 처음 두 시간 동안은 엔진 소리가 묻힐 만큼 요양객들이 대화에 열을 올렸다. 프로그램을 보니 어떤 언덕의 정상에 다다르면 작은 식당에 들르기로 되어 있었다. 우리는 그 식당에서 후추를 친 소시지와 햄을 안주 삼아 아스티 스푸만테[40]와 그 지방에서 샤르도네 품종의 포도로 담근 백포도주를 마셨다. 다시 버스에 오르자, 술기운 때문에 요양객들의 웃음소리가 커지고 우스갯소리가 오고갔다. 운전기사는 분위기를 띄우기 위해 오스트리아의 대중음악 카세트를 틀었다. 암 비어페스트(맥주 축제에서), 티롤러 요델마르쉬(티롤의 요들행진곡) 같은 노래였다. 그러자 일부 승객이 흥얼흥얼 노래를 따라 불렀다. 어떤 오스트리아 남자는 요들을 흉내 내어 옆 사람들의 박수갈채를 받기도 했다. 해가 설핏해지면서, 버스는 서쪽으로 내려가는 더 좁다란 길로 접어

---

40) 이탈리아 피에몬테 지방의 아스티에서 나는 발포성 백포도주.

들었다. 버스가 다시 멈춰 섰다. 덕분에 우리는 비첸차 지방의 하늘에 드리운 낙조를 감상할 수 있었다.

이윽고 저녁식사를 하기로 되어 있는 식당에 다다랐다. 주인과 종업원들이 여러 개의 식탁을 차려 놓고 우리를 기다리고 있었다. 오스트리아와 독일, 스위스, 벨기에, 이탈리아, 프랑스의 국기들을 한데 모은 다발들이 식탁을 장식하고 있었다. 나타샤는 체코 국기나 러시아 국기가 없는 것에 대해서 아무런 말도 하지 않았다. 커다란 벽난로에서 장작불이 타닥거렸다. 이 구릉지대는 초가을에도 쌀쌀하기 때문이었다.

움브리아 지방의 진미인 포르케타[41]라는 새끼돼지 구이가 나오기를 기다리는 동안, 요양객들은 전식을 먹으면서 포도주를 흐드러지게 마셨다. 대화 소리가 점점 커지다가 어느 순간 아연 침묵이 감돌았다. 깜짝 놀라서 무슨 일인가 했더니 통째로 구운 새끼돼지 두 마리가 등장한 것이었다. 이어서 카메라 플래시들이 번쩍번쩍 터지고, 환호성과 박수갈채와 요리사들의 인사가 이어졌다.

그때 느닷없이 라데츠키 행진곡[42]이 스피커에서 흘러나왔다. 그러자 나타샤와 나를 제외한 모든 참가자가 후렴구의 장단에 맞춰 손뼉을 쳤다. 티롤 지방의 재킷에 휘장과 훈장을 주렁주렁

---

41) 대표적인 이탈리아어 사전인 '칭가렐리'에는 사르데냐 지방의 향토요리라 되어 있고, '가르찬티' 사전에는 로마 요리라고 되어 있다. 아마도 이탈리아의 여러 지방에서 저마다 자기네 요리라고 주장하는 모양이다.

달고 있던 내 옆자리의 오스트리아 남자가 나에게 신호를 보냈다. 자기들처럼 하라는 것이었다. 못할 것도 없지! 나는 행진곡의 마지막 소절에 맞춰 스스럼없이 손뼉을 두드렸다. 그냥 가만히 앉아 있는 사람은 나타샤뿐이었다. 조금 뒤에 나는 자리에서 일어나 식당의 테라스로 맑은 밤공기를 마시러 갔다. 주방을 가로질러 가는데, 소시지를 얇게 썰어 커다란 접시에 담고 있는 노인이 눈에 띄었다. 그가 나에게 말을 걸었다.

"에 테데스코?(독일 사람이시오?)"

"노, 이오 소노 프란체제(아뇨, 난 프랑스 사람이오)."

그는 웃음을 터뜨렸다.

"아니, 프랑스 양반이 오스트리아 사람들과 독일 사람들 틈에 끼여서 뭘 하는 거요? 설마 라데츠키 행진곡이 나오는 동안 저들과 함께 손뼉을 치신 건 아니겠죠? 라데츠키가 누군지는 아시오?"

"오스트리아의 장군으로 알고 있소만."

"육군원수였소. 처음엔 나폴레옹에 맞서 싸웠지요. 바그람에서 싸웠는지 라이프치히에서 싸웠는지 이젠 잊어버렸소. 하지만 무엇보다 중요한 건 그가 1849년에 베네토 지방을 정복했다는 사실이오. 베네치아 총독을 지내기도 했고, 수많은 이탈리아 애

---

42) 요한 슈트라우스 1세가 이탈리아의 제1차 독립전쟁(1848~1849)을 진압한 오스트리아의 총사령관 라데츠키를 기리기 위해 작곡한 행진곡. 빈 필하모닉 오케스트라의 신년음악회 때마다 피날레로 연주되는 곡이다.

국자들을 총살시키기도 했소. 저 고약한 독일인들과 오스트리아인들은 너무 의기양양하게 굴지 말고 더 조심스럽게 행동하는게 좋을 거요. 영국 관광객들이 프랑스에서 웰링턴 행진곡을 연주한다고 생각해 봐요! 그런 행진곡이 있다면 말이오."

"다행히 영국인들에게는 요한 슈트라우스 같은 천재적인 음악가가 없죠."

노인은 잠시 입을 다물었다가 말을 이었다.

"아시다시피, 오스트리아·헝가리 제국과 베네토 지방의 역사는 이제 겨우 끝났어요. 1917년에 오스트리아인 군대는 베네치아에서 50킬로미터도 떨어지지 않은 곳까지 쳐들어왔소. 이페리트 가스로 공격을 하면서 말이오. 그 전쟁의 상처를 이해하려면그라파 산에 올라가 봐야 해요. 동이 틀 무렵에 올라가 봐요. 우리가 어떤 시대에 살고 있는지 이해하게 될 거요. 저 사람들 어떤음악을 틀어도 좋지만, 라데츠키 행진곡은 안 돼요! 다시 한 번말하지만, 새벽에 그라파 산에 올라가 보시오. 여섯 시쯤 도착해야 해요. 내일도 날씨가 좋을 거요. 그라파 산은 북쪽에 있소. 몬테그로토에서 네 시쯤 출발하면 쉽게 갈 수 있을 거요. 새벽에는차들이 별로 없으니까……."

내가 자리로 돌아오자, 나타샤가 물었다.

"전쟁에 참가하신 적 있어요?"

"네, 알프스 부대에도 있었고 알사스에서도 싸웠죠."

"왼쪽에 계시는 분도 참전하셨다는데요."

그는 라데츠키 행진곡이 나올 때 박수를 치라고 권했던 티롤 사람이었다. 그는 영어가 제법 능통했다.

"1944년에 알프스 부대의 일원으로 싸웠습니까? 어디서요?"

"유럽에서 가장 높은 곳에 있는 마을 생베랑 주변의 케라스 지방에서요. 지독하게 추운 겨울이었죠."

"장교였습니까?"

"물론 아닙니다. 그러기엔 너무 어렸죠. 그냥 사병이었어요. 당신은요?"

"하사였어요. 나도 같은 지역에 있었어요. 다만 나는 스키 순찰대에 소속되어 있었지요. 그래요, 정말 아주 추운 겨울이었어요. 초기에 프랑스 군대는 장비를 제대로 갖추지 못하고 있었죠."

나는 그때를 떠올리며 '맙소사' 하고 속으로 외쳤다. 기온이 때로 영하 40도까지 내려가는 혹독한 추위였다. 우리는 꽁꽁 언 포도주를 톱으로 썰거나 도끼로 쪼개기도 했다. 제대로 된 장비를 받기 전에 얼마나 많은 병사들이 발에 동상을 입었던가? 초기에 우리는 하얀 위장복도 없이 눈밭을 돌아다녔다. 매복하고 있던 나의 전우 네 명이 총격을 당하여 뻣뻣하게 굳은 시체로 발견되었다. 어쩌면 이 망할 놈의 티롤 사내가 그랬을지도 모를 일이다.

그는 자기 잔을 내밀면서 말했다.

"프로시트."

나는 '건배, 그리고 유럽 만세!' 하고 속으로 말했다.

나타샤는 불편한 기색을 보였다. 하사가 독일어로 지껄이는

데, 그걸 잘 알아듣지 못하는 눈치였다. 나는 그녀에게 말했다.

"나타샤, 베네토 지방의 북부는 아직 잘 모른다고 했지요? 우리 내일 그라파 산에 갈래요? 주방에서 이탈리아 노인 한 사람을 만났는데, 아침 일찍 거기에 올라가 보라고 권하던데요. 당신만 괜찮다면, 호텔에서 새벽 네 시쯤 출발하기로 하죠. 나는 세 시에 진흙목욕이 있고 아홉 시에 안마가 있지만, 다 취소해 버릴게요."

"거기를 어떻게 가죠?"

"당신 승용차로요. 날이 밝기 전 한두 시간 동안에는 당신이 운전해요. 나는 밤눈이 별로 좋지 않거든요. 돌아올 때는 내가 운전할게요. 당신이 원한다면 말이에요."

나타샤는 대답하지 않았다. 생각이 길어지는 것으로 보아 난처한 모양이었다.

"내일 시간이 있을지 모르겠어요."

조금 뒤에 그녀는 휴대전화기를 가지고 사라졌다가 웃는 얼굴로 돌아왔다.

"좋아요. 하지만 내일 일찍 일어나야 하니까 이제부터 술을 드시지 마세요. 저도 그만 마실 거예요. 저는 산에 갔다가 오후 한 시쯤에는 호텔로 돌아와야 해요."

요리를 다 먹고 나자 크림을 잔뜩 묻힌 디저트들이 나왔다. 나는 디저트를 핑계 삼아 백포도주를 몇 잔 더 비웠다. 나타샤는 못 말리겠다는 듯 어깨를 으쓱 추켜올렸다.

"술을 그렇게 드시고 잠이 오겠어요?"

"우리는 자정쯤 호텔로 돌아갈 거예요. 그리고 세 시 반쯤에 일어나야 해요. 굳이 잠을 잘 필요가 없죠……."

돌아올 때는 버스 안이 조용했다. 거의 모든 승객이 자고 있었다. 나는 나타샤에게 말했다.

"저 고약한 오스트리아 사람들 말이에요, 아까 라데츠키 행진곡을 틀었는데 그런 짓은 하지 말았어야 하는 게 아닌가 싶어요. 라데츠키가 1850년경에 베네치아의 총독이었다는 거 알고 있어요?"

"아뇨. 배우긴 했을 텐데 잊어버렸어요. 전쟁이 끝나고 오스트리아가 점령당하고 있을 때 거기에 가 보셨어요?"

"네. 나는 빈에 있었어요. 아까 그 티롤 사람한테는 그 얘기를 하지 않았죠."

"루트비히 만 교수님이랑 그 얘기를 나눠 보신 적이 있나요? 그분은 빈에서 뭘 하시죠? 아주 특이한 분 같던데."

"아뇨, 우리는 전쟁을 화제에 올린 적이 없어요. 무엇 하러 오래전에 잠든 악마들을 깨우겠어요? 만 교수는 유명한 노년학자예요."

"빈에 대해서 좋은 추억을 간직하고 계신가요?"

"별로요. 그건 휴전협정 직후의 일이었어요. 빈 사람들은 기아에 허덕이고 있었죠. 많은 여자들이 겁탈을 당했어요. 러시아 군인들에게, 아니 소련 군인들에게 말이에요……. 이상한 시대였죠. 사람들이 술을 억병으로 마셨어요. 나는 알프스 보병대의 하사관 후보생이었어요. 코녜프 원수의 참모부에 가서 일주일을 보낸 적이 있어요. 프랑스군과 소련군이 서로 인력을 교환했거든요. 아직 철의 장벽이 없던 시절의 이야기예요."

"러시아를 좋아하세요?"

"네. 러시아 연구자들은 우리와 다른 생각들을 가지고 있어요. 대개는 아주 독창적이죠. 우리 연구소에도 러시아 사람들이 많이 왔어요. 상트페테르부르크에 다시 한 번 가보고 싶어요. 참으로 아름다운 도시죠……."

"언제 같이 갈 수 있으면 좋겠네요."

그녀는 생긋 웃으며 그렇게 말하고는 이내 잠이 들었다.

우리는 잉크처럼 까만 어둠을 뚫고 자정을 30분이나 넘겨서 몬테그로토에 도착했다.

## 1999년 9월 13일 월요일

## 그라파 산

우리는 상현달의 창백한 빛을 받으며 네 시에 출발했다. 베네토 지방을 가로질러 가는 길에는 황색 신호등이 점멸하는 작은 도시와 마을이 많았지만, 이른 시각이라 빨리 달리는 데 지장이 없었다. 돌아올 때는 분명 시간이 더 오래 걸릴 듯했다.

바사노 델 그라파에서 우리는 카도르나라는 이름이 붙은 오르막길로 접어들었다. 포도밭으로 둘러싸인 작은 집들의 지붕과 아카시아 나무들과 찔레나무들이 전조등 불빛 속에 차례차례 나타났다가 사라져 갔다. 풍광이 조금씩 황량한 모습으로 변해 가고 있었다. 아주 구불구불한 도로의 양쪽 가장자리를 따라서 전나무 숲이 늘어서 있었다. 그 전나무들 사이로 돌로 지은 토치카들이 나타났다. 각각의 토치카에는 저격병 부대와 포병 부대의 번호들이 붙어 있었다. 1917년 겨울에 오스트리아군의 공격을 받고 전사한 병사들과 1918년 11월 4일의 휴전협정을 몇 주일 앞두고 이탈리아군의 성공적인 공격에 참가했던 병사들을 기념하기 위한 번호들이었다. 전나무들이 듬성듬성해지면서 고지 하계목장들이 나타나고, 이어서 커다란 바위들로 둘러싸인 메마른 고원이 펼쳐졌다. 이윽고 우리는 길이 끝나는 자리에 닦아 놓은 해발 1,775미터의 광장에 다다랐다. 시각은 정각 여섯 시였다. 우리 앞에서 기다란 검은 층층대가 시작되고 있음을 짐작할 수 있었다. 층층대 꼭대기는 구름에 가려 보이지 않았다. 맨 아래쪽 몇 계단의 양쪽에는 75밀리와 77밀리 구경의 대포들이 보초를 서듯 늘어서 있었다. 북쪽에서 불어오는 사나운 돌풍 때문에 매우 추웠다. 여섯 시 반쯤 되자 동이 트기 시작했다. 여명이 천천히 밝아오자 우리 발아래의 어둠 속에서 빠르게 흩어지는 안개가 보였다. 그러다가 동녘에 오렌지색 서광이 나타났다. 그 빛에 마지막 남은 안개와 층층대 꼭대기가 붉게 물들었다. 나는 마치 내 뒤쪽에 아름다운 풍광이 펼쳐져 있음을 짐작하기라도 한 것처럼 갑자기 북쪽을 향해 돌아섰다. 세찬 바람이 얼굴을 때렸다. 나는 내 눈을 의심했다. 아주 높다란 산들이 어느새 어둠과 안개를 헤치고 우뚝 솟아오른 것이다. 분홍색, 노란색, 오렌지색, 흰색의 산들이 첩첩으로 죽 이어져 있었다. 톱니 모양으로 들쭉날쭉하기도 하고 하얀 설탕 덩어리 같기도 한 산들의 실루엣이 구름 한 점 없는 짙푸른 하늘을 배경으로 뚜렷하게 보였다. 산들은 아주 가까워 보였다. 그래서 북쪽으로 구불구불한 산길을 따라 몇 시간 동안 걸어가면 다다를 수 있을 것 같았다. 그것은 남부 돌로미티 산맥과 그라파 산 사이를 가로지르는 브렌타 산괴였다. 내가 전시와 전후에 높은 산에서 해돋이를 볼 때마다 느꼈던 그 잊지 못할 기분이 즉시 되살아났다. 거리의 소멸, 장엄, 순수, 그리고 정적. 이어서 음영이 조금씩 나타나고 지표의 기복이 드러나기 시작했다. 바위들의 틈새에서 구름과 안개의 소용돌이가 피어오르더니 공중으로 흩어지면서 하늘의 짙푸른 색을 연하게 만들고 있었다.

지표의 기복이 더욱 뚜렷해지면서, 산들은 햇빛이 아직 비쳐 들지 않는 어두운 골짜기들과 분리되어 고즈넉이 멀어져 갔다. 나는 그냥 말없이 바라보기만 했다. 어두울 때 도착해서 뭐가 뭔지 분간을 못하다가 갑자기 그런 광경을 접하게 된 나타샤 역시 아무 말이 없었다. 나는 태양 쪽으로 몸을 돌렸다. 베네토 평원은 아직 안개에 덮여 있었다. 안개는 북쪽의 산들에서 불어오는 바람에 찢겨 조금씩 올이 풀려나가고 있었다. 그러다가 오렌지 빛을 띠고 금빛을 띠더니 이내 사라졌다. 그러자 베네치아 만의 웅장하고도 들쭉날쭉한 해안선이 한눈에 들어왔다. 무수한 불빛이 멀리 트리에스테에서 베네치아로 이어지고, 더 남쪽으로 정유공장의 불꽃까지 연결된 다음, 공장의 하얀 수증기와 함께 아드리아 해 쪽으로 사라지고 있었다. 우리 발아래로 보이는 베네토 평원에서도 작은 도시들과 마을들의 수많은 불빛이 아직 반짝이고 있었다. 파도바와 베네치아 주위에 이렇게 많은 인구가 모여 사는지 예전엔 미처 몰랐다.

공장지대에서 솟은 또 다른 안개가 조금씩 평원을 덮어 가자, 베네치아 만의 윤곽이 희미해지다가 결국은 시야에서 사라져 버렸다. 그때 우리는 하늘에서 평행을 이룬 채 길게 이어져 가는 하얀 띠들을 보았다. 비첸차의 나토 기지에서 보스니아를 향해 날아가는 정찰 제트기들이 만들어 낸 비행기구름이었다.

우리는 다시 층층대를 천천히 올라가 꼭대기에 다다랐다. 거기에는 거대한 납골당과 묘지가 있었다. 1917년 또는 1918년에 휴전을 며칠 앞두고 전사한 이탈리아 병사들과 오스트리아·헝가리 제국 병사들 2만 5천 명의 유해를 한데 모아 놓은 곳이었다. 납골당의 검게 변한 청동 명패에는 오스트리아·헝가리 제국의 온갖 이름이 적혀 있었다. 린츠 출신의 가톨릭 신자 폰 뮐러 중위, 류블랴나 출신의 정교회 신자 펠드베벨 라둘로바키, 부다페스트 출신의 하우프트만 벨라 코바치, 사라예보 출신의 무슬림들, 그리고 갈리치아와 트리에스테와 티롤과 슬로바키아와 폴란드와 크로아티아에서 온 수많은 병사들······. 남쪽에는 십자가들이 가지런하게 늘어선 넓은 묘지가 있었다. 이탈리아 병사들이 잠들어 있는 곳이었다. 어제 저녁에 식당 주방에서 만났던 이탈리아 노인의 말이 옳았다. 나는 이 산에서 쏘는 대포의 사정거리에 있는 베네토 평원이 얼마나 공격받기 쉬운 땅이었는지 이해할 수 있었다.

우리는 납골당과 묘지를 천천히 둘러보았다. 나타샤는 정교회 신자인 듯 커다란 십자가 앞에서 성호를 그었다. 나는 일찍이 이 토록 장엄한 곳에 마련된 군인 묘지를 구경한 적이 없었다.

"그래도 이 사람들, 세상에서 가장 아름다운 전망을 즐길 수는 있겠네요?"

내가 그렇게 말하자 나타샤가 물었다.

"이 사람들이라뇨? 누구 말인가요?"

나는 대답하지 않았다.

열 시쯤 되자 햇살이 뜨거워지고 풍광이 달라졌다. 산들은 훨씬 더 뒤로 물러섰고, 그 빛깔도 윤기가 거의 없는 갈색으로 변했다.

나타샤는 돌아갈 때도 자기가 운전을 하겠다고 했다. 숲 속을 지날 때면 이슬방울이 피아트의 앞 유리창에 떨어졌다. 바사노 델 그라파를 지나자 교통량이 많아지면서 갈수록 주행이 더디어졌다. 한순간 나는 갑자기 앞으로 튕겨 나갔다. 나타샤가 급히 브레이크를 밟은 것이었다. 멀리 앞을 내다보니 길을 막아선 경찰차의 회전경보등과 깜빡이등이 보였다. 나타샤는 후진을 해서 반대쪽으로 달리다가 샛길로 접어들었다.

"맙소사, 나타샤, 랠리 선수가 따로 없네요! 만약 경찰관들이 우리를 보았다면, 지금 오토바이가 우리를 쫓고 있을지도 몰라요."

"우리는 해를 등지고 있었어요. 그들은 햇빛 때문에 우리를 보지 못했을 거예요. 그들은 나토 살인집단의 헌병들이에요. 비첸차의 공군기지를 지키는 사람들이죠……. 저는 여권을 안 가지고 왔어요."

나타샤는 이내 평정을 되찾았다. 작은 길들을 거쳐 마침내 아바노에 도착했을 때, 그녀가 말했다.

"운이 좋았어요. 하지만 저는 경찰이라면 딱 질색이에요. 나토의 경찰은 특히 더 싫어하죠."

아바노를 통과할 때 나타샤는 중심가 두 곳을 내게 가리켜 보였다. 그러고는 거기에 가면 내가 갖고 싶어 하는 것을 모두 구할 수 있을 거라면서 생글생글 웃었다. 오늘 오전에 본 유일한 미소였다.

그녀는 오후 한 시쯤 나를 호텔에 내려 주고는 파도바에서 중요한 일로 누구를 만나기로 했다면서 다시 나갔다.

나는 호텔로 들어서면서, 나타샤가 '나토 살인집단'을 그토록 싫어하는 게 참 이상하다고 생각했다. 러시아 사람이라서 그런 게지! 그런데 어젯밤에는 왜 나보고 술을 마시지 말라고 했을까? 나는 수영장 가장자리에 누워서 생각을 정리하려고 애썼다. 하지만 이내 잠에 빠져들었다. 나는 꿈을 꾸지 않고 오랫동안 잤다. 덕분에 모자라는 잠을 벌충할 수 있었다.

저녁시간에 나타샤는 식당에 나타나지 않았다. 나는 식당을 나서다가 루트비히 만을 만났다. 그는 내가 나오기를 기다리고 있다가 우리가 즐겨 찾는 스탠드바의 구석자리로 가자고 권했다. 그가 물었다.

"맥주 또는 빌리아민? 아니면 둘 다 마실 텐가? 오스트리아 맥주가 새로 들어왔다던데."

"더 맛있는 걸로!"

"그렇다면 맥주지……."

나는 에우가네오 언덕과 그라파 산에 갔던 일을 간단하게 이야기했다. 다만 라데츠키 행진곡은 굳이 언급하지 않았다. 루트비히는 자기도 전에 그라파 산을 올라가 보았노라고 했다.

"엄청난 학살극이었지!"

그러면서 그는 맥주잔을 비웠다.

"자네도 들게. 자아 건배! 기시감이 생긴다더니, 그건 어때?"

"한결 나아졌어. 토요일부터 진흙목욕을 안 해서 그런 게 아닌가 싶네. 게다가 논문 쓰는 것을 포기했더니 날아갈 것 같은 기분일세. 추리소설을 아무런 죄책감 없이 편한 기분으로 읽고 있다네."

"그건 그렇고, 내가 알기로 자네는 역설수면과 자네가 '프로그래밍'이라고 부르는 것의 관계를 연구하는 유일한 연구소를 이끌고 있어. 안 그런가?"

"아마도 그럴 걸세. 다른 연구소들에서는 주로 기억에 관한 연구들을 하지. 하지만 그들이 내놓은 결과는 별로 설득력이 없어."

"사람의 경우에 역설수면과 꿈 사이에는 어떤 관계가 있는 거지?"

"자네가 만약 베네치아 학술대회에 참석했더라면, 그게 논란의 여지가 아주 많은 문제가 되었다는 것을 알았을 걸세. 어떤 심리학자들은 우리가 수면의 모든 단계에서 꿈을 꾼다고 생각하지."

"지그문트 프로이트가 구닥다리인 줄 알았더니, 그래도 아예 틀리지는 않았던 모양이지?"

그는 미소를 띠면서 그렇게 외쳤다.

"이보게, 나는 이제 그런 주제에는 별로 관심이 없어. 꿈이란 분명하게 정의하기 어려운 주관적인 현상일세. 그것과 뇌의 전기 활동의 변화 사이에는 아무 관계가 없어. 그 두 가지는 서로 다른 영역일세."

"자네는 요 전날에 자네 이론을 내게 요약해서 설명해 줬네. 그런데 이젠 그것에 관심이 없다는 거야? 사실, 자네가 그 이야기를 한 건 지난 월요일이야. 불과 일주일 전이란 말일세. 그게 이상하다고 생각하지 않나?"

"자기 생각이 틀렸음을 확인하는 것은 이상한 일이 아니지. 오히려 과학자라면 누구나 마땅히 그래야 하는 걸세. 아마도 몬테그로토의 휴식이나 진흙목욕 덕분에 내 눈이 뜨인 모양이야."

"맥주 한 잔 더 하게. 갈증이 좀 날 거야. 수영장 가장자리의 햇볕 바른 곳에서 오래도록 자지 않았는가. 수분을 다시 공급해 줘야지."

맥주는 아주 맛있고 시원했다. 나는 다시 한 모금을 마셨다. 기분이 한결 나아졌다. 행복감에 가까운 흐뭇한 기분이었다.

루트비히가 다시 말했다.

"자네 연구소에 외국 연수생들이 자주 오지 않아?"

"물론이지. 온갖 국적의 다양한 사람들이 오지."

"그들 가운데 일부는 분명 자네의 프로그래밍 이론에 관심을 가졌을 걸세. 정작 자네 자신은 이제 그게 옳다고 생각하지 않는 모양이지만, 그건 아주 흥미롭고 전위적인 이론이야."

"그렇게 대단한 건 아닐세. 미국인들이나 일본인들은 관심을 보이지 않아. 너무 복잡하거든. 가장 관심이 많은 사람들은 러시아인들이 아닌가 싶어. 1974년 레닌그라드에서 열린 한 심포지엄에서 내 이론을 발표한 적이 있네. 한바탕 난리가 났었지."

"당연히 그랬겠지. 그런데 이제는……."

"모스크바에서 온 세르게이라는 연구자가 내 이론에 관심이 많았네. 이론을 제대로 이해한 친구였지. 라이프치히 근처의 할레에 사는 한스 L.이라는 연구자도 마찬가지였어. 하지만 그건 순전히 이론적인 관심이었네. 그들이 사람을 상대로 내 이론을 적용하는 것은 불가능해. 그들에게는 분자가 없거든."

"분자라니! 무슨 분자?"

"내 이론에 따르면, 쥐들의 유전적인 프로그램을 해체시킬 수 있는데, 그런 조작에 사용되는 분자를 말하는 걸세."

"그런 분자를 찾아낸 거야?"

"물론 아닐세. 설령 내가 그것을 찾아냈다 해도, 그것이 그들 수중에 들어간다는 건 있을 수 없는 일이지."

"이보게 친구, 맥주 한 잔 더 할 텐가?"

오스트리아에서 새로 들여왔다는 이 맥주는 알코올 도수가 훨씬 높은 모양이었다. 내 머리가 빙빙 돌기 시작했다는 사실이 그걸 말해 주고 있었다.

"그런 분자가 존재하지 않는다면서 그것이 그들 수중에 들어갈 수 없다고 말하는 이유는 뭐지?"

"이거 다 쓸데없는 얘기야. 이제 그만하세."

"하지만 누가 그 물질을 자네 실험실에서 훔쳐 갔을지도 모르는 일 아닌가?"

"그건 불가능해. 나는 언제나 그것을 지니고 다니거든."

"자네 집에서 훔쳐 갔을 수도 있잖아."

"그건 가능하지. 하기야 우리 집에 이상한 도둑이 든 적이 있긴 해. 그래, 가능한 얘기야……."

"그 도난 사건 이후로 세르게이를 다시 만났어?"

"그래, 상트페테르부르크에서 열린 생리학 학술대회에서 만났네. 한스 L.이라는 사람도 거기에서 만났지. 그 친구 아주 대단하더군."

"그 사람도 수면에 관해 연구하고 있나?"

"그래, 칩으로 사람의 뇌파를 기록하는 초소형 시스템을 개발했더군. 하지만 아무리 그래 봤자 쥐들을 상대로 해서 얻은 결과를 사람에게 적용할 수는 없어."

"그러니까 인간의 유전적인 프로그램에 조작을 가할 수 있는 방법은 없다는 말인가?"

"당연히 없지! 그건 재미있는 가설이긴 했지만, 유효하지 않아. 나는 이제 그것에 전혀 관심이 없네."

"그렇게 자네 이론을 스스로 폭파해 버렸으니, 이제 무엇을 탐구할 셈이야?"

"별자리 점이 얼마나 정확한지 진지하게 연구해 볼까 하네."

"이런, 이런……. 자네가 별자리 점을 믿는다고? 그럼 꿈과 예언 사이에도 무슨 관계가 있다고 생각하는 건가?"

"그런 건 아니지만, 앞일의 징조를 보여 주는 꿈들이 존재할 수 있다고 생각하네. 그건 흥미로운 연구 주제일세."

"하지만 그건 자네가 연구하던 것과 전혀 다른 문제잖아!"

"글쎄……."

나는 더 얘기하고 싶은 생각이 들지 않았다. 그래서 마지막으로 한 잔 더 마시자는 제안을 거절했다.

루트비히가 물었다.

"자네는 여기 몬테그로토에 와서도 계속 꿈을 꾸지?"

"물론일세. 하지만 꿈들이 이상해. 낱말 수수께끼처럼 알쏭달쏭해. 그렇다고 해서 앞일의 징조를 보여 주는 꿈이라고 보기도 어렵고. 그런데 자네는 어때?"

"나는 꿈을 거의 꾸지 않아. 프로이트를 배출한 오스트리아의 정신의학자에게는 정말 안타까운 일이지!"

루트비히는 한동안 침묵을 지켰다. 나는 정말이지 맥주를 너무 많이 마셨다. 그는 안경 너머로 나를 빤히 바라보다가 느닷없이 물었다.

"러시아 사람들이 자네 분자를 수중에 넣지 않았다고 확신할
수 있겠나?"

"확신하네. 100퍼센트 확신해. 아냐! 이젠 잘 모르겠어⋯⋯."

그때부터 내가 무슨 말을 했는지 기억해 낼 수가 없다. 무라넬
라에 관해서 너무 많은 얘기를 했다는 것 말고는⋯⋯.

### 1999년 9월 14일 화요일
## 아바노에서 벌인 미친 짓

    진흙목욕은 이것으로 마지막이다. 이 호텔을 떠나 주데카 섬에 있는 치프리아니 호텔에서 며칠 묵고 싶기 때문이다. 나는 줄리오와 안마사에게 팁을 두둑하게 주면서 작별인사를 했다.

    "내년에 보세. 사람 일을 누가 알겠는가마는…… 고마웠네."

    나는 택시를 타고 아바노에 갔다. 이곳의 활기는 몬테그로토의 점잖고 차분한 분위기와 대조를 이룬다. 나는 가장 멋진 카페에 들어가서 에스프레소 한 잔을 앞에 두고 하루 일정을 짰다. 먼저 새로운 '룩'을 갖출 필요가 있다. 내 본연의 인격과 조화를 이루면서도 치프리아니 이상 가는 베네치아의 최고급 호텔에 드나들 수 있게 해 줄 만한 복장을 갖춰야 하는 것이다. 그럼으로써 나는 우리 세대 '과학자들', 특히 젊은 동료들의 제복이 되어 버린 듯한 허름한 옷차림—노타이, 풀오버나 티셔츠에 청바지, 운동화로 대표되는 그야말로 실험실의 쥐 같은 행색—에서 벗어날 수 있을 것이다. 그러니까 요즘 유행하는 정장과 멋진 구두를 사야 한다. 머리 모양에도 변화를 줄 필요가 있다. 며칠 전에 패션 잡지에서 보고 경탄했던 남자모델들처럼 아주 짧게 깎아야 하는 것이다. 내친 김에 금시계도 하나 사고 싶다. 무엇보다 내가 갖고 싶은 것은 걷는 데 도움을 줄 특별한 지팡이다. 자아, 마음을 먹었으니 이제 행동에 나서야 한다. 그런데 어떤 순서로 일을 진행하지? 미용실, 옷가게, 구두점, 보석·시계방, 지팡이 가게, 이런 순서로 갈까? 제비뽑기로 결정하는 방법도 있다. 하지만 내가 가장 먼저 갖고 싶어 하는 것은 지팡이다. 아마도 그것이 진흙목욕으로 치료하지 못한 내 보행 장애에 가장 절실하게 필요하기 때문일 것이다.

그래서 나는 먼저 지팡이를 찾으러 갔다. 큰 가게에 혼자 들어가는 것을 싫어하던 나였지만, 이번에는 거뜬하게 해냈다. 나는 위생용품과 의료 보조기구를 파는 커다란 가게에 들어갔다. 반신불수 활자를 위한 강철 지팡이, 휠체어, 복대, 요추교정 코르셋, 경부 코르셋, 그리고 갖가지 보철 기구. 나는 그런 것들을 보지 않으려고 눈길을 돌렸다.

"참나무나 상아로 된 옛날 지팡이는 없소?"

내가 그렇게 묻자, 여자 판매원이 대답했다.

"없어요. 그런 지팡이는 저희 가게에 한 번도 갖다 놓은 적이 없어요."

"골동품 가게에 가면 있으려나……."

"당연히 있겠죠. 페트라르카 거리로 가 보세요."

나는 희망에 찬 발걸음으로 온천 대로를 내려갔다. 그러다가 호사스런 보석방의 진열창을 보고 발길을 멈추었다. 수많은 금시계가 투광기의 불빛에 번쩍거렸다. 오른쪽 아래에 놓인 롤렉스 시계들이 내 눈길을 끌었다. 가장 멋지다 싶은 것들 가운데 하나는 가격이 무려 5천만 리라였다. 나는 어쩌다 저런 시계에 홀리게 되었을까? 구릿빛으로 그을린 얼굴로 산꼭대기에서 모자를 들어 올리며 손목에 찬 롤렉스를 햇빛에 번쩍이곤 하는 산악인의 이미지 때문일까? 아니면 명성 높은 오케스트라 지휘자나 고독한 항해가나 매력적으로 미소 짓는 예쁜 피아니스트의 이미지 때문일까? 나는 그들의 이미지에 내 모습을 겹쳐 보았다. 롤렉스 금시계를 차고 거대한 뇌의 꼭대기에 올라선 꿈 연구가의 모습을! 어쨌거나 나는 내가 꿈꾸던 시계를 찾아낸 것이다. 저건 이따가 저녁에 살 거야. 기다리는 즐거움을 지속시켜야 해.

이윽고 골동품 가게에 도착했다. 한자리에 모아 놓은 오래된 지팡이들이 곧바로 눈에 들어왔다. 주인은 수염이 희끗희끗한 노인이었는데, 한쪽 뺨에 흉터가 있고 오른쪽 다리에는 의족을 달고 있었다. 1942년에 스탈린그라드 쪽의 전선에 나갔다가 얻은 선물이죠, 하고 그는 털어놓았다.

그는 나를 보고 무척 반가워했다. 요즘 들어 아바노에는 골동품을 찾는 손님이 거의 없어서 겨울에 로마로 이사 갈 준비를 하고 있다고 했다.

"앉으세요, 선생님. 지팡이를 사시려고요? 잘 생각하셨습니다. 지팡이는 걸을 때 도움을 줄 뿐만 아니라, 호신 무기가 되기도 하죠. 베네치아의 밤거리는 위험해졌어요. 지팡이 사용법을 잘 알게 되면, 칼로 공격해 오는 자들에 맞서 자신을 지킬 수 있어요. 단도나 검은 물론이고 대검大劍의 공격도 막을 수 있죠. 물론 화기에 맞서서는 아무것도 할 수 없지만요⋯⋯. 자아, 보세요."

그는 대나무 지팡이 하나를 집어 들고, 봉술의 기본자세를 취하더니 자기 머리와 상반신 주위로 지팡이를 아주 빠르게 휘둘러 댔다. 그러더니 숨을 헐떡이면서 말했다.

"이건 '팔방 봉쇄'라는 동작입니다. 이렇게 하면 누구도 선생님의 몸에 손을 대거나 칼로 찌를 수 없죠. 지팡이를 잘 쓰는 이들은 1초에 다섯 번을 휘두를 수 있습니다. 세계 기록은 15초에 82번이죠. 제 기록은 50번이고요. 저는 요즘에도 아침마다 연습을 하고 있습니다. 이제 '허리 좌우 막기'라는 동작을 보세요. 누구도 넘어올 수 없는 가상의 허리띠를 만들어 내어 자신의 허리를 보호하는 동작이죠."

그는 숨을 헐떡이며 동작을 멈췄다. 자신의 시범을 스스로 자랑스러워하는 기색이었다.

"호신술을 다 가르쳐 주시다니, 고맙습니다. 배워 두면 쓸모가 있겠군요. 사람 일이란 알 수 없는 거죠! 하지만 내가 찾는 것은 무엇보다 내가 걸을 때 도움을 주는 지팡이예요."

"그러시겠죠. 선생님의 오른쪽 다리와 척추가 말썽이군요. 선생님의 자세가 너무 경직되어 있다 싶더라고요. 선생님이 원하시는 것을 가져올게요."

그는 상아 손잡이가 달린 흑단 지팡이를 가져왔다. 20세기 초에 만들어진 물건이었다.

"보시다시피 상태가 아주 좋습니다. 그런데 애석하게도 선생님에게는 너무 작군요. 당연한 얘기지만, 이건 발자크의 지팡이[43]가 아닙니다."

나는 깜짝 놀라서 물었다.

"발자크의 지팡이라뇨?"

"19세기 말에는 지팡이가 일대 유행이었죠. 발자크의 '진짜' 지팡이가 적어도 5천 개는 팔렸을 거예요. 그보다 한 세기 전에

---

43) 1834년 8월 프랑스 소설가 발자크가 파리의 보석상 르쿠앵트에게 거금을 주고 특별히 주문하여 만든 유명한 지팡이. 대는 등나무로 되어 있고, 손잡이는 금과 터키옥과 작은 진주알로 장식되어 있으며, 손잡이 꼭대기에는 무언가를 숨길 수 있도록 작은 구멍을 뚫어 경첩이 달린 마개로 막아 놓았다고 한다(길이 92센티미터). 발자크는 이듬해 봄 한스카 부인에게 보낸 편지에서 "터키옥이 끓어오르는 물방울처럼 보글보글 달려 있는 이 지팡이는 프랑스에서 내 책들보다 더 큰 성공을 거두고 있다"고 말한 바 있다. 실제로 이 지팡이는 그가 애초에 의도한 대로 파리 사교계의 화제가 되었고, 그의 캐리커처에 어김없이 등장하는 명물이 되었다. 발자크는 1850년 사망할 때까지 이 지팡이를 짚고 다녔다.

는 볼테르가 짚고 다녔다는 지팡이가 수천 개 팔렸다더군요. 하지만 애석하게도 그런 유행은 지나갔어요. 자아, 여기 아주 멋있는 상아 지팡이가 있습니다. 상아를 뿔처럼 아니 일각돌고래의 이빨처럼 깎은 것이죠. 선생님이 짚고 다니시기에는 너무 약해요. 보세요, 여기 아래쪽 구리를 입힌 끄트머리 부분에 균열이 생겼어요. 선생님은 어떤 종류를 원하시나요? 등나무 지팡이요? 아니면 소의 힘줄로 된 것을 보시겠어요? 그건 그야말로 하나의 무기죠. 목덜미에 일격을 가하면 상대를 죽일 수도 있어요. 보세요, 참 유연하지 않습니까?"

나는 그가 계속 말하도록 내버려 두었다. 그는 행복해하고 있었다. 자기 얘기를 나처럼 끈기 있게 들어 주는 사람을 오랜만에 만난 모양이었다.

마침내 내가 말했다.

"나는 시내에서 돌아다닌다든가 사교 모임이나 학회에 나갈 때 짚고 다닐 만한 지팡이를 사고 싶어요. 그러니까 시끄러운 소리가 나지 않도록 끄트머리가 고무로 되어 있어야겠지요. 시골 길에서 다니기 좋게 쇠로 된 물미를 끼운 지팡이들은 이미 가지고 있어요. 게다가 내가 원하는 건 또 다른 용도의 비밀 장치가 있는 지팡이예요."

"그러시다면 여기 이것처럼 칼을 겸한 지팡이가 있죠. 매우 위험한 세모날 단도가 들어 있어요. 여기 이런 것들도 있어요. 그냥 재미 삼아 구경하세요. 이건 우산 지팡이고, 이건 넝마주이의 갈

고리가 들어 있는 지팡이죠. 그리고 이걸 보세요. 무엇에 쓰이는 건지 아시겠어요? (그가 물미를 돌리자 지팡이 아랫부분에 감춰진 빈 공간의 타원형 입구가 나타났다.) 이건 곡물장수 지팡이예요. 자루 밑바닥에 있는 밀이나 보리가 위쪽에 있는 것과 품질이 똑같은 지를 검사할 때 쓰는 거죠. 속임수를 쓰는 자들은 어디에나 있거든요."

나는 정신분석가들에게도 그런 지팡이가 있으면 좋겠다고 생각했다. 항문 단계에 머물러 있는 환자들의 항문 속으로 쑤셔 넣어 무의식을 찾는 데 도움을 줄 수 있는 지팡이 말이다. 나는 그에게 말했다.

"내가 원하는 것은 이런 것들이 아니라, 원통형 용기를 한두 개 숨길 수 있는 멋진 지팡이예요. 원통형 용기에는 마실 것, 특히 술을 담을 겁니다. 너무나 따분한 학술 모임에서 몰래몰래 마실 수 있도록 말이에요."

"그러시다면 선생님에게 딱 맞는 게 있어요."

그는 가게 안쪽으로 가서 두 개의 금테가 둘린 흑단 지팡이를 가져왔다. 그것은 손잡이가 꼬부라진 지팡이였다. 구리로 된 손잡이는 독수리 머리 모양이었는데 만듦새가 제법 훌륭했다.

"아주 단단한 지팡이예요. 나사를 돌려 세 부분으로 나눌 수 있습니다. 그러면 책가방에도 너끈히 들어가죠. 윗부분에는 시험관 같은 유리 용기 두 개를 아래위로 포개어 넣을 수 있어요. 내벽에 빨간 가죽을 대어 놓은 구멍 속으로 쓱 밀어 넣으면 되는 겁니다. 구멍 바닥에는 용수철이 고정되어 있어요. 그래서 손잡이의 나사를 풀고 위쪽 용기의 마개를 누르기만 하면 두 용기가 튀어나오죠. 지팡이 속에 무엇을 넣어 다니실 건가요?"

"위쪽 용기에는 초록색 샤르트뢰즈,[44] 아래쪽에는 15년 내지 18년 동안 숙성시킨 스카치위스키를 담을 겁니다. 구해 주실 수 있나요?"

"저녁에 다시 오세요. 모두 준비해 놓겠습니다. 용기들을 꽉꽉 채워 드리죠. 나중에 보면 아시겠지만, 술이 들어 있어도 걷거나 싸움을 하는 데는 아무 문제가 없을 거예요."

그는 자기 주위로 지팡이를 크게 휘둘렀다.

나는 시범이 다시 시작될까 염려되어 그를 제지하고, 날이 저물기 전에 다시 오겠다고 약속했다. 그때, 골동품 가게의 벽시계들이 한참 동안 열두 번을 잇달아 댕댕거리며 정오를 알렸다. 일정의 첫 단계가 예정보다 길어진 셈이었다.

아바노의 식당에 가서 점심을 먹는 것은 생각할 수 없는 일이었다. 애석하게도 어느 식당이든 관광객들을 위한 한결같은 메뉴를 내놓기 때문이었다. 나는 오전에 나를 아바노에 데려다 주었던 택시기사를 우연히 다시 만났다.

"선생님, 식사다운 식사를 원하시나요? 몬테로소 식당으로 가

---

44) 프랑스 샤르트뢰즈 수도원의 수도사들을 통해 수백 년 동안 비법이 전수되어 온 명주. 포도 증류주에 130가지의 약초를 섞어서 만드는 것으로 알려져 있다.

시겠어요? 근처예요. 제가 모셔다 드릴게요."

아닌 게 아니라, '볼로냐식 그물버섯 소스를 친 생반죽 뇨케티[45]'에 프리울리산 백포도주를 곁들인 음식이 그야말로 일품이었다.


나는 아바노로 돌아와서 가장 호사스러워 보이는 미용실에 들어갔다. 내가 원하는 머리 모양을 남자 주인에게 설명하는 데는 긴말이 필요 없었다. 그저 어떤 연예인의 사진을 보여 주기만 하면 되는 일이었다. 사진 속의 연예인은 머리가 아주 짧았고 열흘쯤 깎지 않은 듯한 길이의 수염을 기르고 있었다(내 수염도 닷새만 더 기르면 그 정도 길이가 될 것이었다). 이왕이면 콧수염도 붙여 주세요. 원하시는 걸 골라 보세요.

주인은 내 머리를 손수 감겨 주고 싶어 했다. 나는 손님의 두상이나 머리통의 돌기를 보고 그의 성격을 짐작할 수 있느냐고 물어보았다. 알고 보니 그는 골상학에 조예가 깊은 미용사였다. "물론이죠. 저는 눈을 감고 그냥 만져 보기만 해도 손님들이 어디에서 온 사람들인지 짐작할 수 있습니다. 예를 들어, 캄파니아 주 사람들은 머리통이 럭비공처럼 길쭉하죠."

45) 뇨케티는 '작은 뇨키'라는 뜻. 뇨키는 찐 감자를 으깨어 밀가루에 섞어 반죽한 다음 수제비를 만들 때처럼 동글동글하게 떼어 내어 물에 삶아서 먹는 파스타의 일종. 로마에서는 '목요일엔 뇨키, 금요일엔 생선'이라는 속담이 말해 주듯, 전통적으로 목요일에 많이 먹던 음식이다.

"그런 두상을 아마 장두<sup>長頭</sup>라고 할 겁니다."

"그런가 하면 남부 이탈리아 사람들과 북부 독일 사람들은 정수리 부분이 못대가리처럼 납작하죠."

"단두<sup>短頭</sup>로군요. 그럼 돌기는 어떤가요?"

"턱이 파르스름한 남자들, 다시 말해서 면도하기가 어려울 만큼 털이 많은 남자들은 대개 뒤통수가 크게 튀어나와 있습니다. 그들은 여자 꽁무니를 잘 따라다니죠. 선생님은 그런 짱구는 아니지만, 뒤통수 위쪽이 조금 튀어나왔어요. 자아, 직접 만져 보세요. 이건 예술가들에게서 주로 나타나는 돌기입니다."

그는 내 손을 잡고 튀어나온 부분을 만져 보게 했다. 나는 내 머리에 그런 돌기가 있는 줄을 생전 처음 알았다.

그는 내 얼굴에 작은 콧수염을 달아 주면서 호화판 소책자 한 권을 내게 안겼다. 코와 혀, 귀, 젖가슴, 배꼽, 성기 등의 피어싱 예술에 관한 책자였다. 나에겐 완전히 새로운 영역이었다.

"선생님, 귀에다 작은 거 하나 하세요. 그냥 아주 작은 것으로요. 다이아몬드로 할까요, 자르코늄으로 할까요?"

나는 눈에 잘 띄지 않는 귀고리를 선택했다. 브릴리언트형으로 깎은 아주 작은 자르코늄이 박힌 귀고리였다. 오른쪽에 달까요, 왼쪽에 달까요? 거기에는 무슨 감춰진 의미가 있는 모양이었다. 나는 내가 아픈 쪽인 오른쪽을 선택했다. 그러자 주인은 샐쭉하게 입을 내밀었다. 그러면 왼쪽에 다세요!

미용실을 나서서 옷가게로 가는 동안 나는 수많은 진열창에 나를 비춰 보았다. 달라진 내 모습에 익숙해지기 위해서는 약간의 시간이 필요했다.

나는 아바노에서 가장 부티 나는 옷가게를 찾아 들어갔다. 내가 진회색 줄무늬가 들어간 순모 정장을 선택하자, 점원은 그것이 나를 위해 특별히 재단된 듯한 아주 멋진 정장이라고 말했다. 나는 파란 줄무늬가 들어간 회색 셔츠와 넥타이도 샀다.

"내가 입고 온 이 벨벳 바지와 트위드 재킷은 어떻게 하지?"

"저희 가게에는 가방도 있습니다. 이거 어떠세요?"

"아뇨, 루이 뷔통은 싫소."

점원은 어깨를 으쓱 치켜 올렸다.

"이것은 최고급 페커리 가죽으로 만든 특제품입니다. 이것으로 하시겠어요? 그럼 입고 오신 옷들은 여기에 담아서 따로 놓아두겠습니다. 볼일 다 보시고 저녁에 다시 오세요. 가져가실 수 있도록 준비해 놓겠습니다."

"구두도 필요한데, 이 정장과 잘 어울리는 것을 찾아 주겠소?"

"여부가 있겠습니까? 선생님, 이 페라가모 구두를 보세요. 최고로 멋진 구두죠. 너무 꽉 끼나요…… 그럼 한 치수 더 큰 것으로 하세요. 걷기 편하시도록 특별한 밑창도 달려 있어요. 두고 보면 아시겠지만, 하루만 신고 나면 구두를 신었다는 느낌이 들지 않고 마치 구름 위를 걷는 것 같은 기분이 드실 거예요."

나는 새 정장에 새 구두를 받쳐 신고 왼쪽 귀에 번쩍거리는 귀고리를 단 채, 마침내 시계와 보석을 파는 가게에 들어갔다. 그러고는 달이 변해 가는 모양을 단계별로 그려 넣은 거대한 오메가 시계를 앞에 놓고 잠시 망설이다가 결국 오전에 점찍어 둔 롤렉스 금시계를 선택했다. 가게 주인은 잠깐 기다려 달라고 하더니, 은행과 테오도리크 호텔에 전화를 걸어 내 신용카드를 확인했다.

"기다리시게 해서 죄송합니다. 아무런 하자가 없다는 게 확인되었습니다."

그리하여 나는 마지막으로 골동품 가게에 다시 들렀다. 주인은 나에게 카푸치노 한 잔을 대접했다.

"선생님, 몰라보게 달라지셨습니다. 이 흑단 지팡이가 새 정장과 아주 잘 어울리는데요. 부탁하신 샤르트뢰즈와 위스키를 구했습니다. 위스키는 21년산 '화이트 앤 맥케이'입니다. 시음해 보시겠습니까? 잠시 쉬었다 가세요. 선생님 같은 골동품 애호가와 이야기를 나누는 것은 흔치 않은 기회죠. 저는 로마로 돌아갈 생각입니다. 거기에 가게가 하나 더 있거든요. 로마 광장 옆이에요. 로마에 오시면 저희 가게에 들러 주시겠죠?"

"모든 길은 로마로 통하죠."

나는 그렇게 말하고 가게를 나섰다. 온천 대로를 거슬러 올라가다 보니, 어느새 지팡이를 다루는 솜씨가 상당히 능숙해져 있었다. 진열창에 비친 내 모습도 이젠 낯설지 않았다. 무엇보다 귀고리가 반짝반짝 빛나는 것이 재미있었다. 그래서 나는 일부러 고개를 돌려 더욱 반짝거리게 했다.

그때 누가 내 등을 툭 쳤다.

"아니, 교수님이 맞네요! 긴가민가했어요. 달라지셨군요. 더 젊고 한결 세련된 모습으로 바뀌셨어요."

페루키오 박사였다. 근처의 큰 호텔에서 수십 명의 요양객들을 진찰하고 나오는 길이었다.

"아마 그럴 겁니다. 구닥다리 학자의 행색에서 벗어나 보려고, 모발과 의복의 외피를 바꿨습니다. 환경생리학의 가르침을 따른 것이죠. 물리적인 환경이나 사회 환경을 바꾸면 인격이 달라진다는 게 나의 소신입니다."

"혹시 제가 소개한 꿈 연구가 겸 성의학자의 치료를 받고 달라진 것은 아닌가요? 외람된 질문인지 모르겠습니다만, 그 여자가 어떤 치료법을 권하던가요?"

"아주 유쾌한 치료법을 권하더군요. 내가 꿈꾼 것을 기억해 내서 이야기하는 것과 에크하르트 신경의 자극을 결합하는 것이었죠."

"에크하르트요? 13세기의 신비주의 사상가 마이스터 에크하르트 말인가요?"

그는 깜짝 놀라면서 그렇게 물었다.

"박사님은 지식의 샘이로군요. 아뇨, 그보다 훨씬 산문적인 얘기예요. 해부학자 에크하르트의 발기 신경을 말하는 겁니다."

"아, 네! 아닌 게 아니라 그건 참 훌륭한 생각이네요. 발기 신경을 자극하는 일은 우리 동료께서 직접 하시던가요?"

"네. 하지만 손으로 하시더군요. 내 말뜻을 이해하실지 모르겠습니다만……."

페루키오는 빙그레 웃었다.

"알겠습니다, 알겠어요. 어쨌거나 조심하세요. 보아하니 베네치아에서 엄청난 일을 벌이시려고 만반의 준비를 하신 것 같은데, 그러다가 심장마비라는 대가를 치르시는 수가 있어요. 심근경색을 조심하세요. 내년에 교수님을 다시 뵙지 못하면 제가 마음이 아플 거예요. 아리베데르치."

그는 몇 발짝 걸어다가가 다시 돌아왔다.

"발기 얘기가 나왔으니 말인데요, 아바노 박물관 가 보셨어요?"

"아뇨, 몬테그로토 박물관은 가 봤지만, 거기는 아직 안 가 봤어요."

"신기한 게 있는데, 한번 가 보실래요? 바로 옆에 있거든요."

그러면서 그는 나를 공원으로 데려갔다. 풀숲 위로 고대 로마의 목욕탕과 수로의 흔적들이 조금 보였다. 공원과 이웃한 작은 박물관으로 들어서자, 페루키오는 나를 최근에 발견한 조각상들 쪽으로 이끌었다.

"저기, 두 개의 작은 조각상을 보세요."

그가 가리킨 것은 오래돼서 동록이 시퍼렇게 난 청동 조각상들이었다. 잠자는 사람들을 형상화한 것들인데 길이가 15센티미터쯤 될 듯했다. 첫 번째 인물은 오른손으로 머리를 받친 채 옆으로 누워서 자고 있었고, 두 번째 인물은 두 팔을 몸의 양옆에 붙인 채 등을 대고 누운 모습이었다. 그런데 두 인물 모두 완전히 발기된 커다란 남근을 드러내고 있었다.

페루키오가 말했다.

"사티로스나 프리아포스[46]가 발기된 모습으로 나타나는 것은 흔한 일입니다. 하지만 그들은 언제나 깨어 있는 상태에서 음탕한 기립 자세를 취하고 있습니다. 반면에 발기된 상태로 자는 사람을 표현한 조각상을 만나는 것은 아주 예외적인 일이죠. 저는 이 조각상들이 최초의 것들이 아닌가 하는 생각까지 하고 있습니다."

그 조각상들은 기원전 3세기에 만들어진 것이라고 했다. 그러니까 고대 로마인들은 수면 중에 발기가 일어난다는 사실을 알고 있었다는 얘기였다. 나는 문득 1세기의 로마 시인 마르티알리스의 풍자시를 떠올렸다.

'얌, 니시 페르 솜눔, 논 아리기스(이제 그대는 그저 꿈속에서만 발기하는구나).'[47]

이것 역시 수면 중의 발기를 빗대고 있었다. 고대 로마인들은

---

46) 사티로스는 그리스 신화에 나오는 반인반수의 괴물. 상체는 사람, 하반신은 염소나 말로 되어 있으며, 커다란 남근이 언제나 발기해 있는 모습으로 나타난다. 프리아포스는 디오니소스와 아프로디테의 아들로서 기형적으로 거대한 남근이 달린 번식과 풍요의 신.

47) 마르티알리스의 『풍자시집』 11권 46편에 나오는 구절.

발기와 수면의 관계에 주목했을까? 아마도 그랬을 것이다. 그렇지 않다면 왜 이런 조각상들을 만들었겠는가? 어쩌면 그들보다 훨씬 앞서 크로마뇽인들조차도 수면 중에 발기가 일어난다는 사실을 알고 있었을지 모른다. 이미 1만 5천 년 전에 그려진 라스코 동굴 벽화의 '우물 장면'에서 발기한 상태로 길게 누워 있는 남자를 볼 수 있으니 말이다. 이 남자는 새 옆에 누워 있다. 새는 꿈을 나타내는 것이거나 꿈꾸는 동안 육신을 떠나는 영혼을 나타내는 것이 아닐까? 수면과 발기의 관계는 로마시대 이후로 기독교가 지배한 20세기 동안 감춰져 있었다. 그러다가 위대한 생리학자였다가 정신분석학자가 된 내 친구 피셔에 의해서 1965년에 재발견된 게 아닐까?

나는 그런 생각을 하면서 꿈을 연구하는 성의학자 글로리아 체민스키를 떠올렸다. 그녀 말마따나, 정신분석가들은 피셔의 재발견 이후에도 그녀가 사용하는 방법을 생각해 내지 못했다. 환자를 침상에 눕히고 꿈을 이야기하게 하면서 발기와 사정을, 여성의 경우에는 오르가슴을 유발하는 것. 그들은 왜 그런 방법을 생각하지 못했을까? 꿈의 자취, 다시 말해서 영혼의 자취가 쾌감의 자취와 결합하여 신경증을 치료하는 데 도움을 줄 수도 있지 않을까?

테오도리크 호텔로 돌아오는데 다시 그 생각이 떠올랐다. 체민스키 박사가 정말 훌륭한 방법을 개발했다는 느낌이 들었다.

나는 조금 늦게 호텔 식당에 들어섰다. 그런데 나의 달라진 모습이 사람들 눈에 띄지 않을 리가 없었다. 루트비히 만은 책을 보다 말고 고개를 들더니, 알쏭달쏭한 미소를 지으며 나에게 손으로 인사를 보냈다. 크루프 내외는 나를 보자마자 아연한 기색을 보이더니, 내가 여느 때처럼 '구텐 아벤트' 하고 인사를 하자 퉁명스럽게 대답했다.

나타샤는 커다란 만년필을 가지고 손장난을 하고 있다가 말했다.

"젊어지셨어요, 교수님. 제가 권해 드린 대로 아바노에 다녀오셨나 봐요. 곧 이 호텔을 떠나 치프리아니로 가실 건가요?"

"내일 아침에 떠날 거예요. 어쩌면 베네치아에서 다시 만날지도 모르죠, 안 그래요? 두고두고 잊지 못할 거예요. 덕분에 아주 좋은 추억을 만들었어요. 어쩌면 우리가 더 자주 이야기를 나눌 수도 있었을 텐데요."

"어쩌면요…… 사람 일이란 알 수 없는 거죠."

무얼 알 수 없다는 거지? 베네치아에서 다시 만날지 알 수 없다는 것일까, 아니면 더 자주 이야기를 나눌 수 있었을지 알 수 없다는 것일까? 나는 그런 생각을 하면서 그녀 곁을 떠났다.

루트비히 만은 스탠드바 문 앞에서 나를 기다리고 있었다.

"이보게 친구, 오늘도 맥주 한잔 할까? 짐작건대 자네가 곧 떠날 테니 이게 마지막이 아닌가 싶은데. 자네 정말 번데기가 나비로 변하듯이 달라졌구먼. 진흙목욕의 기이한 효과가 나타난 게 아닐까? 사교계를 주름잡는 사람처럼 아주 멋있어. 그야말로 유행의 첨단을 걷고 있는 모습이야. 게다가 롤렉스 시계까지 차고 있으니까 누구든 자네에게 눈길을 주지 않을 수 없을걸. 정말 환골탈태야, 안 그런가? 어떻게 그런 놀라운 변화를 감당할 수 있지?

나는 술잔을 들어 올리면서 말했다.

"건배. 구닥다리 학자의 궁상스러운 복장을 벗어 던지고 나의 진정한 삶을 되찾은 것일세. 자네와 헤어져야 하는 건 아쉽지만, 나의 진흙목욕 요법은 끝났네. 나는 베네치아의 치프리아니 호텔로 옮겨 갈 생각이야. 아름다운 것들, 보고 듣고 맛보고 만지고 쓰다듬을 만한 것들이 너무나 많은 곳으로 가려네."

"자네 연구는 어떻게 하고?"

"무슨 연구? 꿈 연구, 꿈 생리학은 끝났네. 실수로 점철된 너무나 긴 터널, 그릇되거나 모호한 생각들의 미로는 이제 안녕일세. 현학적이고 우스꽝스럽고 허영심 많은 멍청이들의 학술대회도 이젠 나와 상관없네! 펩티드, 신경전달물질, 시냅스 따위도 끝이야! 영혼과 뇌 사이에 시냅스가 있을 거라고 생각하나?"

"그렇다면 영혼이 어떻게 뇌와 소통한다는 건가?"

"그야 당연히 '살아 움직이는' 입자들을 매개로 소통하겠지. 어쩌면 반대중력이 작용하는지도 모를 일이야. 앞날의 징조를 보여 주는 꿈들을 꿀 때는 시간의 화살이 거꾸로 날아갈 수 있으니까, 반대입자들의 존재를 인정해야만 하네. 잘 주무시게, 만교수."

나는 자리에서 일어섰다. 마지막으로 내 방으로 올라가면서 생각해 보니, 내가 너무 빨리, 또는 너무 갑작스럽게 나타샤와 루트비히를 떠나는 게 아닐까 싶기도 했다. 하지만 나는 책이며 진흙목욕 따위를 모두 떠나서 새로운 삶을 살고 싶었고, 베네치아 석호의 해풍 속에 녹아들고 싶었다.

## 비앙카와 내 쌍둥이 동생

나는 아침 일곱 시에 프런트로 내려가서 아쉽지만 진흙목욕 요법과 안마를 그만두겠다고 통고했다.

"이번에는 여느 때보다 피곤하군요. 물론 올 때보다 통증이 심해진 것은 아니에요. 페루키오 박사도 나를 진찰해 보더니, 정신적인 과로가 문제인 것 같다면서 너무 걱정하지 말라고 하더군요. 사실, 이 호텔의 조용한 분위기가 나한테 도움이 되었죠. 내년에도 꼭 다시 올 거예요. 하지만 지금은 베네치아로 가서 며칠 지내고 싶어요. 그러고 나서 목요일 저녁에나 돌아올까 해요. 계산은 토요일 저녁에 할 테니까, 그때까지 계산서를 준비해 주면 고맙겠어요. 나는 예정대로 일요일에 떠날 거예요."

프런트 오피스 매니저는 놀라는 기색을 보이지 않았다. 내가 떠나는 것이 다행스러운 모양이었다. 어제 저녁 나는 생판 달라진 모습으로 돌아옴으로써 모두를 아연실색케 했다. 그리고 짐작건대, 호텔로 여러 통의 팩스가 날아들었을 것이다. 아바노의 보석가게와 옷가게에서 내 신용에 관한 정보를 얻기 위해 보낸 팩스들 말이다. 게다가 몸이 불편해서 하는 일 없이 빈둥거릴 수밖에 없는 호텔의 요양객들은 다른 손님들의 일거수일투족에 관심이 많은 터라, 나에 대한 온갖 비밀을 알아내려고 프런트 오피스 매니저를 어지간히 괴롭혔을 것이다. 그는 무어라고 대답했을까? 내가 괴팍한 노학자이긴 하지만 그렇다고 뭐 깜짝 놀랄 만한 비밀이 있겠느냐고 대답했을까? 어쩌면 베네치아에서 누구랑 비밀스런 연분을 맺은 모양이라고 넘겨짚지 않았을까? 그러면 혹자는 내가 어떤 남자랑 사귀느냐고 물었을 것이고, 그는 전화 통화로 미루어 보건대 틀림없이 어떤 여자와 만난 것 같다고 대답했을 것이다. 그것 말고 그가 무슨 얘기를 더 할 수 있었으랴…….

나는 택시를 타고 가장 가까운 기차역으로 갔다. 비싼 돈을 들인 새 구두는 제값을 하지 못했다. 갑갑하고 무엇보다 밑창이 너무 딱딱해서 허리의 통증이 되살아났다. 지팡이로 걸음의 충격을 완화할 수 있어서 그나마 다행이었다. 그 망할 놈의 점원, 이따위 신발을 팔면서 뭐라고? 하루만 신고 나면 구두를 신었다는 느낌이 들지 않고 마치 구름 위를 걷는 것 같은 기분이 들 거라고? 치사한 거짓말쟁이…….

나는 베네치아의 산타 루치아 역을 빠져나와서 모터보트를 타고 산 마르코 광장으로 갔다. 유명한 '플로리안' 카페에 오전 내내 죽치고 앉아서 관광객들과 카페의 단골손님들을 바라보고 싶었다. 나는 운이 좋았다. '플로리안' 카페는 보통 수요일마다 쉬는데, 이번에는 예외적으로 문이 열려 있었다. 아주 좋은 징조였다. 나는 관광객들이 차츰 들어차고 있는 테라스를 고집하지 않고 홀 안으로 들어갔다. 카페 내부에는 18세기 풍의 작은 응접세트들과 미로처럼 갈래가 많은 복도, 쇠시리 장식이 들어간 천장, 벨벳 안락의자, 대리석 외발탁자 등 볼만한 것이 많았다. 웨이터가 순은 쟁반에 카푸치노 한 잔을 받쳐 들고 왔다. 내가 돈을 내밀자 그가 프랑스어로 말했다.

"손님이 또 오시나요? 여기서 점심 드실 건가요?"

내가 프랑스 사람이라는 것을 어떻게 알았지? 머리부터 발까지 이탈리아식으로 꾸미고 있는데도 내 국적이 드러날 수 있다는 사실에 조금 기분이 상했다. 내 말투와 돈을 내는 방식이 이탈리아 사람 같지 않아서 그런 걸까? 그때 카페의 오케스트라가 재즈 음악을 연주하기 시작했다. 나는 어느새 피아노를 치듯 테이블을 두드리며 장단을 맞추고 있었다. 깜짝 놀랄 일이었다. 예전에는 이런 음악이 나오면 다른 데로 도망치고 말았을 것이다. 예전이라고? 불과 일주일 전인데! 나는 카푸치노 한 잔을 더 주문했다. 조금 전보다 값이 비싸졌다. 세상에! 음악 때문이란다.

나는 '플로리안'의 단골손님들 사이로 어슬렁거렸다. 내 차림새가 가장 멋지지 않나 싶었다. 스리피스 정장을 입은 이탈리아 남자 하나가 멋져 보이기는 했다. 하지만 그는 귀에 번쩍거리는 보석을 달고 있지 않았다. 테이블 앞에 혼자 앉아 있는 예쁜 여자가 눈에 띄었다. 검은 눈에 갈색머리였는데 아주 섹시했다. 여자는 나에게 윙크와 미소를 보냈다. 아침부터 염복艶福이 터졌군! 하지만 나는 그녀가 찾는 오늘의 첫 고객이 되고 싶지 않았다. 입구 쪽의 식탁 밑에서는 커다란 잿빛 고양이가 졸고 있었다. 카페에서 키우는 고양이인 듯했다. 녀석은 비둘기들에게 싫증을 내고 있는 게 분명했다. 비둘기들이 앞에서 푸드덕 날아오르거나 구구거리며 울어도 눈을 뜨는 법이 없었으니 말이다.

나는 신문을 찾아보았다. 신문들은 모두 나무오리에 고정되어 있었다. 거의 다가 독일이나 미국 신문 아니면 이탈리아 신문이었다. 햇볕을 받아 불그스름하게 변한 산 마르코 광장으로 사방팔방에서 관광객들과 비둘기들이 몰려들기 시작했다. 나는 오늘의 별자리 운세를 읽기 위해서 잡지 한 권을 샀다.

당신의 내면을 분명하게 들여다보고, 당신의 신념을 굳건하게 지켜 나가야 한다. 나는 잡지의 펼친 면을 지팡이로 누른 채 걸음을 멈추고 다음 말을 읽었다. 당신은 수성의 도움을 받아 자신의 감정을 제대로 추스르게 된다. 별다른 의미가 없는 말들이었다. 그때 갑자기 일본 관광객들과 히피족 몇 명이 나를 에워쌌다. 나는 군중 속에 묻혀 버렸다. 도조, 도조 하는 일본말도 들리고, 익스큐스 미, 쏘리, 프레고 같은 말도 들려왔다. 나는 이리저리 떼밀리다가 '플로리안'의 바로 맞은편에 있는 '쿠아드리' 카페 입구까지 밀려났다. 이왕 이렇게 왔으니 카페 2층에 올라가서 산 마르코 광장이 내려다보이는 멋진 전망을 조용하게 즐기는 것도 나쁘지 않겠는걸. 음식값은 어마어마하게 비싸 보이지만, 여기에서 점심을 먹을 수도 있을 거야. 나는 반사적으로 바지의 오른쪽 뒷주머니를 더듬었다. 지갑이 사라졌다. 세상에, 50만 리라와천 달러가 들어 있었는데! 그뿐이 아니었다. 재킷 속에 있던 내수표책이며 수첩이며 여권도 사라지고 없었다. 모두 군중 틈에끼여 떼밀리는 동안 도둑맞은 것이었다. 내 수중에는 5만 리라짜리 지폐 한 장만 달랑 남아 있었다. 겨우 카푸치노 네 잔을 마실만한 돈이었다. 꼴좋다, 하고 나는 스스로를 비웃었다. 산 마르코 광장이 리알토 다리며 산타 루치아 역과 함께 베네치아에서 소매치기들이 가장 좋아하는 활동 장소라는 사실을 몰랐단 말이냐. 관광객들의 무리 속에서 도둑놈들을 잡는다는 것은 불가능한 일이었다. 그래도 놈들이 신용카드와 수표책을 사용하지 못하도록 내 계좌의 거래를 정지시키고, 여권 도난신고를 해야 했다. 수첩을 도둑맞은 것 역시 여간 골치 아픈 일이 아니었다. 모든 전화번호, 특히 비앙카의 전화번호가 거기에 들어 있기 때문이었다.

나는 아케이드로 해서 파출소로 가던 길에 '아메리칸 익스프레스'의 사무소에 들렀다. 나는 오늘의 첫 피해자가 아니었다.

"여권이 없으시다고요? 알겠습니다. 다른 신분증도 없고요?

알겠습니다. 새 카드가 나오려면 며칠이 걸릴 수도 있습니다. 아시다시피, 확인해야 할 것이 많거든요."

"알고 있습니다. 고맙습니다."

프랑스 영사관은 문이 닫혀 있었다. 정오가 되려면 30분이나 남았는데, 벌써 점심시간이었다. 오후에 예약을 하고 와야만 일을 볼 수 있는 모양이었다.

나는 정오쯤 파출소에 다다랐다. 나는 오전에 여섯 번째로 당한 봉이었다. 미국인 세 명과 일본인 두 명이 나보다 먼저 소매치기를 당했다는 것이었다. 성명과 주소를 말씀해 주실까요? 얼마를 잃어버리셨죠? 경찰관들은 이런 일에 익숙할 대로 익숙해져서 태도가 자못 심드렁했다. 그냥 타성적으로 신고를 접수하는 것이었다. 내 은행에 팩스로 연락을 취해 주시겠어요? 고맙습니다. 나는 한 여경과 농담을 나눌 수 있을 만큼 여유를 되찾았다.

"이거 참, 부랑자가 따로 없게 되었소. 얼뜨게 굴다가 부랑자 신세가 되고 만 거죠."

"그 귀걸이랑 구두를 파시는 수밖에 없겠네요! 아니면, 뭐 하실 줄 아는 게 있으세요?"

"고양이들의 별자리 운세를 볼 줄 알죠."

나는 도난 사고의 충격을 운명으로 받아들였다. 예전, 아니 일주일 전에 이런 일이 일어났다면, 나는 엄청난 분노와 불안과 흥분에 사로잡혔으리라. 다 팔자소관이지 뭐, 하고 나는 생각했다. 비앙카에게 연락할 길을 찾아야 했다. 하지만 그녀의 휴대전화

번호가 기억나지 않았다.

나는 '플로리안' 카페의 테라스로 돌아가서 지팡이를 다리 사이에 놓고 앉았다. 일본 관광객 한 무리, 아니 한 부대部隊가 눈에 띄었다. 그들은 작은 깃발을 흔들어 대는 가이드를 따라다니고 있었다. 문득 저들에게서 푼돈을 우려내 볼까 하는 생각이 들었다. 도조, 도조, 픽쳐스 위드 피전스(자, 자, 비둘기들과 사진 찍으세요)! 나는 단체사진이나 독사진을 찍으라는 뜻을 몸짓으로 알렸다. 아리가토, 아리가토. 신형 자동카메라나 캠코더 들이 내 쪽으로 쏠리게 해야 했다. 도조, 아리가토.

그런 다음 나는 자리에 앉아 비둘기들에게 낟알 한 줌을 던져 주었다. 비둘기 몇 마리가 조금씩 다가들더니 내 머리와 어깨와 지팡이 위에 앉았다. 비둘기들을 다루는 것에 조금 익숙해지자, 지팡이 위에 세 마리를 앉히고 머리에 한 마리를 이고 있는 것도 가능했다. 웃으세요, 찰칵. 아리가토. 아주머니, 같이 찍으시겠어요? 꼬마도 같이 찍을까? 아리가토. 나는 뜻이 분명치 않은 동작으로 손을 내밀어 몇 장의 지폐를 거둬들였다. 대열의 꽁무니에 있던 일본인이 다른 무리가 새로 도착했음을 나에게 알려 주었다. 나는 내가 개발한 비둘기 사진의 배경을 다양화하기로 하고, 옛 베네치아 공화국 정부청사 앞으로 자리를 옮겼다. 이어서 시계탑, 종루, 산 마르코 성당을 배경으로 삼았고, 마지막으로는 총독 궁전 앞에서 포즈를 취했다. 산 마르코 소광장에서 찍자는 관광객도 있었지만, 거기는 너무 멀다고 사양했다. 그들이 떠나고 또 한 무리가 들이닥쳤다. 보아하니 학술대회를 마치고 온 과학자들이었다. 그들에게는 내 시도가 거의 먹히지 않았다. 그저 약간의 걸걸한 웃음을 자아냈을 뿐이다. 나는 지팡이에 비둘기 두 마리를 앉히고 다시 사진 한 장을 찍었다. 웃으세요, 찰각. 소액의 지폐 한 장. 도모 아리가토 고자이마스! 나는 '플로리안' 카페의 테라스로 돌아가서 몇 개 남아 있지 않은 빈 의자 하나를 차지하고 앉았다. 오케스트라가 슈트라우스의 왈츠를 연주하기 시작했다. 나는 내가 벌어들인 돈을 몰래 헤아렸다. 1만 리라쯤 되는 듯했다. 그때 나는 비앙카가 오는 것을 보았다.

"주베 교수님, 여기서 비둘기들하고 무얼 하시는 거예요? 너무 엉뚱하다고 생각하지 않으세요?"

비앙카는 화가 나 있는 듯했다. 지난 금요일에 입었던 것과 다른 드레스를 입고 있었다. 그녀의 눈빛을 닮은 초록색 드레스였다. 그녀의 성적인 매력이 한결 돋보였다. 나는 꼼짝 않고 앉아서 그녀를 생전 처음 보는 사람처럼 굴었다. 비앙카는 분노와 놀라움이 뒤섞인 표정을 지으며 내 테이블로 다가왔다. 나는 자리에서 일어서며 아주 정중하게 말했다.

"우리가 서로 아는 사이인가요? 저는 그렇게 생각하지 않습니다만."

"뭐라고요? 미셸 주베 교수님 아니신가요?"

"아닙니다, 여사님. 저는 그의 쌍둥이 동생 모리스 주베입니다. 형은 몬테그로토에 있죠."

쌍둥이라고 둘러대자는 생각이 갑자기 어디에서 튀어나왔을까? 정말 알다가도 모를 일이다. 나는 그 뜬금없는 생각이 마음에 들었다. 하나의 놀이가 시작되는 기분이었다. 나는 새 정장을 입고 귀고리와 콧수염을 달면서 내가 새롭게 선택한 인격을 그 가상의 쌍둥이 동생에게 온전히 내주었다.

"어떻게 이런 일이 가능하죠? 이렇게 닮을 수가 있나요? 저를 놀리시는 거죠?"

"얼마든지 있을 수 있는 일입니다, 여사님. 우리가 아기였을 적에는 오로지 우리 어머니만 우리를 구별할 수 있었죠. 우리는 진짜 쌍둥이예요. 형을 아시나 보죠?"

"나흘 전에 그분을 만났어요. 아니 분명 당신을 만났어요. 우리는 치프리아니 호텔 레스토랑에서 저녁 시간을 함께 보내기까지 했죠. 믿을 수가 없어요. 목소리도 똑같고…… 다리가 아픈 것도 똑같은데, 다른 사람이라니요."

그녀는 내 지팡이를 보면서 그렇게 덧붙였다.

"그래요, 여사님. 안타깝게도 우리는 다리에 똑같은 문제가 있어요. 돌아가신 우리 어머니처럼 희귀한 유전성 관절통을 앓고 있죠. 바로 그것 때문에 형이 몬테그로토에 와 있는 것이고요. 불행하게도 이 병은 일단 진행되면 돌이킬 수가 없어요. 우리 두 사람 다 수술을 받아야 할 겁니다."

나는 슬픈 어조로 그렇게 말하면서 고개를 떨어뜨렸다.

"그래도 믿을 수가 없어요. 물론 다른 점들이 있긴 하죠. 머리 모양이며 수염, 콧수염, 귀고리, 복장……. 하지만 저는 당신이 누구냐고 물으면, 하느님 앞에서도 미셸 주베 교수라고 대답하겠어요."

나는 그녀를 내 옆에 앉혔다. 긴말을 하지 않는 게 좋겠다 싶었다.

"여사님, 뭐 좀 드시겠어요?"

"저도 카푸치노 마실게요. 쌍둥이 동생, 쌍둥이 동생이라……."

비앙카는 그렇게 되뇌다가 말을 이었다.

"그래서 형님이 진짜 쌍둥이들에게 그토록 관심이 많으신가 보군요. 하지만 형님은 당신 얘기를 하신 적이 없어요."

"형을 잘 아세요?"

"지난해 리옹에 갔었어요. 당신 실험실에 말이에요."

"내 실험실이 아니라 형의 실험실이죠."

"그렇군요. 형님은 저를 댁에 초대하신 적도 있어요. 하지만 사모님이나 자녀분들도 당신 얘기는 하지 않았죠."

"여사님, 사실 이건 우리 집안의 비밀입니다만, 나는 애물단지예요. 형은 학자가 되었는데, 난 인생의 낙오자입니다. 반거들충이죠. 형수는 나를 창피하게 생각해요. 하지만 내 조카들은 다르죠."

비앙카는 아직 기연가미연가 하는 눈치였다.

"제가 무언가를 잘못 보고 있는 게 아닌가 싶어요. 어쩌면 이렇게 닮을 수가 있죠?"

"여사님, 아주 적기는 하지만 신체적인 측면에서 우리를 구별할 수 있게 해 주는 것이 있긴 하죠. 예를 들어 내 등에는 흉터가 있는데, 형에게는 없죠. 그리고 혹시 형을 속속들이 아시는지 모르지만, 형의 한쪽 불알에는 검은 점이 하나 있는데, 나한테는 없어요."

비앙카는 얼굴을 붉혔다.

"그만하시죠. 어쨌거나 형님이 당신보다 점잖고 조심스럽긴 하네요!"

"내가 무례했다면 용서해 주세요. 형은 고양이들하고만 살아서 고양이식의 예절이 몸에 뱄어요. 늘 조용하고 어쩌다 말을 할 때도 가르랑거리는 고양이처럼 얌전하죠."

"두 분이 함께 자라셨나요?"

"전쟁 때까지는 그랬죠. 그 뒤로 형은 군대에 갔고, 제대한 뒤에는 의학공부를 했어요. 나는 그냥 집에 있다가 자연과학대학에 들어갔고요."

"전공이 뭐였는데요?"

"해양생물학이요. 대왕오징어의 성생활에 관한 논문을 썼죠."

신기하게도 나는 내가 꿈꿨던 또 다른 삶에 관한 이야기를 술술 지어내고 있었다. 정말 다른 사람이 된 기분이었다. 나는 예전의 나에 대해서 벌써부터 약간의 연민과 안쓰러움을 느끼고 있었다. 아마도 나는 그 '또 다른 나'를 완전히 떠나 버린 것이 아닐까 싶었다.

"여행을 많이 하셨겠네요?"

"너무 많이 했죠. 연구를 위해서 남극해 쪽으로 자주 갔죠. 대왕오징어들이 거기에서 번식을 하거든요. 놈들의 눈은 접시보다 커요. 지름이 30센티미터나 되죠."

"저는 오징어든 문어든 두족강에 속하는 동물들을 싫어해요 ……. 형님을 종종 보세요?"

"자주는 못 봐요. 내가 여기에 온 것은 돈 문제가 생겼기 때문이에요. 지금은 상황이 훨씬 더 심각하죠. 완전히 빈털터리가 되고 말았어요. 조금 전에 지갑을 도둑맞았거든요. 신용카드와 수표책과 여권도 함께 털렸어요. 그래서 푼돈이라도 벌어 보겠다고 비둘기들과 함께 어릿광대 노릇을 한 겁니다. 여기에서는 도둑질이 국민 스포츠예요. 하기야 어디나 마찬가지죠. 프랑스의 사정도 다를 게 없으니까."

나는 그녀의 기분이 상하지 않도록 그렇게 덧붙였다.

"그건 그렇고, 여사님도 형처럼 고양이와 쥐를 가지고 연구하시나요?"

"아뇨. 저는 사람의 수면과 꿈을 연구해요. 저는 심리학자예요. 이름은 비앙카 F.이고 토리노에서 왔어요."

"여사님, 그냥 비앙카라고 불러도 되겠습니까? '

"편하신 대로 하세요. 하지만 저는 당신을 어떻게 불러야 할지 모르겠네요. 교수님과 너무 많이 닮으셔서 말이에요."

"모리스라고 부르세요. 이탈리아어식으로 마우리치오라고 하시든가요. 쌍둥이들의 꿈에 관한 연구도 하시나요?"

"네. 쉽지 않은 연구죠. 당신과 형님의 꿈들을 기록한 것이 있다면 아주 흥미롭겠네요."

"형은 내 꿈들을 기록해서 보내 달라고 줄곧 요구했어요. 하지만 나는 그러고 싶지 않았어요. 너무 사사로운 거라서……. 그건 그렇고, 형은 어떻게 지내요?"

"아직 안 만나셨어요?"

"네, 아직. 전화해서 돈을 요구한 적은 있습니다. 또 다시 훈계를 한바탕 들어야 했죠. 심리적인 측면에서 보면 우리는 완전히 달라요. 그 점이 형을 무척 난처하게 만들고 있어요. 형의 이론과 맞아떨어지지 않으니까요……."

"그래요, 지난주 베네치아에서 강연을 할 때, 형님은 자신의 이론을 완전히 포기했어요. 이제는 그것을 믿지 않는다더군요. 아마도 당신 때문이 아닌가 싶네요. 사실 당신과 형님의 심리적 특성은 전혀 다른 것처럼 보여요. 형님이 일본 관광객들에게서 몇 천 리라를 우려내기 위해 머리에 비둘기들을 얹고 카메라 앞에서 포즈를 취한다는 것은 도저히 상상할 수가 없죠. 그런데 결혼은 하셨어요?"

"안 했습니다. 천만다행이죠! 나는 내가 여자들을 불행하게 만든다고 생각하거든요."

"베네치아에 오신 지 오래됐어요?"

"아뇨, 이제 겨우 사나흘 됐어요."

"몬테그로토에는 왜 안 가세요?"

"거기는 몸을 제대로 움직이지 못하는 늙은이들로 가득 찬 끔찍한 곳이에요. 그런 장소에서 형을 만나고 싶지는 않아요. 내 마음이 아프거든요. 형이 나를 만나러 여기로 오기를 기다리고 있죠. 게다가 돈이 없어서 가고 싶어도 못 가요."

한참 침묵이 흘렀다. 비앙카는 내 이야기를 믿기 시작한 눈치였다. 그녀가 물었다.

"오늘 저녁에 저랑 식사하실래요?"

"폐를 끼치고 싶지는 않아요. 하지만 폐가 안 된다면, 아주 기쁜 마음으로 함께 하겠습니다."

"이제 주베 교수님의 쌍둥이 동생을 알게 되었으니, 두 분을 동시에 초대할 수 있으면 좋겠네요."

비앙카, 안됐지만 그건 불가능해요. 나는 그런 속말을 삼키며 얼버무렸다.

"어쩌면 나중에 기회가 생길지도 모르죠."

"차테레 기슭에 있는 작은 식당으로 가요. 같이 갈 친구가 두 사람 있어요."

나는 만약에 대비해서 조심스럽게 물었다.

"형이 아는 친구들인가요?"

"아뇨, 그들은 형님을 한 번도 만난 적이 없어요."

나는 일본인과 미국인 몇 무리가 광장에서 떠나가는 것을 보면서, 그들에게서 약간의 돈을 우려낼 수 있었을 텐데 하고 생각했다. 남자인지 여자인지 구별하기가 쉽지 않은 히피족 몇 사람이 비둘기들 옆의 내 자리를 차지하고 있었다. 비앙카는 말없이 나를 살폈다. 롤렉스 금시계를 눈여겨보기도 하고 지팡이를 자꾸 바라보기도 했다.

"비앙카, 내 지팡이가 흥미로운가요? 자아, 보세요."

나는 지팡이의 손잡이를 돌려서 떼어 내고, 초록색 샤르트뢰즈와 위스키가 들어 있는 원통형 유리용기들을 보여 주었다.

"좀 마셔 볼래요? 이건 스코틀랜드에서 온 순수한 몰트위스키예요."

"당신이 미셸 주베가 아니라는 것을 정말로 믿기 시작했어요. 형님은 위스키를 싫어하시죠."

"형은 백포도주만 마셔요. 자신의 통증을 가라앉히려고 그러는 거죠. 리옹에 있을 때, 형이 잘해 주던가요? 키스도 해 줬나요?"

"정말 무례하시군요. 형님은 아주 과묵하고 신중했어요."

"곰처럼 입이 무겁죠. 형은 옷 입는 것도 곰 같아요. 언제나 노타이에 벨벳 바지죠. 옷 입을 줄 몰라요. 그건 지식인 티를 내면서 괜히 잘난 척하는 거예요. 내가 한 수 가르쳐 줘야 하는데 말이야."

"아닌 게 아니라 당신은 아주 멋있네요. 시계도 멋지고요."

"비앙카, 도움을 한 가지 청해도 될까요? 비둘기들하고 어릿광대 놀음을 했더니, 새 재킷에 비둘기 똥이 묻지 않았을까 걱정이 되네요."

그녀는 내 재킷의 등을 찬찬히 살폈다.

"아뇨, 아무것도 없어요. 운이 좋았네요. 비둘기 똥이 묻으면 잘 지지 않거든요. 이렇게 좋은 옷감에 묻으면 그 흔적을 지우기가 더욱 어렵죠."

산 마르코 광장이 푸른색으로 변해 가고, 성당 앞의 그림자가 길어지고 있었다. 우리는 한동안 말없이 앉아 있었다. 나는 그녀가 어쩌나 보려고 오른손을 그녀의 무릎에 올려놓았다. 처음엔 지팡이를 다루다가 우연히 그런 것처럼 살짝 건드렸고, 그다음에는 더 오래 올려놓고 있었다. 그녀는 아무 반응을 보이지 않았다. 이보게, 이런 기회를 놓치면 안 되는 거야. 자네 쌍둥이 형은 이런 일을 제대로 해낸 적이 없어. 이제 자네가 나설 차례야. 나는 그런 생각을 하며 씩 웃었다.

"왜 웃으세요?"

"불쌍한 형이 생각나서요. 쭈글쭈글하고 꾸부렁한 독일 노인네들 틈에 끼여서 진흙목욕이나 하고 있겠죠? 지난주에 형이 베네치아에서 강연을 했다고요? 말을 잘하던가요?"

"수면에 관한 학술대회에서 강연을 하셨는데, 문제가 있었어요. 모두가 강연 내용과 어조에 깜짝 놀랐죠. 자기가 그릇된 생각에 빠져 과학자로서 헛된 삶을 살았다는 식으로 말했으니까요. 정말 듣고 있기가 난처했어요. 그분의 반대자들조차 무척 놀랐죠."

"어디에서 오셨다고 하셨죠? 아까 말씀하셨는데 잊어버렸어요. 당신의 매력에 정신이 혼미해졌나 봐요. 참 예쁘시네요!"

그녀는 낯을 붉히며 대답했다.

"토리노에서 왔어요."

"베네치아에서 오래 머무실 건가요?"

"오늘 밤만 묵을 거예요. '라 칼치나' 라는 호텔을 잡아놨죠. 도르소두로 구역의 남쪽에 있는 작지만 매력적인 호텔이에요. 옛날에 영국의 예술 비평가 존 러스킨이 살았던 집을 개조한 것이라더군요. 거기에서 당신이 묵을 방을 구할 수 있다면 좋겠네요. 저는 내일 저녁에 토리노로 돌아가요."

"오늘 밤, 우리가 같은 꿈을 꿀 수 있을까요? 어떻게 생각하세요?"

"키 로 사(그걸 누가 알겠어요)?"

그녀는 신기하다는 듯이 나를 바라보았다. 나는 계속 자고 있는 '플로리안' 카페의 커다란 고양이를 가리키며 말했다.

"일 가토 로 사(저 고양이가 알죠)."

말조심을 할 필요가 있었다. 내가 왜 꿈 얘기를 했을까? 이런 식으로 수작을 부리면 안 된다. 식당에 가서 술을 한잔 마신 뒤에 계속하자.

비앙카가 물었다.

"내일 베네치아에 계실 건가요? 두 형제분을 만나서 함께 있는 모습을 사진에 담았으면 좋겠어요."

시계탑에서 일곱 시를 알리는 종이 울렸다. 광장의 미지근한 공기에 운하에서 불어오는 상쾌한 산들바람이 조금씩 섞여들고 있었다. 광장의 빛깔은 수국 화단처럼 시간대에 따라 달라 보였다. 오전에는 불그스름하다가 오후가 되면서 파래지더니 이제는 초록색으로 변했다. 가로등에 불이 들어오고, 관광객들이 하나 둘 떠나가고 있었다. 이제 식당으로 가야 할 시간이었다.

"비앙카, 내일 약속을 잡으려면 몬테그로토에 있는 형에게 전화를 해야 돼요. 하지만 내가 듣기로 형은 주말에 로마로 떠나야 한다고 했던 것 같아요. 원하신다면, 지금 전화를 해볼게요."

비앙카는 자기 휴대전화기를 내밀었다. 나는 호텔 전화번호를 눌렀다. 쌍둥이 형제를 한 자리에 모으겠다는 비앙카의 생각을 당장 중단시켜야만 했다.

"프론토(여보세요), 미셸 주베 교수님과 통화하고 싶은데, 지금 호텔에 계신가요?"

교환원은 우렁찬 목소리로 그가 베네치아로 떠났다고 말했다. 나는 그 말을 무시하고 일방적으로 너스레를 놓았다. 혹시 동생에게 메시지를 남기지 않았나요? 나는 그의 동생인 모리스입니다. 로마에 있다고요? 어느 호텔이죠? 언제까지요? 그라치에.

그런 다음 비앙카에게 말했다.

"내가 생각했던 대로예요. 형은 이틀 예정으로 로마에 가 있어요. 거기엔 뭘 하러 갔는지 궁금하네요."

"저도 그래요. 오늘이나 내일 만나기로 했는데, 참 이상하네요!"

"나중에 토리노에서 만나죠, 뭐. 토리노는 참으로 아름다운 도시예요. 거기에서 만나면, 당신이 우리에게 산테 데 상크티스의 기념물들을 보여 줄 수도 있겠네요."

비앙카는 자리에서 일어섰다. 그녀의 입가에 알쏭달쏭한 미소가 어려 있었다.

"걷기가 힘드시겠어요. 52번 바포레토를 타고 차테레 기슭으로 가요. 내 친구들은 식당에서 나를 기다리고 있어요."

"비앙카, 부탁인데요, 그 친구들에게는 내가 누구인지 말하지 마세요. 우리 집안의 비밀을 지키는 게 좋겠어요."

가엾은 비앙카, 로마에 갔다는 쌍둥이 형이 돌아온다 해도 그녀가 형제를 동시에 만나는 일은 절대로 없을 것이다. 나는 새로운 인격으로 사는 것이 너무나 편해서 옛날의 인격으로 돌아가고 싶지 않았다. 영국 학술원 회보의 논문도 강연도 불과 며칠 전의 일이지만, 그 모든 것이 너무나 오래되어 기억에서 거의 사라진 것처럼 보였다. 오로지 무라넬라만이 나를 쌍둥이 형과 연결시키고 있었다. 그녀는 우리 두 사람 모두의 수수께끼였다. 나는 내일 무라넬라를 만나기 위해 다시 바포레토를 탈 것이다. 그런 얘기를 비앙카에게 할 수 있을까?

내일은 또 다른 태양이 떠오를 것이다. 특히 내가 비앙카와 함께 이 밤을 보낸다면……

우리는 산 바실리코라는 작은 식당에 다다랐다. 주데카 섬이 건너다보이는 아주 멋진 전망을 가진 식당이었다. 벌써 짙은 어둠이 드리운 운하에 주데카 섬의 등불이 비치고 있었다. 비앙카의 두 친구는 전식을 먹으면서 우리를 기다리고 있었다. 심리학자들이거나 마이크로 정신분석학자들이 아닐까? 비앙카는 나를 프랑스의 해양생물학자로 소개했다. 나는 두 남자가 우리 사이에 끼어들어 내 작업의 속행을 방해하고 있다는 사실에 조금 화가 났다. 그들은 영어를 제법 알아듣고 있었다. 나는 남극해에서 대왕오징어들의 수컷이 암컷과 교미를 끝내자마자 죽어 가는 것에 관해서 이야기했다. 나와 두 남자는 오징어 먹물이 들어간 파스타를 먹었고, 낮에 말한 대로 오징엇과 동물을 싫어한다는 비앙카는 생선구이로 만족했다. 그녀는 전화를 하기 위해 여러 차례 식탁을 벗어났다. 나는 그녀가 나를 위해 호텔 객실을 잡아 놓았는지 물어볼 엄두가 나지 않았다. 식당을 나서자, 두 심리학자는 다행히도 우리와 헤어졌다. 그때 비앙카가 내게 말했다.

"호텔은 도보로 10분 거리에 있어요. 당신은 다리가 아파서 20분쯤 걸어야 할지도 모르겠네요."

나는 그녀에게 입을 맞추려고 했지만, 그녀는 매번 웃으면서 몸을 빼냈다. 다만 우리가 주데카 운하를 따라 차테레 기슭을 걸어가는 동안 내가 자기 어깨에 손을 얹는 것은 허락했다. 러스킨이 살았던 집을 개조했다는 호텔에 도착하자, 프런트의 직원이 비앙카에 인사를 건넸다.

"부오나 세라 도토레. 일 프로페소레 미셸 주베 비 아스페타 넬라 보스트라 카메라(안녕하세요. 박사님. 미셸 주베 교수님이 박사님 객실에서 기다리고 계십니다)."

그러면서 그는 열쇠 하나를 비앙카에게 주더니, 또 하나의 열쇠를 내밀었다. 비앙카가 내게 말했다.

"이건 당신 열쇠예요, 마우리치오. 당신 객실은 우리 방의 맞은편에 있어요. 형님은 로마에 가신 게 아니라, 내 방에서 나를 기다리고 있네요. 아 도마니, 부오나 노테(내일 봐요. 안녕히 주무세요)."

비앙카는 웃으면서 계단을 올라갔다.

**1999년 9월 16일 목요일**

## 악마의 환약통

아홉 시에 호텔의 푸짐한 뷔페 앞에서 비앙카를 만났다. 그녀는 어젯밤과 똑같은 미소로 나를 맞아 주었다.

"잘 주무셨어요, 마우리치오? 당신 말이 맞았어요. 당신 형님은 오른쪽 거시기에 점이 있더라고요!"

"비앙카, 미안해요. 나는 정말로 내 쌍둥이 동생이 되었다고 느꼈어요. 당신은 분명 내 말을 믿었고요. 내가 쌍둥이 동생이 아니라는 것을 어떻게 알아냈죠?"

"교수님은 거짓말을 하실 줄 몰라요. 사실 처음 얼마 동안은 제가 만나고 있는 사람이 교수님의 쌍둥이 동생이라고 생각했어요. 하지만 교수님은 너무 수다스러웠어요. 토리노 얘기가 나왔을 때

교수님은 내 논문의 주제인 산테 데 상크티스를 들먹이셨죠. 왜 그러셨어요? 교수님의 쌍둥이 동생이 있다 해도, 그가 제 논문의 주제를 알 리가 있나요? 그건 그렇고, 어떻게 주무셨어요?"

"잘 잤어요."

나는 거짓말을 했다. 사실은 새벽녘이 되어서야 겨우 잠이 들었던 것이다. 나는 내처 말했다.

"꿈을 많이 꿨는데, 다른 건 다 잊어버렸고 마지막으로 꾼 것만 생각나요. 이상한 꿈이에요. 나는 상트페테르부르크에 있는 표트르 1세의 거대한 기마상 앞에 있었어요. 아이들 한 무리가 조각상의 돌 받침대에 올라서서 차르를 에워싸고 있었지요. 그때 낯선 남자 하나가 내 오른쪽 귀에 대고 말하기를, 표트르 1세는 '차르 아 고스(아이들을 거느린 차르)'가 되었다고 하더군요. 꿈에서 깨어나기 직전에 들은 말이라 아직도 귀에 쟁쟁해요."

"그것도 낱말 퍼즐 같은 꿈이라고 생각하세요?"

"예전 같으면 내 뇌의 좌반구가 우반구를 향해 어떤 메시지를 보내려 한다고 생각했겠지요. 어쨌거나 '차르 아 고스'라는 말에 무슨 뜻이 감춰져 있는지 잘 모르겠어요. 나는 러시아와 관련된 꿈을 자주 꾸지 않아요. 딱 한 번 순양함 '오로라'호에 관한 꿈을 꾸긴 했죠. 하지만 반쯤 깨어 있는 상태에서 상트페테르부르크를 놓고 몽상에 빠지거나 추억을 더듬는 경우는 종종 있어요. 비앙카, 당신도 간밤에 꿈을 꿨나요? 꿈 얘기를 들려줄 수 있어요? 어제 내가 한 말 기억나요? 우리가 같은 꿈을 꿀 수 있느냐고 물었는데……."

"저는 꿈을 자주 꾸지 않아요. 게다가 간밤에는 당신 쌍둥이 형님의 다른 면모를 경험하느라고 꿈꿀 시간이 없었죠. 그 양반이 내가 그냥 자도록 내버려 두었을 거라고 생각하세요?"

"그만해요, 비앙카. 상처를 칼로 후빌 것까지는 없잖아요!"

"이 일은 두고두고 교수님에게 교훈이 될 거예요."

"비앙카, 날씨가 참 좋군요. 차테레 기슭에 있는 골동품상과 고서적장 구역으로 산책을 나갈까요? 약간의 행운이 따라 준다면, 내가 작년에 건성으로 둘러본 골동품 가게를 다시 찾아낼 수 있지 않을까 싶어요. 거기에는 이상한 물건이 하나 있었어요. 어찌나 신기하던지 어떤 터무니없는 꿈에서 튀어나온 물건 같았어요."

"그게 뭐였는데요?"

"그 골동품 가게를 다시 찾아낼 때까지 베일에 감춰 두고 싶어요. 그래야 놀라움이 더 클 테니까요."

비앙카는 자기 짐을 호텔에 맡겼다. 저녁때까지 맡겼다가 토리노행 급행열차를 타기 전에 다시 찾으려는 것이었다. 나는 같은 열차를 타고 파도바까지 간 뒤에 몬테그로토행 야간열차로 갈아탈 생각이었다.

우리는 호텔 뒤로 꼬불꼬불하게 난 좁은 길들을 따라 걸었다. 아롱아롱 빛나는 운하를 만나 길들이 끊길 때마다 우리는 다른 길을 찾아 나아갔다. 운하 가장자리에 있는 일부 건물들의 벽은 작년보다 훨씬 심하게 헐어 있었다. 하지만 벽을 타고 올라가는 약간의 인동덩굴만 있어도 그림 같은 예전의 정취를 충분히 느낄 수 있었다.

오전의 햇빛이 가장 좁다란 운하까지 스며들고 있었다. 그 찬란한 빛살은 베네치아가 천천히 바닷물에 잠겨 가고 있다는 사실을 잊게 해 주었다. 우리는 천천히 걸어갔다. 안타깝게도 내 오른쪽 발의 통증이 밤새 가시지 않았기 때문이다. 사치스런 내 구두의 볼을 넓히거나 다른 신발로 갈아신어야만 할 판이었다. 그래도 지팡이에 의지할 수 있어서 다행이었다. 우리는 막 문을 연 고서점 앞에 다다랐다.

"비앙카, 여기서 쉬었다 가요. 고서점이나 미술관에 들어가면 언제나 통증을 잊을 수 있거든요."

나는 해부학이나 생리학에 관한 18세기의 고서들을 찾고 있다고 주인에게 말했다. 그러고는 팔걸이의자에 털썩 앉으면서 덧붙였다.

"꿈을 다룬 옛날 책들에도 관심이 있어요. 해몽서 같은 책들 말이에요."

내가 알기로 파도바에서와 달리 베네치아에서는 과학 분야의 고서를 찾아내기가 쉽지 않다. 베네치아에는 대학이 존재하지 않았으니 그럴 만도 하다. 하지만 운이 좋으면 책은 어디에서나 구할 수 있는 법……

고서점 주인은 우리에게 에스프레소를 대접했다. 나는 그저 냄새나 맡고 촉감이나 느껴 볼 양으로 고서들을 바라보았다. 그러다가 우연히 4절판 한 권을 집어 들었다. 부드러운 송아지가죽으로 장정되고 리본으로 싸맸던 흔적이 조금 남아 있는 책이었는데, 오래된 미사 경본들과 종교서적들 사이에 감춰져 있다시피 했다. 표지를 보니 제목이 특이했다. 아리트메티카 세라피카(치품천사의 산술). 저자는 에스파냐의 수도사 헤로니모 로르테 이에스카르틴이었다.

고서점 주인이 말했다.

"그건 성 프란체스코[48]의 생애를 수비학數秘學적으로 풀이한 책입니다. 프란체스코회의 한 수도사가 쓴 것인데 1695년에 간행되었죠."

저자는 기억술과 수비학의 방법을 원용하여 '치품천사의 산술'이라는 놀라운 개념을 제시하고 있었다. 성 프란체스코의 삶과 행위와 말씀과 죽음이 모두 수로 치환되어 있었고, 이 수들은 어떤 조합 방식에 따라 서로 관련을 맺게 되어 있었다. 악마를 나타내는 666이라는 수가 나오는 것으로 보아 유대교 신비주의 카발라가 활용되고 있는 게 분명했다. 그 무수한 연산의 결과는 프란체스코회 운동의 산술적인 역사라고 할 만했다. 책 속에는 306개의 칸으로 나뉜 '크로노그램[49]식'의 표가 접힌 채 삽입되어 있었다. 각각의 칸에 알파벳 문자가 하나씩 들어가 있는 표였다. 이

---

48) 이탈리아어 표기법에 따르면 성 프란체스코이지만, 우리나라 가톨릭교회에서는 성 프란치스코라고 부른다.

표는 성모마리아에게 바치는 두 문장의 글자들을 조합하여 새로운 의미를 가진 문장들을 거의 무한정으로 만들어 낼 수 있게 해 주고 있었다.

"이거 봐요, 비앙카, 비논리적으로 보이는 이런 시스템을 가지고 의미가 있는 문장들을 만들어 낼 수 있어요. 우리의 뇌는 바로 이런 방식으로 아무 뇌파를 가지고도 의식을 만들어 낼 수 있는 게 아닐까요?"

나는 책장을 이리저리 넘겨 보다가, 장서표가 붙어 있는 것을 보았다. 퉁하의 도미니크회 수도사들이 손으로 쓴 것이었다. 고서점 주인이 내게 설명했다.

"퉁하는 오늘날 콜롬비아라고 부르는 누에바 그라나다의 작은 도시죠."

"이 저자는 그야말로 베이컨의 환생이로군요. 인지과학을 위한 새로운 방법이 여기에 있어요. 이 표의 문자들을 뇌의 구조들로 대체할 수 있지 않을까 싶어요. 이를테면 문자들 대신 대뇌피질의 영역을 나타내는 번호들, 그리고 깨어 있을 때와 꿈꿀 때의 의식을 나타내는 뇌파들(알파파, 베타파, 델타파, 감마파, 세타파, 뮤

---

49) 묘비명과 같은 새김글의 글자들을 일정한 체계에 따라 숫자에 대응시켜 어떤 사건의 연도를 표시하는 것. 예를 들어 영국 여왕 엘리자베스 1세의 죽음을 추념하는 문장 〈My Day Closed Is In Immortality〉는 하나의 크로노그램이다. 이 문장의 대문자들을 합치면 MDCIII이 되는데, 이는 로마숫자로 1603, 즉 엘리자베스 1세가 사망한 해를 나타낸다.

파 등)을 넣는 거죠."

이 책은 어디에서 인쇄되었을까? 나는 속표지에서 '카이사르 아우구스타'라는 지명을 확인했다.

"비앙카, 카이사르 아우구스타가 어디에 있는지 알아요?"

"이탈리아 어딘가에 있지 않을까 싶은데요."

"아니에요. 금방 알아맞힐 수 있어요. 카이사르 아우구스타를 빠르게 되뇌어 봐요. 여러 번 되뇌다 보면, 그 도시의 오늘날 이름이 머릿속에 떠오를 거예요. 카이사르 아우구스타, 카이사라구스타, 사라구스타…… 사라구사……."

그녀가 소리쳤다.

"사라고사, 에스파냐에 있는 사라고사[50]로군요! 그런데요 교수님, 꿈에서 들으셨다는 '차르 아 고스'라는 말도 되뇌어 보세요. 그것 역시 프랑스어로 사라고스, 즉 사라고사예요!"

"이런 666 같으니! 당신 말이 맞아요!"

"교수님, 부탁인데요, 다시는 그 수를 입에 올리지 마세요."

"이 책은 마법적이에요, 비앙카. 내가 말한 대로 놀라운 비밀을 담고 있어요. 나는 이 책을 꿈에서 봤어요. 아니, 꿈에 어떤 입이 나타나서 3백 년 전에 이 책이 인쇄된 장소를 내게 귀띔해 준

---

50) 에스파냐 북동부에 있는 이 도시는 기원전 24년 로마의 식민지가 되면서 당시의 황제 아우구스투스의 이름을 따서 라틴어로 '카이사라우구스타'라 명명되었고, 이슬람제국에 점령된 뒤로는 '사라쿠스타'라 불렸으며, 나중에는 '사라고사'로 소리가 바뀌었다.

거죠. 이제 앞일의 징조를 보여 주는 꿈이 있다면 믿겠어요?"

"우연의 일치가 신기하긴 하네요."

고서점 주인은 내가 카발라식으로 악마를 암시한 것에 겁을 먹고 내 손에서 책을 빼앗았다. 그러고는 책값을 말하고 싶지도 않고 팔 생각도 없다면서, 책을 가져가서 커다란 서랍 속에 넣어 버렸다.

나는 고서점을 나서면서 비앙카에게 말했다.

"저 책의 저자인 프란체스코회 수도사의 방법을 활용해 보면 어떨까 싶어요. 리옹에 돌아가면, 나도 306칸으로 된 커다란 표를 만들겠어요."

햇빛에 반짝이는 주데카 운하에 이쪽저쪽으로 가는 바포레토와 페리보트가 몰려드는 시각이었다.

이리 돌고 저리 돌기를 숱하게 한 끝에, 드디어 작년에 들렀던 골동품 가게를 다시 찾아냈다. 가게에는 아직 손님이 없었다. 커다란 꽃다발을 여기저기 놓아둔 1층의 널따란 두 칸짜리 매장에는 꽃향기가 감돌았다. 천장에는 무라노 섬에서 만든 오래된 유리 장식등이 매달려 있었고, 그 희미한 빛 속에서 갖가지 골동품이 눈에 들어왔다. 고가구, 제법 아름답게 만든 전통 가면, 오르골, 거울, 그런 대로 멋있지만 내 것보다는 훨씬 못한 지팡이 몇 개, 판화와 유화 몇 점.

가게 주인은 내 지팡이와 롤렉스 시계에 눈길을 던지고 나서 물었다.

"뭘 찾으시죠?"

"작년에 나한테 '악마의 환약통'이라는 물건을 보여 주셨는데, 그거 아직도 가지고 있나요?"

"아, 누구신가 했더니 박사님이시군요? 알아보기가 쉽지 않았어요. 많이 달라지셨네요. 저런, 다리는 여전히 불편하신가 봐요."

그는 가게 문을 닫고 열쇠를 돌려 잠근 다음, 뒷방으로 가서 나무로 된 궤 하나를 가져오더니 거기에서 환약통을 꺼냈다. 그것은 은이나 은을 입힌 금속으로 된 작은 상자였다. 크기는 가로 3센티미터, 세로 4센티미터에 높이가 1.5센티미터쯤 될 듯했다. 뚜껑은 단순한 기하학적 무늬로 장식되어 있었고, 뚜껑 아래쪽 가두리에 자그마한 손잡이가 달려 있어서 열고 닫기가 쉬워 보였다. 주인이 설명했다.

"이 환약통은 독성이 없는 알약이 들어 있을 때는 쉽게 열립니다. 예를 들어, 박하라든가 카테큐라든가 쵀음제 같은 것이 들어 있을 때는 금방 열리죠. 반면에 독극물이 들어 있을 때 열려고 하면, 약 10분 가까이 꽉 닫힌 채 꼼짝도 안 합니다. 자살하거나 적을 독살하기에 앞서 숙고할 시간 또는 개심할 시간을 가지라는 거죠."

"아니, 어떻게 그런 일이 가능하죠?"

비앙카의 물음에 골동품상이 대답했다.

"백문이 불여일견입니다. 자, 잘 보세요."

그는 커다란 꽃다발에서 장미 꽃잎 하나를 떼어 내더니, 환약통 안에 접어 넣고 뚜껑을 탁 닫았다.

"장미는 향기를 품고 있을 뿐 독성이 없습니다. 반죽에 붙여서 화전을 만들어 먹을 수도 있어요. 여사님, 이 작은 상자를 열어 보십시오. 자, 이렇게 잡고 여는 겁니다."

그는 왼손으로 환약통을 감싸듯이 쥔 다음, 오른손 엄지와 검지로 뚜껑을 열어 보였다. 그러고는 뚜껑을 도로 닫고 비앙카에게 통을 넘겨주었다. 비앙카는 닫을 때보다 크고 날카로운 소리가 나게 하면서 쉽사리 뚜껑을 열었다.

"이제 다른 것을 넣을 테니 잘 보세요."

골동품상은 장미 꽃잎을 버리고 꽃다발이 있는 곳으로 가더니, 장미며 백합이며 붓꽃 들 사이에 종처럼 매달려 있는 독말풀 꽃을 땄다. 그러고는 꽃의 일부를 떼어 냈다.

"여사님, 아시다시피 독말풀에는 독소가 들어 있습니다. 독말풀을 달인 물은 심장을 멎게 해서 사람을 죽일 수도 있어요."

그는 떼어 낸 꽃잎을 두 번 접어서 환약통에 넣고 뚜껑을 도로 닫았다.

"한번 열어 보세요, 여사님."

비앙카도 나도 그것을 열 수가 없었다. 불가사의한 일이었다. 그 작은 상자는 마치 턱을 앙다물고 있는 것처럼 완강하게 버티고 있었다. 골동품상이 말했다.

"10분 동안 가만히 놓아두어야 해요. 탁자나 목재로 된 다른 가구에 올려놓고 기다리세요. 그러면 제 스스로 숙고를 하면서,

우리에게도 곰곰이 생각할 시간을 주죠."

10분이 지나서 비앙카는 쉽사리 환약통을 열었다.

"이건 악마의 환약통입니다. 우리가 알기로는 세상에 하나밖에 없는 것이죠. 아마도 카사노바가 지니고 있던 것이 아닌가 싶습니다. 제작된 시기는 18세기라고 하는데, 그 비법은 전해지지 않고 있죠."

나는 환약통을 다시 살펴보았다. 설령 그 작은 상자가 마법적인 것이라 해도, 백만 리라 이상의 가치가 있어 보이지는 않았다. 하지만 골동품상은 3천만 리라를 준다 해도 팔 생각이 없다고 말했다. 내가 사고 싶어 한다는 것을 알아차리고 흰소리를 치는 것이었다.

나는 다시 한 번 시험해 보고 싶었다. 그래서 '비아그라' 한 알을 상자 속에 넣고 열어 보았다. 쉽게 열렸다. 이 환약통이 최음제가 들어 있다는 것을 '알아차린' 것일까? 나는 비앙카에게 마름모꼴의 그 알약이 진통제라고 둘러댔다. 내 '쌍둥이 동생'이 비아그라를 가져다주었다는 식으로 너스레를 떨 수는 없지 않은가?

나는 가게 주인에게 물었다.

"혹시 독약을 가지고 있나요?"

그는 쥐를 잡는 데 쓰는 것이라면서 비산 한 알을 상자 속에 넣었다.

상자는 10분이 지나도록 열리지 않았다. 나는 작은 돋보기를 들고 잠금장치를 자세하게 살펴보았다. 뚜껑과 상자가 맞닿는 안쪽 테두리에는 위아래로 아주 얇은 금속 띠를 덧대어 놓았다. 이 금속 띠들은 직선형이 아니라, 사이클로이드와 비슷한 곡선들이 서로 맞물릴 수 있도록 되어 있었다. 바깥쪽의 표면을 살펴보니, 작은 돌기를 이루고 있는 손잡이 위쪽에 그림이 있었다. 우로보로스, 즉 제 꼬리를 물고 있는 뱀을 단순하게 나타낸 그림이었다. 그 내부에는 작은 십자가가 새겨져 있었다. 이 작은 상자를 만든 천재적인 공예가의 서명일까? 나는 더없이 마법적인 그 환약통을 갖고 싶었다. 골동품상은 그것을 알고, 3천만 리라를 줘도 안 팔겠다는 말을 다시 중얼거렸다. 그럼 5천만 리라에 사겠다고 해볼까? 그건 내가 그저께 산 롤렉스 금시계의 가격이었다.

나는 손목시계를 끌러 환약통 옆에 내려놓고 주인에게 말했다.

"내가 제안 하나 할까요? 이 손목시계와 환약통을 맞바꿉시다. 이 시계는 5천만 리라 이상의 가치가 있어요. 새 것이에요. 내가 그저께 아바노에서 산 겁니다. 보증서를 보여 줄까요? 자, 여기 있어요."

보증서는 다행스럽게도 재킷의 안주머니에 그대로 있었다. 나는 수표책이나 신용카드가 없는 까닭을 설명하기 위해 산 마르코 광장에서 당한 도난과 내가 벌인 모험을 재빨리 이야기했다.

골동품상은 곧이듣지 않았다.

"죄송하지만, 가짜 롤렉스가 많아서 말이죠."

그는 아바노의 보석가게에 전화를 걸어서 제품번호를 댔다.

오케이, 모든 게 오케이였다. 그는 한참 입을 다물고 있다가 이윽고 말했다.

"좋아요. 제 쪽에서 보면 이건 엄청나게 밑지는 장사예요. 제가 아는 한, 이런 환약통은 세상 어디에도 없어요. 그러니 잘 간수하십시오. 마치 살아 있는 것처럼 보살펴 주셔야 합니다. 너무 춥거나 더운 곳에 두시면 절대로 안 돼요. 눈밭에 놓으셔도 안 되고, 아프리카의 사막으로 가져가셔도 안 됩니다. 햇볕 속에 세워둔 자동차 안에 혼자 두어서도 안 돼요. 언제나 베네치아의 온도에서 보관하셔야 해요. 5도에서 30도 사이를 벗어나면 안 된다는 것이죠. 이것이 베네치아에서 어떤 천재적인 베네치아 사람의 손으로 만들어졌다는 사실을 잊지 마세요. 그리고 사용하지 않으실 때는 나무 상자에 고이 넣어서 보관하세요."

그는 모양이 고르지 않은 보석들로 장식된 예쁜 마호가니 상자 하나를 가져오더니, 그 안에 환약통을 담았다. 손놀림이 아주 조심스러웠다.

우리가 가게를 나설 때 그가 다시 말했다.

"박사님, 그리고 여사님, 그 환약통이 두 분에게 행운을 가져다줄 겁니다."

하지만 비앙카는 자못 걱정스러운 모양이었다.

"교수님, 가격도 가격이지만 그토록 좋아하시던 금시계를 잃으셨는데 괜찮으세요? 정말 요모조모 따져 보시고 하신 일인가요?"

"비앙카, 이 환약통은 값을 따질 수가 없어요! 롤렉스 시계는 돈만 있으면 아무나 가질 수 있어요. 그것의 메커니즘은 알려져 있고, 그것을 보란 듯이 손목에 차는 것은 때로 저급한 취향이 되기도 하죠. 하지만 이 상자는 마법적이에요. 이것이 어떤 식으로 잠기는지는 알려져 있지 않아요. 게다가 이것을 가지고 있는 사람은 이 세상에 나밖에 없어요. 어쩌면 나는 이것의 비밀을 알아낼 수 있을지도 몰라요. 그걸 어떻게 돈으로 환산할 수 있겠어요……."

벌써 오후 한 시였다. 햇살을 받아 더워진 작은 운하들에서 갯내와 사향 비슷한 냄새가 올라오고 있었다. 우리는 아카데미아 미술관과 산 비오 소광장 사이에 있는 식당에 들어갔다. 자그마한 정원의 그늘 아래에 탁자 몇 개가 모여 있었다. 우리는 생선구이와 프리울리산 백포도주를 주문했다. 나는 그녀에게 말했다.

"비앙카, 덕분에 오늘 오전을 마법에 홀린 듯한 기분으로 보냈어요. 신비롭고 경이로운 것들이 세상에 존재한다는 사실을 어떻게 믿지 않을 수 있겠어요? 우선 내 꿈에서 징조가 나타났어요. '차르 아 고스'가 바로 사라고사였던 거죠. 그다음에 우리는 신비로운 산술 책을 발견했어요. 의식과 무의식, 그리고 영혼의 메커니즘을 이해하기 위한 하나의 방법을 우리에게 제시할 수도 있는 책이에요. 끝으로 우리는 이 환약통을 손에 넣었어요. 제 안에 무엇이 들어 있는지를 알고 독약이 들어 있을 때는 열리기를 거부하는 환약통이죠. 이것 역시 영혼을 가지고 있어요. 이 모든 것을 어떻게 설명할 수 있을까요?"

비앙카는 생선구이가 나오기를 기다리면서 한동안 입을 다물고 있었다. 그러다가 포크를 들고 식탁보에 줄을 그으면서 말했다.

"교수님은 서로 완전히 다른 사실들을 뒤섞고 있어요. 그 바람에 아주 멋진 손목시계를 잃어버리셨죠. 제 생각을 말씀드리자면, 우선 '차르 아 고스'가 사라고사와 맞아떨어진 것은 조금 당황스러운 일이기는 하지만 우연에 지나지 않아요. 작년에 카프리에서 예지적인 꿈들을 설명하실 때, 교수님은 그런 식으로 말씀하셨어요. 둘째로 '치품천사의 산술'을 다룬 그 책은 면밀하게 검토를 해봐야 알겠지만, 카발라의 수비학과 같은 것이 아닌가 싶어요. 많은 사람들이 그런 것을 활용해서 무언가를 발견하려고 했지만, 이제껏 성공한 사례가 없어요. 셋째로 그 환약통은 어떤가요? 저로서는 그것의 비밀을 설명할 수 없어요. 하지만 이것 하나는 분명하게 말할 수 있어요. 교수님은 그것을 너무 비싸게 사셨어요. 저야 그것이 앞으로도 계속 제대로 작동하기를 바랄 뿐이죠……. 오늘 오전이 마법에 걸린 것처럼 이상했다는 것은 인정해요. 얼마 전부터 이와 비슷한 일들이 교수님에게 계속 일어나고 있어요. 강연 도중에 느닷없이 영혼과 펭귄에 관한 이야기를 하고 도둑들의 표적이 되는가 하면, 비둘기들을 유인하여 머리 위에 앉히기도 하고, 마법이나 카발라와 관련된 물건들을 수집하기도 해요. 이제 마음을 잡고 실험을 다시 하시거나 꿈의 메커니즘에 관한 진지한 과학책을 쓰셔야 해요. 언제 착수하실 거죠?"

"비앙카, 난 이제 그런 일을 할 수 없어요. 내가 오랫동안 사용했던 방법들을 전혀 신뢰하지 않게 되었어요. 뇌 속에서 어떤 기능을 관장하는 부위를 정하려고 하는 것은 환상이에요. 그 기능이 어떤 구조나 경계가 뚜렷한 어떤 핵 속에 자리하고 있을까요? 그 구조니 핵이니 하는 것들은 해부학자들의 신화예요. 그것들은 수백만 개의 서로 다른 세포들로 이루어져 있고, 이 세포들 속에는 수상돌기에서 보내오는 정보들을 받아들이는 다양한 신경전달물질이 들어 있어요. 이런 신화적인 구조가 어떤 기능을 관장한다는 것을 어떻게 증명하죠? 해당 부위가 손상되었을 때 기능이 사라진다는 것을 보여 주면 되는 건가요? 그게 얼마나 심각한 오류인지 아세요? 우선, 손상된 부위는 언제나 표적으로 삼고 있는 부위보다 넓어요. 또한 이런 경우도 있을 수 있어요. 뇌의 손상이 해당 기능에 직접 영향을 미치는 것이 아니라 그 기능이 원활하게 이루어지는 데 필요한 다른 기능들을 왜곡시키는 경우 말입니다. 끝으로, 뇌의 다른 부위가 손상되었을 때도 해당 기능이 사라질 수 있어요. 그렇지 않다는 것을 누가 증명했죠? 물론 뇌 속의 여기저기에 경계가 분명한 손상을 만들어서 그것을 확인하는 것은 불가능한 일이죠."

"하지만 유전학이 발전함에 따라 생쥐들에게서 일부 유전자를 제거하는 일이 가능해졌어요."

"물론입니다. 우리는 그런 생쥐들을 '녹아웃 마우스'라고 부르죠. 우리도 이미 수십 개의 유전자를 제거해 봤어요. 하지만 생쥐들의 수면에 의미 있는 변화가 나타나지는 않았어요. 수면과 관련된 유전자는 한두 개가 아니라, 수백 개 아니 그 이상이에요."

"그래도 결국엔 전기생리학을 통해서 수면의 원인을 알아내게 되지 않을까요?"

"그건 공상이에요. 원인은 도처에 있어요. 어디에나 있다는 건 아무 데도 없다는 얘기와 같아요. 또한 원인이 작용함과 동시에 잠을 자게 된다는 식의 직접적인 인과관계를 상정할 수는 없어요. 수많은 요인이 협력해서 수면을 만드는 것이죠. 지금 이 순간에도 우리는 오늘 밤의 수면을 준비하고 있어요. 우리가 깨어 있을 때 꿈의 잔재가 영향을 미치는 것과 마찬가지로, 낮에 겪거나 행한 일들이 잠과 꿈에 영향을 미치죠."

"설마 그 수수께끼 같은 꿈을 꾸지 않았다면, 사라고사의 책을 찾아내지 못했을 거라고 생각하시는 건 아니겠죠?"

"그걸 누가 알겠어요? 어쩌면 내 무의식이 사라고사의 메시지를 알아차렸기 때문에 내가 그 책을 집어 든 것인지도 모르죠."

"그런 식으로 말하자면, 교수님의 '쌍둥이 동생'은 틀림없이 저를 꿈에서 봤을 거예요. 그랬으니까 저하고 같은 꿈을 꾸고 싶다며 은근하게 수작을 걸지 않았을까요?"

"아마 그럴 겁니다. 그런데 이거 아세요? 쌍둥이들은 때로 똑같은 꿈을 꾼다는 사실 말이에요."

"그럼 교수님도 제 꿈을 꾸셨나요?"

"네. 하지만 지금은 그 꿈을 이야기할 수 없어요. 나중에 기회가 되면……."

내 '쌍둥이 동생'의 욕망과 어젯밤 나를 호텔로 이끌었던 희망을 놓고 긴말을 할 계제가 아니었다. 나는 그 망할 놈의 심리학자 산테 데 상크티스 얘기를 꺼내는 바람에 모든 걸 망쳐 버렸다. 어쩌면 그리도 투미할까!

식당은 페기 구겐하임 미술관 바로 옆에 있었다. 어느새 비낀 햇살이 우리가 먹다 남긴 음식을 비추고 있었다.

"비앙카, 우리 저 미술관을 구경하러 갈까요? 가 보면 알겠지만, 내가 말하는 '앉아서 보는 그림들'을 전시하고 있어서, 내 다리가 피곤하지 않을 거예요."

우리는 운하에 면한 미술관 마당으로 들어섰다. 나는 '도시의 천사'라는 제목이 붙은 마리노 마리니의 기마상을 비앙카에게 보여 주었다.

"비앙카, 옛날에 천사들의 성#에 관한 토론이 있었다는 거 알고 있죠? 베네치아 사람들은 그 문제를 아주 멋지게 해결했어요. 오늘날에는 저 천사가 남성이에요. 말에 올라탄 천사의 성기를 보세요. 분명 음경이 달려 있죠? 한데 저 음경은 조립식이에요. 그래서 교황이나 추기경들이 방문할 때는 음경을 떼어낼 수가 있답니다. 그러면 성이 없어지는 거죠……. 정신이란 무엇인가 하는 문제도 그와 비슷하지 않나 싶어요. 어떤 학술대회에 가 보면 참가자들이 정신의 '창발적' 측면을 강조합니다. 정신이란 어디에나 있고 아무 데도 없는 것이라서 거의 정의할 수가 없다는 것이죠. 또 어떤 학술대회에서는 똑같은 인지과학자들이 대뇌피질에 빨간 반점들을 찍어서 나타낸 정신의 지도를 보여 줍니다. 그것은 남극해에 떠 있는 대왕오징어의 시체처럼 이미 '수면 위로 나타난 정신'이죠…… 비앙카, 이제 미술관 안으로 들어갈까요? 앞쪽의 몇 전시실까지는 내가 같이 갈게요. 몬드리안과 칸딘스키와 폴록의 작품들이 있으니까, 마음껏 꼼꼼하게 살펴보세요. 나는 한복판에 놓인 긴 의자에 앉아 그것들을 느긋하게 바라보면서 내 가엾은 다리의 피로를 풀겠어요. 그러는 동안 당신은 내친 김에 초현실주의 화가들의 작품도 보고 오세요. 막스 에른스트의 '대립 교황'은 꼭 보셔야 해요. 그에게 내 안부도 전해 주시고요."

비앙카가 돌아왔을 때는 벌써 다섯 시 반이나 되어 있었다. 그녀가 말했다.

"여기서 일단 헤어져야겠어요. 저는 호텔로 짐을 찾으러 갈 거예요. 일곱 시쯤 '바르바코니'라는 레스토랑에서 다시 만나요. 주인이 제 친구라서 대접을 잘해 줄 거예요. 저녁을 먹고 나서 열한 시 기차를 타기로 해요."

그녀는 레스토랑의 주소와 자기 휴대전화 번호를 명함에 적어 주었다. 나는 그것을 베네치아 지도 속에 끼운 다음 재킷 호주머니에 밀어 넣었다.

"레스토랑은 여기에서 그리 멀지 않아요. 1번 바포레토를 타고 가다가 리알토 다리에서 내리세요. 그런 다음 곧장 가다가 오른쪽으로 돌면 돼요. 시간은 충분하니까 쉬엄쉬엄 가세요."

그녀는 작별의 손짓을 하며 내 곁을 떠나갔다.

나는 여섯 시 반쯤 리알토 다리에 도착했다. 곧장 가다가 오른쪽으로 돌라고? 그런데 어느 쪽으로 곧장 가라는 거지? 나는 베네치아 지도를 꺼냈다. 이런, 비앙카의 명함이 사라졌다. 지도를 호주머니에 넣을 때 빠져나간 모양이었다. 이젠 레스토랑의 주소도 비앙카의 전화번호도 남아 있지 않았다. 게다가 그녀에게서 돈을 좀 빌렸어야 하는 건데, 그마저 깜박 잊고 말았다. 남은 돈은 1만 리라가 고작이었다. 이럴 때 손목시계라도 있으면 좋으련만. 이제 남은 길은 단 하나, 이상한 이름의 그 레스토랑을 찾아내는 것이었다. 그런데 이름이 뭐였더라? 바르바르 레스토랑이었나? 그럼 '야만인들의 레스토랑'이라는 뜻인가? 나는 그 말을 이탈리아어로 옮겨서 '일 리스토란테 데이 바르바리' 또는 '라 트라토리아[51] 데이 바르바리'가 어디에 있느냐고 지나가는 사람들에게 물었다. 아는 사람이 아무도 없었다. 비앙카는 곧장 가다가 오른쪽으로 돌라고 했다. 그런데 어느 쪽으로 곧장 가야 하는 거지? 나는 산타마리아 디 파리아 광장에 다다랐다. 레스토랑이나 가게가 나타날 때마다 '야만인들의 레스토랑'을 아느냐고 물어보았지만 헛일이었다. 그러다가 마침내 테이블을 차리고 있던

51) 트라토리아는 분위기가 소박하고 주로 가정에서 흔히 먹는 간단하고 저렴한 요리를 파는 작은 식당을 가리킨다.

웨이터 하나가 말했다.

"노, 로스테리아 델리 아사시니(그게 아니라 '살인자들의 주점'이 겠죠). 곧장 가세요. 5백 미터만 더 가면 있어요."

고약한 비앙카, 머리를 어디에다 쓰기에 거리 계산을 이렇게 못하는 거야? 아직도 5백 미터를 더 가야 하다니! 내 오른발의 통증이 갈수록 심해지고 있었다. 나는 오른쪽 구두끈을 빼 버렸다. 당장 신발 가게를 찾아내야 할 판인데 돈이 없었다. 할 수 없지, 이따가 비앙카하고 역으로 돌아갈 때나 모터보트를 타야지 뭐…….

나는 보볼로 층층대, 즉 '달팽이 층층대'라 불리는 콘타리니 저택의 나선계단 앞에 다다랐다. 이 계단은 베네치아 고양이들의 데이트 장소였다. 나는 베네치아에 머물 때마다 이곳에 들러서 고양이들에게 인사를 했다.

나이가 지긋한 베네치아 여자에게 '살인자들의 주점'이 어디에 있느냐고 물었더니, 바로 저기라면서 손가락으로 가리켜 주었다.

드디어 목적지에 도착한 것이다. 약속시간은 이미 지나 있었다. 일곱 시를 알리는 종소리를 들은 게 벌써 한참 전이었다. 비앙카는 나를 기다리고 있을 터였다. 마지막 저녁시간을 함께 보내기 위해서…….

하지만 그녀는 거기에 없었다. 주인은 두 사람을 위한 자리가 예약된 적이 없다고 말했다. 식당의 시계는 벌써 여덟 시 반을 가리키고 있었다. 그러니까 나는 여덟 시를 알리는 종소리를 들으면서 일곱 시라고 생각한 것이었다. 주인은 기다리는 동안 먹으라면서 전식을 가져다주었다. 이제 어떻게 하지? 그 고약한 구두를 신고 다시 걸어가는 것은 생각만 해도 끔찍했다. 모터보트를 타고 기차역으로 갈 수 있으면 좋으련만 그럴 돈이 없었다. 밤중에는 적어도 10만 리라가 들 것이었다. 비앙카에게 연락할 길도 없었다. 호텔로 전화를 걸어 볼 수는 있지만, 한참 전에 호텔을 떠났을 테니 다 부질없는 짓이었다. 나는 휴대전화를 사지 않은 것을 또다시 뼈아프게 후회했다. 내가 식당을 잘못 찾아들어 간 것이 분명했다. 하기야 말의 울림으로 볼 때, '살인자들의 주점'과 '야만인들의 레스토랑'을 혼동했을 가능성은 거의 없어 보였다. 밤을 보낼 만한 조용한 장소를 찾아내야 하는 상황이었다. 나는 아홉 시 십오 분에 식당을 나섰다. 주인은 내가 먹은 전식 값을 받지 않겠다면서 한마디를 보탰다.

"라 시뇨라 비 아 파토 운 비도네(숙녀분에게 바람맞으셨군요)."

나는 달팽이 층층대 쪽으로 돌아갔다. 아마 고양이들 때문에 마음이 끌린 모양이었다. 나는 가로등 불빛이 희미하게 비쳐드는 계단에 앉아 구두를 벗었다. 퉁퉁 부어오른 오른발이 너무나 아팠다. 발목에 상처도 나 있었다. 망할 놈의 구두! 그래도 구두를 버릴 수는 없어서 내 옆에 가지런하게 놓았다. 기차역이나 가장 가까운 선착장까지 맨발로 갈 수는 없는 노릇이었다. 주위에서 고양이들의 울음소리가 들려오고 있었다. 하지만 너무 침침해서 녀석들이 보이지는 않았다. 그때 하얀 운동화를 신은 사람이 가로등 불빛을 등지고 다가오는 게 보였다. 그는 내 앞에서 발걸음을 멈췄다.

"어이, 여기서 뭐하는 거요? 여긴 내 자리요! 당장 비켜요."

나는 운동화를 바라보던 눈길을 위쪽으로 돌렸다. 탈색한 청바지, 꼬질꼬질한 운동셔츠, 금발을 길게 늘어뜨린 히피풍의 텁수룩한 머리. 별로 사나워 보이지도 않고 마약중독자처럼 보이지도 않는 사내였다.

"미안하오. 이 구두를 신고 걸을 수가 없소. 우리 거래 하나 할까요? 이거 3백만 리라를 주고 산 새 구두인데, 이것과 그 낡은 운동화를 맞바꿉시다."

히피는 내 옆에 앉았다. 땀내와 마리화나 냄새가 났다. 그는 운동화를 벗었다. 그러고는 내 구두를 집어 요모조모 살피고 냄새를 맡더니, 마침내 발에 꿰어 보고 나서 휘파람 소리를 냈다.

"좋아요."

"운동화 이리 줘요, 신어 보게……."

조금 크기는 했지만, 착용감이 아주 좋았다. 일찍이 느껴 보지 못한 기분이었다. 나에게 구두를 판 아바노의 그 고약한 점원이 장담했던 '구름 위를 걷는 기분'은 바로 이런 것을 두고 하는 말이었다.

"훌륭하군! 당신 이름이 뭐요?"

"쿠키. 이제 비켜요. 여긴 내 침실이에요. 내 잠자리란 말이오."

그는 층층대 밑에 있는 작은 창고에서 커다란 골판지 상자를 꺼내더니, 그것을 펼쳐서 일종의 바람막이가 달린 침대를 만들어 냈다.

"쿠키, 그런 거 또 하나 없소?"

"뭐 하게요?"

"하룻밤만 빌립시다. 나는 달리 잠잘 데가 없소. 내일은 떠날 테니 걱정 말고⋯⋯."

그는 두 손가락을 맞비비며 지폐를 만지는 시늉을 했다.

"난 돈이 없소. 모두 털렸거든. 남은 건 이 지팡이뿐이오."

그는 내 손에 들린 지팡이를 가져가더니, 아주 쉽게 손잡이의 나사를 풀고 내용물의 냄새를 맡았다. 그러고는 다시 휘파람 소리를 냈다.

"오케이, 쿠키. 그 위스키와 샤르트뢰즈를 마시고 싶은 만큼 마셔도 좋소. 대신 나한테도 침대를 마련해 주시오."

쿠키는 층층대 밑에서 포장용 골판지 상자를 하나 더 꺼내더니, 아주 능숙한 동작으로 자기 것과 똑같은 잠자리를 만들어 냈다.

"당신 누구세요?"

"프랑스 관광객이오. 지칠 대로 지친 무일푼의 나그네죠."

쿠키는 위스키를 벌컥벌컥 들이켰다.

"정말 맛있네요. 마리화나 한 대 피울래요?"

너무나 피곤해서 대답도 나오지 않았다. 나는 골판지로 된 피난처로 미끄러져 들어가, 둘둘 만 재킷을 베개로 삼아 누웠다. 쿠키는 제 잠자리에 웅크린 채로 마리화나를 피우면서 위스키를 마시고 있었다.

나는 그가 두렵지 않았다. 저 친구가 내게서 훔쳐 갈 만한 게 있을까?

나는 호주머니 속의 환약통을 만져 보았다. 운동화 끈은 단단히 매어 놓은 터였다. 쿠키는 내 구두의 끈들을 함께 묶어서 제 목에 두르고 있었다. 내일이면 그것을 다른 사람에게 팔아 버리지 않을까 싶었다.

무언가를 하기에는 너무 늦은 시각이었다. 기차는 불안해하는 비앙카를 태우고 이미 떠났을 것이었다. 그냥 자자, 자자. 비앙카, 당신을 언제 다시 만날 수 있을까?

그냥 자자. 내 발과 등허리의 피로를 풀어 주자……

이제 자자, 운이 좀 따라 주면 꿈도 꿀 수 있을 거야. 나는 눈을 감았다.

## 고양이들을 위한 미사

연보라색 구름, 또는 가장자리가 오렌지색으로 물든 연회색 구름이 바다를 이루고 있다. 비행기 뒤로 해가 뉘엿거린다. 두 개의 엔진이 규칙적으로 부드러운 소리를 내며 돌아간다. 한참 전에 순항속도에 다다른 게 분명하다. 비행기의 기종은 옛날의 DC3이거나 포커이다. 나는 무라넬라의 따뜻하고 보드라운 모피 외투에 얼굴을 묻고 있다. 우리는 그녀의 나라로 함께 돌아가는 중이다. 그런데 어디로 가는 거지? 그녀는 그것을 말해 주지 않았다. 건너편에 똑같은 외투를 입은 여자가 앉아 있다. 아마도 무라넬라의 자매가 아닐까? 아니면 내 머리가 커다란 검은담비 외투의 주름 속에 묻혀 있는 탓에 헛것이 보이는 것인지도 모른다.

나는 행복하다. 드디어 무라넬라를 다시 만난 것이다. 그녀와 단둘이 만난 것인지, 그녀의 자매와 함께 만난 것인지는 알 수 없다. 손을 움직여 그녀의 허벅지를 어루만지고 싶지만, 그럴 수가 없다. 내 몸이 마비되어 있기 때문이다. 그래도 기분은 즐겁고 평온하다. 이것으로 나의 체류는 끝났다. 나는 무라넬라의 수수께끼를 풀었다. 그것은 꿈들의 비밀을 해독한 것보다 중요한 일이다. 그런데 우리는 어디로 가는 걸까?

갑자기 충격이 느껴진다. 비행기가 구름과 안개 속으로 곤두박질친다. 사위가 온통 하얗다. 엔진이 잠잠하다. 나는 퍼뜩 깨어나며 소리친다.

"우리가 떨어져요! 무라넬라……."

"조용히 해, 이 미치광이 프랑스 늙은이야."

쿠키는 그렇게 영어로 퉁을 놓고는 담요로 몸을 휘감았다. 그가 몸을 뒤척이다가 내 쪽에 충격을 주는 바람에 내 꿈이 비행기가 추락하는 장면으로 끝난 게 분명하다. 엔진이 잠잠해진 것은 가르랑거리던 고양이들의 침묵이 꿈에 반영된 것이다. 아닌 게아니라, 나는 내 옆에 잠들어 있는 두 마리 고양이의 털가죽에 얼굴을 묻고 있었다. 고양이들의 가르랑거리는 소리가 다시 내 귓전에 울리기 시작했다.

나는 외부의 감각 자극을 그대로 반영하는 이른바 '공시적共時的인' 꿈을 꾼 것이다. '꿈의 기계 장치'는 두 마리 고양이의 규칙적인 울음소리와 털가죽을 비행기 엔진 소리와 모피 외투의 촉감으로 변화시켰다.

무라넬라를 꿈에서 본 것은 이번이 처음이다. 내가 본 무라넬라는 한 사람일까 두 사람일까? 나는 꿈에서조차 그것을 알 수 없었다. 내 음경이 매우 딴딴해진 것으로 보아, 그건 참으로 관능적인 꿈이었다.

두 마리 고양이는 내가 잠든 사이에 왔다. 골판지로 된 내 잠자리의 온기에 이끌린 것이다. 덕분에 나도 녀석들의 온기를 받았다. 나는 오른쪽에서 자고 있는 녀석의 머리를 쓰다듬었다. 두 귀가 찢어져 있고 코도 생채기투성이다. 송곳니도 하나 빠져 있다. 목 언저리에는 짧은 털이 한데 달라붙어 더뎅이를 이루고 있다. 꼬리는 일부가 잘려 나갔다. 이 녀석은 분명 패거리의 우두머리다. 나는 녀석에게 '몽당꼬리'라는 이름을 붙여 주었다. 녀석이 내 곁에 와서 가르랑거리며 자고 있는 게 반가웠다. 그건 나를 친구로 인정한다는 증거였다. 내가 손을 더 내밀어 배를 쓰다듬으려고 하자, 녀석은 가르랑거리기를 멈추고 발톱을 드러냈다. 이쯤에서 그만두는 게 상책이었다. 녀석은 하품을 했다. 내 은신처에서 생선 냄새가 진동했다. 나선계단에 감도는 고양이 오줌 냄새보다 지독했다. 왼쪽의 고양이를 쓰다듬어 보니 털이 한결 복슬복슬했다. 수놈인지 암놈인지 알 수 없는 이 녀석은 계속 가르랑거리다가 내 머리통을 핥기 시작했다. 까슬까슬한 혀의 움직임 때문에 내 가짜 콧수염이 조금씩 떨어지고 있음을 느낄 수 있었다. 녀석은 빨간 반점이 생긴 관자놀이 부위를 자꾸 핥아댔다.

그 빌어먹을 반점 때문에 마음이 불안해지기 시작했다.

보아하니 쿠키가 깨어나기를 기다리면서 새벽까지 누워 있어야 할 듯했다. 그다음에는 어시장에 가서 정어리 몇 마리를 훔칠 생각이었다. 그때 문득 한 가지 생각이 떠올랐다. 세계의 모든 신경생리학 실험실에서 과학의 이름으로 희생된 모든 고양이를 추모하면서 소박한 참회의 의식을 거행하자는 생각이었다. 나는 그 의식에 필요한 라틴어 문장들을 기억해 내려고 애썼다.

나는 젊은 시절의 추억을 더듬었다. 그 시절에는 미사를 아직 라틴어로 집전하고 있었다. 메아 쿨파, 메아 쿨파, 메아 막시마 쿨파(제 탓이오, 제 탓이오, 저의 큰 탓이옵니다)라는 말과 함께 '고백의 기도'가 생각나고, '주님의 기도'의 몇 구절도 조금씩 기억에 되살아났다. 디미테 노비스 데비타 노스트라 시쿠트 에트 노스 디미티무스 데비토리부스 노스트리스(저희에게 잘못한 이를 저희가 용서하오니 저희 죄를 용서하시고)……. 물론 고양이들은 내가 라틴어로 말하든 중국어로 말하든 관심조차 두지 않을 것이다. 그래도 이왕이면 라틴어로 하는 게 나을 듯했다. 만약 내가 고양이 가면을 쓰고 몇 자루의 초에 불을 밝힐 수 있다면, 더더욱 라틴어가 어울릴 것이었다. 쿠키는 틀림없이 내 계획에 동의하리라는 생각이 들었다. 그는 고양이들을 좋아하는 사람처럼 보였다.

날이 채 밝기도 전에, 고양이 두 마리가 어떤 신비로운 신호에 따라 갑자기 내 곁을 떠났다. 그러자 '달팽이 층층대'는 고양이들의 내닫는 소리와 사나운 울음소리로 가득 찼다. 아마도 '몽당꼬리'가 계단에서 밤을 보낸 고양이들이나 인근의 골목에서 온 고양이들 무리 속으로 들어가 질서를 잡고 있는 게 아닌가 싶었다.

층층대 위로 새벽빛이 부옇게 밝아 오자, 쿠키는 담요와 골판지 잠자리에서 빠져나왔다. 내 구두는 여전히 그의 목에 매달려 있었다. 그때 한 여자의 긴 머리가 눈에 띄었다. 쿠키와 밤을 함께 보낸 여자인가 보았다. 그녀는 쿠키 옆에 앉아서 머리를 긁적거리기 시작했다. 귀고리를 달고 콧방울에도 진주를 박았는데, 가만히 살펴보니 여자가 아니라 열일곱이나 열여덟 살쯤 되어 보이는 남자였다. 그러니까 쿠키와 늘 함께 어울리는 친구이거나 일시적으로 잠자리를 같이한 친구인 모양이었다.

나는 그에게 예의를 갖춰서 말했다.

"안녕, 잘 잤소?"

그는 대답하지 않았다. 눈길조차 보내지 않았다. 그에게는 내가 존재하지 않는 것이었다.

쿠키는 마리화나 한 대를 물고 불을 붙이더니, 또 한 대에 불을 붙여서 제 친구에게 주었다. 냄새로 짐작하건대, 품질이 좋은 마리화나였다.

쿠키가 내게 물었다.

"한 대 피울래요?"

"아니, 지금은 생각이 없네."

그는 마리화나 한 대를 내 재킷 호주머니 속에 슬쩍 밀어 넣었다. 나는 그의 친구를 가리키며 물었다.

"누구지?"

"미슬라프. 유고슬라비아 친구예요. 괜찮은 녀석이죠."

그 젊은이는 세르비아 사람이지 싶었다. 무어라 이름 붙이기 어려운 색깔의 군용셔츠 위에 정교회 십자가를 걸고 있었다.

"생선을 구하러 갈까 하네. 고양이들을 위해서 말이야."

"그럼 서둘러 가세요. 어시장은 다섯 시 반에 문을 열거든요."

"지금 몇 시나 됐을까?"

나에겐 이제 손목시계가 없었다. 재킷 호주머니를 더듬어 보니, 다행히도 롤렉스 시계와 맞바꾼 환약통은 그대로 있었다. 시계가 없기는 쿠키도 마찬가지였다. 새벽의 불그스름한 빛이 층층대의 맨 아래쪽 단을 물들이고 있었다. 쿠키가 대답했다.

"여섯 시쯤 됐을 걸요."

어시장으로 가려면 리알토 다리를 건너야 했다. 내 지팡이가 보이지 않았다. 귀고리와 넥타이도 함께 사라졌다. 누가 훔쳐 갔을까? 생선을 담아 올 그릇이 없었다. 나는 겨우 비닐봉지 하나를 찾아내 호주머니에 쑤셔 넣었다. 어떤 가게 앞을 지나가다가, 벌써 아침 햇살이 스며들기 시작한 진열창에 내 모습을 비춰 보았다. 부랑자로 변한 내 몰골을 알아보기가 쉽지 않았다. 왼쪽 콧수염이 사라졌다. 간밤에 고양이가 까슬까슬한 혀로 핥는 바람에 떨어져 나갔을 것이었다. 구깃구깃한 바지는 운동화 위로 축 늘어져 있었다. 깃을 세운 재킷에는 얼룩과 먼지가 잔뜩 묻어 있었다. 나는 영락없는 부랑자가 되어 있었다. 그래도 마음은 자유롭고 행복했다. 나는 길가의 경계석에 앉아서 한쪽만 남은 가짜 콧수염을 떼어 냈다. 그때 조지 뒤 모리에의 소설 『피터 이벳슨』[52]이 문득 생각났다. 이 소설의 주인공 피터는 오로지 꿈속에서만 사랑하는 메리를 만날 수 있었다.

나는 작은 목소리로 혼잣말을 했다.

"무라넬라, 이제 우리도 꿈속에서 만날까?"

그런데 우리는 그 비행기를 타고 어디로 가고 있었을까? 나는 꿈의 첫 장면을 다시 떠올렸다. 해가 비행기 뒤쪽에서 뉘엿거리고 있었다. 해는 서쪽으로 진다. 따라서 우리는 동쪽으로, 동유럽으로 가고 있었다. 체코나 헝가리일까? 아니면 러시아? 그럼 무라넬라의 검은담비 외투는 뭐지? 그것도 러시아와 관계가 있다. 그렇다면 아귀가 맞아떨어진다. 아마도 고양이들의 가르랑거리는 소리가 무라넬라를 어딘가로 데려가는 비행기의 이미지를 유발했기 때문에 러시아와 관계된 또 하나의 퍼즐 조각이 꿈에 추가되었을 것이다. 꿈속에서 그녀가 가던 곳이 어디였겠는가? 바로 러시아가 아니었을까?

고급 구두를 버리고 운동화를 신은 것은 정말 잘한 일이었다. 나는 다시 발걸음을 옮겼다. 베네치아 시경 소속의 경찰관 한 사

---

52) 프랑스 출신의 영국 작가 조지 뒤 모리에(1834~1896)가 1891년에 발표한 소설. 현실에서 사랑을 이루지 못한 두 남녀가 서로의 꿈속에서 만나 정신적으로 하나가 된다는 이야기를 담고 있다. 1935년 헨리 헤서웨이 감독에 의해 영화로 각색되었다.

람이 나를 수상쩍어하는 눈길로 바라보고 있었다. 진짜 관광객들은 베네치아에서 보호를 받는다. 하지만 나는 어느 모로 보나 관광객처럼 보이지 않을 것이다. 조심하지 않으면 안 될 일이다.

대운하에 걸쳐 있는 리알토 다리가 아침 햇살에 반짝이고 있었다. 나는 다리를 건너 오레피치 거리로 접어든 다음, 법원 건물 앞에 늘어선 채소와 과일 좌판을 따라 걸어갔다. 아직은 관광객이 없었다. 그저 나이가 지긋한 베네치아 여자들만이 넘치도록 가득가득 채운 봉지들을 든 채 집으로 돌아가고 있었다. 전에 이곳을 여행하면서 예쁜 창녀들을 본 적이 있었다. 하지만 그녀들은 개밥바라기가 뜨는 저녁이나 밤에만 돌아다닌다.

나는 어시장에 도착했다. 이 시장은 20세기 초에 건설되었음에도 중세의 시장 같은 느낌을 준다. 다행히도 시장 안은 아직 어두웠다. 마수걸이 손님들을 상대로 목청을 높이고 있는 어부들 주위로 고양이들이 무리를 지어 모여들었다. 나를 보는 사람은 아무도 없었다. 나는 베네치아 사람도 아니고 관광객도 아니었다. 그렇다고 히피냐 하면 그것도 아니었다. 운하 가장자리에서 굶어 죽을지언정 베네치아를 떠나려고 하지 않는 그 늙은 예술가들처럼 보일 수는 있었다. 따라서 정어리와 머리가 바다부채처럼 생긴 이름 모를 물고기들로 내 비닐봉지를 채우는 것은 어려운 일이 아니었다.

나는 다시 리알토 다리를 건넌 다음, 작은 길들을 따라가면서 가면 가게를 찾았다. 그러다가 한 가게에서 제법 멋있는 고양이

가면을 찾아냈다. 나는 전시대에서 그것을 벗겨 내어 재킷 속에 감췄다. 아무도 나를 보지 못했으리라고 나는 믿었다. 그건 도둑질이었다. 나는 정어리를 훔치고 가면을 훔쳤다. 이 정도로 끝내야 하지 않을까? 나는 고양이들에 대한 참회의 의식을 내세워 나 자신을 용서하기로 했다. 나는 내 돈을 몽땅 털어 간 도둑들과는 다르다! 나는 고양이들을 위해서 도둑질을 했다. 이건 이타적인 도둑질이 아닌가!

콘타리니 저택의 '달팽이 충충대'로 가는 작은 길에 관광객들이 점점 많아지고 있었다. 나는 산타 루치아 성당 앞에서 잠시 발걸음을 멈췄다. 배가 고팠다. 나는 정어리 반 토막을 날로 삼켰다. 배고픔을 달래려고 마리화나에 불을 붙였지만, 한 번 빨기가 무섭게 기침이 터져 나왔다. 성당의 종탑에서 아홉 시 반을 알리는 종소리가 울렸다. 베네치아에는 '가타레'라 불리는 노파들이 있다. 떠도는 고양이들에게 매일 먹이를 주는 할머니들 말이다. 그네들이 오기 전에 나선계단으로 돌아가야 했다. 나는 되도록 은밀하게 참회의 의식을 거행하고 싶었다.

그때 갑자기 산타 루치아 거리에 무라넬라의 실루엣이 나타났다. 그녀는 뒷모습을 보이며 성큼성큼 걸어가고 있었다. 걸음걸이며 청바지며 셔츠며 금발이 영락없는 무라넬라였다. 나는 서툰 몸짓으로 관광객들을 요리조리 헤치며 달려가서, 두근거리는 가슴으로 절뚝절뚝 그녀의 등 뒤에 다다랐다. 그녀가 걸음을 멈췄다. 가죽 가방을 파는 아주 고급스런 가게의 진열창을 들여다

보기 위해서였다. 나는 비로소 그녀의 얼굴을 볼 수 있었다. 애 개, 그건 스물다섯 살에서 서른 살쯤 된 여자의 평범한 얼굴이었 다. 윤기도 별로 없고 화장기도 없었다. 루트비히 만이 말한 대 로, 나는 도처에서 가짜 무라넬라를 목격하는 것이 아닐까? 그 여자는 내가 자기를 살피고 있는 게 거북살스러웠던지, 별꼴이 야 하는 눈길로 나를 바라보았다. 그러더니 경멸 어린 태도로 어 깨를 으쓱하고는 다시 발걸음을 옮겼다.

나는 마침내 '달팽이 층층대'에 도착했다. 벌써 수십 마리나 되 는 고양이들이 층층대를 점령하고 있었다. 쿠키와 그의 친구는 첫 번째 단에 앉아 마리화나를 피우고 있었다. 이미 꿈꾸는 듯한 상태에 빠져든 터라, 나에게는 아무런 관심도 보이지 않았다.

서둘러야 했다. 몇몇 노파가 종종걸음을 치며 우유나 먹다 남 은 고기며 생선 따위와 같은 고양이 먹이를 가져오고 있었다.

나는 히피들에게 소리쳤다.

"자, 빨리빨리!"

그러자 그들은 신기하게도 몽상에서 이내 빠져나왔다.

"쿠키, 초를 몇 자루 구해다가 불을 붙여 주게. 의식이 곧 시작 될 거야."

나는 고양이 가면을 쓰고, 층층대의 맨 아래쪽 세 단에 걸쳐 생선들을 던져 놓기 시작했다.

이어서 내가 미처 예상하지 못한 어마어마한 전투가 벌어졌 다. '몽당꼬리'를 비롯한 각 패거리의 우두머리들이 주도하는 전투였다. 그러고 나자 다른 고양이들도 슬금슬금 생선에 다가들었다. 절뚝발이, 짝귀, 짝눈이, 다리 하나를 잃은 세발이, 털가죽이 다 닳아 해진 반질이, 어미에게 버림받아 뼈가 앙상하도록 말라버린 새끼 고양이, 옴쟁이, 새끼를 밴 암고양이, 발육이 부진한 지질이, 원래의 멋진 풍모를 잃은 도둑고양이도 주둥이를 들이밀었다. 고양이들의 품종도 다양했다. 앙고라종, 페르시아종, 아비시니아종이 있는가 하면, 샴 고양이와 버마 고양이도 보였다. 진짜 베네치아 고양이도 몇 마리 있는 듯했다. '소리아노'라 불리는 그 얼룩무늬 도둑고양이들의 족보는 아마도 카사노바의 시대로 거슬러 올라갈 것이었다. 내가 가져온 생선들이 곧 바닥날 참이었다.

나는 힘겹게 무릎을 꿇고 나직한 소리로 읊조리기 시작했다. 인 노미네 데우스 시베 나투라(신 또는 자연의 이름으로)······.[53] 그렇게 스피노자를 암시하고 나서, 나는 산타나 성당 앞에서 주운 콘돔 사용설명서의 뒷면에 적은 참회의 글을 빠르게 낭독했다.

"세상의 모든 고양이를 대표하는 베네치아 고양이들이여, 모든 신경생리학자를 대신하여 그대들에게 인사를 보내고 용서를 구한다. 그대들은 우리 때문에 불행과 고통을 겪었다. 우리는 그

---

53) Deus sive Natura(신 또는 자연)는 유일 실체의 일원론과 범신론을 주장한 네덜란드 철학자 스피노자(1632~1677)의 철학을 요약하는 개념. 스피노자에 따르면, 신과 자연은 우주의 바탕이 되는 유일한 실체의 두 이름이다. 이 유일한 실체는 정신과 물체로 이루어져 있지만, 그것들의 양태에는 아무런 차이가 없다.

대들의 수면을 박탈하고 꿈을 빼앗았다. 우리의 그 모든 잘못에 대해 용서를 빈다. 그것은 과학의 발전과 인류의 행복을 위해서 저질러진 일이었다. 하지만 이제는 다 끝난 일이다. 나는 그러기를 바란다. 그대들 모두 햇볕 바른 곳에서 편하게 쉬기를 바란다. 그리고 우리의 참회와 우애를 담은 이 정어리들을 받아 다오."

생선이 바닥나자 고양이들의 아귀다툼도 끝났다. 그때 갑자기 층층대 아래쪽이 쥐 죽은 듯 조용해졌다. 불안감이 선뜩 밀려왔다. 내 등 뒤에서 뭔가 기괴한 일이 벌어지고 있었다. 나는 뒤를 돌아보았다. 작은 광장이 인파로 뒤덮여 있었다. 고양이들에게 먹이를 주러 나온 노파들이 손가락이나 주먹을 내밀어 말없이 나를 가리키고 있는 게 보였다. 쿠키와 그의 친구는 돌처럼 굳어버린 채 어찌할 바를 몰라 하고 있었다. 나는 가면을 벗으면서 무슨 영문인지 이내 알아차렸다. 하얀 허리띠에 권총을 찬 경찰관 세 명이 어느새 층층대 턱밑까지 출동해서 내 거동을 조용히 지켜보고 있었던 것이다. 그들의 표정은 딱딱하게 굳어 있었다.

군중 속에서 아는 얼굴 하나가 눈에 띄었다. 41번 바포레토에서 본 적이 있는 관광객이었다. 그는 플래시를 터뜨리면서 사진을 찍기도 하고, 캠코더로 촬영을 하기도 했다. 이 곤경에서 벗어날 수 있는 최선의 길을 찾아내야 하는 상황이었다. 다행히도 셋 가운데 계급이 가장 높은 경찰관이 프랑스어와 영어를 할 줄 알았다. 그가 말했다.

"신분증 좀 볼까요?"

"죄송합니다, 경관님. 그저께 산 마르코 광장에서 여권과 지갑과 신용카드를 몽땅 도둑맞았어요. 그날 정오에 파출소에 가서 신고도 했어요."

그러는 동안 다른 경찰관들은 두 히피를 세워 놓고 몸수색을 벌였다. 그들은 마리화나와 코카인(세상에!)을 찾아냈다. 쿠키와 그의 친구는 경찰의 감시를 받고 있던 조무래기 딜러들인 모양이었다. 그들의 손목에는 벌써 수갑이 채워져 있었다.

"자, 몸에 무엇을 지니고 있는지 뒤져 볼까요?"

경찰관은 내 몸을 꼼꼼하게 뒤졌다. 하지만 이렇다 할 만한 것이 없었다. 반쯤 피우다 만 마리화나 한 개비, 비닐봉지에 남은 정어리 머리 한 개. 1만 리라짜리 지폐 한 장, 그리고 환약통, 이게 전부였다.

"그 안에는 아무것도 안 들었어요."

그는 수상쩍어 하는 눈초리로 나를 바라보고는 환약통 내부의 냄새를 맡았다.

"코카인이 들어 있었던 거 아니오?"

"천만에요. 그건 어제 차테레 기슭의 골동품 가게에서 샀어요."

"하지만 그저께 돈을 다 털렸다면서요?"

"맞아요. 그래서 내 손목시계랑 맞바꾼 겁니다. 롤렉스 금시계하고요."

그는 내 말을 믿는 것 같지 않았다. 쿠키의 목에 걸린 나의 새 구두가 그의 관심을 끌었다.

"저렇게 멋진 새 구두를 이 낡은 운동화와 맞바꿨다고요? 나보고 그걸 믿으라는 겁니까? 구두를 주는 대가로 저 히피들에게 무엇을 요구했죠? 자, 같이 가실까요?"

내 손목에는 수갑이 채워지지 않았다. 하지만 나는 두 히피를 따라 산타 마리아 운하에 세워 둔 경찰 모터보트까지 가야만 했다. 나는 꼬리가 잘린 늙은 수고양이를 마지막으로 한 번 더 보고 작별인사를 할 양으로 뒤를 돌아보았다. 하지만 녀석은 이미 사라진 뒤였다.

우리는 기차역 쪽에 있는 경찰서에 도착했다. 경찰관들은 나를 작은 방에 가둬 버렸다. 기시감 발작의 전조가 느껴지기 시작했다. 아마도 너무 허기진 탓이었을 것이다. 내 이야기를 부분적으로나마 확인해 줄 수 있는 사람은 비앙카밖에 없었다. 그녀에게 연락할 길을 찾아내야 하는 상황이었다. 하지만 그녀와 관계된 정보들은 모두 도둑맞은 수첩에 적혀 있었다.

프랑스 영사관에 연락할까? 나는 오래전부터 전 세계로 여행을 다니면서 모든 나라의 프랑스 대사관과 영사관에 대해 혐오감을 갖게 되었다.

집으로 전화할까? 내가 겪은 일을 가족에게 어떻게 설명하지? 경찰관들은 내 이야기를 들으면서 얼마나 재미있어 할까? 어떻게 해서든 내가 겪은 불상사를 비밀에 부쳐야 한다. 내 가족이 알아도 안 되고, 리옹의 과학계나 의학계가 알아도 안 될 일이다.

나는 테오도리크 호텔에 전화를 걸었다. 루트비히 만 교수는 저녁이나 되어야 돌아오리라고 했다. 그렇다고 나타샤에게 도움을 청하고 싶지는 않았다. 그녀가 경찰을 끔찍이 싫어한다는 것은 내가 이미 짐작하고 있는 바였다. 경찰관은 테오도리크 호텔의 프런트 오피스 매니저와 전화로 긴 이야기를 나누었다. 경찰관이 나를 어떤 식으로 묘사하고 있는지 짐작이 가고도 남았다. 그가 보기에 나는 마약에 중독된 동성애자였고, 미셸 주베 교수의 신분증과 돈과 금시계를 훔쳤을지도 모르는 절도 용의자였다.

경찰관은 결국 산 마르코 광장의 파출소에 연락을 취했다. 그쪽의 경관들이 설명한 인상착의에 따르면, 나는 롤렉스 금시계를 차고 흑단 지팡이를 짚고 다니는 세련되고 자신감이 넘치는 인물이었으며, 무엇보다 콧수염을 기르고 있었다. 이것은 부랑자 몰골을 한 이쪽의 인상착의와 일치하지 않았다. 산 마르코 광장의 경관들은 경찰서에서 팩스로 보낸 내 사진을 알아보지 못했다.

나는 경찰관이 가져오게 한 샌드위치를 먹고 기운을 조금 차렸다.

누구에게 전화를 하지? 내 친구인 나폴리의 M교수에게 전화할까? 그는 비밀을 지키지 않고 내 이야기를 토막토막 흘리고 다닐 사람이었다. 이 사건이 알려지면 당연히 이러쿵저러쿵 말들이 많을 것이었다. 결국엔 너무나 불미스런 스캔들로 비화되어

나를 대표적인 꿈 연구가들의 반열에서 끌어내릴 공산이 컸다. 실제로 미국의 몇몇 동료가 진위를 알 수 없는 비슷한 스캔들에 휘말려 곤욕을 치른 적이 있었다. 추문은 추방으로 이어졌고, 일단 추방된 사람들은 고대 아테네에서 도편추방을 당한 시민들처럼 10년 동안 외지에서 지내야 했다.

경찰관이 다시 나를 심문하러 왔을 때, 내 입에서 멍청한 소리가 튀어나왔다.

"이보세요, 나는 당신 나라의 유명 인사들을 많이 만났어요. 대통령궁에서 줄리오 안드레오티 총리의 환대를 받으며 악수를 나눈 적도 있고, 10년 전에는 바티칸에서 열린 의식에 관한 심포지엄에서 요셉 라칭어 추기경을 만나기도 했죠."[54]

"아이고, 그러셔요? 교황님을 알현하지는 않으셨나요? 이왕이면 하느님하고도 악수를 하시지 그러셨어요?"

경찰관은 자리에서 일어나 자기 사무실로 돌아갔다. 그가 동료들에게 내 말을 전했는지 왁자한 웃음소리가 터져 나왔다. 내가 아무래도 제정신이 아닌가 보다. 마토, 콤플레타멘테 마토(미쳤어, 완전히 미쳤어)! 어쩌면 정신과의사를 불러야 할지도 모르겠어. 그러면 이 궁지에서 벗어날 수도 있지 않을까?

54) 줄리오 안드레오티(1919~ )는 1972년부터 92년 사이에 일곱 차례에 걸쳐 이탈리아 총리를 지낸 기민당 소속의 정치인이고, 요셉 라칭어는 2005년 265대 교황으로 선출된 베네딕토 16세의 본명.

한 시간 뒤에 경찰관이 다시 왔다. 그는 나를 찬찬히 살펴보다가 마치 정신이 온전치 않은 사람을 대하듯이 말했다.

　"당신은 다음과 같은 범죄의 혐의를 받고 있습니다.

　첫째, 부랑 행위. 당신은 신분증도 돈도 주거도 없습니다.

　둘째, 절도. 한 목격자의 증언에 따르면 당신은 오늘 아침에 가면을 훔쳤습니다.

　셋째, 도덕과 종교의 침해. 당신은 고양이들 앞에서 라틴어로 사탄숭배 의식을 거행했습니다.

　넷째, 풍기 문란. 사람들의 말에 따르면, 당신은 평판이 좋지 않은 두 명의 동성애자와 동침했습니다.

　다섯째, 마약 소지. 당신은 마리화나를 몸에 지니고 있었을 뿐만 아니라, 코카인을 소지했으리라는 의심까지 받고 있습니다.

　이 모든 행위의 혐의가 입증될 경우, 한두 달의 징역형을 받게 될 수도 있어요. 우리는 정신감정을 의뢰했어요. 만약 정신과의사가 당신의 정신 상태가 정상이 아니라고 결론을 내리면, 당신은 베네치아 시립병원의 응급 정신과로 이송될 겁니다. 내가 보기엔 그런 결론이 나오지 않을까 싶어요."

　내가 무슨 말을 할 수 있었겠는가? 나는 기시감 발작이 다시 일어나는 바람에 정상적인 사람으로 보이지 않은 게 분명했다. 하지만 경찰관은 내가 마약에 취해 있다고 생각하는 듯했다.

　정신과의사인 루코 박사는 저녁 여덟 시쯤에야 도착했다. 그는 작달막한 배불뚝이에다 대머리였고 얼굴이 불콰했다. 나이는 마흔 살쯤 되어 보였다. 그는 중요한 모임에 초대를 받았기 때문에 한시가 급하다고 경관들에게 말했다. 다행히도 그는 영어를 할 줄 알았다. 그는 조서에 적힌 내 이야기를 재빨리 훑어보았다.

"자신이 의사라고 말했군요."

"네, 선생님, 아니 박사님. 나는 대학에서 가르치고 있습니다."

"무얼 가르치시죠?"

"신경생물학입니다."

"나를 그냥 선생님이라고 불러도 됩니다. 신경학자이신가요?"

"꼭 그렇다고 말할 수는 없습니다, 선생님. 나는 수면에 관해 연구하고 있어요."

그는 조서를 보면서 말했다.

"고양이들의 수면을 연구하시는군요."

"네. 특히 역설수면에 관해서 연구합니다."

"그게 뭔지 설명해 보겠어요?"

"역설수면이란 빠른 안구 운동이 나타나는 수면, 즉 렘수면이죠. 이 수면 중에는 꿈을 많이 꿉니다."

"고양이들도 꿈을 꾸나요?"

"그럼요, 고양이들도 꿈을 꿀 수 있죠."

"금시초문이군요. 신빙성이 없는 얘기예요. 잠은 잘 주무세요?"

"그리 잘 자는 편은 아닙니다."

"마약이나 알약을 상용하십니까?"

"이따금 벤조디아제핀을 복용합니다."

"코카인이나 마리화나는요?"

"안 합니다."

"아주 고급스러운 새 구두를 낡은 운동화와 맞바꾸었다고 하는데, 바로 그 운동화인가요?"

"네. 디스크 때문에 걷는 데 문제가 있어서요."

"프랑스 교수라는 사람이 하는 얘기 치고는 너무 이상하다고 생각하지 않나요? 이런 얘기를 믿을 사람이 있을까요?"

"이상하죠. 하지만 사실입니다. 그런데⋯⋯."

"그런데 뭐죠?"

"그런데 나는 뇌와 사고에 약간의 문제가 있습니다. 기시감 현상이나 환시 비슷한 것을 경험하고 있어요."

"어떤 거죠?"

"어떤 일들이 일어나기도 전에 미리 보이는 겁니다."

"그것 참 신기하군요!"

그는 나를 주의 깊게 살피다가 관자놀이와 후두부에 붉은 반점이 생긴 것을 알아차렸다.

"이 반점들은 언제 생긴 거죠?"

"일주일밖에 안 됐어요."

"혈액검사를 받으셔야겠어요."

그는 매독이나 에이즈를 염두에 두고 있을 터였다. 물론 터무니없는 생각이었다. 하지만 그것이 정말 무엇인지에 대해서는 나 역시 대답할 수가 없었다. 그래서 불안했다.

그는 조서를 다시 읽기 시작했다.

"오, 안드레오티 총리와 라칭어 추기경을 만났다고 써 있네요. 이거 참 이상한데요. 고양이들의 구원을 위해 악마에게 기도를 하는 사람이 추기경 만난 것을 내세우다니 말이에요. 그렇게 생각하지 않나요?"

"설명하기가 무척 어렵네요. 나는 악마에게 기도하지 않았어요. 그건 참회의 의식이었어요. 오늘날엔 교황도 참회를 합니다."

"잠시 기다리세요."

그는 확인서를 작성하러 갔다. 그가 무어라고 쓸지 짐작이 가고도 남았다. 70대 노인에게서 나타나는 환시와 망상 증세를 보이고 있음. 에이즈 바이러스 양성반응과 마약중독의 가능성이 높음. 동성애자일 가능성도 있음. 혈액검사를 받아야 함.

그는 30분 뒤에 돌아왔다. 베네치아 시립병원에 연락해서 내가 들어갈 자리를 구한 모양이었다.

"아까 이야기하신 대로, 정신적으로나 신체적으로나 당신의 건강은 그다지 좋은 편이 아니에요. 베네치아 시립병원으로 보내 드릴 테니, 거기에 며칠 동안 머무세요. 그 병원에서 가장 훌륭한 의료진이 모여 있는 특별한 병동에 입원하시게 될 거예요. 곧 간호사들이 데리러 올 겁니다. 그럼 내일 다시 보기로 하죠. 아참, 내일은 토요일이니까…… 월요일에 만나야겠네요. 그때까지 편히 지내세요, 박사님."

그러면서 그는 한쪽 눈을 찡긋해 보였다. 그 눈짓이 무엇을 뜻하는지 알 수가 없었다.

밤 열 시가 되자 기다리던 남자 간호사들이 왔다. 그때부터는 일이 신속하게 진행되었다. 나는 그들이 요구하는 대로 거듭거듭 서명을 했다. 나를 체포했던 세 경관은 퇴근하고 야간 근무 팀이 그들을 대신했다. 새로 온 경관들은 나를 미치광이나 마약중독자나 게이, 또는 세 가지 모두에 해당하는 사람으로 여기는 듯했다. 나는 경찰서를 떠나기에 앞서 다시 지팡이를 찾아보았다. 부질없는 짓이었다. 그래도 환약통은 되찾을 수 있었다.

병원의 모터보트는 회전등을 번쩍거리고 사이렌을 울리며 전속력으로 달렸다. 세 간호사는 곁눈으로 나를 계속 감시하고 있었다. 보트가 지나가면서 일으키는 물결이 달빛에 반짝이며 운하의 얼룩진 벽을 찰싹찰싹 때렸다.

우리는 자정쯤 병원에 도착했다. 이 병원에서 관을 운반해 가던 장의사 직원들이 하마터면 관을 물속에 빠뜨릴 뻔 했던 일이 생각났다. 그러자 공포가 엄습했다. 그게 언제 적 일이더라? 거의 한 달이 다 된 것만 같았다. 나도 관에 담겨서 병원을 나가는 건 아닐까?

우리는 당직 인턴을 깨워야만 했다. 그는 불편한 심기를 드러내며 말했다.

"320호실로 데려가세요."

다행히도 그 병실에는 침대가 하나밖에 없었다. 창문은 굵은 창살로 막혀 있었다. 나는 옷을 벗었다. 그들은 리넨으로 된 구속복 같은 것을 나에게 입혔다.

"취침하세요!"

당직 간호사가 들어왔다. 작고 뚱뚱한 베네치아의 맘마[55]였다. 피곤해 보이지만 웃음기를 가득 담은 얼굴로 그녀가 내 위로 몸을 숙이며 말했다.

"논노, 비 파초 파레 우나 그로사 도르미타(할아버지, 한숨 푹 주무시게 해 드릴게요)."

그러고 나서 그녀는 주사기에 담긴 것을 내 팔의 정맥 속에 모두 주입했다.

---

55) '엄마'를 뜻하는 이탈리아어 맘마는 '모성애를 가지고 다른 사람을 보살펴 주는 착하고 다정하고 상냥한 여자'를 가리키기도 한다.

### 1999년 9월 18일 토요일
## 베네치아의 지하철

당장 여기에서 나가야 한다. 몸을 더듬어 보니 그들이 나를 묶어 놓았다. 짐작건대 밤중에 나를 운하에 버리려는 속셈이다. 나는 결박당한 몸을 비틀면서 가까스로 침대에서 빠져나온다. 다행히도 병실 문이 열려 있다. 나는 푸르스름한 달빛을 받으며 긴 복도를 따라 나아가다가, 병원 북쪽의 두 병동을 연결하는 육교에 다다른다. 그러자 거기에서 뛰어내려 부두까지 날아가자는 생각이 든다. 베네치아의 밤공기를 가르며 비상하는 것은 쉽고도 기분 좋은 일이다. 이건 분명 꿈이 아니다. 나는 내가 정말 깨어 있다는 것을 스스로 입증하기 위해, 북부 이탈리아의 주 이름들을 큰 소리로 왼다. 발레 다오스타, 리구리아, 피에몬테, 롬바르디아, 베네토, 알토 아디제, 프리울리. 그런 다음 마지막으로 한 번 더 공중회전을 하고 바포레토 정류장 뒤에 내려선다. 부두에 다다르니 커다란 새처럼 생긴 네 개의 검은 그림자가 보인다. 기다란 소매가 달린 검은 토가 같은 것으로 몸을 휘감은 사람들이다. 부리가 긴 검은 새 모양의 가면을 쓰고 있어서 커다란 새처럼 보인다. 그들은 내가 오는 것을 보고 고개를 끄덕인다. 병원 벽에 드리워진 부리의 그림자들이 규칙적으로 흔들린다. 그들은 양쪽으로 비켜서면서 나에게 자리를 내준다. 그들 가운데 하나가 내 어깨에 손을 얹더니 검은 토가와 가면을 내민다.

"어서 이 옷을 입고 가면을 쓰세요. 지금은 아무것도 묻지 말고 가만히 계세요. 우리는 다음 지하철을 타고 산 미켈레 섬의 공동묘지로 가야 해요. 자, 따라오세요!"

그는 부두의 오른쪽으로 가더니, 건물의 한 부분처럼 보이도록 교묘하게 숨겨 놓은 지렛대를 누른다. 그러자 물속에서 검은색의 거대한 실린더가 올라오는 것이 보인다. 실린더는 수면 위로 솟구쳐 우리가 있는 곳까지 올라온다. 수면 위로 3미터쯤 올라온 것이다. 원통형 문이 빙그르르 돌아가며 소리 없이 열린다. 나는 검은 새들을 따라 조심조심 실린더 속으로 내려간다. 잠수함 속으로 들어가는 기분이다. 실린더의 크기를 가늠해 보니, 지름은 2미터쯤 되고 길이는 5미터쯤 될 듯하다. 앞뒤로 나 있는 커다란 유리창에서 푸르스름한 빛이 새어들어 내부를 희미하게 밝히고 있다. 우두머리로 보이는 새가 실린더의 아랫부분과 기압 조절실의 문을 닫는다. 나는 그들을 따라 말없이 좌석에 앉는다.

그러자 공기가 새는 소리며 물이 빠지는 소리 따위가 들리고, 몸이 돌연 좌석 뒤쪽으로 쏠린다. 우리의 교통수단이 급발진을 한 것이다. 기다란 금속 터널 속으로 차가 소리 없이 미끄러져 간다. 이 차의 동력은 수압이다. 터널 속에 설치된 수도관에서 물이 분출하여 그 압력으로 차가 나아가는 것이다.

우두머리 새가 말한다.

"우리 차는 마치 주사기 속의 피스톤처럼 터널 속에서 미끄럼을 타죠. 차체에 온통 고래 기름을 발라 놓기 때문에 소음이 전혀 없어요."

나는 비로소 말문을 열었다.

"어디로 가는 거죠?"

"산 미켈레 공동묘지 한복판으로 갑니다. 가 보면 아시겠지만, 터널이 끝나는 자리에 커다란 무덤이 있어요. 이 지하철의 존재는 극소수의 사람만 아는 비밀입니다. 베네치아의 어떤 지도에도 나와 있지 않죠. 이것의 용도는 병원에 갇혀 있는 죄수들을 탈출시키는 것입니다. 우리가 죄수들을 탈출시키는 것은 그들이 실험 대상으로 악용되는 것을 막기 위해서입니다. 과학자들의 광기로부터 그들을 보호하려는 것이죠. 이 지하철이 건설된 18세기에는 인체의 전기에 관한 비밀 실험들이 자행되고 있었습니다. 당시의 물리학자들과 생리학자들은 참수당한 사람들의 시신을 이용했어요. 젊고 건강한 애국자들을 사형시켜서 그 시신을 실험에 사용하는 짓도 서슴지 않았죠. 그들은 몸에서 떨어져 나온 머리에 볼타전지로 충격을 가해서 안구를 움직이거나 얼굴을 찡그리게 하는 실험을 했어요. 바로 그 무렵에 터널이 건설되었고, 덕분에 많은 사형수들이 지하철의 세 종점, 즉 병기창과 게토와 공동묘지로 탈출할 수 있었죠."

우두머리 새는 잠시 생각에 잠겨 있다가 말을 잇는다.

"슬프게도 인간을 상대로 한 실험은 오늘날에도 그 병원에서 계속되고 있습니다. 주로 이식이 행해지죠. 그들은 뇌를 이식하기까지 합니다. 당신이 도망친 것은 아주 잘한 일입니다. 당신의 비행은 아주 훌륭하더군요. 만약 당신이 도망치지 않았다면, 그들은 당신의 뇌를 떼어 내고 시신을 물속에 던져 버렸을 거예요."

그때 몸이 갑자기 앞으로 쏠린다. 우리를 태운 차량이 멈춰 선 것이다. 우두머리가 기압 조절실 문을 다시 열자, 우리는 터널을 빠져나가는 원통형 통로로 올라선다. 이 통로의 상단은 커다란 무덤으로 이어진다. 검은 새들이 나보다 앞서 올라간다. 그런데 내가 지표에 다다라서 가면을 벗고 보니, 그들은 이미 어딘가로 사라졌다. 주위에서 물소리가 들린다. 물이 수많은 샘에서 졸졸 흘러나오기도 하고 무덤 주위의 우물에서 부글거리기도 한다. 병원 앞에서부터 여기까지 우리를 데려다 준 것이 바로 그 물이다. 이윽고 나는 파르테논 신전을 축소해 놓은 것처럼 생긴 무덤에서 빠져나간다.

그러자 놀랍게도 나는 작은 섬에 와 있다. 커다란 연못의 한복판에 있는 섬이다. 시원한 버드나무 그늘 아래에 연꽃들이 무성하다. 상큼한 공기와 못물의 냄새가 감돈다. 이윽고 나는 작은 오솔길 하나를 찾아낸다. 길에는 물기를 머금은 둥근 자갈들이 깔려 있고, 길섶에는 무덤들이 있다. 이 길은 바닷가로 통한다. 그때 사슬이 길을 막아선다. 나는 그것에 부딪혀 땅바닥에 쓰러진다…….

"논노, 시에테 코메 운 디아볼로 덴트로 우나 스카톨라(할아버지, 꼭 상자 속에 든 악마 같아요)!"

베네치아의 맘마였다. 나에게 주사를 놓아 잠에 곯아떨어지게 했던 그녀가 나를 깨운 것이었다. 그녀는 나를 움직이지 못하게 묶고 있던 가죽띠를 풀어내고 있었다. 침대 양쪽에는 널빤지가 놓여 있었다. 그녀가 설명했다.

"주무시는 동안 얼마나 몸을 심하게 움직이셨는지 몰라요. 그래서 침대에서 떨어지시지 말라고 제가 널빤지를 대 놓았죠."

"그 망할 놈의 약 때문이오!"

그녀가 어젯밤에 주사한 약이 열흘에 걸쳐 진흙목욕을 하는 동안 내 피부가 흡수한 엔도르핀과 결합된 게 아닌가 싶었다. 내가 그토록 생생하고도 기이한 꿈을 꾼 이유가 바로 거기에 있지 않을까?

나는 자리에서 일어나 창가로 비틀비틀 걸어갔다. 그런 다음 창살 너머로 밖을 내다보았다. 해는 벌써 중천에 떠 있고, 바다

위에 서린 안개도 거의 사라진 시각이었다. 아래쪽을 내려다보니, 바포레토 한 대가 하얀 물거품을 일으키면서 부두를 떠나고 있었다. 스크루가 돌아가면서 헤집어 놓은 온갖 쓰레기가 물거품과 뒤섞여 소용돌이쳤다. 나는 부두 오른쪽의 수면을 살폈다. 꿈에서 본 실린더의 희미한 형체가 어른거리는 것 같기도 했다.

베네치아에 정말 지하철이 존재할 수 있을까? 그건 그저 꿈이 지어낸 황당무계한 이야기가 아닌가? 나는 몸을 숙여 오른쪽을 보았다. 두 병동을 4층 높이에서 서로 이어 주는 육교가 눈에 들어왔다. 꿈에서 본 바로 그 육교였다. 육교의 양쪽 가장자리는 유리창으로 막혀 있었다. 어떻게 저기에서 뛰어내려 허공을 비행하는 꿈을 꾸었을까? 현실을 많이 닮은 그 꿈은 가상의 지하철을 타고 달리는 경이로운 여행으로 이어졌다. 혹시 이것도 예지적인 꿈이 아닐까? 옛날 책들과 18세기의 베네치아 지도를 구해서 확인해 볼 필요가 있다. 지하도가 존재했을 가능성이 전혀 없는 것은 아니다. 베네치아는 수백만 개의 나무말뚝 위에 건설된 도시다. 하지만 그 밑에는 무엇이 있을까? 그리고 참수된 사람들의 시신을 상대로 한 실험은? 그건 사실이다. 나는 예전에 읽었던 알디니[56]의 책을 비로소 기억해 냈다. 이 책에는 그런 실험들의 잔인함이 아주 자세하게 묘사되어 있다.

나는 침대에 가서 도로 누운 다음 눈을 감았다. 이 꿈의 몇 가

---

56) 이탈리아의 법조인이자 정치가(1755~1826).

지 요소는 쉽게 설명될 수 있다. 나는 어젯밤 물속에 던져지는 것을 상상하며 공포와 불안에 휩싸였다. 바로 이것 때문에 탈출의 꿈을 꾸게 된 것이다. 감방과도 같은 병실에서 탈출하는 길은 무엇인가? 날아가는 방법밖에 없지 않은가? 공중을 나는 꿈은 내 꿈의 목록에서 예외적인 것이 아니다. 지금까지 50회 정도가 기록되었으니까, 전체 기록의 약 1퍼센트에 해당된다. 이런 꿈을 꿀 때는 언제나 '반성적인 의식'이 수반되었다. 꿈속에서 나는 내가 깨어 있다고 생각하면서, 그것을 스스로 확인하기 위해 복잡한 암산을 하거나 시를 암송하기도 하고, 간밤처럼 이탈리아의 지방 이름들을 외우기도 했다.

그럼 터널 속을 잠수함처럼 미끄러져 가는 차량은 무엇을 뜻하는 것일까? 그것은 남근의 상징이자 성교의 명백한 상징이기도 하다. 하지만 이 꿈에는 여성 인물이 전혀 등장하지 않았다. 끝으로, 몸에서 떨어져 나온 머리들을 상대로 한 실험, 과학자들의 광기라는 주제가 있다. 이것은 뇌 속에서 벌어지는 현상들을 연구하는 방법을 놓고 내가 최근에 보인 태도와 관계가 있다. 나는 생리학에 바탕을 둔 객관적인 접근 방법을 포기했다. 베네치아에서 행한 강연에서는 그것을 환상이라고 규정했다. 나의 무의식은 인체 실험의 이미지들을 통해서 바로 그런 사정을 나타낸 것이 아닐까?

나는 꿈속에서 경험했던 비상과 활주와 도착의 느낌을 되살리려고 애썼다. 그 느낌들은 기시감 발작을 예고하는 현기증과 연관된 것이 아닐까? 내 속귀의 전정기관에 탈이 나서 그런 꿈을 꾸지 않았을까? 꿈꾸는 동안에 작용하는 해마의 세타파에 이상이 생긴 것일 수도 있다. 정말 그런 것일까? 나는 그런 생각을 하다가 다시 잠이 들었다.

나는 얼굴이 후끈거리는 느낌 때문에 잠에서 깨어났다. 강렬한 빛이 눈꺼풀을 뚫고 들어왔다. 나는 눈을 떴다. 병실에 햇살이 가득했다. 창문이 북향인데 이게 어찌된 일일까? 나는 눈을 깜박이며 방안을 살폈다. 창문에 창살이 없었다. 내가 잠자는 동안 누가 내 침대를 벽이 파란 다른 병실로 옮겨 놓았다. 일이 잘 풀린 모양이군. 이제 운하에 던져질 일은 없겠어!

의자에 개어 놓은 내 옷들도 눈에 띄었다. 나는 곧바로 걸어가서 바지 주머니를 뒤졌다. 환약통은 그대로 있었다. 그건 나의 유일한 재산이었다. 옷을 입고 있는데, 누가 문을 두드렸다. 웬 젊은 여자가 병실로 들어왔다. 키가 훤칠한 갈색머리 여자였는데, 나이는 서른다섯 살에서 마흔 살쯤 되어 보였다. 매부리코, 담갈색 눈에 검은 머리를 틀어 올린 모습이 예쁘고도 품위가 있었다. 하지만 한편으로는 꽤나 엄격해 보이기도 했다. 하얀 가운을 입은 그녀는 한 손에 서류를 들고 있었다. 내가 겪은 일들을 자세하게 적어 놓은 서류가 아닌가 싶었다. 그녀가 말했다.

"주베 교수님. 뵙게 되어서 영광이에요. 저는 올리비아 박사입니다. 파올로 P. 교수님의 조수죠."

"이런 차림으로 박사님을 맞이해서 미안하군요. 내가 엉뚱한 얘기를 하는 거라면 이것 역시 미안한 일이지만, 어젯밤에 맞은 주사가 얼마나 지독했는지 아직도 약 기운이 남아 있는 게 분명합니다."

"그건 정신안정제와 항우울제와 할로페리돌[57]을 혼합한 주사액이었어요. 그걸 맞으면 누구도 버틸 수 없죠. 간밤에 아주 심하게 몸을 움직이셨다는 거 알고 있어요."

그녀는 서류를 들여다보았다.

"엑스선 단층촬영은 안 해도 되겠어요. 한시라도 일찍 퇴원하고 싶으실 거라고 생각해요. 하지만 간단한 신경학 검사를 받으셔야 해요. 혹시 모르니까 확실하게 해 두자는 거죠. 무슨 말인지 아시죠?"

"내가 바보짓을 할지도 모르니까 확실하게 해 두자는 거로군요. 분명히 말하지만, 이제 그런 일은 없어요. 나는 피해자예요. 신분증과 지갑을 도둑맞았고, 그 뒤로 갖가지 우연한 사건들이 꼬리를 물고 일어났죠."

나는 그녀가 검사를 할 수 있도록 침대에 가서 누웠다.

"자, 안구 검사를 해볼까요? 오케이, 안진증眼震症은 없어요. 직접 대광반사, 오케이. 건 반사는 오른쪽 아킬레스건만 빼고 오케이. 예전에 디스크 헤르니아를 앓으셨나 보죠? 일어나서 걸어 보

---

57) 정신분열증 치료에 사용하는 물질. 부작용으로 혼수, 불안 따위가 나타나기도 한다.

시겠어요? 눈을 감고요."

당연히 나는 조금 비틀거렸다. 나는 그 망할 놈의 주사 때문이라고 그녀에게 말했다. 그녀는 검사 결과를 요약했다.

"모든 게 정상이에요. 어젯밤 교수님을 진찰했던 제 동료가 확인서를 작성했어요. 덕분에 교수님은 경찰서를 나와 이 병원 응급정신과에 입원하셨죠. 하지만 그는 분명 몇 가지 징후를 과장했어요. 그래서 교수님이 완전히 정상으로 돌아왔다는 것을 제가 다시 보증해야 해요. 불가피한 요식행위죠. 그래야 저쪽에서도……."

그녀는 얼굴을 붉히며 말끝을 흐렸다. 나는 뒷말을 짐작할 수 있었다. 이런 요식행위가 갖춰져야 경찰 쪽에서 나를 풀어 주리라는 얘기일 것이었다.

"내가 가면을 훔친 건 사실이에요. 돈이 좀 생기는 대로 가면값을 물어 줘야 하겠죠. 하지만 나머지에 대해서는 엄청난 오해가 있었어요. 나는 마약중독자도 아니고 신성을 모독하는 사람도 아니에요. 나는 그저 고양이들에게 용서를 구하고 싶었어요. 그건 당연한 일 아닌가요? 고양이를 좋아하세요?"

"무척 좋아해요. 베네치아 고양이 보호 협회의 회원이기도 하죠. 집에서 두 마리를 키우고 있어요. 소리아노, 즉 진짜 베네치아 고양이들이에요. 시리아 원산이고[58] 호랑이의 줄무늬 같은

---

58) '소리아노'라는 말 자체가 시리아를 뜻하는 라틴어 '수리아'에서 나온 것이다.

얼룩무늬가 있죠. 쥐를 아주 잘 잡기 때문에 옛날에는 베네치아를 페스트로부터 지켜 줬어요. 독립적이면서도 다정하고 충실한 녀석들이에요. 저는 교수님 마음을 이해해요. 경찰 쪽과 관련해서는 일이 잘 해결될 것 같아요. 아주 유력한 어떤 양반이 교수님에 대한 모든 고소를 취하하도록 힘을 쓰신 모양이에요."

그러면서 그녀는 묘한 표정을 지었다. 틀림없이 루트비히 만이야. 그런데 그 친구에게 무슨 힘이 있다는 거지?

"저의 스승이신 P교수님이 곧 오실 거예요. 교수님과 이야기를 나누고 싶어 하세요. 그 양반이 교수님에게 면죄부를 주실 거예요."

그녀는 미소 띤 얼굴로 덧붙였다.

"뭐 필요한 거 없으세요?"

"없어요, 고맙습니다. 그저 몬테그로토의 호텔에 전화만 하면 돼요. (나는 기차표를 사기 위해 몇 만 리라를 빌리고 싶었지만 입이 떨어지지 않았다. 아마도 P교수가 알아서 챙겨 주지 않을까 싶었다.) 입원비는 내가 물어야 하는 게 아닌가 싶은데, 다행히 사회보장 번호를 기억하고 있으니까 아무 문제가 없을 거예요."

"그 문제는 걱정하지 마세요. 나중 일은 나중에 가서 생각하시고 우선 쉬세요. 휴식이 필요해 보여요. 저희 병원에 대해서 좋은 추억을 간직하셨으면 좋겠네요. 아리베데를라(다시 뵙겠습니다)."

나는 침대에 눕자마자 잠이 들었다. 그랬다가 오후 한 시에 식사가 나오는 바람에 다시 깨어났다. 점심 메뉴는 토마토 샐러드와 스파게티였다.

입 안에 감도는 약품 냄새 때문에 식욕이 동하지 않았다. 주사액 속에 들어 있던 할로페리돌 탓이 아닌가 싶었다. 나는 복도로 나가서 호텔에 전화를 걸었다. 루트비히 만 교수는 외출 중이었다. 나는 저녁 여덟 시쯤 호텔에 도착할 것이고 이튿날 프랑스로 떠날 것이라고 알려 주었다.

나는 작은 병에 든 '카이저바서' 생수를 한 병 더 마시고, 팔걸이의자에 앉아서 P교수가 오기를 기다렸다.

"자, 교수님, 죄송합니다. 주무시는데 제가 깨웠군요."

또다시 깜빡 잠이 들었던 모양이다. 파올로 P. 교수는 키가 훤칠하고 기품이 흐르는 60대 노인이었다. 머리는 희끗희끗하고 얼굴은 구릿빛으로 그을려 있었다. 금테 안경 너머로 보이는 초록색 눈에는 생기가 돌았다. 파란 줄무늬가 들어간 회색 스리피스, 금으로 된 소매단추가 달린 하늘색 셔츠, 초록색 줄무늬가 들어간 아주 멋진 청색 넥타이, 그와 같은 색깔의 장식손수건, 금시계, 그리고 '페라가모' 구두. 세상에, 그건 내 구두였다. 내가 쿠키에게 주었던 구두와 너무나 똑같았다. 그가 내 구두를 베네치아 경찰서에서 회수한 게 아닌가 하는 생각이 들 정도였다. 그는 가운 차림이 아니었다. 토요일 오후에 나를 방문해야 하는 상황을 불만스럽게 여길 것이 분명했다. 내가 그의 주말을 망친 셈이었다. 하지만 그는 그런 내색을 하지 않고 내내 더없이 정중한 태도를 보였다.

"정말 유감스러운 일입니다. 제가 더 일찍 알았더라면, 간밤에 교수님을 더 편안한 방으로 모셨을 텐데 말이에요."

"별말씀을요. 저는 아주 좋은 밤을 보냈어요. 저에게 베풀어 주신 성심 어린 보살핌에 무척 감사하고 있는걸요."

"교수님 친구 중에 루트비히 만이라는 분이 계시죠? 오스트리아의 노년학자 말입니다. 저도 그분을 아는데, 그 양반의 설명에 따르면, 교수님의 증상이 아주 흥미롭고…… 아주 이상하다고 하더군요. 그렇게 생각하십니까?"

"우연을 누가 통제할 수 있겠습니까? 우연이란 짓궂은 꼬마 악마예요. 신분증도 돈도 없이, 제대로 걷지도 못하면서 베네치아를 헤맨다고 생각해 보세요!"

"네, 물론 우연한 사건들이었지요. 이해할 수 있습니다……. 정말 고생 많으셨어요. 이제 모든 게 잘 해결될 겁니다. 베네치아 경찰은 아주 세심하죠. 곧 교수님의 사건을 종결할 거예요."

한참 어색한 침묵이 흘렀다.

나는 분위기를 누그러뜨릴 요량으로 '세상에서 가장 아름다운 도시' 베네치아에 관해서 이야기했다. 앞으로도 오고 또 오겠노라고, 베네치아는 내가 꾸는 꿈들의 가장 중요한 무대라고…….

"저는 베네치아에 삽니다. 그런데 이 도시는 서서히 죽어 가고 있고, 주민들의 평균연령은 갈수록 높아 가고 있죠."

그는 다시 입을 다물었다. 무언가를 곰곰 생각하는 눈치였다.

"루트비히 만 교수한테서 들었는데, 교수님의 장애가 약 열흘

전에 시작되었다면서요? 그 뒤로 많이 변하셨나요?"

나는 루트비히 만이 무슨 얘기를 했을지 짐작해 보려고 애썼다. 내가 지킬 박사와 하이드 씨 식의 '인격분열 증후군'에 걸렸다고 말하지 않았을까?

"나는 완전히 정상으로 돌아왔어요."

"이번 주에 있었던 사건들을 모두 기억하시나요?"

나는 아주 잘 기억하고 있었다. 하지만 그가 생각하고 있는 진단을 뒷받침해 주는 게 나을 듯했다.

"사실은 도통 기억나지 않는 일들이 더러 있어요. 하지만 이젠 모든 게 정상입니다."

다시 침묵이 길게 이어졌다. 그는 계속 자기 생각을 좇고 있었다.

"교수님의 증상은 매우 흥미롭고 아주 희귀합니다. 그 원인을 알아내야 하지 않을까요?"

"원인은 알 수가 없어요."

"정말 그렇게 생각하십니까?"

"어쩌면 진흙목욕을 하는 동안 분비된 엔도르핀이 원인일지도 모르죠. 몬테그로토의 온천요법을 아실 겁니다."

어리석은 대답이었다. 그의 눈에 섬광 같은 것이 번득였다.

"어젯밤에 채혈을 했나요?"

"한 것으로 알고 있습니다."

"그럼 교수님의 혈액 속에 그 엔도르핀이 들어 있는지 알 수 있겠네요. 저희 병원에는 아주 현대적인 생화학 실험실이 있습니다."

맙소사, 작작 좀 하시지! 또 피를 뽑겠다고? 이왕이면 소변 검사도 하지 그래? 그러고 보니 간밤에 베네치아의 맘마가 내 오줌을 받아내기 위해 "논노, 피피, 프레고(할아버지, 쉬, 어서요)"라고 말했던 것 같다.

"뇌전도 검사도 받아 보시는 게 어때요?"

나는 단호하게 대답했다.

"어젯밤에 주입한 약물 때문에 검사해 봐야 아무 소용이 없을 겁니다. 벤조디아제핀과 관련된 빠른 뇌파와 항우울제에 기인한 느린 뇌파가 뒤섞인 채 나타날 테니까요. 뇌파 전문가들에게 그야말로 하나의 수수께끼가 되겠죠."

다시 긴 침묵이 흘렀다. P교수는 아주 잘 다듬어진 자기 손톱과 구두를 바라보다가 내 쪽을 힐끗 보면서 말했다.

"너무 개인적인 질문이라서 실례가 될지 모르겠습니다만, 정신과의사로서 비밀을 지키겠다고 약속하면서 한 가지 여쭤 보겠습니다. 그 인격 장애가—이렇게 말해도 될지 모르지만—교수님의 애정생활에 영향을 미쳤나요? 이를테면 성생활에 변화가 생겼느냐는 것이죠. 성적인 취향, 성애의 파트너에 말입니다. 제가 무슨 말을 하는지 아실 겁니다. 교수님은 밤에 두 명의 게이를 만났고, 그들에게 고급 구두를 주셨습니다. 전에도 그랬나요? 물론 이건 우리끼리만 하는 얘기입니다. 무슨 말씀을 하시든 비밀에 부치겠습니다. 장담합니다."

빌어먹을, 그따위 질문을 하다니. 내가 지레짐작으로 당신에게 내 구두를 어디에서 훔쳤느냐고 물어보면 좋겠소?

"실망시켜 드려서 죄송하군요. 그 점에서 보면 저는 예전과 똑같습니다. 두 남자를 만난 것은 우연히 그렇게 된 일이에요. 그들이 골판지 상자로 내 잠자리를 만들어 준 것은 사실이지만, 우리가 같은 잠자리에서 잔 것은 아니에요. 나는 예전이나 지금이나 오로지 여자에게만 끌립니다. 앞으로도 그럴 거라고 생각해요. 동성애자들을 친구로 사귀기는 하죠. 그들을 만나 보면 대개는 남성우월주의에 빠진 이성애자들을 만날 때보다 기분이 좋아요. 하지만 꿈속에서조차 나의 성적인 파트너는 언제나 여자예요. 솔직히 말하자면, 꽤나 젊은 여자에게 마음이 끌리는 경우도 더러 있어요."

문득 간밤의 꿈속에서 지하철을 타고 주사기 속의 피스톤처럼 움직이던 장면이 떠올랐다. 세상에, 그것은 혹시 항문성교에 관한 꿈이 아닐까?

P교수는 실망한 기색을 보였다. 그는 다시 구두코를 내려다보며 중얼거렸다.

"이중인격, 이중인격이라……. 그런 소견이 있었지만 제가 보기에는 진짜 주베 교수님으로 돌아오신 것 같습니다."

그때 그의 얼굴에 희색이 돌았다. 아주 기막힌 생각이 떠올랐는 듯한 표정이었다.

"그건 아마도 어젯밤에 맞으신 주사 덕분일 겁니다. 제 조수가 개발한 주사액이 교수님의 원래 인격을 되찾아 준 것 아닐까요?"

나는 신중하게 대답했다.

"그럴 수도 있겠네요."

그는 손목시계를 들여다보았다.

"죄송합니다. 이제 가 봐야겠어요. 나중에 다시 뵐 수 있겠죠? 어느 학술대회에서든……."

"고맙습니다."

우리는 아주 정중하게 작별인사를 나누었다.

나는 그가 나간 뒤에 '카이저바서' 생수 한 병을 다시 비웠다. 시각은 오후 다섯 시였다. 어느 병원이든 토요일에는 퇴원 수속이 정오에 마감된다. 누군가에게 부탁하면 오늘 나갈 수도 있지 않을까? 그런 사람을 어디 가서 찾아내지?

나는 병동 안에서 이리저리 돌아다니다가 사무실에서 여자 간호사 두 명을 만났다. 그녀들은 스포츠 신문에 크게 실린 어떤 축구선수의 컬러 사진을 보면서 그의 특성을 놓고 토론을 벌이고 있었다. 나는 퇴원하고 싶어 하는 이유를 설명해 보려고 했다.

"301호실 환자인데요."

"301호요?"

내 이름은 그녀들의 노트에도 카드에도 나와 있지 않았다. 아무도 내 존재를 그녀들에게 알려 주지 않은 모양이었다. 나는 미지의 사람이었다.

296

결국 한 간호사가 1층 원무과에 가서 얘기해야 한다고 일러주었다. 퇴원 수속 창구는 텅 비어 있었다. 커다란 소리아노 고양이 한 마리가 창구 앞에서 자고 있을 뿐이었다. 병문안을 왔던 사람들이 하나둘 나가고 있었다. 면회가 끝나는 여섯 시 직후에는 방문객들 틈에 섞이기가 쉬울 듯했다. 나는 병실에 다시 올라가서 옷가지를 챙겼다. 재킷을 뒤져 보니 앞쪽 주머니에 두 번 접은 5만 리라짜리 지폐 한 장이 들어 있었다. 누가 이것을 넣어 두었을까? 틀림없이 오전에 P교수의 조수인 올리비아가 나에게 눈을 감고 걸어 보라고 할 때 슬쩍 찔러 넣었을 것이다.

나는 여섯 시 십오 분쯤 검은 옷을 입은 베네치아 여자들의 왁자한 무리에 섞여 병원을 나왔다. 정문에는 경비원이 없었다. 나는 메디칸티 소운하를 따라 빠르게 걸어서 바포레토 정류장에 다다랐다. 기차역으로 가는 바포레토면 아무거나 타려고 했는데, 공교롭게도 41번이 가장 먼저 왔다. 나의 41번 바포레토, 이것이 너와 함께 하는 마지막 여행이로구나, 하고 나는 생각했다.

나도 모르게 부두 옆쪽으로 눈길이 돌아갔다. 꿈에서 본 지하철의 자취를 찾는 것이었다. 이상하게도 전에 41번 바포레토를 타고 다니면서 겪은 일들이 잘 기억나지 않았다. 무라넬라를 만났을 때의 느낌을 되살릴 수가 없었다. 무라넬라……. 세상에, 그 모든 것이 아주 오래전의 일로 느껴졌다. 이것 역시 그 고약한 주사 때문이야. 그건 그야말로 화학적인 백질<sup>白質</sup> 절제였어.

나는 산타 루치아 역에서 표를 끊었다. 5만 리라짜리 지폐가 있어서 다행이었다. 볼로냐행 열차 안에서 표 검사를 두 번이나 당했으니 말이다. 그것은 역마다 서는 완행열차였다. 나는 여덟 시쯤 호텔에 도착했다. 벌써 어둠이 깔려 있었다. 파란 제복을 멋지게 차려 입은 품이 마치 해군제독처럼 보이는 프런트 오피스 매니저가 나를 맞아 주었다.

"어서 오십시오, 교수님. 식당으로 가시겠습니까?"

그는 나의 후줄근한 옷차림과 운동화를 신기하다는 듯이 바라보았다.

"당연히 가야죠. 잠깐 옷 좀 갈아입고요. 베네치아에서 몇 가지 험한 일을 겪었어요. 아시다시피, 베네치아는 이제 전혀 안전하지 않죠."

"알고 있습니다, 교수님. 경찰서에서 전화가 왔더라고요. 그 바람에 좋지 않은 소문이 조금 돌았어요. 특히 고양이들을 위한 미사를 놓고 말들이 많았죠. 교수님이 이단자로 파문을 당했다는 얘기도 하던 걸요……. 신문에 나지 않아서 그나마 다행이에요. 교수님을 아는 요양객들 가운데 다수가 오늘 떠난 것도 다행한 일이죠. 어쨌거나 저희 호텔에 묵으신 것을 좋은 추억으로 간직해 주시기를 바랍니다."

그러면서 그는 편지봉투 두 개를 건네주었다. 하나는 나타샤가 남긴 것이었다.

"다시 뵐 수 있기를, 그리고 행운이 함께하기를 빕니다."

다른 하나에는 루트비히 만의 메모가 들어 있었다. "환영하네.

내일, 일요일 오전 열 시에 정원에서 보세. 구테 나흐트."

나는 객실로 올라갔다. 그런 다음 아바노에서 산 페카리 가죽 가방을 뒤져 헌옷들을 꺼냈다. 새로 산 정장은 형편없이 망가져서 그냥 버려야 할 듯했다. 나는 전에 신던 구두도 꺼냈다. 운동화를 신고 식당에 갈 엄두가 나지 않았다.

나는 식당으로 들어서서 내 테이블까지 느긋하고 당당하게 걸어갔다. 죄인처럼 굴어서는 안 될 일이었다. 이 호텔에 머문 지 오래된 요양객들은 거의 모두가 나에게 인사를 보냈다. 빙긋 웃으며 고개를 까딱하는 사람도 있었고, 미소와 함께 간단한 손짓을 보내는 사람도 있었고, 무슨 소리인가를 웅얼거리는 사람도 있었다. 그런가 하면 어떤 사람들, 특히 일부 여자들은 나를 보지 않으려고 메뉴판을 부리나케 집어 들기도 했다. 내 테이블의 양 옆에는 나타샤와 크루프 내외 대신 낯빛이 아스피린 정제처럼 창백한 신참 요양객들이 앉아 있었다. 그들은 내가 겪은 일들을 모르는 사람들이었다.

지배인은 아주 깍듯한 태도로 여느 때처럼 물었다.

"교수님, 백포도주 올릴까요?"

그는 미소도 짓지 않고 윙크도 보내지 않았다.

여전히 식욕이 동하지 않았다. 나는 사과 반쪽을 먹고 '카이저바서' 생수 한 병을 마셨다. 백포도주는 두어 모금 삼키고 나니 더 이상 마실 수가 없었다.

올리비아가 개발했다는 그 고약한 주사액 덕분에 그 병원의 응급 정신과는 거의 48시간 동안 조용했을 것이었다.

나는 그런 생각을 하면서 침대에 누웠다.

### 1999년 9월 19일 일요일
## '알테르 에고' 작전

꿈을 꾸었다. 밤새 지속되었다고 느껴질 만큼 긴 꿈이었다. 해거름이다. 나는 전기 기관차를 운전하고 있다. 기관실은 아주 높은 자리에 있고 유리창이 달려 있다. 그런데 이상하게도 내가 잡고 있는 것은 자동차의 운전대다. 열차가 갈림길에 다다른다. 양쪽에 신호등이 있다. 한쪽은 빨간불이고 다른 쪽은 초록불이다. 나는 브레이크를 잡을 수도 없고 경적을 울릴 수도 없다. 열차는 갈수록 빨라진다. 그에 따라 갈림길은 더욱 빈번하게 나타난다. 그때마다 열차는 빨간불이 켜진 쪽으로 접어든다. 이러다가 열차가 허공으로 떨어지지 않을까 두려워진다. 마침내 기관차는 길고 어두운 터널 속으로 들어간다. 나는 발기된 상태로 깨어난다.

이것 역시 낱말 퍼즐 같은 꿈일까? 어쨌거나 저녁 어스름 속에서 초록불과 빨간불이 아름답게 빛나던 것은 기억에 선명하다. 나는 꿈이 끝나고 몇 초 뒤에 깨어난 것이 분명하다. 이 꿈의 메시지는 무엇일까? 우선 이 꿈은 낮의 잔재를 중심으로 구성되어 있다. 나는 어제 해거름에 베네치아에서 기차를 타고 몬테그로토로 돌아왔던 것이다. 그렇다면 갈림길들은 무엇을 뜻하는 것일까? 초록불이 켜진 길은 빛을 향해서 나아가는 길이었을 텐데, 유감스럽게도 나는 계속 빨간불이 켜진 길로만 접어들었다. 터널이나 막다른 길을 향해서 말이다.

그런 생각을 하면서 나는 호텔 프런트로 내려갔다. 루트비히만을 만난다고 생각하니 궁금하기도 하고 불안하기도 했다. 그는 나에게 무슨 이야기를 할까? 우리 사이가 조금 서먹해진 느낌이 들었다. 첫날 저녁, 식당의 내 자리가 그와 반대쪽에 배정되었음에도 나는 두말없이 받아들였다. 그는 그것 때문에 기분이 상하지 않았을까?

"신문 보시겠어요?"

프런트의 직원은 내가 펼쳐 보지 않은 열흘치의 〈르 몽드〉를 내밀었다.

"읽고 싶지 않아요. 이제 〈르 몽드〉는 사절이오. 별자리 운세가 실리지 않는 신문이거든요."

나는 공원으로 나가, 안개가 걷히면 곧바로 햇볕이 들 만한 자리로 갔다. 기쁘게도 호텔의 암고양이가 거기에 있었다. 녀석도 그 자리를 골라 태양의 온기를 기다리고 있는 것이었다.

열 시쯤에 루트비히 만이 와서 내 어깨를 툭 쳤다.

"그래, 자네의 자아는 어찌 되었는가?"

"그리 나쁘지는 않네. 다만 산 마르코 광장에서 도둑들을 만났지. 그들에게 당하지 않았다면, 그런 터무니없는 모험은 피할 수 있었을 텐데 말이야. 아무튼 자네에게 감사해야겠어. 자네가 중요한 역할을 해서 내가 풀려난 모양일세. 그 정신과의사들이 나를 운하에 던져 버릴까 두려웠네."

"자네에게 왜 그런 일이 일어났는지 내가 한번 설명해 보겠네. 사실 이건 아주 흥미로운 이야기일세. 자네는 이 이야기의 주체이자 객체라네. 이 모든 사건의 일차적인 책임은 자네에게 있어."

"나한테 책임이 있는 건 맞지만 죄가 있는 건 아니지."

나는 미소를 지으면서 그렇게 되받았다.

"이 이야기를 자네에게 들려주는 가장 좋은 방법은 시간의 순서대로 이야기하는 것일세. 혹시 내 말이 믿기지 않거든 질문을 해 주게."

태양이 마지막 남은 안개의 띠를 흩뜨리고 있었다. 나는 그의 속내를 넘겨짚으며 물었다.

"무라넬라의 수수께끼를 푼 모양이지?"

"어떤 일에든 순서가 있는 법일세. 무라넬라 얘기는 나중에 하세. 괜찮다면 조금 참아 주게. 먼저 내가 왜 자네 문제에 관심을 갖게 되었는지 설명해야 하네. 자네 문제는 해결하기가 어려웠어. 자네가 많은 일을 나에게 감췄기 때문에 더더욱 그러했지. 자네를 탓하는 건 아닐세. 자네는 세타파를 교란시키는 물질에 관한 얘기를 비밀에 부치고 싶어 했지……."

"GB169 말인가? 자네 얘기를 내가 메모해도 되겠나?"

"물론이지. 나는 사실 신경정신의학자일세. 뿐만 아니라 과학계를 감시하는 정보기관의 한 팀을 이끌고 있기도 하네. 우리 팀은 특히 세뇌 기술을 연구하는 집단을 예의 주시하고 있네. 노년학을 연구한다는 것은 위장일세. 이 분야는 아무 얘기나 지껄여도 가짜라는 게 들통 날 염려가 없거든! 하지만 허리가 아픈 것은 사실일세. 오스트리아 정보기관의 팀장도 관절통에 걸릴 수는 있는 거지. 몇 해 전부터 휴가 때마다 몬테그로토에 와서 요양을 했더니, 많이 좋아졌네. 치료가 되었다고 말할 수는 없을지라도 말일세. 작년에 자네를 만나고 나서, 자네 분야에 친숙해졌어. 수면, 꿈, 그리고 프로그래밍에 관한 자네의 그 이상한 이론에 대해서도 조금 알게 되었지. 나는 자네에 대해서 많은 호감을 느꼈네."

"그건 나도 마찬가지일세. 자네 덕분에 여기에 머무는 시간이 덜 지루해지고 더 유쾌해졌지."

나는 솔직하게 대답했다. 루트비히는 자기 주머니에서 수첩을 꺼내며 말을 이었다.

"보름 전 자네가 왔을 때, 나는 무척 기뻤네. 드디어 함께 이야기할 만한 사람이 나타났구나 하고 생각했지. 그래서 지배인한테 자네 자리를 내 테이블 옆에 배정하라고 제안했네. 그는 그게 불가능하다고 대답하더군. 그런데 나중에 보니까 지배인이 식당 반대쪽의 금발머리 여자 옆에 자네를 앉히더라고. 무척 놀랄 수밖에. 정보 다루는 일에 능숙한 정신의학자라면 아주 사소한 일도 그냥 지나치지 않는 법일세. 사람들의 모든 행위에서 어떤 의미를 찾아내려고 애쓰지……. 나는 그 일을 예사롭게 보지 않았네. 자네가 자네의 연구 때문에 누군가의 '표적'이 될 가능성이 많기 때문에 더욱 그랬지. 대답은 이내 나오더군. 팁을 두둑하게 주었더니 지배인이 입을 열더라고. 그는 나한테 죄송하다고 하면서 그 여자에게서도 두둑한 팁을 받았다고 했네. 그 여자를 나타샤라고 부르기로 하세. 자네에겐 그 이름이 익숙할 테니까 말이야. 지배인의 말에 따르면, 나타샤가 자네를 옆자리에 앉히고 싶어 한 것은 고질적인 불면증에 시달리고 있기 때문이었다네. 식사 도중에 그 문제를 놓고 자네랑 이야기할 수 있지 않을까 해서 그랬다는 것이지. 나는 나타샤가 자네를 자기 옆방에 묵게 하려고 '손을 썼다'는 사실도 알아냈네. 뿐만 아니라 자네의 진흙 목욕을 새벽 세 시에 배정하게 만든 것도 그녀였어. 아주 놀라운 사실 아닌가?"

"듣고 보니, 정말 이상하네."

루트비히는 수첩의 페이지를 넘기면서 말을 이었다.

"그래서 나는 저녁식사를 하는 동안 나타샤를 감시하기 시작했네. 그녀는 그런 사실을 알아차리지 못했을 거야. 그건 아주 간단한 일일세. 그냥 식탁 앞에 앉아 무언가를 읽는 척하면 되거든……. 나는 월요일 저녁에 이미 그녀의 솜씨가 여간 대단하지 않다는 것을 간파했네. 만년필을 사용해서 자네 물 잔에 어떤 액체를 몇 방울 떨어뜨릴 수 있을 만큼 노련하더군. 그건 쉬운 일이 아닐세. 정보기관에서 오랫동안 훈련을 받지 않았다면, 그렇게 능숙한 솜씨를 발휘할 수가 없지. 자네 기억하나? 수요일 저녁에 나타샤가 자네 대신 생수를 시켰던 것 말이야. 이제 그 이유를 알겠나? 그녀는 자네가 그 약물을 마시도록 하기 위해서 건배를 제안했네. 자네는 디저트를 가지러 가기 위해 테이블에서 벗어나는 버릇이 있지. 그런 습관이 그녀의 임무 수행을 한결 용이하게 만들어 준 셈일세. 요컨대, 나는 이미 월요일 저녁에 중요한 정보를 얻었네. 동유럽의 정보기관에 소속되어 있는 것으로 보이는 아주 노련한 요원이 자네의 잔에 어떤 액체를 흘려 넣고, 자네가 그것을 마시는지 살피고 있었지. 아마도 그 액체는 아무 맛이 없었을 걸세. 그러니까 자네가 알아차리지 못했겠지……."

"하지만 나는 나타샤가 그 만년필로 수첩에 글을 쓰는 것을 보았네. 그건 주사기가 아니라 진짜 만년필이었다고!"

"이보게, 자네는 아직도 세상물정을 너무 몰라. 필기도구이면서 동시에 독약을 주사하거나 사람을 죽이는 데 사용할 수 있는 만년필은 얼마든지 있네. 그건 지극히 초보적인 사실이야. 그 약물 얘기로 돌아가세. 우리가 화요일에 나눴던 얘기 생각나나?"

루트비히는 자기 메모에서 무언가를 찾으며 말했다.

"그러니까 자네가 처음으로 41번 바포레토를 타고 돌아다니다가 온 날 말일세. 아니, 화요일이 아니라 9월 6일 월요일이었군. 그날 나는 자네 연구가 현재 어떤 상태에 있는지 자세하게 물어보려고 했네. 이른바 개성화의 프로그래밍에 작용할 수 있는 물질이 존재하느냐고 묻기도 했지. 자네는 그런 물질이 존재하지 않는다고 대답했어. 그건 자네의 비밀이니까 자네가 솔직하게 말하지 않은 것은 당연해. 하지만 나는 그런 약물이 존재하리라고 생각했네. 9월 9일 목요일부터 자네의 성격, 아니 자네의 인격에 중대한 변화가 생긴 것을 보고 더욱 그렇게 생각했지. 그러니 더 속속들이 조사를 해볼 수밖에⋯⋯."

나는 그의 말을 끊었다.

"인격이 변하다니, 그게 무슨 소리야? 나는 헛소리에 지나지 않는 논문과 그 어리석은 이론을 포기한 것일세. 그저 다행스런 일이지. 기시감을 몇 차례 경험한 것 같기는 하지만, 그건 자네도 말했듯이 진흙목욕 때문에 생겨난 현상이야. 이제는 아무 문제가 없어. 나는 아주 편하게 지내고 있단 말일세⋯⋯."

루트비히는 안경을 고쳐 쓰며 다시 말했다.

"내 얘기 계속 들어 보게. 아무튼 나는 계속 조사를 벌였네. 자네와 나타샤가 전혀 눈치 채지 못하도록 아주 은밀하게 진행했지. 매일 41번 바포레토를 타고 유람하는 자네를 미행한다거나 아침마다 렌터카를 몰고 파도바에 가는 나타샤를 염탐한다는 것은 생각할 수 없는 일이었네. 게다가 나타샤는 내가 '한낱' 노년학자가 아니라는 것을 이내 알아차렸어. 내가 입수한 최신 정보에 따르면, 그녀는 빈에 있는 자기네 사무소에 연락해서 나에 관한 정보를 요구했지만 아무 소득이 없었다고 하더군. 어쨌거나 사정이 그러했기 때문에 나는 베네치아에서 활동하는 내 연락원과 접촉했네. 보스니아 전쟁 이래로 베네토 지방에는 우리 연락원들이 많이 생겼어. 비첸차에 있는 나토 기지 때문일세. 거기에는 스파이들이 우글우글해. 특히 슬라브 사람들이 많지……. 내 연락원은 이내 성과를 올렸네. 자네가 41번 바포레토를 탈 때마다 뒤를 밟는 자가 있다는 사실을 알아낸 것이지. 그자는 드레스덴의 생물학 연구자일세. 그의 이름을 빌프리트라고 해 두세. 수천 마르크를 주고 그를 우리 편으로 만드는 것은 쉬운 일이었네. 나는 그에게서 많은 것을 알아냈지. 그렇다고 이 사건의 열쇠를 찾아낸 것은 아니었네. 그는 하수인에 불과했거든. 그의 뒤에는 두 명의 과학자가 있네. 그들은 모종의 음모를 꾸미고 그것을 '알테르 에고(제2의 자아)' 작전이라고 불렀다더군."

루트비히는 수첩을 보면서 메모를 읽기 시작했다.

"꿈이나 역설수면 중에 일어나는 유전적 프로그래밍에 관한 자네 이론은 1974년에 처음으로 소비에트의 몇몇 기관에 알려졌네. 자네가 레닌그라드에서 강연을 한 뒤의 일이지. 당시 소련에서는 인간의 행동에 영향을 미칠 수 있는 것은 무엇이든 우선적인 연구 주제로 분류되었다네. 설령 그것이 마르크스주의 이데올로기와 대립되거나 모순된다 할지라도 말일세. 그래서 자네 실험실은 흥미로운 표적이 되었네. 동유럽의 연구자들이 자네를 많이 찾아온 이유가 아마 거기에 있을 걸세."

"동유럽뿐만 아니라 극동에서도 왔는걸."

"그래, 하지만 때를 잘 맞춰서 온 연구자가 한 사람 있었지. 바로 자네가 나한테 얘기한 세르게이일세. 그는 프로그래밍의 메커니즘에 관한 자네의 연구에 많은 진전이 이루어졌다는 것을 알아차렸네. 자네가 밤마다 혼자 실험실에 틀어박혀서 노르웨이의 슈퍼컴퓨터를 사용하고 있다는 사실을 알게 된 것이지……."

"노르웨이가 아니라 아이슬란드 컴퓨터일세."

"그래, 아이슬란드. 그는 손쉽게 하드 디스크 메모리를 복사해 냈고, 자네가 어떤 약물을 주사해서 세타파를 상당한 정도로 변화시킨다는 사실을 알아냈지."

"그건 별로 의미가 없네. 뇌파라는 건 신기루일세. 세타파는 컴퓨터가 만들어 낸 인공의 파동일지도 모르거든……. 그런데 무라넬라는 이 사건에서 무슨 역할을 하는 거지?"

"기다리게! 우리 그늘로 가서 얘기할까? 햇살이 무척 따가워졌는걸."

우리는 사람들 눈에 잘 띄지 않는 그늘진 자리로 가서 아주 차가운 레모네이드를 앞에 놓고 마주앉았다. 루트비히가 메모를 들여다보면서 말을 이었다.

"세르게이는 그 약물—이름이 뭐라고 했지? 아 그래, GB169—을 자네가 몸에 지니고 다니기 때문에 훔치는 것이 불가능하다는 것을 알아차렸네. 그래서 자네 집에 침입해서 훔치는 방법을 생각해 냈지. 그는 자네 집을 잘 알고 있었거든. 그가 전문적인 절도범들에게 지시한 것은 평범한 도난 사건으로 위장하기 위해 벽시계 하나만을 훔치라는 것과 자네의 꿈 기록을 최대한으로 복사하라는 것이었지. 자네가 꿈 기록을 그에게 보여주었기 때문에 그는 그것들이 어디에 있는지 알고 있었네. 내가 알기로 그들은 그중에서 2권을 복사했네."

"12권 중에서 2권이면, 대략 천 회분의 꿈이로군."

"뿐만 아니라 그들은 소량의 GB169를 훔치고 대신 수크로오스(자당*)를 넣어 두었다네. 그들은 아주 아름다운 조각상도 하나 훔쳤는데, 그건 세르게이가 지시한 것이 아니라 도둑들이 욕심을 부린 결과일세."

나는 그의 말을 끊었다.

"자네 말을 믿을 수가 없어. 세르게이는 내 제자였네. GB169를 훔칠 것이 아니라 나한테 달라고 할 수도 있었을 걸세. 그리고 그 물질은 사람에게는 전혀 작용하지 않아. 사람은 쥐와 다르다고."

"그들은 GB169 몇 밀리그램을 모스크바에 있는 초현대적인 생화학 연구소로 보냈다네. 대만 출신의 한 연구자가 협력한 덕분에, 그들은 그 물질의 구조를 밝혀낼 수 있었지. 그것은 중국해에서 잡히는 어떤 물고기의 독성물질과 비슷하다더군. 그들은 그 물질을 합성하는 데 성공했네. 일단 GB169를 확보했으니, 그것이 인간의 뇌파, 특히 해마의 세타파에 작용하는지를 확인하는 일이 시급해졌지. 그리하여 한스 L.과 협력하는 것이 아주 중요해졌네. 한스는 할레에서 활동하는 천재적인 연구자일세. 그의 명성은 드레스덴까지 퍼져 있었어. 그런데 당시에 드레스덴에는 블라디미르 블라디미로비치라는 러시아인이 있었네. 동독 정부에 파견되어 어떤 임무를 수행하고 있었던 모양일세. 확실한 건 아니지만, 한스와 세르게이는 그에게서 많은 도움을 받지 않았나 싶네."

"아니, 블라디미르 블라디미로비치가 대체 누구지?"

"곧 알게 될 걸세. 알면 깜짝 놀랄걸. 자네가 상트페테르부르크에서 한스와 세르게이를 만났을 때, 그들은 자네보다 한참 앞서 있었네. GB169가 인간의 세타파를 변화시킬 수 있다는 사실을 확인했거든."

"그럴 리가! 그들은 나에게 그런 얘기를 전혀 하지 않았어."

"당연하지. 그들은 기억소자가 내장된 전극을 두피의 어느 부위에 부착해야 하는지 알고 있었지만, 자네에게 그 사실을 밝히고 싶어 하지 않았네."

"이보게, 나는 GB169가 설령 세타파를 약간 변화시킬 수 있다 해도 프로그래밍에는 효과가 없다고 절대적으로 확신하네. 그건 아직 입증되지 않았어."

"내가 보기엔 그것이 입증되었네. 어쨌거나 상트페테르부르크에서 세르게이와 한스는 자네를 실험 대상으로 삼자는 생각을 해 냈지. 그 이유가 뭔 줄 아나?"

루트비히는 수첩에서 노란 종이 한 장을 꺼내면서 덧붙였다.

"빌프리트가 나에게 요약해 준 주된 이유들은 이러하네. 우선, 그들은 자네가 예전에 어떤 꿈들을 꾸었는지 알고 있어. 내가 알기로 자네는 10년 넘게 꿈들을 일기처럼 기록해 왔어, 안 그런가?"

"거의 30년 동안 꿈 일기를 써 왔지."

"그들은 그 기록 가운데 일부를 복사하거나 스캔했네. 따라서 자네가 몬테그로토에 와서 계속 쓰고 있는 일기를 수중에 넣는다면, GB169가 자네 꿈들의 구조를 변화쉬키는지 확인할 수 있어. 자네가 여기에 와서 새로 쓴 일기를 복사하는 것은 쉬운 일일세. 자네가 바포레토를 타고 돌아다니는 동안 나타샤가 그 일을 맡아서 했지. 그들이 자네를 실험 대상으로 선택한 또 다른 이유는 자네 인격의 특성이 잘 알려져 있다는 점일세. 이 실험의 창안자라 할 수 있는 한스는 내가 보기에 아주 기발한 생각을 해낸 거야. 한스의 생각은 이런 걸세.

'우리는 주베 교수가 자신의 프로그래밍 이론을 굳게 믿고 있다는 것을 알고 있다. 그는 자기 이론과 거의 일체가 되어 버렸다. 만약 그를 상대로 뇌 속의 프로그램을 해체하는 실험이 제대로 된다면, 그는 자기 이론을 믿지 않게 된다. 그의 믿음이 약해지면 약해질수록, 우리는 그의 가설이 옳다는 것을 더욱 확실히 알게 될 것이다. 그렇게 해서 우리 계획이 성사되면, 그는 딴 사

람으로 바뀐다. 그러면 이런 계획이 존재할 수 있다는 것을 전혀 인정하지 않을 것이다.'

이 작전의 암호를 '알테르 에고'로 하자는 생각도 한스에게서 나왔다네. 사실 자네를 실험 대상으로 삼자는 생각의 바탕에는 '거짓말쟁이의 역설'이 깔려 있어. '크레타 사람들은 모두 거짓말쟁이다, 라고 크레타 사람이 말한다' 하는 식의 역설 말일세. 만약 그의 말이 사실이라면 그는 거짓말을 하는 것이고, 그의 말이 거짓이라면 그는 진실을 말하는 것이지. 작전에 참가한 자들은 모두 그 원칙에 동의했네. 그다음에 할 일은 구체적인 전술을 짜는 것이었지."

"이보게, 정보조작 기술에 대해서는 나도 잘 알고 있네. 그러고 보니 자네는 그 분야의 달인이 되었겠구먼. 어쨌거나 지금 내가 알고 싶은 건 그게 아닐세. 무라넬라 얘기는 왜 안 하는 거지? 이런 황당한 이야기에 그녀가 왜 등장하는 거지?"

"참을성 있게 기다려 보게나. 내 말이 믿기지 않더라도, '알테르 에고' 작전이 어떤 식으로 전개되었는지 이야기할 테니 한번 들어 보게. 리옹에서는 그 작전이 실행될 수 없었으리라는 것이 자명하네. 자네를 상시적으로 감시할 수가 없고, 무엇보다 자네가 자는 동안 뇌파를 기록해서 세타파의 변화를 확인해야 하는데 그런 기회를 어떻게 잡을 수 있겠는가? 그래서 그들은 우선 리옹에서 자네의 우편물과 팩스와 이메일을 염탐했네. 그건 별로 어려운 일이 아니었지. 그들은 자네가 테오도리크 호텔에 묵는다는 것, 영국 학술원 회보로부터 원고 청탁을 받았다는 것, 베네치아 학술대회에 초청되었다는 것을 알아내고, 이번 9월이 절호의 기회라고 판단했네. 나타샤의 실제 이름은 니나 페트로브나일세. 몬테그로토에서 해야 하는 일의 세부계획을 짜는 일은 그녀에게 맡겨졌네. 자네에게 약물을 투여하는 것과 자네의 뇌파를 기록하는 것이 그녀의 임무였지. 그래서 나타샤는 7월에 테오도리크 호텔을 사전답사하고, 식당의 테이블 배정이나 자네가 묵게 될 객실의 상황 등 모든 요소를 고려하여 아주 치밀한 계획을 짰네. 그녀는 뛰어난 전술가일세. 자네가 새벽 세 시에 진흙목욕을 하러 가도록 손을 쓴 것은 약물의 효과가 잠을 자는 동안 나타나게 하기 위해서였어. 그녀가 저녁 여덟 시쯤 약물을 투여하면, 그 효과는 새벽 네 시에서 일곱 시 사이에 나타나네. 그러니까 자네가 세 시에 진흙목욕을 하면 곧바로 잠에 곯아떨어져서 일곱 시까지는 내처 잘 거라고 계산한 것이지. 세 시 반쯤에는 자네 방에 들어가는 것이 쉬운 일이었네. 복도가 텅 비어 있는 시각이니까 말일세. 나타샤는 그렇게 자네 객실에 들어가서 잠들어 있는 자네의 관자놀이와 후두부에 전극을 부착했지. 하지만 전극을 부착하는 데는 약간의 문제가 있었네. 진흙목욕의 뒤끝이라 자네가 땀을 많이 흘렸거든. 나타샤는 벤토나이트나 콜로디온이 들어간 여러 종류의 접착제를 사용해야만 했네. 그 때문에 해당 부위에 알레르기 반응이 나타나고, 자네를 무척이나 불안하게 만든 붉은 반점과 뾰두라지가 생긴 것일세……. 내 말 듣고 있지? 이 작전의 가장 까다로운 순간은 전극을 떼어 내야 하는 아침 일곱 시쯤이었네. 그 시간에는 복도에 사람들이 있거든. 나타샤는 테라스를 통해서 자네 방에 들어갔지. 자네도 알다시피, 그건 아주 쉬운 일일세. 그런데 만약 그러다가 자네한테 발각되면 어떻게 하려고 했던 것일까? 그녀는 악몽을 꾸었다고, 꿈이 너무 무서워서 자네에게 도움을 청하러 왔다고 둘러댈 작정이었다네. 그다음 일은 살짝 벌어진 파자마 사이로 불거져 나온 젖가슴에 맡기자는 심산이었지…… 자네에게 다행인지 불행인지 알 수 없지만, 자네는 잠에서 깨어나지 않았네. 혹시 GB169가 잠이 오게 하는 효능을 지니고 있기 때문이 아닐까?"

"투여량에 따라 다르지만, 그럴 수도 있지. 하지만 이건 너무 황당한 이야기야. 말도 안 돼!"

그러면서 나는 탁자를 탁 쳤다. 그 바람에 내 잔이 쓰러졌다.

"진정하고 내 얘기 계속 들어 보게. 이 모든 작전은 파도바에 있는 한스의 지시에 따라 진행되었네. 그는 원룸아파트를 세내어서 빌프리트와 함께 지내고 있었지. 나타샤는 기억소자가 내장된 전극을 아침마다 한스에게 갖다 주었어. 그러면 한스는 자네가 잠자는 동안 기록한 뇌파의 스펙트럼을 컴퓨터로 처리했네. 그럼으로써 셋째 날부터 자네의 세타파가 달라졌다는 것을 확인할 수 있었지. 에우가네오 언덕으로 소풍을 나갔던 날 밤에는 다행히도 뇌파 기록을 면할 수 있었네. 술을 많이 마시고 밤늦게 돌아온 뒤에 잠을 자지 않고 버티다가 꼭두새벽에 그라파 산에 올라간 덕분이지. 하지만 나타샤는 소풍을 나가서 저녁을 먹을 때도 자네 포도주에 GB169를 탔을 거라고 확신하네. 따라서 자네는 자신도 모르는 사이에 일주일 동안 약물을 복용했던 셈일세. 그 정도면 많은 양을 복용한 거야. GB169의 투여를 지속시키면 그 효과가 몇 달 또는 몇 해에 걸쳐 계속 나타나는 것 아닌가?"

"나보고 그 이야기를 믿으라고? 엉터리 첩보소설 같은 이야기를 어떻게 믿겠나? 그런데 무라넬라는 어떻게 된 거지?"

"이제 그 이야기를 하겠네. 무라넬라를 등장시키는 것 역시 한스의 머리에서 나온 기막힌 아이디어일세. 어떤 수수께끼 같은 상황, 그러니까 예쁘게 생긴 똑같은 아가씨가 시간과 공간의 법칙을 거슬러서 출현하는 기이한 상황을 연출해서 자네를 홀리자는 것이었지. 그건 옛 소련의 KGB(국가보안위원회)가 사용하던 고전적인 수법일세. 자네가 신비로운 무라넬라에게 홀리면, 자네의 생각은 온통 베네치아로 쏠리게 돼. 리옹과 상트페테르부르크 쪽은 돌아볼 겨를이 없지. 그들이 노린 게 바로 그것일세. 만약 자네가 쌍둥이 자매 중에서 한 사람만 만났다면, 얘기는 이내 끝났겠지. 그녀를 보기 위해 다시 41번 바포레토를 타는 일은 없었을 거야. 자네는 무라넬라라는 한 아가씨를 본 게 아니라, 올가와 타티아나라는 쌍둥이 자매를 본 것일세. 그녀들은 KGB, 아니 그 후신인 FSB(러시아 연방 보안국)의 요원들이라네. 그녀들은 몇 가지 행동수칙에 따라 자네를 상대했지. 절대로 함께 있는 모습을 보이지 말 것. 상대를 바라보지도 말고 알아보는 시늉도 하지 말 것. 상대의 권유나 부탁에 일체 대답하지 말 것. 자네가 무라노 섬에 도착하면 빌프리트가 올가에게 알려 줘. 그러면 그녀는 자네가 돌아오는 바포레토를 탈 때 함께 타지. 그리고는 마돈나 델 오르토 성당 앞에서 내려 자취를 감춰. 그러면서 전화로 타티아나에게 알려 주는 거야. 한스는 무라넬라의 이중 출현이라는 이 수수께끼 때문에 자네가 며칠 동안 41번 바포레토를 타리라는 것과, 그러면 자네를 다루기가 더 용이해지리라는 것을 예상했네. 그는 자네의 약점을 알고 있었어. 상트페테르부르크에서 자네가 예쁜 여자들에게 약하다는 것을 간파했지……."

"쌍둥이 자매일 거라는 생각은 나도 물론 했네. 그런데 그 자매는 어떻게 됐지?"

"모스크바로 돌아갔네. 올가는 어제 저녁 프라하를 경유하는 항공편으로 떠났고, 타티아나는 오늘 아침에 아에로플로트 항공사의 직항편으로 돌아갔지."

"그럼 비앙카는?"

"비앙카는 이 사건과 무관해. 그녀와 베네치아 학술대회는 팩스 때문에 그들에게 알려진 걸세. 나는 빌프리트와 함께 자네 강연에 갔네. 역설수면의 기능에 관한 질문을 던진 방청객이 바로 그였어. 작년에 카프리에서 했던 강연과 베네치아 강연을 비교해 보면, 자네 인격이 달라졌다고 말할 수는 없을지라도 패러다임이 현격하게 달라진 건 분명하네. 두 강연의 녹음은 '세뇌'

학교들에서 활용하는 전형적인 사례가 될 거야."

"그건 자네가 잘못 알고 있는 걸세. 카프리에서는 허튼소리를 지껄였지만, 이번에는 그러지 않았네. 베네치아 강연 중에서는 단 한 마디도 부인하거나 번복할 게 없다고! 그런데 산 마르코 광장의 일은 누가 꾸민 거지? 그것도 FSB 짓인가? 아니면 오스트리아 정보기관이나 CIA의 소행이야?"

"그들도 아니고 나도 아니고 교황도 아닐세. 그 도난 사건은 예정에 없던 거야. 빌프리트는 자네가 비앙카와 함께 '라 칼치나' 호텔에 갔을 때 자네들을 미행했어. 나는 자네가 거기에서 멋진 밤을 보냈으리라 생각하네. 빌프리트는 이튿날 오후에도 구겐하임 미술관까지 자네들을 따라갔어. 그는 자네가 그날 저녁에 몬테그로토로 돌아올 거라고 확신했지. 그런데 얼마 지나지 않아서 자네가 실종되었다는 보고를 받았네. 그는 금요일 아침이 되어서야 자네를 우연히 다시 보게 되었지. 경찰관들이 자네와 자네의 두 친구를 붙잡아 가던 바로 그 순간에 말이야……. 듣자 하니, 그 친구들, 아주 이상했다던데!"

"그들을 우연히 만난 건 천만다행이었어. 덕분에 내 구두를 운동화와 맞바꿀 수 있었지. 그 때문에 경찰의 오해를 사긴 했지만 말이야."

그러면서 나는 어깨를 으쓱 추켜올렸다. 루트비히가 말을 이었다.

"작전에 참가했던 자들은 자네가 경찰에 붙잡혔다는 소식을 들자 이내 사라져 버렸네. 나타샤는 모스크바로, 한스와 빌프리트는 상트페테르부르크로 돌아갔지. 나는 다행히도 베네치아 경찰의 지인들에게 연락을 취할 수 있었네. 내 얘기를 경찰관들이 그대로 믿었는지는 잘 모르겠어. 그래도 자네에 대한 대접이 달라지긴 했을 거야. 경찰서에서 자네를 진찰했던 정신과의사는 베네치아 시립병원의 P교수가 보낸 사람일세. P교수는 나하고 친분이 있는 사람이야. 조금 독특한 친구지. 그는 경찰서장을 아주 잘 안다고 하더군."

"자네의 도움에 다시 감사하네. 자네가 도와주지 않았으면 나는 감옥에서 몇 달을 썩게 되었을지도 몰라……. 아무튼 자네 이야기의 마지막 대목은 사실이라고 믿네. 하지만 그 첩보소설 같은 얘기는 여전히 믿을 수가 없어."

"한스가 예고했던 것을 다시 말해 주지. '우리 계획이 성사되면, 주베 교수는 자기 이론에 관한 신뢰를 완전히 상실할 것이므로 이런 계획이 존재할 수 있다는 것을 전혀 인정하지 않을 것이다.' 나는 앞으로도 몇 주나 몇 달이 더 있어야 자네가 터널에서 빠져나올 수 있으리라 생각하네. 어쩌면 몇 해가 걸릴지도 모르지. 어쨌거나 이 작전의 빛나는 성공은 블라디미르 블라디미로비치의 불가사의한 벼락출세에 상당한 도움이 될 수 있을 걸세."

"아니, 그 사람이 대체 누구야?"

루트비히는 대답 대신 한 손가락을 입술에 갖다 대고, 몸을 돌렸다. 누가 뛰어오고 있었다. 제복 차림의 종업원이 나에게 알렸다.

"교수님, 프런트에 전화가 와 있습니다."

비앙카였다. 그녀는 토리노에 있었다. 나는 그간의 사정을 빠르게 이야기했다. 약속장소에 가지 못한 사연이며 '달팽이 층층대'에서 밤을 보낸 뒤 고양이들을 위한 참회 의식을 거행하고 경찰서와 정신병원을 거쳐 몬테그로토에 돌아오기까지의 이야기를 말이다. 이른바 '알테르 에고' 작전과 아무 상관이 없는 비앙카는 내가 겪은 일들을 놀랍게 여기지 않는 듯했다.

"비앙카, 매번 마지막 순간에 우연이 우리를 갈라놓았군요. 당신을 다시 만나고 싶어요. 아마도 토리노에서 볼 수 있겠죠? 리옹에 돌아가서 '악마의 환약통'에 담긴 비밀을 알아내는 대로 편지할게요."

"리옹에 돌아가시는군요. 이제 생리학에 대한 믿음을 버리셨는데, 거기에서 무엇을 하실 거죠?"

"아직 모르겠어요. 사라고사의 책에 나오는 치품천사의 산술을 활용해서 꿈을 연구해 볼 필요가 있다고 생각해요. 어쩌면 그런 방법을 통해 진리를 알게 될지도 모르죠."

"그래요, 모르는 일이죠. 그럼 머지않아 다시 뵙기로 해요. 아리베데르치, 프로페소레."

정원으로 돌아와 보니, 루트비히가 보이지 않았다.

나는 레모네이드를 다시 주문하고 루트비히가 이야기하는 동안 적어 둔 것을 꼼꼼하게 검토했다. 루트비히 만은 누구일까?

신경정신의학자인 것은 분명하다. 노년학 연구자이기도 할까?

그건 물론 아니다. 나는 그의 고백을 듣기 전에 그것을 눈치 챘다. 인간이 천 살까지 살 수 있다느니 하면서 공상과학소설에나 나올 법한 황당한 얘기를 할 때 이미 알아보았다. 그렇다면 오스트리아 정보기관의 팀장이라는 말은 사실일까? 그 점에 대해서는 아무런 증거가 없다. 이 모든 이야기는 나한테서 들은 정보들을 바탕으로 그가 지어낸 것일 수도 있다. 우리는 저녁식사 후에 여러 차례에 걸쳐 이야기를 나누었다. 특히 그의 권유에 따라 알코올 도수가 높은 오스트리아 맥주를 많이 마셨던 두 번째 월요일 밤에는 내가 너무 많은 것을 이야기했다. 어떤 '연락원'이 빌프리트라는 염탐꾼을 적발했다는 얘기도 믿을 수가 없다. 41번 바포레토에서 본 관광객을 금요일 아침 경찰이 나를 체포할 때 다시 본 것은 사실이다. 하지만 아마 우연의 일치일 것이다. 베네치아에는 관광객들이 너무나 많다. 그가 러시아 첩자라는 증거는 어디에도 없다.

　도둑들이 우리 집에 침입하여 GB169를 훔쳐 갔다는 얘기에도 근거가 없다. 그 도난 사건을 맡았던 경찰관들은 집시들의 소행이라고 단언했다. 그 주중에 우리 집뿐만 아니라 다른 집들도 이미 동일범들에게 털렸다고 했다. 루트비히가 베네치아 경찰의 손아귀에서 나를 빼내 준 것은 분명한 사실이다. 하지만 그게 가능했던 것은 루트비히가 오스트리아 정보기관의 팀장이라서가 아니라, 그가 알고 있는 정신과 교수가 경찰서장의 친구이기 때문이다.

나타샤는 누구일까? 호텔 지배인에게 물어보는 방법이 있다. 하지만 루트비히가 이미 그를 매수했을 수도 있다. 나타샤가 자신의 불면증 때문에 나랑 이야기를 나누고 싶어 했다는 것은 받아들일 수 있다. 그러나 그녀가 내 객실을 선택하고 진흙목욕 시간을 결정하는 데 어떤 역할을 했다는 것은 말이 안 된다. 우리가 서로 이웃한 객실에 묵은 것은 그 층에는 싱글베드가 있는 방이 그것들밖에 없기 때문이다. 그리고 내 진흙목욕 시간이 너무 이른 새벽에 잡힌 것은 내가 여기에 온다는 것을 너무 늦게 알려 주었기 때문이다. 호텔이 만원일 때는 일찍 예약을 해야 더 편안한 시간대를 배정 받을 수 있는 것이다.

만년필 이야기는 시시풍덩한 첩보영화에서 빌려 온 게 아닌가 싶다. GB169를 물이나 술에 타서 나한테 마시게 했다고? 그게 사실이 되려면, 나타샤에게 그 약물이 있었어야 하고, 무엇보다 GB169가 사람에게 어떤 식으로든 영향을 미칠 수 있어야 한다. 설령 나타샤가 GB169를 나에게 투여했다 해도, 그것이 아무런 효과가 없었던 것은 분명하다. 그저 기시감 같은 것을 느끼긴 했지만, 그것은 틀림없이 진흙목욕 탓이다. 그런 현상은 진흙목욕을 서너 차례 한 뒤에 나타났다가, 나흘 전에 진흙목욕을 중단한 뒤로 거의 사라지지 않았는가?

그 물질이 나를 딴 사람으로 만들었다고? 그건 터무니없는 생각이다. 나는 마침내 아주 자유로운 판단력을 되찾았다. 그래서 이제는 환원주의의 미망에 빠지지 않으며, 무엇보다 꿈의 '원인'

이라는 문제에 매달리지 않는다.

　루트비히는 카프리와 베네치아에서 행한 내 강연들을 비교하면서 내가 달라졌다고 말했다. 과연 그럴까? 작년에 카프리에서 나는 그 터무니없는 프로그래밍 이론을 어떻게든 옹호해야 하는 희화적인 처지에 놓여 있었다. 나는 로마 학파의 심리학자들을 공격하기 위해 마치 게임을 하듯 그런 주장을 펼쳤을 것이다. 반면에 베네치아에서는 마침내 나의 진면목을 드러낼 수 있었다. 의심하는 연구자, 영혼과 별자리 점과 예지적인 꿈을 믿는 연구자, 과학보다 예술에 더 관심이 많은 연구자의 면모를 말이다. 나는 비앙카와 함께 사라고사의 책과 같은 불가사의의 세계를 탐험했다. 그러고 나서 고양이들을 위해 참회의 의식을 거행하자는 생각을 했다. 그건 당연한 것이다. 고양이들에게 영혼이 있으니까…….

　그리고 나는 '악마의 환약통'을 여전히 주머니에 지니고 있다. 리옹에 돌아가면 이것의 신비를 밝혀 볼 생각이다. 루트비히에게는 이것을 보여 주지 않았다. 그에게 보여 주었더라면, 나한테 빌려 달라고 해서 고장을 냈을지도 모를 일이다.

　내 관자놀이와 후두부에 전극을 부착했다는 얘기에 대해서는 어떻게 생각해야 할까? 그건 뇌파를 기록하기 위한 기이하고 우회적인 방법이다. 게다가 그것을 내 두피에 부착하는데 내가 어떻게 잠에서 깨어나지 않을 수 있단 말인가?

　또한 나는 그 '기적적인 전극'과 붉은 반점 사이에 어떤 관계가 있다는 것을 도저히 믿을 수 없다. 만약 내가 루트비히에게 붉은 반점에 관해서 이야기하지 않았다면, 그는 절대로 그것을 전극과 연결시켜서 생각하지 않았을 것이다.

요컨대, 나타샤가 프리랜서 기자라는 내 믿음에는 변함이 없다. 러시아 출신인 그녀가 나토를 싫어하는 것은 이해할 수 있는 일이다. 우리가 그라파 산에서 돌아올 때 그녀가 헌병을 보고 달아난 것은 그것으로 설명이 된다. 이 첩보소설 같은 이야기의 소재들은 내가 루트비히에게 제공한 것이다. 사실 나는 술을 마시면 말이 많아진다. 비앙카는 내 쌍둥이 동생과 밤을 보낸 뒤에 웃으면서 내가 너무 수다스러웠다고 하지 않았는가.

나는 상트페테르부르크에서 세르게이며 한스와 만난 일을 루트비히에게 자세히 이야기했다. 내가 GB169라는 말을 입에 올린 것은 그때뿐이었다. 그는 그 말을 낚아채서 마치 자기가 이야기의 전모를 낱낱이 알고 있는 것처럼 굴었다. 그의 이야기에는 몇 가지 사실적인 토대가 있다. 누구든 사실 확인을 원한다면 러시아에 있는 세르게이와 독일에 있는 한스를 찾아볼 수 있다 ……. 하지만 무엇보다 교묘한 것은 '알테르 에고'를 운위하면서 루트비히가 고안한 패러다임이다. 이 패러다임은 무너질 염려가 거의 없다. 즉, 만약 내가 그의 황당한 이야기를 믿는다면, 내 인격은 변하지 않은 것이고, 따라서 그 작전은 벌어지지 않았거나 실패한 것이다. 또 만약 내가 그의 이야기를 전혀 믿지 않는다면, 나는 딴 사람이 된 것이고, 따라서 작전은 성공으로 끝난 것이다.

다음으로 무라넬라에 대해서는 어떻게 생각해야 할까? 나는 첫날인가 둘째 날부터 루트비히에게 무라넬라의 불가사의에 대해서 이야기했다. 그는 그것을 바탕으로 러시아의 쌍둥이 자매를 생각해 낸 것이다. 그것도 FSB 요원으로 말이다. 할 수만 있다면 그녀들이 정말 모스크바행 비행기를 탔는지 알아보고 싶다. 하지만 나는 그녀들의 실명을 모른다. 루트비히에게 물어보면, 아마도 그는 그녀들이 가짜 여권을 가지고 여행한다고 대답할 것이다.

어떤 자들이 나를 홀리기 위해 무라넬라를 이용했다는 생각은 루트비히의 기막힌 아이디어인 게 분명하다. 그는 예쁜 여자들에게 잘 끌리는 내 성향을 이용했다. 하지만 무라넬라가 러시아의 쌍둥이 자매라는 증거는 어디에도 없다. 오늘 저녁에 떠나야 한다는 것이 애석하다. 만약 내일 41번 바포레토를 탄다면 틀림없이 무라넬라를 다시 만날 수 있을 텐데 말이다.

끝으로 무엇보다 중요한 문제가 남아 있다. 루트비히는 왜 도저히 믿을 수 없는 이런 이야기를 지어냈을까? 나도 없고 다른 친구도 없이 호텔에서 외톨이로 지내다 보니, 소일거리가 필요했던 것이 아닐까? 그는 내가 이렇다 할 설명도 없이 자기를 두고 떠나는 바람에 기분이 상했을 게 분명하다. 사실 나는 그와 헤어지는 것이 아쉬웠지만, 그 사실을 털어놓고 말하지 않았다. 그는 내가 나타샤와 가까워지는 것을 시샘했을 수도 있다. 어쨌거나 그는 할 일이 아무것도 없던 터라, 나에게서 들은 이야기를 한데 모아 단편소설이나 장편 첩보소설을 썼을 것이다. 물론 루트비히 만은 토마스 만이 아니다. 성은 같지만, 그에게는 토마스 만의 재능이 없다. 사실 테오도리크 호텔은 『마의 산』에 나오는 국제 요양원 베르크호프와 조금 비슷하다. 만약 루트비히에게 재능이 있다면, 『마의 산』과 「베네치아에서의 죽음」을 합쳐 놓은 대작을 쓸 수 있을 것이다. 떠나기 전에 루트비히를 위해 프런트에 이런 편지를 남겨 놓아야겠다.

'루트비히, 자네가 쓰고 있는 소설 『마의 진흙목욕』이 잘되기를 비네.'

# 환약통의 신비

친애하는 비앙카,

당신이 예상한 대로, 이곳의 분위기에 적응하고 리옹의 '기성체제'에 다시 편입되기까지 몇 주일이 걸렸어요. 베네치아에서 돌아왔을 때, 짧은 머리와 보름쯤 기른 수염 때문에 가족의 빈축을 샀습니다(귀고리를 달지 않은 게 그나마 다행이었죠). 나의 가족은 내가 겪은 일들을 전혀 모르고 있더군요. 베네치아 경찰과 테오도리크 호텔의 직원들은 비밀을 지킬 줄 아는 사람들인 모양입니다. 가족의 성화에 못 이겨 코르스 섬의 햇살 아래에서 열흘을 보내며 머리를 기르고 수염을 밀어 버렸습니다.

이제는 은퇴한 몸이지만, 거기에서 돌아오자마자 오랫동안 정든 실험실에 다시 나갔죠. 학생들의 환영을 받고 마음이 훈훈해지는 것을 느꼈습니다. 하지만 그들의 생리학적인 접근 방법은 이해하기가 어렵더군요. 그들의 방법은 여전히 기계적이에요. 그들은 초소형 전극으로 뉴런의 활동을 기록함으로써 꿈을 관장하는 구조를 규명할 수 있으리라 생각합니다. 그건 내가 이미 베네치아 강연에서 비판한 것처럼 해묵은 이단이에요. 위치 측정에 모든 것을 거는 환원주의적 이단이죠. 우리 실험실에는 다른 이단들도 나타났습니다. 칩을 이용하는 분자생물학적 방법을 통해 꿈을 만들어 내는 인자를 밝혀내겠다는 시도가 있는가 하면, 뇌파를 기록한답시고 그저 컴퓨터만 들여다보며 연구하는 것이 가장 뛰어난 연구자들 사이로 유행처럼 번져 가고 있습니다. 두께가 0.1밀리미터밖에 안 되는 뇌의 한 조각에서 꿈을 관장하는 영혼의 입자를 찾겠다니, 참 어리석은 일이죠!

나는 그들이 막다른 길로 가고 있음을 보여 주기 위해, 즉흥 강연을 통해 예지적인 꿈에 관한 내 이론(친애하는 비앙카, 당신은 이미 그것을 알고 있습니다)을 요약해 주었습니다.

'꿈속에서 시간의 화살이 거꾸로 날아갈 수 있는 것은 영혼에 의해서 활성화된 입자들의 영향이다. 우리는 영혼의 무게를 재는 데 성공한 적이 없다. 따라서 꿈을 꿀 때는 반대중력이 작용한다.'

그런 식의 얘기였죠. 애석하게도 청중은 내가 기대했던 열띤 반응을 보이지 않더군요.

내 실험 계획의 골격을 제시했다가, 얼마나 많은 비판을 당했는지 모릅니다. 그 비판들은 대개 근거가 없고 때로 부당하기까지 합니다. 프레쥐스 터널의 모단 지하 실험실[59]에 협력을 요청할 생각입니다. 거기에서라면 꿈꾸는 사람 주위에 반대중력이 존재한다는 것을 입증할 수 있지 않을까 하는 것이죠(중성미자를 연구하고 있는 이탈리아 물리학자들의 도움을 받는 것이 가능하긴 할 텐데, 아직 확실치는 않습니다).

여러 곳에 예산을 요청했지만, 국립 보건·의학 연구소도 국립 과학연구센터도 국립 우주연구센터도 대답을 해 주지 않더군요. 바티칸에서 주는 피오 11세 훈장[60]이 올해는 뇌과학 분야로 돌아간다고 해서 후보자 신청서를 냈는데, 그쪽에서도 거절을 당했습니다. 그래도 거절하는 방식이 꽤나 정중했다는 점은 인정해야겠군요.

기성 과학계의 현학자들에게 맞서 선구자가 된다는 것은 참 어려운 일입니다! 영혼을 객관적으로 연구하고자 하는 것은 이제 바티칸에서조차 온당치 않은 일로 여겨지고 있습니다.

11월 초에 샴발라 원형[原型] 레이키[61] 회원들 앞에서 내 이론을

---

59) 프랑스 모단으로부터 프레쥐스 고개 밑을 통과하여 이탈리아의 바르도네키아에 이르는 프레쥐스 터널 내부에 차도와 수직을 이루고 있는 동굴이 있는데, 이 동굴 안에 중성미자를 연구하기 위한 실험실이 마련되어 있다. 이것이 바로 모단 지하 실험실(LSM)이다.

60) 교황립 과학원이 2년마다 국제적인 명성을 지닌 젊은 과학자에게 수여하는 훈장. 1936년에 이 과학원을 재창설한 교황 피오 11세의 이름을 딴 것.

발표했습니다. 다행히도 거기에서는 청중이 아주 열렬한 반응을 보이더군요. 이 학술대회에서 맺은 인연 덕분에 나에게 새로운 세계가 열렸어요. 이 테라 인코그니타(미지의 땅)는 당신이 나에게 가르쳐 준 마이크로 정신분석학만큼이나 알려지지 않은 영역입니다. 경혈 지압이라는 말 들어 봤어요? 아유르베다는요? 나도 아는 바가 거의 없지만, 아유르베다는 베다의 점성학에 바탕을 둔 진정한 과학이라는군요.

한 달 전에는 보졸레 지방의 어떤 성관에서 열린 심리계통학[62] 세미나에 초대를 받았어요. 거기에서 가계·사회관계 도표를 작성하는 법을 배우기도 하고, 나이 지긋한 여강사들과 함께 모레노[63]의 방법을 따르는 사이코드라마에 참여하기도 했죠. 심리계통학이 유전적인 프로그래밍에 관한 나의 터무니없는 이론에서 몇 가지 개념을 차용하지 않았을까 걱정했는데, 전혀 그렇지 않더군

---

61) 1920년대에 일본의 미카오 우스이가 개발한 뒤 미국과 유럽으로 퍼져 나간 명상요법 레이키[靈氣]의 한 유파.

62) 각 개인은 세대와 세대를 잇는 사슬의 고리이므로 때로는 과거에 조상들이 지은 업의 대가를 후손이 치러야 할 때가 있다는 사실을 바탕에 둔 심리치료의 한 분야. 프로이트의 정신분석을 계승하면서도, 융의 집단무의식과 모레노가 주장한 가문의 공동무의식이라는 개념까지 수용하여, 집안의 혈연·혼인 관계와 사회관계를 나타낸 그림, 즉 가계·사회관계 도표génosociogramme를 조사와 치료의 도구로 사용한다.

63) 자콥 레비 모레노(1889~1974)는 루마니아 출신의 미국 정신과의사, 사회학자, 철학자. 사이코드라마(심리극)와 소시오메트리(인간관계 측정법)와 집단 심리치료의 창시자.

요. 내가 예전에 쓴 논문들을 읽은 사람이 아무도 없었거든요.

하지만 심리학과 정신분석과 정신종합[64]의 일부 유파들에게는 내 이름이 널리 알려져 있었습니다. 나는 하드웨어적인 과학의 배신자로 여겨지면서 더욱 유명해진 듯합니다. 덕분에 이달 초에는 취리히의 호숫가에 자리 잡은 특급호텔에 초대를 받았어요. 그리하여 카이세도가 창안한 소프롤로지[65]의 유럽 세미나에 참석하게 되었죠. 알폰소 카이세도가 창안한 이 새로운 학문은 나에게 열띤 관심을 불러일으켰어요. 친애하는 비앙카, 당신도 이 점을 알았으면 좋겠네요. 소프롤로지에 바탕을 둔 생명 지향의 정신분석은 '이소카이'[66] 자세만으로 마음의 활력을 얻게 해 줍니다. 그리고 이 방법은 '분명하고 총체적이고 자유롭고 깨어 있는' 의식을 갖게 함으로써 우리로 하여금 언제나 자기 자신의 주인으로 살아갈 수 있게 해 준다는군요. 몇몇 참가자가 넌지시 알려 준 바에 따르면, 아주 유명한 정치인들과 유럽과 아프리카

64) 이탈리아 정신과의사 로베르토 아사졸리(1888~1974)가 프로이트며 융을 만난 뒤에 창안한 체계적이고 통합적인 심리치료의 한 방식.

65) 그리스어 어근 소스(조화, 평온)와 프렌(마음, 의식)과 로고스(학문, 연구)를 결합한 용어. 1960년대에 콜롬비아의 신경정신과 의사 알폰소 카이세도가 창안한 심리치료의 한 분야. 서양의 현상학과 최면술에 동양의 요가와 선 수행법 등을 결합한 것으로, 긍정적인 행위를 강화하여 과거와 현재와 미래의 긍정적인 요소들을 계발하고 인간의 잠재력을 최대한 활용하는 것을 주된 원리로 삼고 있다.

66) 이소카이 Isocay는 '카이세도의 소프롤로지에 의한 존재의 통합Intégration de l'Etre par la Sophrologie'이라는 뜻이며, 이소카이 자세란 이 치료법에서 권장하는 좌법坐法이다.

의 일부 국가원수들조차 카이세도의 가르침을 따르고 있답니다. 애석하게도 나는 관절통 때문에 '이소카이' 자세를 몇 초 이상 유지할 수가 없었어요. 내 강사였던 키가 크고 힘이 센 취리히 여자가 끈기를 갖고 가르쳐 주었는데 말이에요. 사정이 이러하니 나는 아직 나 자신을 진정한 카이세도 수련자로 생각할 수가 없습니다. 그래도 5천 스위스 프랑의 기부금을 내면 초심자 자격을 얻을 수 있죠.

바로 그 취리히의 호숫가에서 나는 스위스 퀴스나흐트의 융연구소에서 떨어져 나온 융 심리학자들을 만났어요. 그들은 융의 정신분석학에서 새롭게 발전되어 나온 분야 하나를 가르쳐 주더군요. '중천'[67] 학파의 틀 내에서 리즈 그린[68]이 발전시킨 점성심리학이 바로 그거예요.

이 유파가 사용하는 몇몇 개념은 점성술과 꿈을 결합하는 내 방법론의 토대와 유사합니다. 하지만 나의 발상을 구체화하기 위해서는 내가 기록한 6천 5백 개의 꿈을 분석하는 일이 아직 남아 있죠. 나는 나를 도와줄 수 있는 학생을 만나게 되리라 기대하

---

67) milieu du ciel(영어로는 Mid-heaven). 점성학의 출생표에서 출세운, 인생의 목표, 야심, 명성 등을 알려 주는 가장 중요한 각*들 가운데 하나.

68) 미국 출신의 영국 점성학자(1946~ ). 융의 심리학을 바탕으로 신화 상징주의를 도입하여 점성학에 일대 혁신을 가져왔다. 런던에 있는 심리점성학 센터의 공동 설립자이며, 주요 저서로는 『토성: 옛 악마 다시 보기』, 『운명의 점성학』, 『영혼의 어둠』 등이 있다.

고 있어요. 그 꿈들을 일정한 암호체계에 따라 요약하는 것을 도 와줄 수 있는 학생을 말이에요. 그 작업이 끝나면 꿈들을 사라고 사의 책에 나오는 치품천사의 산술 체계로 옮길 거예요. 그 책 기 억나죠? 우리가 베네치아에서 산책하다가 어떤 고서점에서 발견 한 책 말이에요. 그것을 읽고 내가 무척이나 흥분했었죠. 이 작업 의 마지막 단계는 그 산술 체계를 컴퓨터 프로그램으로 만드는 거예요. 그 점을 염두에 두고 우리 대학의 프로그래머 양성과정 에 등록했어요. 하지만 애석하게도 겨우 일주일 동안 공부하고 나서 포기할 수밖에 없었어요. 70대 노인의 뇌로는 경이로운 반 사 신경을 가진 스무 살짜리 프로그래밍 도사들의 능력을 따라 잡을 수가 없었어요.

그래도 이 연수를 받는 동안 시간을 마냥 허비한 것만은 아니 에요. 거기에서 심리학의 새로운 방법을 따르는 연구자를 만났 거든요. 이 방법은 꿈을 생리학적으로 연구하던 예전의 기계론 적인 방법에서 나온 것인데, 영어로는 EMDR(Eye movement Desensitization and Reprocession), 즉 안구 운동에 의한 둔감화 와 재처리 요법[69]이라 하고, 우리는 보통 '신경-감정 통합 치료 법'이라고 부르죠. 역설수면 중에 나타나는 것과 유사한 빠른 안 구 운동을 깨어 있는 환자에게 시키는 것이 이 방법의 핵심입니 다. 이 방법을 사용하면 외상후 스트레스 장애의 치료를 촉진할 수 있습니다. 나는 이 방법을 개발한 하버드 대학의 친구들에게 편지를 보내서 그것의 정신신체의학적 토대를 자세하게 설명해 달라고 부탁했습니다. 하지만 아직 답장은 받지 못했어요.

친애하는 비앙카, 내가 베네치아의 골동품 가게에서 샀던 '악마의 환약통' 기억하죠? 당신에게 약속한 대로, 그 환약통의 신비를 풀었어요. 리옹에 돌아오자마자 국립 과학연구센터에 속해 있는 응집물질 물리학 실험실의 책임자에게 연락을 했어요. 그런데 조금 전에 그의 감정 결과를 받았어요. 그의 설명은 이렇습니다. 뚜껑과 용기가 맞닿는 안쪽 위아래의 가두리에는 톱니 모양의 아주 얇은 금속판이 덧대어져 있습니다. 금과 은과 니켈의 합금으로 된 금속판입니다. 이 합금은 19세기 말에 발명된 것으로 알려져 있었지만, 우리 환약통 덕분에 이미 18세기에 존재했다는 것이 밝혀진 셈이죠. 온도 변화에 아주 민감한 이 박판은 특별한 도형으로 조각되어 있습니다. 벤투티 카스탈디 방정식에 따라 전개된 둥근 마름모꼴의 도형으로 말입니다(벤투티는 벤투티 효과로 잘 알려진 바로 그 이탈리아 물리학자입니다).

온도가 0.1도 내지 0.2도 정도로 아주 조금만 낮아져도 둥근 마름모꼴로 된 아래위의 톱니가 서로 뒤엉킵니다. 그러면 뚜껑

---

69) 1987년 미국의 심리학자 프란신 샤피로가 사람들이 불안한 일을 이야기할 때 눈알을 이리저리 굴리는 것에 착안하여 개발한 것으로, 피상담자에게 치료자가 지시하는 방향으로 안구 운동을 하게 함으로써 피상담자의 나쁜 기억과 관련된 감정을 둔화 또는 해소시키고 관련 기억을 재처리하는 임상치료 방법이다. PTSD(외상후 스트레스 장애) 치료에 뛰어난 효과가 있는 것으로 평가받고 있지만, 그것의 작용 원리에 관해서는 몇 가지 가설이 존재할 뿐 아직 이론이 확립되지 않았다.

을 열 수가 없게 되죠. 반대로, 온도가 0.1도 내지 0.2도 정도 올라가면 톱니들의 뒤엉킴이 곧바로 풀리면서 뚜껑을 열 수 있게 됩니다.

친애하는 비앙카, 토리노 의과대학에서 생리학을 공부할 때 이런 것을 배웠을 거예요. 손의 온도는 우리의 심리 상태, 나아가서 우리의 영혼이 어떠한지를 말해 주는 아주 훌륭한 증인이라는 사실 말이에요. 우리가 즐거움을 느끼거나 기분 좋은 생각을 하면, 또는 그저 어떤 즐거움을 상상하기만 해도 손과 손가락의 온도는 곧바로 올라갑니다. 그것은 부교감신경이 활성화(손가락 정맥의 혈관 확장)하면서 생기는 현상이죠. 반대로, 불쾌감을 느끼거나 스트레스를 받으면 혈관을 수축시키는 교감신경계가 작용해서 손의 온도가 내려갑니다. 누구에게 독약을 준다거나 자살을 한다는 생각을 할 때도 그런 현상이 나타나겠죠. 미국에서 사용되는 거짓말 탐지기는 바로 60년 전에 재발견되고 개량된 이런 메커니즘을 바탕으로 만들어진 것입니다.

나는 환약통을 나무 상자 속에 넣어 서랍 속에 고이 간직하고 있습니다. 이것은 베네치아에서 내가 벌인 모험, 아니 우리가 함께 벌인 모험의 유일한 증거예요. 41번 바포레토에서 시작된 그 모험은 당신이 나를 데리고 갔던 그 호텔에서 마무리되었어야 해요. 그런데 애석하게도 당신은 결국 나를 피하고 말았죠.

우리 언제 다시 만날까요? 2월 초에 토리노에서 만나는 건 어때요? 즐거운 성탄절 맞이하세요. 2000년에는 꿈속에서 당신의 영혼이 보내는 메시지를 향해 당신의 마음이 활짝 열리기를 빌어요.

블라디미르 블라디미로비치

### 3월 20일 월요일, 베르겐

노르웨이의 베르겐에서 시르셰네스 사이를 오가는 연안 항해선 선상에서

친애하는 비앙카, 당신과 함께한 시간을 늘 기억에 간직하기 위해서, 항해하는 동안 줄곧 당신을 생각하며 일기를 쓰기로 했소. 지난 2월 10일 토리노의 마제스틱 호텔에서 보낸 밤은 언제나 생생한 기억으로 내 마음에 남아 있소. 그 이튿날 우리가 아침 햇살이 비쳐드는 침대에서 오래도록 나눈 이야기를 기억하오? 오늘 저녁 문득 그 장면이 뇌리에 떠올랐소. 당신은 프리모 레비의 어떤 책에 나오는 대목을 읽어 주었지요. 그가 2차 세계대전 중에 유대인이라는 이유로 강제 수용소에 갇혀 있었을 때, 갈증

을 달래기 위해 지붕에서 떨어진 고드름을 빨아 먹은 적이 있었다지요? 독일인 간수는 고드름을 빼앗아서 땅바닥에 던져 버렸소. 프리모 레비가 왜 그러느냐가 묻자, 간수는 "여기에는 왜가 없어"라고 대답했어요. 그 대목에서 당신은 진지하면서도 웃음기가 어린 얼굴로 이렇게 말했소.

"당신의 생리학에도 왜가 없어요. 당신의 생리학은 수용소에 갇혀 있어요. 왜가 허용되지 않고 단지 어떻게만 용인되는 수용소에 말이에요."

그러고 나서 당신이 덧붙인 말도 기억에 생생하오.

"당신은 개성화의 유전적인 프로그래밍 이론을 증명하려고 애쓰던 때와는 달리, 이제 꿈의 이유를 연구하고 싶어 하지 않아요. 그런 접근 방법이 형이상학에 속한다고 생각하기 때문이죠. 하지만 꿈꾸는 동안 영혼의 작용으로 정신이 활발해진다는 그 이상한 이론 역시 형이상학에 속해요. 영혼에 관한 모든 이론이 그렇듯이 말이에요."

천만에요, 비앙카. 나는 영혼을 자연의 법칙에 맞게 설명하고 그것을 예지적인 꿈의 동인으로 삼으려는 최초의 연구자요. 데카르트는 영혼을 형이상학 속에 가둬 버렸지만, 나는 오히려 영혼을 형이상학에서 해방시켜 자연학으로 들어가게 하려는 거요. 나는 꿈꾸는 사람 주위에서 꿈의 예지 능력에 관여하는 반대중력을 찾아내려고 애쓰고 있소. 비록 안타깝게도 아직은 아무런 성과가 없지만, 나의 그런 노력이 최근의 물리학, 다시 말해서 양

자역학이나 대통일 이론과 관련되어 있다고 생각하지 않소?

이제 내가 왜 오늘 저녁 베르겐에 와서 이 연안 항해선 '베스테롤렌' 호를 탔는지 설명해야겠소.

작년 9월 베네치아에서 내 꿈들의 내용이 달라졌다고 얘기한 거 기억하오? 그 무렵에 낱말 수수께끼 같은 꿈들이 부쩍 많아졌소. 예를 들어 무라노를 뜻하는 '고리 달린 벽'이 꿈에 나타나기도 했고, 사라고사의 책을 예고하는 '아이들을 거느린 차르'가 보이기도 했지요. 토리노에서 내가 밤에 얘기했던 그 관능적인 꿈도 마찬가지 경우예요. 나는 매우 아름답고 살결이 아주 흰 벌거벗은 여자를 보았고, 그 여자는 바로 비앙카 당신이었어요. 리옹에 돌아온 뒤로 나는 내용이 비슷비슷한 꿈들을 잇달아 꾸었소. 그 꿈들은 진짜 낱말 수수께끼라 할 만한 또 다른 꿈으로 이어졌어요. 처음에 꾼 대여섯 차례의 꿈에서 내가 본 것은 샘과 물이었소. 커다란 금빛 샘에서 솟아나는 빨간색 또는 오렌지색의 물줄기를 보기도 했고, 희고 푸른 산 사이의 골짜기를 타고 빠르게 흘러내린 물이 여러 갈래의 시내와 도랑으로 갈라진 뒤에 수많은 못에 다다르는 장면을 보기도 했죠. 그러고 나서 꾼 마지막 꿈에서는 커다란 공원 한복판에 있는 분수에서 무지갯빛 물이 찬란하게 분출하는 것을 보았소. 이 꿈에서 깨어나기 직전에 아주 또렷한 어떤 목소리가 내 오른쪽 귀에 대고 '로(물)'와 '퐁텐(샘)'이라는 두 단어를 속삭였어요. 그 말들이 아직도 귓전에 쟁쟁해요. 이건 그야말로 낱말 수수께끼였소. 지난 2월 20일에 꾼 이 꿈을 나는 한동안 해독하지 못했지요. 그러다가 우연히 해몽의 실마리를 잡았소. 우연도 그런 우연은 없을 거요. 해몽의 영역에서도 우연이 작용하는지는 모르겠지만 말이오.

애긴즉슨 이렇소. 리옹에 돌아온 뒤로 나는 틈이 날 때마다 수천 장이나 되는 슬라이드를 분류하고 정리하기로 했소. 그러는 김에 50년 넘게 세계 전역으로 여행을 다니면서 찍은 학술 사진과 관광 사진의 앨범들도 정리하게 되었죠. 그러다가 3월 1일 오전에 1986년 노르웨이 여행 중에 찍은 사진들의 앨범을 봤어요. 나는 작은 배를 타고 노르웨이 연해로 대구를 잡으러 갔었소. 거기에서 수십 장의 사진을 찍어 왔죠. 희뿌연 해미가 자욱하게 낀 바다, 눈에 덮인 해안 절벽, 미끼 없는 미늘에 걸려 올라오는 대구 따위를 찍은 사진들이었어요. 그러자 바닷물에 삶아서 아쿠아비트[70]의 안주로 먹던 대구 혀의 맛이 문득 떠오르더군요. 우리가 하선했던 섬의 아담한 항구가 눈에 선했고, 흰 수염의 대장장이를 만났던 일도 생각났소. 이 대장장이는 1944년 영국 공군의 폭격으로 침몰한 독일 순양함 '티르피츠' 호의 잔해에서 건져 올린 강철 조각들을 벼려서, 온갖 종류의 바닷새를 형상화한 경이로운 조각 작품으로 바꿔 놓고 있었어요.

로포텐! 그때 불현듯 그 이름이 떠올랐죠. 우리가 하선했던 섬이 바로 로포텐 군도였소. 내가 꿈에서 들은 '로'와 '퐁텐'이라는

---

70) 스칸디나비아산 증류주.

단어들이 바로 로포텐을 뜻하는 게 아닐까 하는 생각이 들더군요. 그렇다면 왜 로포텐 군도가 그런 낱말 수수께끼 같은 꿈에 나타났을까요? 나는 되도록 일찍 거기에 다시 가 보기로 했죠. 어쩌면 흰 수염을 기른 대장장이도 다시 만날 수 있으리라고 생각했소. 그 대장장이는 내 상상 속에서 차츰차츰 북유럽 신화에 나오는 토르 신으로 변해 가고 있었어요.

내가 오늘 저녁 베르겐에 온 데는 바로 그런 사연이 있었소. 날씨가 좋지 않았지만, 파리에서 오슬로까지, 다시 오슬로에서 베르겐까지 오는 비행기들은 제시간에 맞춰 운행했어요. '베스테롤렌' 호는 곧 닻을 올려, 달빛도 없는 어둠 속을 항해할 거요. 내일 다시 쓰겠소.

### 3월 21일 화요일

너울 때문에 잠에서 깨어났소. 나는 파도를 좋아하고 뱃멀미를 하지 않아요. 하지만 뭍에서 느끼는 멀미는 싫어하죠. 몬테그로토에서 진흙목욕을 한 뒤에 찾아왔던 그 이상한 기분 말이오. 우리는 노르웨이 최서단인 베스트카프 곶 앞바다를 항해하고 있소. 이제는 바람을 막아 주는 섬들이 없기 때문에 물결이 '양떼'처럼 너울거리는구려. 신기하게도 해안 절벽으로 떨어지는 폭포수가 아주 강한 바람이 몰아칠 때는 절벽을 거슬러 투구의 깃털 장식처럼 솟구쳐요. 나는 바를 겸한 식당으로 내려가서 아침식사로 예토스트를 먹었소. 이것은 초콜릿색으로 된 염소치즈에 약간의 크림을 첨가한 거요. 가운데에 구멍이 뚫린 파이용 쇠주 걱으로 얇은 조각을 내서 먹는데, 그렇게 자르는 데는 약간의 숙련이 필요하죠. 맛이 아주 좋아요. 당신도 좋아하리라고 믿소.

### 3월 22일

토르빅과 올레순과 크리스티안순트에 기항했던 일은 길게 얘기하지 않겠소. 토르빅에서 중학생들 한 무리가 우리 여객선에 탔다가 올레순에서 내렸소. 나는 사방을 전망할 수 있는 휴게실에서 잠이 들었소.

### 3월 23일

트론헤임에 기항하는 시간을 이용해서 이곳의 고딕성당을 구경했소. 손뜨개 스웨터의 가격은 북쪽으로 올라갈수록 낮아지는 것 같군요. 북유럽 최북단인 노르카프에 도착하면 당신을 위해 한 벌을 사야겠소.

### 3월 24일

우리는 방금 노르웨이에서 두 번째로 큰 빙하인 스바르티센의 앞바다에서 북극권에 진입했소. 곧 볼로에 잠시 기항한 다음 네 시간에 걸쳐 베스트피요르드를 통과할 거요. 드디어 꿈속에서 어떤 목소리가 일러주었던 장소에 도착하게 되는 거죠…….

오늘 일기를 마저 쓰겠소. 밤이 아주 이슥하오. 일이 조금 난

처하게 되었구려. 벌써 어둠이 내린 네 시쯤 로포텐 군도에 다다랐소. 마치 눈으로 덮인 거대한 장벽에 다가드는 느낌이었어요. 그 장벽 속에서 로포텐 군도의 중심도시인 슬로벤의 불빛들이 반짝이고 있었소. 흰 수염을 기른 늙은 대장장이는 다시 만날 수 없었고, 대장간조차도 사라졌다오. 이제는 그저 기계로 만든 것으로 보이는 작은 가마우지들의 아주 형편없는 컬렉션이 있을 뿐이오. 내가 여기를 마지막으로 여행한 지 거의 20년이 되었구려. 이 작은 도시가 몰라보게 달라졌소. 항구며 온갖 빛깔의 나무로 된 집들이 낯설기만 하오. 비앙카, 나는 로포텐 군도에 꼭 가야 한다고 생각했어요. 그런데 막상 와 보니 내 꿈에 대한 해답은 어디에서도 찾을 수가 없군요. 그럼 이제 어떻게 할까요? 여기에서 이틀을 기다렸다가 베르겐으로 돌아가는 연안 여객선을 탈까요? 아니면 '베스테롤렌' 호를 타고 러시아 국경의 종점인 시르셰네스까지 계속 갈까요? 내가 보기엔 북쪽으로 올라가는 게 나을 것 같소. 혹시 모르는 일 아니오? 어쩌면 로포텐 군도는 '로'와 '퐁텐'의 비밀에 도달하기 위해 반드시 거쳐야 하는 한낱 기항지가 아닐까요? 부오나 노테, 카리시마(잘 자요. 더없이 소중한 이여).

### 3월 25일 토요일

우리는 좁다란 물길을 통과하고 있소. 우현 쪽에는 대륙이 있고 좌현 쪽에는 섬들이 있군요. 뭍에는 골짜기가 많은 들쑥날쑥한 풍광이 펼쳐져 있소. 군데군데 농장들이 보이고 직사각형의 밭들과 자작나무 숲들이 갈마들고 있어요. 마치 호수 위로 나아가는 것처럼 물결이 잔잔하오. 물이 어찌나 맑은지 해파리들이 보이네요.

정오에 트롬쇠에 도착했소. 우리 여객선은 유럽에서 가장 오래된 스테인드글라스를 가진 극지의 대성당 앞을 지나갔어요. 트롬쇠는 아문센의 탐험대를 비롯한 수많은 탐험대가 출발지로 삼았던 '북극해의 섬'이에요. 항구에는 아문센의 동상이 우뚝하게 서 있죠. 나는 아주 차가운 가랑비를 맞으며 그 위대한 탐험가에게 인사를 하러 갔소. 그리고 몸을 덥히기 위해 물을 탄 럼주를 마셨죠.

## 3월 26일 일요일

호닝스보그에 잠시 기항하고 노르카프를 통과했소. 톱니 모양으로 들쑥날쑥한 해안에는 이제 나무들이 없어요. 순록들은 아직 보이지 않는구려. 순록들은 라프족 사람들이 봄에 배로 옮겨다 놓으면 가을에 헤엄을 쳐서 돌아가죠.

처음으로 하늘이 아주 맑군요. 나는 갑판에 그냥 남아 있기로 했소. 그래도 아주 춥기 때문에 침낭 속에 들어가 있어야 해요. 자정 무렵에 매우 창백한 극광이 나타났소. 이따금 극광이 많아지면 마치 하늘에서 거대한 뱀들이 일렁거리는 것처럼 보이더군요. 나는 별똥별이 떨어지는 것을 보면서 소원을 빌었소. 무어라고 빌었는지 짐작하겠소?

## 3월 27일 월요일

오늘은 보크피요르덴 해안을 따라 남쪽으로 가고 있소. 곧 우리 여객선의 종착지인 시르셰네스에 도착할 거요. 러시아 국경에서 약 10킬로미터 떨어진 곳에 자리 잡은 시르셰네스는 볼품없고 스산한 도시예요. 얼음처럼 차가운 비에 녹은 더러운 눈이 도시를 시커멓게 만들고 있어요. 주민의 대다수는 노천 철광산에서 일해요. 러시아에서 오는 노동자들도 많죠. 특히 여자들이 많다는군요. 그들은 아침에 버스를 타고 와서 저녁에 돌아가요.

나는 뱃사람 가방을 들고 어떤 카페로 쉬러 들어갔소. 러시아담배의 매캐한 연기가 자욱한 썰렁한 카페였어요. 이제 이 편지를 마저 쓰고 우체국에 가서 부칠 거요. 의기가 소침해지는 이 분위기에서 무엇을 해야 할지 아직 모르겠소. 수수께끼 같은 꿈의 해답을 얻기 위해 어떤 신호를 기다려야 할까요? '베스테롤렌' 호는 한 시간 뒤에 닻을 올리고 다시 베르겐으로 떠날 거요. 내 꿈의 의미를 알려 주는 어떤 것을 만나기에는 너무나 짧은 기항이죠.

그래서 며칠 더 머물다가 항공편으로 직접 오슬로로 갈까 해요. 벌써 정오가 되었구려. 날씨는 칙칙하고 스산하오. 비가 계속 내리고 있어요. 나는 맥주 한 잔을 더 시켰지요. 노르웨이인 여종업원은 러시아어 신문도 함께 가져다주었소. 나를 러시아 사람으로 여긴 모양이오. 그녀가 가져다준 신문은 '프라우다' 예요. 1면의 커다란 제목이 상단을 통째로 차지하고 있더군요. 내가 키릴 문자를 겨우 해독하여 이해한 바로는, 어제 러시아 대통령 선거에서 블라디미르 블라디미로비치 푸틴이라는 사람이 당선되었대요. 사진에 나온 푸틴은 쉰 살도 안 된 젊은 사람으로 보여요. 서늘한 눈매에 기다란 코, 짧은 턱이 인상적이네요. 완전히 새로운 얼굴이에요. 전혀 알려지지 않은 인물이 늙은 술주정뱅이 옐친을 대신하는 모양이오…….

오후 다섯 시가 되었소. 이 우중충한 카페를 떠나 이웃한 호텔에 가방을 갖다 놓으러 가야겠어요.

밤 열한 시. 어떤 실마리를 찾을 수 있지 않을까 해서 시르셰네스의 어두운 거리들을 부질없이 돌아다녔소. 이제 어떻게 할지 생각하는 중이오. 내일 비행기에 자리가 있다면 오슬로로 돌아갈까 해요. 아니면 영사관에 가서 비자를 얻어 러시아를 거쳐 돌아가는 것도 나쁘지 않겠죠. 핀란드를 경유하여 상트페테르부르크로 내려가는 버스가 매일 있거든요.

비앙카, 내일 편지를 써서 내가 어디로 가는지 알려 주겠소. 하지만 모든 길은 토리노로 통해요. 4월 15일쯤 다시 만나면 어떨까요? 이번에는 자동차를 타고 가서, 당신과 함께 발레 다오스타 쪽으로 갈까 해요. 당신만 괜찮다면, 프레쥐스 터널의 모단 지하 실험실로 반대중력을 낚으러 갈 수도 있어요.

당신에게 입맞춤을 보내요, 카리시마.

이 긴 편지를 끝내기 전에 한마디만 더 하겠소. 참으로 공교로운 우연의 일치요! 블라디미르 블라디미로비치 말이오. 아마 내

가 베네치아에서 그 이름을 당신에게 말했을 거요. 그런데 루트
비히 만도 몇 번인가 블라디미르 블라디미로비치라는 사람을 입
에 올렸었소…….

# 위대한 신경생리학자의 유쾌한 반란

우리는 꿈의 재료야. 우리 삶은 잠으로 둘러싸여 있어.

셰익스피어, 『폭풍우』 제4막 1장

과학자가 쓴 소설은 대개 따분하다. 진지하고 성실하지만 재미를 느끼게 하는 데는 실패하기가 십상이다. 소설적인 기교나 플롯을 짜는 능력이 떨어지는 탓이기도 하고, 학자의 양심이 허구적 상상력을 제약하기 때문이기도 할 것이다.

하지만 때로는 과학자의 소설이 뜻하지 않은 신선한 매력으로 우리 마음을 사로잡는 경우도 있다. 비록 기계 장치처럼 정교한 플롯으로 독자들의 마음을 쥐락펴락하는 '프로'의 면모는 조금 덜할지라도, 오랜 연구 활동에서 나온 정확한 과학 정보에다 풍부한 인문학적 교양과 추리소설적인 서스펜스를 가미하여 과학과 인간에 관한 깊은 성찰을 유도하는 고품격 소설 말이다. 수면 연구의 대가인 프랑스의 신경생리학자 미셸 주베의 소설 『꿈도둑』이 바로 그런 경우에 속한다.

## 나는 꿈꾼다, 고로 존재한다!

우리는 누구나 꿈을 꾼다. 하지만 꿈을 왜 꾸는지, 꿈이 무슨 기능을 하는지는 아직 분명하게 알지 못한다. 2세기에 그리스 작가 아르테미도로스가 해몽과 점몽에 관한 고대의 지식을 총망라하여 『오니로크리티콘(해몽서)』이라는 저서를 낸 뒤로 수많은 작가와 학자가 꿈을 연구해 왔지만, 여전히 꿈은 미지의 영역으로 남아 있다.

그런데 1950년대 말, 미국과 프랑스의 신경생리학자들이 역설수면(또는 REM 수면)을 과학적으로 밝혀내면서 꿈에 관한 연구는 새로운 국면을 맞게 되었다. 역설수면이란 빠른 안구 운동과 뇌의 활발한 전기적 활동이 나타나는 수면의 한 단계다. 이 단계에서 자는 사람을 깨워 물어보면 대개 꿈을 꾸었다고 대답하기 때문에 꿈과 긴밀한 관련이 있는 것으로 간주되고 있다.

역설수면의 발견자 가운데 한 사람인 미셸 주베는 역설수면과 꿈의 기능과 관련하여 놀라운 가설을 세웠다. 그는 먼저 역설수면이 포유류나 조류 같은 온혈동물의 고유한 특성이라는 점에 주목했다. 파충류 같은 냉혈동물과 온혈동물의 신경발생을 비교해 보면, 냉혈동물의 경우에는 전 생애에 걸쳐서 신경세포의 분열이 계속되는 것에 반해 온혈동물의 경우에는 유전적인 프로그램에 따라 일정한 단계(인간의 경우 생후 2~3개월)에서 중추신경계의 형성이 완성된다. 빠른 안구 운동이 수반되는 역설수면은 바로 이 단계에서 나타나기 시작한다.

미셸 주베는 이런 사실들에서 출발하여 온혈동물의 역설수면이 신경발생을 대체하고 신경세포들의 유전적인 정보를 확실하게 유지시키는 기능을 한다는 가설을 세웠다. 꿈을 꾸는 동안 심리적인 유전인자의 프로그래밍이 되풀이되기 때문에 인간의 개성이 유지된다는 이른바 '유전적 프로그래밍' 이론이다. 뇌는 매우 유연하고 융통성이 많은 기관이기 때문에 외부의 자극과 학습에 쉽게 영향을 받는다. 그럼에도 한 사람의 인격이 변함없이 지속되는 이유는 무엇일까?

뇌 속에서 개인의 유전적인 특성을 유지시키는 시스템이 작용하기 때문이다. 미셸 주베는 꿈이 바로 그 시스템이라고 주장한다. 실제로 생쥐들을 상대로 실험한 결과에 따르면, 며칠에 걸쳐 역설수면을 박탈당한 생쥐들은 본래의 성격을 잃어버린다고 한다. 요컨대 오늘의 내가 어제의 나와 같은 사람이 되는 것, 내가 다른 사람과 구별되는 '나'인 것은 역설수면 중에 꿈을 꾸기 때문이라는 것이다.

### 꿈이 바뀌면 사람도 바뀐다?

작가 미셸 주베는 신경생리학자 미셸 주베의 가설을 훨씬 더 멀리 밀고 간다. 만약 역설수면을 방해해서 꿈을 꾸지 못하게 할 수 있다면, 또는 어떤 약물을 투여해서 역설수면 중에 나타나는 특정한 뇌파를 변화시킬 수 있다면, 한 사람의 인격을 바꾸어 버리는 것도 가능하지 않을까?

바로 이 가정을 바탕으로 『꿈도둑』의 추리소설적인 또는 SF적인 이야기가 전개된다. 작가는 사람의 역설수면과 꿈을 조작하여 완전히 딴 사람이 되게 하는 실험을 상상한다. 이 가공할 실험의 창안자이자 첫 희생자는 놀랍게도 세계적인 명성을 지닌 신경생리학자 미셸 주베이다.

그렇다면 이 소설은 순전한 허구가 아니라 작가가 실제로 겪은 일을 기록한 것일까? 2007년 11월에 방송된 〈카날 아카데미〉라는 라디오의 대담 프로그램에서 작가가 밝힌 바에 따르면, 『꿈도둑』에는 허구와 자전적인 사실이 교묘하게 뒤섞여 있다. 파도바 근처의 온천장과 요양객들에 관한 묘사, 그라파 산에 얽힌 이야기, 41번 수상버스를 이용한 베네치아 유람, 베네치아의 미술관과 명소 순례, 꿈을 소재로 한 그림들에 관한 흥미로운 성찰 등은 작가 자신의 체험에서 나온 것이고, 난해한 수수께끼 같은 몇 가지 꿈 역시 작가 자신이 실제로 꾼 것들이라고 한다.

그러나 어디까지가 사실이고 어디부터가 순전한 허구인지는 여전히 분명치 않다. 그저 소설 속의 미셸 주베에게 일어난 일들 가운데 몇 가지는 프랑스 학술원 회원인 우리의 원로 과학자에게 실제로 일어난 일이 아니기를 바랄 뿐이다.

## 과학자 미셸 주베, '마의 산' 에서 내려와 '베네치아에서 죽다'

『꿈도둑』은 여러 가지 독법이 가능한 '열린 작품' 이다. 토마스 만의 대표적인 소설 두 편을 다시 만날 수 있다는 점 역시 이 소설의 매력 가운데 하나다. 어찌 보면 이런 독법은 토마스 만의 영향을 감추지 않는 작가 자신이 유도하고 있는 것이기도 하다.

루트비히 만이라는 이름은 토마스 만을, '병자들의 산' 을 뜻하는 라틴어에서 나왔다는 몬테그로토라는 이름은 '마의 산'을 연상시키기에 충분하고, 테오도리크 호텔은 화자의 말대로 『마의 산』에 나오는 국제 요양원 베르크호프와 조금 비슷하다. 그런가 하면 베네치아의 곤돌라와 관을 연결시키는 장면은 토마스 만의 중편소설 「베네치아에서의 죽음」에 나오는 곤돌라에 관한 유명한 묘사를 생각나게 한다. 『마의 산』에서 주인공 카스트로프의 스승과 같은 역할을 하는 인물의 이름 세템브리니는 베네치아 방언으로 '9월의 남자들', 즉 9월에 베네치아를 찾아오는 남자들을 뜻한다. 『꿈도둑』의 주인공 미셸 주베는 몇 해 전부터 9월마다 베네치아에 왔으니 그 역시 세템브리니인 셈이다.

무엇보다 흥미로운 것은 평생에 걸쳐 확립한 이론을 완전히 뒤집어 보는 과학자 미셸 주베의 자기 부정이 「베네치아에서의 죽음」에서 주인공 아셴바흐가 보여 주는 자기 파괴를 닮았다는 점이다. 아셴바흐가 자신의 성적인 정체성을 확인하고 스스로 죽음을 선택한다면, 미셸 주베는 자신의 지적인 정체성을 전복시키면서 과학자로서의 죽음을 선택한다. 두 소설 모두 꿈과 비밀의 도시 베네치아에서 벌어진 어떤 죽음을 그리고 있다. 하지만 아셴바흐의 죽음이 성적 욕망의 억압과 좌절을 뜻하는 것임에 반해, 신경생리학자 미셀 주베의 자기 부정은 기계적이고 환원주의적인 방법론을 경계하는 위대한 과학자의 발랄한 일탈이다. 그런 점에서『꿈도둑』은 과학철학적인 성찰을 담은 소설로도 읽힐 수 있다.

작가의 전복적인 상상력은 물의 도시 베네치아에서 지하철을 타고 다니는 꿈에서 절정을 이룬다. 작가의 말에 따르면, 이 소설이 나온 뒤에 정말로 베네치아에 지하철을 건설하려는 구상이 나타나기 시작했다고 한다. 만약 먼 훗날 베네치아에 지하철이 생긴다면, 그 발상의 공로는 미셀 주베에게 돌아가지 않을까?

이세욱

서울대학교 불어교육과와 프랑스 오를레앙 대학 불문학과에서 공부했고 프랑스 문학과 이탈리아 문학 번역가로 활동하고 있다. 주요 번역서로는 움베르토 에코의 『로아나 여왕의 신비한 불꽃』『세상의 바보들에게 웃으면서 화내는 방법』, 베르나르 베르베르의 『개미』『타나토노트』『뇌』『나무』『신』, 미셸 투르니에의 『황금 구슬』『사랑의 야찬』, 르클레지오의 『하늘빛 사람들』, 미셸 우엘벡의 『소립자』, 장 클로드 카리에르의 『바야돌리드 논쟁』, 장 크리스토프 그랑제의 『늑대의 제국』『검은 선』, 마르셀 에메의 『벽으로 드나드는 남자』, 안나 가발다의 『함께 있을 수 있다면』 등이 있다.

꿈도둑

**첫판 1쇄 펴낸날** | 2009년 4월 6일
**지은이** | 미셸 주베
**옮긴이** | 이세욱
**펴낸이** | 박성규

**펴낸곳** | 도서출판 아침이슬
**등록** | 1999년 1월 9일 (제10-1699호)
**주소** | 서울 마포구 합정동 411-2(121-886)
**전화** | 02)332-6106
**팩스** | 02)322-1740
**이메일** | 21cmdew@hanmail.net

ISBN 978-89-88996-94-2 03860

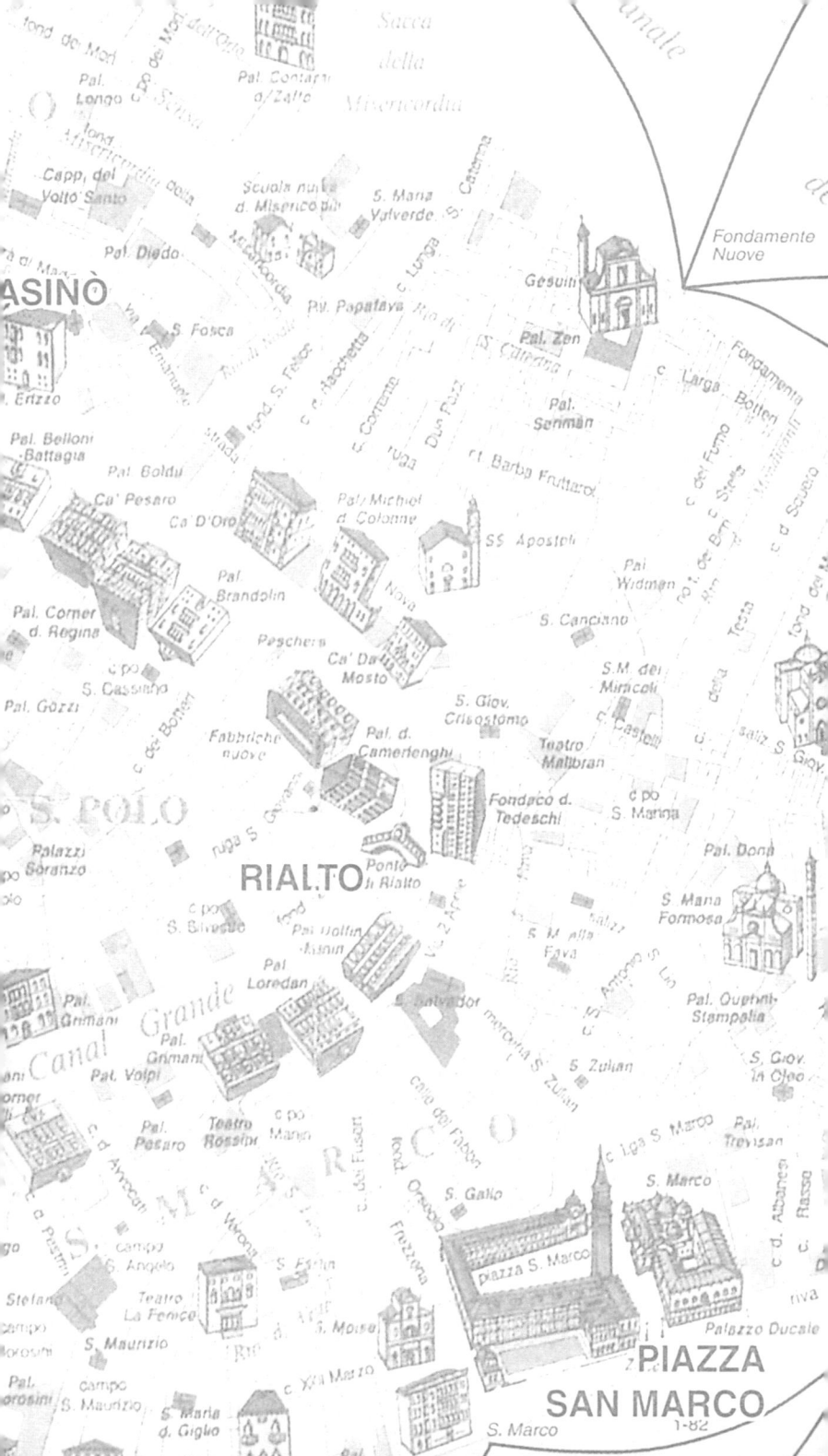